U0071268

中國當代小說的影視改編與傳播

從文學到視聽

王鳴劍——著

目次

Contents

緒論

文學與影視的互動

文學與電影都是反映人類生活的藝術形式。前者古老，後者年輕。有文字記載的書面文學，如葛天氏之樂和《吳越春秋・彈歌》，迄今已有2000多年的歷史；而有片可查的電影，如盧米埃爾兄弟攝製的《工廠大門》卻只有110多年。兩千多年不衰的文學與百年新生的電影之間，在過去的一個世紀裡朝分夕合，藕斷絲連，共同豐富著人類的精神生活。

一、小說與影視關係的歷史沿革

（一）小說的電影改編「前史」

在反映人類生活的藝術形式（小說、散文、戲劇、詩歌、音樂、舞蹈、建築、繪畫、雕刻和電影等）中，電影是「惟一可以讓我們知道它的誕生日期的藝術。」（[匈牙利]巴拉茲・貝拉（Béla Balázs）：《可見的人（電影精神）》，中國電影出版社2003年9版。）事實上，電影問世之初，人們沒並沒有將其視為藝術，僅僅被看作一種雜耍式的技藝和娛樂的商品而已，根本不能與文學相提並論。如德國的藝術史家康拉德・朗格（Konrad Lange）在《藝術的本質》中就武斷地認為「電影不是藝術」；英國的著名作家蕭伯納（George Bernard Shaw）則更是瞧不起電影，他預言說「電影要成為藝術，惟一的辦法就是攝製一部完全用字幕構成的影片。」（參見邵牧君《西方電影史概論》，中國電影出版社1982年版。）直到1940年代，有聲電影具備了畫面、聲音和色彩三大元素後，西方電影理論界才將電影作為一門藝術加以研究。

電影肇始於攝影，經過無聲至有聲、黑白和彩色、普通銀幕到寬銀幕的發展過程。早期電影脫胎於戲劇，在默片時期難以突破舞臺的空間局限，深受戲劇「三一律」（三一律是西方戲劇結構理論之一，亦稱「三整一律」，是一種關於戲劇結構的規則。先由文藝復興時期義大利戲劇理論家提出，後由法國古典主義戲劇家確定和推行。要求戲劇創作在時間、地點和情節三者之間保持一致性。即要求一齣戲所敘述的故事發生在一天（一晝夜）之內，地點在一個場景，情節服從於一個主題。法國古典主義戲劇理論家布瓦洛把它解釋為「要用一地、一天內完成的一個故事從開頭直到末尾維持著舞臺充實。」）的束縛。因而在時空轉換上顯得局促，缺乏自由度。蒙太奇（montage）（法語「剪接」之意，後來俄國將它被發展成一種電影中鏡頭組合的理論。蒙太奇一般包括畫面剪輯和畫面合成兩方面。畫面剪輯：由許多畫面或圖樣並列或疊化而成的一個統一圖畫作品；畫面合成：製作這種組合方式的藝術或過程。電影將一系列在不同地點，從不同距離和角度，以不同方法拍攝的鏡頭排列組合起來，敘述情節，刻畫人物。但當不同的鏡頭組接在一起時，往往又會產生各個鏡頭單獨存在時所不具有的含義。簡言之，蒙太奇就是把分切的鏡頭組接起來的手段。由此可知，蒙太奇就是將攝影機拍攝下來的鏡頭，按照生活邏輯，推理順序、作者的觀點傾向及其美學原則聯結起來的手段。）被運用到電影后，電影享有時空的極大自由，甚至可以構成與實際生活中的時間空間並不一致的電影時間和電影空間。蒙太奇可以產生演員動作和攝影機動作之外的第三種動作，從而影響影片的節奏。但戲劇的一些重要元素，如矛盾衝突律仍限制著電影自身的發展。這或許是默片時，莎士比亞戲劇中的300個情節被改編拍攝電影的原因。默片時文學對電影的影響主要是從她那裡獲得片斷的素材。如著名導演格里菲斯（D・W・Griffith）在1915年導演的電影史詩《一個國家的誕生》，就是從湯瑪斯・狄克遜（Thomas Dixon）的小說《同族人》中吸取了文學素材。

由於沒有聲音的配合，早期電影的畫面造型過分依賴於繪畫藝術，在表達時間和敘述事件時就顯得捉襟見肘。電影要屹立於藝術之林，要與文學分庭抗禮，除了要在視覺上能超越文學對情感的表達，還需要在聽覺上能使人如臨其境。因此，電影呼喚聲音的出現。聲音進入電影，使之與文學的融合成為歷史的必然。電影開始試驗、創新和揚棄文學的一切敘事方法。電影是通過畫面與聲音的組合來表達內容，它呈現出在觀眾面前的是活動的影像，蒙太奇語言應運而生。

1922年，愛森斯坦（Sergei Eisenstein蘇聯電影導演，電影藝術理論家、教育家，1898～1948）在《左翼藝術戰線》上發表了綱領性的美學宣言《雜耍蒙太奇》，主張選擇具有強烈感染力的手段加以適當的組合，以影響觀眾的情緒，使觀眾接受作者的思想。兩年後，他在自己導演的第一部影片《罷工》（1925）中，又將自己的「雜耍蒙太奇」主張付諸實踐。影片在群眾場面、類型演員、外景拍攝等方面代替了先前電影中的一般「情節」、個別主人公、明星表演和佈景等。尤其是影片的結尾，槍殺罷工工人的鏡頭和屠宰場宰殺牛群的鏡頭交替出現，構成了「人的屠宰場」的經典隱喻。隨後，他又在影片《戰艦波將金號》（1925）中進一步發展了《罷工》的思想主題傾向和美學原則。影片雖然是表現奧德薩海軍波將金號戰艦起義的歷史事件，但卻具有了史詩般的規模，主題重大，既有宏偉的群像，又有細節的描寫。特別是豐富的蒙太奇手法和準確恰當的節奏使這部史詩片充滿激情。奧德薩階梯大屠殺一段不僅氣勢磅礡，而且蒙太奇的切換充分體現了驚心動魄的場面和感情的起伏，使之成為世界電影的經典。蘇聯著名電影導演M・羅姆（Mikhail Ilyich Romm）在研究了愛森斯坦的蒙太奇理論後認為：「蒙太奇式的思維乃是文學作品本來具有的」，「愛森斯坦以電影為鑰匙打開了普希金、左拉、巴爾扎克的創作寶庫，他在這些一生沒有看過電影的作家作品中發現了嚴密而確切的蒙太奇結構。」（羅姆等著：《論文學與電影》，中國電影出版社1958年版。）蘇聯著名電影理論家B・日丹在《影片的美學》中進一步補充和擴展了M・羅姆關於蒙太奇的觀點。他認為，蒙太奇不僅僅是電影藝術才有的特性，其他一切藝術都不可缺少，各種藝術都在蒙太奇方面進行了各自不同的探索，都取得了可喜的成績。不過，「蒙太奇在電影藝術中的特殊意義是由電影本性在表現力上的多層次性和這樣一種相當重要的因素決定的，即一個完整的形象是在銀幕上通過影片的『真實動作』的全部進程來塑造的。與在任何其他藝術中不同，蒙太奇在電影中開闢了把空間表現形式變為時間表現形式（或相反）的無比巨大的可能性。不僅空間，而且時間，在銀幕上都以一個新的視覺的劇作的向度表現出來。電影蒙太奇的最偉大的改造力量就在這裡。」（B・日丹：《影片的美學》，於培才譯，中國電影出版社1992年版。）

誠如B・日丹所說，蒙太奇是一切藝術共有的特質，在小說與電影之間，架起了相通的邏輯關係。這也為小說改編成電影提供了理論依據。法國電影理論家安德列・巴贊（André Bazin 1918～1958，法國《電影手冊》創辦人之一，二戰後西方最重要的電影批評家、理論家，被譽為「法國影迷的精神之父」、「新浪潮電影之父」、「電影的亞里斯多德」。代表作有四卷本《電影是什麼》。他推崇現實主義美學，發現並闡述了義大利新現實主義導演的重要價值，闡述了蒙太奇與景深鏡頭在電影語言中的重要性與辯證關係，提出了長鏡頭理論，豐富並總結了作者論。在巴贊與《電影手冊》的推動下，法國電影在二戰後興起了新浪潮運動。），雖然秉承他的照相本體論的電影觀，否定蒙太奇在電影中的運用，但他並不反對文學的電影改編。他在《非純電影辯——為改編辯護》中以《鄉村牧師的日記》為例，極力推崇原封不動地轉現原著在銀幕上的改編，是文學的電影改編的最高境界——即非純電影。齊格弗里德・克拉考爾（siegfried kracauer德國著名電影理論家，1889～1966）在《電影的本性》中把電影看作是照相的一次外延，其全部功能是紀錄和揭示我們的周圍世界，而不是講述虛構的故事。他認為，只有拿著攝影機到現實生活中去發現和攝錄那些典型的偶然事件，才能拍出符合電影本性的影片。他在考察小說和電影的異同後認為，二者的差別在於小說是「精神的連續」，而電影是「物質的連續」。因而，對小說的電影改編，只要原著「在內容上不越出電影的表現範圍」，就可以將語言描寫轉換成電影形象的元素，這樣的改編才是「一種保全原作基本內容和重點的」忠實的改編。而那些因原作所描繪的是一個非電影的世界，因其在物質世界中找不到可見的對應物，這樣的改編只有求助於舞臺手法，只能是「非電影化的改編」。

1927年，配有音樂和人物對話的美國影片《爵士歌王》公映，標誌著第一部有聲電影的誕生。隨後，愛森斯坦在《有聲片的未來》（1928年）中寫道：只有將聲音同蒙太奇的視覺片段加以對位使用，才能為蒙太奇的發展和改進提供新的可能性，使聲音的構思表達出藝術家鮮明的意識形態立場。有聲電影的產生不僅使電影由視覺藝術變為視聽藝術，也促進了小說的電影改編。在「二戰」前，幾乎每一部電影精品，都是以文學為先導的小說改編而成。如1937年，顧柯（George Cukor）導演的《茶花女》、《羅米歐與茱麗葉》和《大衛・科波菲爾》；維克多・弗萊明（Victor Fleming）導演的《亂世佳人》、《呼嘯山莊》；約翰・福特（John Ford）導演的《關山飛渡》等等。「二戰」使電影事業遭到重創，小說與電影的聯姻束之高閣。或許戰爭殘酷的陰霾耗費了編導們浪漫的激情，「二戰」結束後，對文學名著的改編總顯得力不多心。1950年代初期幾部文學名著的電影改編，都乏善可陳。如《乞力馬札羅的雪》（1952）《戰爭與和平》（1956）和《老人與海》（1957）等等。

法西斯垮臺後，美蘇之間長期處於敵對狀態的「冷戰」時期。史達林的離世，使倍受打擊的左派勢力更加茫然。隨之而爆發的阿爾及利亞戰爭和越南戰爭，使處於觀望狀態的中間派也開始感到失望。這時，整整一代青年人仇視政治，嘲諷其為「滑稽的把戲」。當時，一些有正義感和責任心的文學家，開始在自己的文藝作品中以意識流手法再現這些年輕人的迷惘生活，使之成為這一時期文學藝術的特殊現象。在美國被稱作「垮掉的一代」，在英國譽之為「憤怒的青年」，在法國則謂之「世紀的痛苦」或「新浪潮」。

隨著詹姆斯（James）的意識流理論，被愛爾蘭的喬伊絲（James Joyce《尤利西斯》）、法國的普魯斯特（Marcel Proust《追憶似水流年》）和美國的福克納（William Faulkner《喧嘩與騷動》），作為一種表現人內心的無意識心理活動或非理性的幻想、幻覺、聯想等敘述技巧，廣泛地運用到文學創作之中。法國出現了以阿蘭・羅布-格里耶（Alain Robbe-Grillet）、娜塔莉・薩洛特（Nathalie Sarraute）、蜜雪兒・布陶（Michelle Butor）、克洛德・西蒙（Claude Simon）和瑪格麗特・杜拉斯（Marguerite Duras）為代表的新小說派。他們以反對傳統的小說創作方法為宗旨，主張作者退出小說，擺脫作家的道德觀念和思想感情，打破傳統小說對時空結構和敘述順序的限制，採用意識流和虛實交錯、時空顛倒等手法，對物的世界進行純客觀的描繪。這類小說回避社會問題，重在揭示世界和人生的荒誕，在歐洲和世界曾發生較大的影響。

1958年至1960年代初，受意識流小說和新小說派的影響，法國的雷乃（Alain Renais）、特呂弗（François Truffaut）和戈達爾（Jean-Luc Godard）等開始了新浪潮電影運動。他們崇尚個人獨創性，表現出對電影歷史傳統的高度自覺，體現「作者論」的風格主張。在影片中常常使用倒敘、閃回和主觀想像鏡頭表現撲朔迷離的故事與場景，不論是在主題上還是技法上都與傳統電影大相徑庭。代表作有阿倫・雷乃的《廣島之戀》（1959）、特呂弗的《四百下》（1958）、戈達爾的《筋疲力盡》（1960）和尚盧高達（Jean-Luc Godard）的《斷了氣》（1960）等。

1960年代以後，好萊塢的文學名著改編一掃1950年代失敗的陰影，不僅佳作迭出，而且還出現了當之無愧的經典。如托尼・理查森（Tony Richardson）導演的《湯姆・鐘斯》（1963）、法蘭西斯・福特・科波拉（Francis Ford Coppola）導演的《教父》（1974）和斯坦利・庫布里克（Stanley Kubrick）導演的《閃靈》（1980）等等。

現代主義的表現手法，諸如淡化情節、意識流和間離效果等，在改革開放以前的中國電影裡，難覓蹤跡，直到以黃健中、楊延晉、滕文驥、張暖忻、謝晉等人為代表「第四代」導演，才開始在自己導演的電影中嘗試。

1979年，張錚與黃健中根據前涉執筆的長篇小說《桐柏英雄》改編而合導的電影《小花》（影片描寫了1930年的桐柏山區，貧困的趙家賣掉了不滿周歲的女兒小花。當晚，伐木工人何向東將地下黨員董向坤和周醫生的女兒董紅果寄養在趙家。紅果和小花同歲，也改名叫小花。幾年後，小花的養父母被保安司令丁波恒殺害，小花與哥哥趙永生相依為命。不久，趙永生為躲避抓壯丁，逃離家鄉參加了革命。1947年，解放軍進入桐柏山區，已經18歲的趙小花到部隊中尋找哥哥，遇到團部衛生隊的周醫生，母女相見不相識。趙永生的親妹妹被賣以後，又被何向東贖出收養，改名何翠姑。十幾年後，成長為游擊隊長的翠姑在一次戰鬥中救出了身負重傷的趙永生，但並不知道他就是自己的親哥哥。在攻打縣城的戰鬥中，小花終於與哥哥相逢。趙永生傷癒後被派回家鄉，與區長何翠姑一起做群眾工作，吃驚地發現翠姑的面容很像媽媽。於是，趙永生向翠姑談起親妹妹被賣的經過，而翠姑對自己的童年一無所知。懷著對趙永生的同情，翠姑答應幫他找到親妹妹。當翠姑向養父何向東提起此事時，何向東悲喜交集，揭開了謎底。小花、趙永生與何翠姑三兄妹經過戰火的洗禮之後團聚，董向坤和周醫生也與失散了17年的女兒團圓。影片獲得巨大成功，李谷一演唱的主題歌《妹妹找哥淚花流》，更是風靡一時。），從內容到形式的探索與「叛逆」讓觀眾耳目一新，很多閃回手段的運用，給觀眾留下了深刻的印象，由此帶動了電影的創新浪潮在根本上改變了新中國電影的創作面貌。當時，主人公趙永生、趙小花的名字幾乎家喻戶曉。主演陳沖、劉曉慶、唐國強等人也因此大獲成功。1982年，黃健中根據劉心武同名小說改編的電影《如意》，不僅內涵豐富，而且還將人物的純樸、平靜、喜悅與心酸混雜，環境和人物精神境界融會一體，藝術感染力特別強。1979年，滕文驥和吳天明導演《生活的顫音》，以優美動人的音樂、男女主人公深情接吻的鏡頭開創了西部電影之門，該片1979年榮獲文化部優秀影片獎。1981年，楊延晉導演的電影《小街》，以散文詩鏡頭語言，向我們講述了特殊年代中青年男女之間純潔、美好的感情以及他們催人淚下的遭遇。

（二）當代小說電影改編的理論與實踐

事實上，小說的電影改編，與其理論的探討不無關係。1950年代後，美蘇出現了許多探討小說與電影改編的論文和著作。影響較大的有：（美）喬治・布魯斯東（George Bluestone）的《從小說到電影》（1957）（本書理論聯繫實際，作者在對小說和電影相關的美學原則作了一番相當廣泛的考察後，指出了改編小說的影片製作者所面對的各種向題。在此基礎上，作者還結合六部根據著名小說改編的影片《告密者》、《怒火之花》、《呼嘯山莊》、《傲慢與偏見》、《黃牛慘案》和《包法利夫人》，來佐證自己的理論觀點。）、（蘇）E・格布里羅維奇的《長篇小說與電影劇本》（1952）、波高熱娃的《文學作品的改編》（1961）、蒂・莎赫・阿茲卓娃的《契訶夫與電影——關於契訶夫作品的電影改編問題》（1973）等。蘇聯電影理論家或許受意識形態潛移默化的影響，強調小說改編成電影時的主觀能動性和現代觀念的介入。

蘇聯的電影理論，伴隨政治體制對中國的電影理論界產生了重大影響。1954年，史東山在中國電影出版社出版了《電影藝術在表現形式上的幾個特點》。作者從分析小說、戲劇與電影的區別和共同點入手，闡釋了電影藝術在表現形式上的基本特點；接著，又對電影分鏡頭的原理提供了一些論據。1980年代，中國電影界，因導演張駿祥在1980年初的一次導演總結會上提出「電影就是文學——用電影表現手段完成的文學」的觀點，而引發了一場曠長持久的關於「文學和電影」的爭論。張駿祥特別強調「電影拍成後通過它自身特有的形式所體現出來的文學價值」包含四個方面：其一是「作品的思想內容」；其二是關於「典型形象的塑造」；第三是「關於文學的表現手段」；第四是「節奏、氣氛、風格和樣式」。導演在用電影手段來體現和完成這些文學價值時，它只能在劇本提供的這些文學價值的基礎上，豐富和突出，而不能創造它。（張駿祥：《用電影表現手段完成的文學》，《電影》1980年11期。）張駿祥的觀點，彷彿在電影這一潭平靜的池水裡扔下了一塊巨石，漾起了層層浪花。當時的一些電影理論家都參與了討論。爭論的焦點，是關於電影的「文學性」的看法。代表性的文章有：《電影文學與電影特性問題——兼與張駿祥同志商榷》（鄭雪來）、《「電影的文學價值」質疑》（張衛）、《電影的文學性和文學的電影性》（餘倩）、《電影、文學和電影文學》（邵牧君）、《辯證地歷史地看待電影的文學》（李少白）、《電影文學和電影的文學性》（葉楠）（《電影的文學性討論文選》，中國電影出版社1987年版。）等等。雖然對於電影「文學性」的討論最終也沒有定論，但卻推進了文學與電影之間關係的研究。爭論各方都認為，電影不等同于文學，但也應重視文學在電影藝術的作用，這無疑有助於小說的電影改編。

1980年代以來，一大批有影響的現實主義小說憑藉電影的翅膀，一時飛入尋常百姓家。如《禍起蕭牆》（水運憲）、《赤橙黃綠青藍紫》（蔣子龍）、《陳奐生上城》（高曉聲）、《花園街五號》（李國文）、《天雲山傳奇》（魯彥周）、《靈與肉》（張賢亮）、《人生》（路遙）、《人到中年》（諶容）、《沒有航標的河流》（葉蔚林）、《女大學生宿舍》（喻杉）、《高山下的花環》（李存葆）、《今夜有暴風雪》（梁曉聲）、《芙蓉鎮》（古華）等等小說，都先後被改編成電影。小說的繁榮為電影的創作提供了現存的藍本。1982年，有數十部當代題材的小說被改編成電影。李金明在《電影評介》（1983年8期）上，稱該年為電影「改編年」。粗略統計，當年改編的電影有：上影：《牧馬人》、《城南舊事》、《強小子》、《小金魚》、《開槍，為他送行》、《禍起蕭牆》；長影：《人到中年》、《張鐵匠的羅曼史》、《心靈深處》、《家務清官》、《赤橙黃綠青藍紫》、《仇侶》、《大地之子》；北影：《駱駝樣子》、《如意》、《白鴿與金鹿》；珠影：《山菊花》、《三家巷》；西影：《山道彎彎》；峨影：《琴思》、《內當家》；八影：《布穀催春》、《天山行》、《最後一個軍禮》、《彩色的夜》；瀟湘：《竹山青青》、《陳奐山上城》（與青年廠合拍）、《特殊身分的警官》；兒影：《扶我上戰馬的人》；昆明：《葉赫娜》；香港華文公司：《精變》等。

當代題材小說的電影改編，是促進電影繁榮的不二選擇。1980年代中期，中國電影界出現了一批富有探索精神、被稱為「第五代」的年輕導演，如陳凱歌、田壯壯、黃建新、張軍釗、吳子牛、張藝謀等。他們不願像「第四代」導演那樣，專注於故事性強的小說改編，有意無意地避開那些明顯干預現實生活的文學作品，而將目光鎖定在自覺反省民族文化精神和喚醒民族生命力的非小說體裁的文學作品。如冠之為中國「第五代」導演的開山之作的電影《一個和八個》，張軍釗執導，張藝謀、肖風攝影，陶澤如、陳道明主演。影片雖是根據郭小川的長篇敘事詩《一個和八個》改編，但著重發掘的是攝影的色彩、構圖和造型的藝術魅力，而將電影一貫重視的故事情節有意淡化。

影片的劇情極其簡單：

抗日戰爭期間，因叛徒誣告，八路軍指導員王金被當作奸細，與土匪大禿子、粗眉毛、瘦煙鬼、逃兵老萬頭、大個子、小狗子以及投毒犯、奸細等八名罪犯關押在一起。在關押期間，發生了許多矛盾和衝突，王金卻始終堅持自己的信念，與其他七人格格不入。但後來，土匪大禿子腳受傷，因情況危急要被部隊處決，王金卻主動背起大禿子繼續行進。罪犯們對王金開始另眼相看。隊伍在路過被鬼子洗劫過的村莊時，又遭遇鬼子的大掃蕩，並陷入包圍之中。許志率眾奮勇戰鬥，王金等人在許志許可下被釋放，一同參與抗擊日寇。戰鬥中，老萬頭、大個子和大禿子相繼戰死，王金帶領大家突圍成功。在患難與共的過程中，餘下的幾名罪犯受到了強烈的感召，思想上發生了天翻地覆的變化，表示不再與黨和人民為敵，堅決抗日。最後，王金背著許志走向了我軍駐地。

和詩歌原作一樣，影片雖將極具戲劇衝突的故事放在嚴峻的戰爭環境中，突出的重心卻是身分各異的人的心靈衝撞和人與人之間關係的演變。在拍攝上，注重畫面造型，用極端誇張的不對稱不均衡構圖，對比強烈的光線和黑白對比版畫式色彩的慣常使用，不僅構成一種內在的緊張感，而且使片中人物具有了雕塑般的力度與沉重感。第五代電影人勇於開拓與大膽嘗試，注重的是氣勢，並不考慮呈現的東西多少，反而使影片更有表現力與說服力。

同為「第五代」導演的陳凱歌，1984年根據柯藍的散文《空穀回聲》改編的電影《黃土地》（攝影／像：張藝謀），其「情節構架已被平面化和單純化到相當的程度」。（倪震：《〈黃土地〉之後》，《探索的銀幕》，中國電影出版社1994年版，第240頁。）

影片的劇情如下：

抗戰期間，八路軍的文藝工作者顧青從延安到山區采風，寄宿在一家貧苦的農家。其女兒翠巧因葬母和為弟弟訂婚，與一個年齡比她大很多的男人訂了娃娃親。顧青帶來的新生活資訊，使翠巧萌發了新的憧憬。翠巧的爹爹善良，可又愚昧，他要翠巧在四月裡完婚。在顧青離去時，老漢為顧青送行，唱了一曲傾訴婦女悲慘命運的歌。翠巧結婚前夕，逃出夫家，駕小船冒死東渡黃河。河面上黃水翻滾，須臾不見了小船的蹤影。兩個月後，顧青再次下鄉，翠巧、憨憨衝出求神降雨的人群，向他奔來。顧青來到黃河邊，只見安詳而深沉的黃河仍緩緩向東流去……

全片側重於影像表意功能的發揮，擅長用鏡頭語言、畫面內部物像的本身來揭示和傳達思想和藝術資訊。在影片中，擔水、耕地、牧羊、紡線、腰鼓、求雨、土地、黃河、山坡、月夜等影像表意鏡頭，格外突出，共同烘托了全片的「黃土地」核心意象。陳凱歌在解釋他導演這部影片的意圖時說，他是想要「以養育了中華民族、產生過燦爛民族文化的陝北高原為基本造型素材，通過人與土地這種自氏族社會以來就存在的古老而又最永恆的關係的展示」，來引出一些「有益的思考」。（陳凱歌：《我怎樣拍〈黃土地〉》，《中國電影理論文選》（下），文化藝術出版社1991年版，第566頁。）從影片中的安塞腰鼓（滿山遍野之中，上百名青年農民興高采烈地打起了腰鼓，盡情釋放著歡樂情緒和使不完的力氣，好像一切都在瞬間變得生機昂然。）和農民祈雨（無數瘦弱的老農向畫面盡頭緩緩奔去，傳達出一種茫然無措的感覺。）兩大場面，來象徵生命本身的積極進取和沉積在民族文化深處的保守性格和無法掙脫天命的悲劇感。

當陳凱歌繼續關注於電影改編的文化內涵時，從幕後的攝影來到臺前獨立執導的張藝謀，又開始關注小說本身的故事性。他執導的一些有影響的影片，幾乎都是根據當代作家的小說改編的。如：

1987：《紅高粱》——莫言《紅高粱家族》（《紅高粱》和《高粱酒》）

1990：《菊豆》——劉恒《伏羲伏羲》

1991：《大紅燈籠高高掛》——蘇童《妻妾成群》

1992：《秋菊打官司》——陳源斌《萬家訴訟》

1994：《活著》——余華《活著》

1995：《搖啊搖，搖到外婆橋》——李曉《門規》

1996：《有話好好說》——述平《晚報新聞》

1998：《一個都不能少》——施祥生《天上有個太陽》

1999：《我的父親母親》——鮑十《紀念》

2000：《幸福時光》——莫言《師父越來越幽默》

2006：《滿城盡帶黃金甲》——曹禺《雷雨》

2009：《金陵十三釵》——曹雪芹《紅樓夢》

從中可以看出，張藝謀青睞的當代作家，要麼是「新潮作家」，要麼是「先鋒作家」。這些作家與他互為添彩，一同走向成熟。

歷史進入1990年代，隨著經濟體制的轉型，市場經濟撩開欲語還休的面紗，在中國大地上盡情地揮舞著它的魔杖，所到之處無不留下商業和功利的味道。文學對社會的影響和作用，日漸式微，它對社會的聲音甚至要通過影視來表現。小說等文學樣式很難為影視提供更多的素材和靈感。小說和影視，也成為商品。追求利潤的最大化，成為作家和導演（投資人）的終極目標。一些嚴肅作家開始「觸電」，與影視導演合作，為經濟效益而聯姻。

無可否認，好萊塢的製片商花鉅資買斷通俗暢銷小說改編成電影，如《辛德勒的名單》（Thomas Keneally湯瑪斯・肯尼利）、

《侏羅紀公園》（Michael Crichton邁克爾・賴頓）、《阿甘正傳》（Winston Groom溫斯頓・格盧姆）、《廊橋遺夢》（Robert James Waller羅伯特・詹姆斯・沃勒），等等，都毫無例外地創下空前的票房紀錄，這無疑觸動了中國當代作家和製片商敏感的神經。

王朔、莫言、劉恒、楊爭光、蘇童、余華、劉震雲等當代著名作家，不僅與影視結緣甚早，而且還親自操刀出任自己小說改編的編輯，甚至還在改編之餘專事寫作影視劇本。

在這些實力派作家中，王朔與影視的緣分最深，也最為成功。1988年，他的4部小說先後被改編成電影：米家山拍攝的《玩主》（峨影）、黃建新拍攝的《輪迴》（據《浮出海面》改編，西影）、葉大鷹拍攝的《大喘氣》（據《橡皮人》改編，珠影）、夏鋼拍攝的《一半是海水、一半是火焰》（北影）。這一年，被中國影視界稱為「王朔電影年」。

語言藝術改編為音畫藝術，獲得空前的成功，激發了王朔進軍中國電視劇市場的熱情。1990、1991年，他先後與人策劃、編劇了50集電視連續劇《渴望》（李曉明編劇、北京電視藝術中心製作）和《編輯部的故事》（趙寶剛導演，中國大陸第一部電視情景喜劇），不僅創造了中國電視劇發展史上收視率的最高紀錄，而且還成為中國情景喜劇的開山鼻祖。

王朔的小說似乎是專為影視劇而作，眾多導演青睞有加，屢次改編，大獲成功。凡是涉足者的導演、演員、無不大紅大紫，觀收率也居高不下，導致屢次翻拍。如王朔在1992年出版的小說《過把癮就死》，先後被趙寶剛、葉京和張元翻拍成電視劇《過把癮》（1994年）、《再過把癮》（2009年）和電影《我愛你》（2003年）。此外，王朔的小說被改編成電影的還有：

《青春無悔》（周曉文導演，王朔編劇，1992年）
《無人喝彩》（夏鋼導演，1993年）
《陽光燦爛的日子》（據《動物兇猛》改編，姜文導演，1994年）
《永失我愛》（據《永失我愛》和《空中小姐》改編，馮小剛導演，1994年）
《我是你爸爸》（又名《冤家父子》，馮小剛導演，1996年）
《甲方乙方》（據《你不是一個俗人》改編，馮小剛導演，1997年）
《一聲歎息》（王朔據自己過去的電影劇本《狼狽不堪》改編，馮小剛導演，2000年）
《看上去很美》（張元導演，2006年）

隨著電視劇走入尋常百姓家，電影在1992年開始滑坡，王朔卻逆勢而上，自己出資成立了「海馬影視創作中心」，帶動了一大批作家從電視劇回歸電影。《紅櫻桃》、《陽光燦爛的日子》、《搖啊搖，搖到外婆橋》以及《紅粉》四部國產片，都斬獲了不錯的票房收入。然而，小說與影視畢意是兩種不同的藝術樣式，王朔以小說進入影視，雖斬獲頗豐，在實踐上卻倍感困惑。不久，「海馬影視創作中心」關門歇業，開啟「娛樂快感」之門的王朔，對影視不再熱心。

（三）當代電視改編的進程

當電影改編觀念初步成熟時，電影的姊妹藝術——電視，隨著高科技的大眾傳媒異軍崛起，甚至後來居上。

「電視」一詞的英文名稱television，意指「遠距離觀看」，是法國科學家康斯坦丁・伯斯基在1900年為一次國際會議起草報告時創造的，並正式使用至今。電視，作為20世紀最偉大發明之一，從行為、思想到社會政治、經濟、文化，對人類的影響是其他藝術無法企及的。電視是通過一定的傳輸方式，運用聲音、圖像、文字等符號進行資訊傳播的一種媒介。

世界上，最早製造電視機的是英國科學家約翰・貝爾德（John Logie Baird）。他在1925年利用「尼普可夫（Paul Nipkow）盤」（1884年，德國科學家尼普可夫發明可以轉動掃描的圓盤，以此得名）製造了電視機，並拍攝了倫敦百貨店的店員威廉・臺英頓，使其成為世界上第一個在電視上出現的人。約翰・貝爾德因而贏得了「電視之父」的稱號。1928年，在發明家亞里克・山德森的領導下，美國通用電氣公司在斯克內克塔迪的電視實驗室，試播了第一部情節劇《女王的信使》。1930年，英國廣播公司BBC播出了世界上第一部電視劇——皮蘭・德婁的《花言巧語的人》。自此以後，文學作品的改編領域又增添了電視劇的改編。電視劇問世之初，因圖像模糊，沒錄音錄影設備等電視技術本身的限制，並不為觀眾看好。隨之而來的「二戰」，電視業又遭到重創，電視劇的發展幾近停滯。直到1950、1960年代，英美為代表的世界電視劇才重新恢復活力。正因為如此，在1970年代以前，文學作品的電視劇改編的理論論述，零星散亂，未成體系。

在中國，電視劇在一開始就與小說結下了不解之緣。1958年6月15日，北京電視臺（中央電視臺的前身）直播的中國第一部電視劇《一口菜餅子》，就是根據《新觀察》雜誌發表的同名短篇小說改編而成。故事講的是解放後的農村，一個小女孩吃過飯後，拿著一塊絲糕逗小狗玩，姐姐發現後制止了妹妹，並給妹妹講述了舊社會他們一家窮苦、悲慘的生活遭遇。那時，父母雙親帶著姐妹倆出外逃荒，父親病死在路上，母親也病倒在一個破草棚裡。姐姐到地主家去討飯，又被地主家的惡狗咬傷了腿。姐姐逃回草棚後，看見年幼不懂事兒的妹妹正哭著要吃的，病危的母親從懷裡掏出僅有的一口菜餅子給妹妹，姐姐上前讓妹妹把菜餅子留給母親吃。在推讓之中，母親含淚死去。聽完姐姐的回憶，又看到媽媽留下來的那一口菜餅子，妹妹痛悔自己忘了過去的苦難。

這部黑白電視劇全長雖然只有20多分鐘，但它畢竟開啟了中國電視劇之先河。「電視劇」這一名稱就是該劇演播時，由編導人員（編劇：陳庚；導演：胡旭、梅阡；攝影：文英光、冀峰、化民。中央廣播實驗劇團的李燕扮演妹妹，余琳扮演童年時期的妹妹，孫佩雲扮演姐姐，王昌明扮演父親，李曉蘭扮演母親）即興命名的，後沿用至今，並為臺港澳三地採用。

據不完全統計，1958年到「文革」前，北京及各地電視臺共計播出了180餘部電視劇。主持人陳鐸回憶他主演直播劇《新的一代》時說：「那時候還沒有錄影技術，所有的電視節目，包括電視劇，全都是現場直播，要求演職人員業務素質全面，敬業精神非常強，不僅各項準備工作要特別充分，播出時更要精神高度集中。」（《陳鐸：從中國電視最長工齡的人到足球健將》，2008年6月13日《人民日報·海外版》。）除了《一口菜餅子》，直播劇時期的改編作品還有：第二部電視直播劇《黨救活了他》，改編自《人民日報》上的一篇通訊；根據陶承同名長篇革命回憶錄改編的《我的一家人》；取材於民間傳說的電視劇《長髮妹》；根據馮忠譜同名小說改編的《桃園女兒嫁窩谷》；根據美國作家馬爾茲同名話劇改編的《莫里生案件》；從契訶夫小說改編的獨幕劇移植而來的《明知故犯》；根據梁斌長篇小說《播火記》改編的《綠林行》；根據李季同名敘事詩改編的電視詩劇《海誓》；根據羅廣斌、楊益言長篇小說《紅岩》改編的《江姐》；根據柯岩的話劇劇本改編的《相親記》，等等。因《相親記》故事妙趣橫生，先後播放過4次，成為「文革」前直播次數最多的電視劇。當時的電視劇多數是根據先進人物事蹟報導改編，謳歌為建設新中國獻身的英雄和創造新生活的勞動人民。採取演、播、看同時進行的直播方式，由演員在電視臺的演播室現場表演，再經過多機拍攝和鏡頭切換的藝術處理，借助電子傳播手段，再傳達給電視機前的觀眾。

在長達十年的「文化浩劫」中，剛剛起步的中國電視劇藝術事業，陷入創作的停滯階段，只有3部取材於真人真事的新聞報導電視劇《考場上的反修鬥爭》、《公社黨委書記的女兒》和《神聖的職責》播出，階級鬥爭的時代印記和宣教色彩非常明顯。粉碎「四人幫」後，中國電視劇藝術事業，伴隨著多方位的文化反思復興了。從1978年4月播出的《三家親》為起點，到1984年為止，全國各電視臺總共播出電視劇945集。1980年，中國電視劇最高「政府獎」、「全國優秀電視劇獎」（1983年定名為「全國電視劇飛天獎」，1992年更名為「中國電視劇飛天獎」）創辦，並於第二年開始評獎。第一屆「大眾電視金鷹獎」於1983年評定。與「飛天獎」相比，「金鷹獎」多了一些民間話語權意味。這兩大獎項幾乎包羅了從政府到民間的「陽春白雪」和「下里巴人」。1992年，每年一度的中宣部精神文明建設「五個一工程」評選活動也拉開了序幕，其中包括了電視劇的評獎。這三大獎項時有重複評選的劇目。

這一時期電視劇的改編作品較多，有影響和代表性的是：由張潔同名短篇小說改編的電視劇《有一個青年》；根據李宏林報告文學《走向新岸》改編的《新岸》；根據孟偉哉小說《一座雕像的誕生》改編的《大地的深情》；根據蔣子龍同名長篇小說改編的《喬廠長上任記》和《赤橙黃綠青藍紫》；根據葉辛同名長篇小說改編的《蹉跎歲月》；根據李存葆同名中篇小說改編的《高山下的花環》；根據馮驥才同名中篇小說改編的單本劇《走進暴風雨》等等。同時期出現了由名著《水滸傳》相關故事情節改編的電視劇《武松》，隨著《武松》的成功，山東電視臺後來又推出了由《水滸傳》相關人物改編的電視劇《魯智深》、《顧大嫂》、《林沖》、《晁蓋》和《李逵》等。

1981年，由唐佩琳同名電影文學劇本改編的中國第一部電視連續劇《敵營十八年》誕生，開啟了中國通俗電視連續劇的先河。之後，根據黃谷柳同名小說改編的電視連續劇《蝦球傳》也獲得了成功。

1984-1990年，中國電視劇藝術事業的發展進入繁榮期。全國電視劇產量突破年產萬集大關。這期間具有代表性的改編劇作有：根據梁曉聲同名中篇小說改編的連續劇《今夜有暴風雪》；根據陳璵同名長篇小說改編的連續劇《夜幕下的哈爾濱》；根據柯雲路同名長篇小說改編的連續劇《新星》；根據老舍同名長篇小說改編的連續劇《四世同堂》；根據柯岩同名長篇小說改編的《尋找回來的世界》；根據韓靜霆同名長篇小說改編的連續劇《凱旋在子夜》；根據紮西達娃同名中篇小說改編的《巴桑和她的弟妹們》；根據秦瘦鷗同名長篇小說改編的《秋海棠》。由茅盾同名短篇小說改編的電視劇《春蠶》成功後，茅盾長短篇小說共6部（篇）陸續改編成了電視連續劇：8集連續劇《虹》、6集連續劇《春蠶・秋收・殘冬》、14集連續劇《子夜》（2007年翻拍成41集連續劇）和20集連續劇《霜葉紅似二月花》；由梁曉聲同名長篇小說改編的連續劇《雪城》等等。

這期間，四大經典名著改編出現了第一個高潮。根據曹雪芹同名長篇小說改編的連續劇《紅樓夢》、由吳承恩同名長篇小說改編的連續劇《西遊記》次第亮相螢屏。值得一提的是人物傳記片《秋白之死》，瞿秋白在獄中寫下的《多餘的話》，被演化為畫外音、人物獨白、人物對話、旁白等，對劇作的成功起到了不可替代的作用。海岩成名作《便衣員警》被改編成了同名連續劇獲得好評後，他的小說被陸續改編成電視連續劇，如《永不瞑目》、《一場風花雪月的事》、《你的生命如此多情》、《拿什麼拯救你我的愛人》、《玉觀音》、《陽光像花兒一樣綻放》（改編自小說《深牢大獄》）和《五星飯店》等，成為獨特的海岩現象。

此外，還有由周而復長篇小說改編的同名連續劇《上海的早晨》；根據馬中毅（筆名安岩）長篇小說《一個留學生和兩個女間諜》改編的連續劇《海外遺恨》；由韓志君（兼編劇）長篇小說《命運四重奏》改編的「農村三部曲」第一部《籬笆・女人和狗》（之後陸續播出第二部《轆轤・女人和井》（1991）、第三部《古船・女人和網》（1993））；由王冠亞同名傳記小說改編的連續劇《嚴鳳英》；由臺灣作家林佩芬同名長篇小說改編的連續劇《努爾哈赤》等，引領了中國歷史劇的發展。

1990年代，電視劇進入多元化探索時期。這期間，具有代表性的改編作品有：根據王朔小說《劉慧芳》改編的50集電視連續劇《渴望》，滿足了觀眾對生活和審美的雙重期待，獲得了永恆的生命和力量。根據錢鍾書長篇小說《圍城》改編的同名電視連續劇，被公認為改編忠實原著的典範。根據艾蕪同名小說改編的系列中篇電視劇《南行記》（《邊寨人家》《人生哲學第一課》和《山峽中》）；根據強尼小說《聖人》改編的《孔子》；根據葉辛同名長篇小說改編的《孽債》，開創國內電視臺晚間電視劇兩集連播的先河。更多的還有根據吳因易同名長篇小說改編的長篇連續劇《唐明皇》；根據高春麗同名小說改編的《風雨麗人》；根據楊廷玉同名小說改編的連續劇《女人不是月亮》；由曹桂林同名小說改編的連續劇《北京人在紐約》；由王朔小說《過把癮就死》改編的連續劇

《過把癮》；根據梁曉聲同名長篇小說改編的連續劇《年輪》；根據陸天明同名小說改編的《蒼天在上》；根據張雅文同名長篇小說改編的連續劇《趟過男人河的女人》；根據張宏森同名長篇小說改編的《車間主任》；根據茅盾名著改編的《子夜》；根據周梅森同名長篇小說改編的《人間正道》和《天下財富》；根據畢淑敏同名長篇小說改編的《紅處方》；根據張平同名長篇小說改編的《抉擇》及2007年播出的同名小說改編的《國家幹部》；由李科烈中篇小說《大山腳下》改編的連續劇《啊，山還是山》；根據二月河的長篇小說《雍正皇帝》改編的《雍正王朝》等等。

王海鴒小說《牽手》改編的電視劇獲得成功後，她的小說陸續被改編成連續劇，如《不嫁則已》、《大校的女兒》、《中國式離婚》、《新結婚時代》和《相伴》。根據張成功小說《天府之國魔與道》改編的《刑警本色》；劉恒同名中篇小說改編的《貧嘴張大民的幸福生活》；王曉玉的兩部中篇小說改編的《田教授家的二十八個保姆》和之後播出的《田教授家的28個房客》；由楊文彬長篇小說《省委書記》改編的《走過柳源》；根據小說《上天派來的媽媽》改編而成的《嫂娘》等等，都引起了強烈反響。

這期間，由施耐庵同名長篇小說改編的連續劇《水滸傳》、羅貫中長篇小說《三國演義》改編的同名連續劇亮相螢屏，四大文學名著的第一輪改編圓滿完成並獲得了成功。

1987年播出內地第一部由瓊瑤小說改編的電視劇《月朦朧鳥朦朧》後，1991年，瓊瑤同名小說改編的連續劇《婉君》播出，1997年《還珠格格》第一部播出，直至2007年，湖南衛視推出《又見一簾幽夢》。瓊瑤熱持續升溫，造就了一大批「瓊女郎」和「瑤男生」。

新世紀以來，中國平均年產電視劇近15000集，獨傲全世界。在這之中，文學作品改編的電視劇數量逐年攀升。這一時期，金庸武俠小說改編的電視劇久盛不衰。在累積改編、翻拍的88部金庸影視劇中，內地改編、翻拍的就有：《笑傲江湖》、《俠客行》、《天龍八部》、《射雕英雄傳》、《連城訣》、《神雕俠侶》、《碧血劍》、《書劍恩仇錄》、《倚天屠龍記》和《鹿鼎記》，其中幾部還被多次改編。這一時期具有代表性的改編作品還有：由前蘇聯作家奧斯特洛夫斯基的名著《鋼鐵是怎樣煉成的》改編的同名電視劇，編劇是三位知名作家——梁曉聲、萬方、周大新；根據柳建偉小說改編的連續劇《突出重圍》；陸天明同名小說陸續改編成的連續劇《大雪無痕》、《省委書記》、《高緯度戰慄》和《命運》；譚力同名小說改編的《女子特警隊》；根據董竹君的自傳《我的一個世紀》改編的《世紀人生》；根據陳心豪同名長篇小說改編的《紅色康乃馨》；根據黃亞洲同名長篇歷史小說改編的《日出東方》；根據周梅森小說《中國製造》改編的《忠誠》，之後，其同名小說改編的《絕對權力》、《國家公訴》、《至高利益》、《我主沉浮》等陸續熱播；張宏森的長篇小說《大法官》與電視劇同步推出；根據二月河小說《康熙大帝》改編的《康熙王朝》；根據石鐘山小說《父親進城》改編的《激情燃燒的歲月》，石鐘山小說改編的電視劇多達20多部，如《軍歌嘹亮》、《幸福像花兒一樣》、《遍地英雄》、《天下兄弟》等等。萬方同名中篇小說改編的《空鏡子》及其「女性三部曲」的另兩部《空房子》和根據《華沙的盛宴》改編的《空巷子》依次亮相，2009年又播出了根據她同名小說改編的《一一之吻》。

這一時期，越來越多的小說被改編成了電視劇並獲得成功，二者形成了良性互動關係。具有代表性的還有：根據王維同名小說改編的《DA師》；顧偉麗的《親情樹》、《香樟樹》和《相思樹》都同步推出了小說；根據翟恩猛長篇小說《瘋祭》改編的《守望幸福》；根據鄒靜之同名長篇小說改編的《五月槐花香》；根據司馬遷的《史記》和班固的《漢書》改編的《漢武大帝》；根據王海鴒同名小說改編的《大姐》和《中國式離婚》；根據齊鐵民中篇小說《有淚悄悄流》及續篇《張小霜和她的姐妹們》改編的《有淚盡情流》；根據歐陽黔森和陶純同名小說改編的電視劇《雄關漫道》；根據周振天同名小說改編的《玉碎》；根據馬烽、西戎同名小說改編的《呂梁英雄傳》；根據石鐘山「幸福」三部曲首部《幸福像花樣燦爛》改編的《幸福像花兒一樣》；根據朱秀海同名小說改編的《喬家大院》、《天地民心》；根據黃仁柯長篇小說《世界沒有末日》改編的《記憶的證明》；根據都梁同名小說改編的《亮劍》以及後來的《血色浪漫》、《狼煙北平》；根據黃國榮同名小說改編的《沙場點兵》；根據徐貴祥同名小說改編的《歷史的天空》；根據權延赤同名中篇小說改編的《狼毒花》；郭富文同名小說改編的《戰爭目光》等。

小說不僅成為電視劇改編的重要素材，而且還屢獲成功。如2009年第27屆「飛天獎」獲獎劇目中，長篇一等獎中有四部改編自小說：由蘭曉龍長篇小說《士兵》改編成的《士兵突擊》；由韓天航小說《母親和我們》改編的《戈壁母親》；龍一同名短篇小說改編的《潛伏》；石康同名小說改編的《奮鬥》。不僅如此，電視劇的熱播也帶動了小說的市場熱銷。如《金婚》的編劇王宛平，在同名電視劇熱播時，將電視劇本改編成的小說，在市場上廣受讀者歡迎。此外，根據鄧一光同名長篇小說改編的《我是太陽》；根據裘山山小說《春草開花》改編的《春草》；根據劉恒小說《蒼河白日夢》改編的《中國往事》；根據導演郭靖宇早年的中篇小說改編的《美麗人生》；葉兆言同名中篇小說改編的《馬文的戰爭》；畢淑敏同名小說改編的《女工》；徐貴祥同名小說改編的《高地》；根據六六同名網路小說改編的《雙面膠》和《王貴與安娜》，都得到官方和民眾的好評，屢創收視新高。

誠然，隨著電視的普及和後來居上，有關小說的電視劇改編逐漸被理論界重視。然而，電視劇的容量，決定了它與電影的關係，無論是外延還是內涵都更為複雜。要給予「電視文學」明確的定義，非常困難。高鑫在《電視藝術學》中認為：「電視文學是指通過特殊的螢幕造型手段，運用文學創作的一般規律，形象地反映生活，塑造人物，抒發感情，充滿了文學的氛圍，給觀眾以文學審美情趣的電視藝術作品。」（北京師範大學出版社1998版，第141頁。）如電視小說、電視散文、電視詩、電視文學報告等。從「文學作品」到「電視文學」，就其傳播手段來說，是從「文字」傳播到「電視」傳播，是時代的必然，也是歷史發展的必然趨勢。隨著電視技術的大普及，為人類提供了新的傳播媒介，從而完全改變了人們的審美方式和審美意識——從低頭讀小說到昂頭看電視，從接受文學的內容傳播到直接接受畫面資訊，從文學構成聯想到畫面的直觀。

二、影視改編觀念的歷史演進

（一）外國電影改編觀念的歷史與實踐溯源

電影誕生之初，因受當時的技術條件限制，電影只能忠實地記錄和再現日常生活。電影和電影放映機的發明人：法國的盧米埃爾兄弟（Auguste Marie Louis Nicholas，1862～1954；Louis Jean，1864～1948），改造了美國發明家愛迪生所創造的「西洋鏡」，將其活動影像通過投影而放大，從而使更多人能夠同時觀賞。

1895年12月28日，盧米埃爾兄弟在法國巴黎卡普辛路14號潮濕、昏暗的大咖啡館地下室，放映了幾部影像短片：《工廠大門》、《拆牆》、《嬰兒喝湯》、《火車到站》。其中的《工廠大門》，在一分多鐘的劇情中，主要表現了當時法國里昂盧米埃爾工廠放工時的情景：盧米埃爾工廠大門徐徐打開，一群頭戴緞帶紐結羽帽，身穿緊身上衣和曳地長裙，腰繫圍裙的女工邊說邊笑地步入走出，接著是一群手推自行車的男工也魚貫而出。與之相反的是，廠主們乘坐一輛由兩匹駿馬拉著的馬車進入工廠。年輕的女士們一邊躲避車輛，一邊歡快地步行。這時，大門口還跑出一隻蹦蹦跳跳的大狗。隨後，工廠門衛走出來，很快把工廠大門關閉起來。

盧米埃爾在片中第一次使用「偷拍」的手法，逼真地紀錄了真實的生活場景，開創了紀實主義傳統。可這種反對主觀介入、虛構生活的表現手法，卻使剛剛誕生的電影局限在純客觀的片段紀錄之中。

1898年，詹姆斯·斯圖爾特·布萊克頓（J·Stuart Blackton）在美西戰爭期間拍攝了宣傳片《扯下西班牙國旗》，因加入布萊克頓本人用手從旗杆上扯下西班牙國旗而掛上美國國旗的戲劇鏡頭，給觀眾造成極大的震動，無不「激動得發狂」。（[美]路易斯·雅各斯：《美國電影的興起》，中國電影出版社1991年版，第12頁。）

電影改編的創作實踐在電影誕生不久就開始了。有據可查，人類第一部改編影片是《月球旅行記》（影片描寫了一群穿著星相家服裝的天文學家決定到月球上旅行，他們來到一個製造複雜而奇怪機器的工廠。這時一個美麗超群的女海員搬來一發炮彈，讓這群天文學家坐進去後，裝入炮筒，向天空發射出去，降落到月球裡一處火山口的平原上。天文探險者們從炮彈裡出來，領略奇妙的月亮風光。他們受到美麗的女郎代表星星之神的歡迎。金星神、火星神、土星神在窗子旁邊出現了，天文探險家們躺在地上做起夢來。月球上的夜晚太寒冷了，他們被冷風吹醒，鑽到洞窟裡去避寒。在洞窟裡，他們發現了巨大的蘑菇、月亮神和巨大貝殼和許多稀奇古怪的東西。有的探險家被怪物促住了，他們互相救助，驚慌地逃出洞穴，坐進炮彈，飛離月亮，乘降落傘回到了地球。隨後，他們在經過一段海底旅行後，在一個奇特的塑像揭幕典禮中結束。）1902年，法國的喬治・梅里愛（Georges Méliès），將小說《從地球到月球》（儒勒・凡爾納Jules Gabriel Verne，1865）和《第一次到達月球上的人》（赫・喬・威爾斯Herbert George Wells，1895）改編成了一部讓電影藝術免於夭折的「令人瘋狂」的電影：《月球旅行記》。梅里愛親自編寫了電影劇本，將全片分為30個場景。在這部影片裡，他充分運用了他那編織木偶戲的才能和魔術師的技巧，如探險家坐炮彈去月球顯然就是魔術裡常見的「炮彈飛人」；同時，又吸收了原小說的奇幻想象，而這些東西又巧妙地運用電影特技（剪輯、移動攝影、疊印法、漸隱漸顯和特寫）等手法表現出來，更使影片顯得奇詭莫測，緊張生動了，使那個時代的巴黎市民如癡如醉。這部改編影片的成功，不僅使盧米埃爾引入死胡同（當時歐洲城市裡放映電影的主要目的是為了做廣告而不是為了賺錢，所以收費極為低廉，而導致拍攝資金的入不敷出，剛剛興起的電影，危在旦夕。）的電影再次獲得新的生命力，使電影真正跨入藝術之林，而且開創了小說改編電影的先河。

隨後，梅里愛又先後將《魯濱遜漂流記》、《格利弗遊記》、《浮士德》和《哈姆雷特》等文學作品改編拍成電影。或許囿於對文學名著改編的圖解觀念和技術限制的原因，他在根據這些文學名著改編的影片中，只是擷取其一個個故事或情節的片段，將其拍成可視的連環畫冊。「其改編觀念一直停留在對文學名著的圖解上。」（張宗偉：《中名文學名著的影視改編》，中國廣播電視出版社2002年版，第23頁。）

默片時期，小說對電影的影響主要是從其中獲得片段的素材。如1915年2月，美國電影大師D・W・格里菲斯執導的史詩巨片《一個國家的誕生》（190分鐘），就是以湯姆斯・狄克森（Thomas Dixon）的小說和舞臺劇《同族人》為藍本。影片不僅掀開了好萊塢工業體系的蓋頭，而且充分發揮並奠定了電影時空跳躍的自由和蒙太奇的多線對比功能等電影藝術的基本手法。

格里菲斯第一次將小說的內容與電影手段幾近完美地結合起來。《一個國家的誕生》雖然在內容上因對白人優越主義的提倡和對三K黨的美化，引起過很大的爭議性，但在其藝術上的成功則是毋庸置疑的。影片的成功改編，不僅使其電影在一定程度上已顯現出作為綜合藝術的特徵，而且標誌著電影與小說等其他文學藝術開始了真正的結合。

蘇聯蒙太奇理論的代表愛森斯坦和普多夫金，共同把蒙太奇從一種單純的剪輯技術提煉為一種真正的電影藝術手段，使之成為電影藝術最為獨特的表現手段。愛森斯坦講究衝突，如「雜耍」、「理性蒙太奇」等手法，認為衝突是蒙太奇的特性，衝突後產生新的表像和概念；普多夫金更多地強調連接作用，認為蒙太奇意味著多個鏡頭組成一個場面，多個場面組成一個段落，多個段落組成一個部分，一個個片段間具有顯而易見的聯繫。人們不覺得中斷和跳躍，得到一種無意的刺激。他強調電影「是某種總和性的藝術」，不僅將「一切藝術固有的那些共同特徵」「原本地保存下來」，如「有機的完整性、真實性、富於節奏而和諧的勻稱性」等等，「電影彷彿以其各種藝術的傳統來滋養自己，並使其變成自己的新的血肉。」（《普多夫金論文選集》，中國電影出版社1982年版。）。

1926年，普多夫金導演了根據高爾基同名小說改編的影片《母親》，使其現實主義美學觀點和電影是「綜合性」藝術得到了充分發揮。他和編劇H・A・箚爾赫依一起深入領會了高爾基原著的基本主題和革命激情，並將它們轉化為電影的語言。在指導演員的工作中，普多夫金力求把戲劇的表演技巧轉化為電影的表演技巧，樹立了以斯坦尼斯拉夫斯基體系的原則來培養電影演員的範例。《母親》因此在1958年布魯塞爾國際電影節上被選為電影問世以來12部最佳影片之一。

1927年10月26日，美國華納公司推出首部有聲片《爵士歌王》（影片描述一個猶太拉比的兒子一心想成為百老匯明星，唱歌跳舞。此舉遭到家長的強烈反對。他們只想讓他成為猶太教儀式中的領唱。但是深深熱愛爵士樂的兒子一心只想唱流行歌曲……多年後，背井離鄉，更名改姓的他終於登上了舞臺，在三藩市的夜店酒吧裡，他實現了自己的理想，成了一名爵士歌手。），標誌著有聲電影的開始。有聲電影的出現，大大增強了電影的表現力。隨著觀影習慣的改變和演員因遷就錄音設備而表演呆板做作的克服，有聲電影逐漸取代無聲電影。

因為有了音響和對話，小說的影視改編變成了真正的現實。無聲電影時期對小說的電影改編，只能靠造型和圖解來再現小說的情節和人物，這難免力所不逮，而音畫的配合，則使電影的敘事變得可能而自由，從而使電影逐漸掙脫舞臺的束縛。然而，電影改編要徹底放棄情節性強、結構嚴謹的戲劇觀念，仍然任重道遠。或許改編者出於便利，出品人和導演基於市場和社會的雙重效益，在1930-1940年代，電影的小說改編仍熱衷於選擇那些矛盾衝突強的小說為藍本。人們熟知的根據瑪格麗特・米切爾（1900-1949）的小說《飄》改編的電影《亂世佳人》（郝思嘉是愛爾蘭移民葛萊德・歐哈拉的女兒，她從小生活在父親所擁有的塔拉莊園——一個富饒美麗的農莊裡。十六歲那年，任性而漂亮的郝思嘉愛上了鄰居莊園少主衛希禮，而當時正值南北戰爭爆發之際。令郝思嘉傷心欲絕的是，衛希禮卻打算娶表妹韓美蘭為妻。一氣之下，郝思嘉衝動地嫁給了韓美蘭的哥哥查爾斯。此後，亞特蘭大落入了北方聯軍的手中，查爾斯不幸死於戰場。不久，郝思嘉的母親埃倫也因為傷寒病逝，父親因為神志不清，喪失了勞動力。郝思嘉不得不挑起全家的生活重擔。在此期間，她與妹妹蘇倫的未婚夫弗蘭克達成了權益婚姻，用丈夫的資金保住了塔拉莊園，並在亞特蘭大開了一家木材廠，把衛希禮和美蘭夫婦留在了身邊。一次，郝思嘉為了生意遭黑人襲擊，弗蘭克為她復仇而慘被槍殺。很快，郝思嘉又和在內戰中發家的白瑞德結了婚。玩世不恭的白瑞德很久以前就深愛著郝思嘉，笑言「只與追不到的女人結婚」的他一直都希望以自己的真情贏得郝思嘉的真愛。可是，婚後的郝思嘉依然自以為是地幻想著與希禮的愛情。直到美蘭逝世，郝思嘉才終於明白自己深愛的人是丈夫白瑞德。但是在一系列的變故中，白瑞德對郝思嘉的感情已經漸漸枯竭，最後他黯然離去。），成為好萊塢全盛時期小說改編成電影的代表作。

《飄》是瑪格麗特花費十年的心血出版的一部小說，也是她生前出版的唯一部小說。小說原名Tomorrow is Another Day，出版時，被出版商改為《飄》，「飄」取自恩斯特・道森的詩：「我忘卻的太多了，Cynara！隨風而逝。」（“I have forgot much, Cynara! gone with the wind”）。

小說《飄》於1936年6月問世後，立即風靡全美，成為最暢銷的小說。第二年，瑪格麗特憑此小說榮獲普利策（創作）獎（Pulitzer Prize）；1939年，根據其改編的電影《亂世佳人》榮獲美國第12屆奧斯卡金像獎（Academy Award）。

小說《飄》問世僅一個月，美國獨立製片人大衛・塞爾茲尼克（David・O・Selznick）擊敗眾多的競爭者，在紐約為他的國際電影公司購得了小說的影片攝製權。消息一經披露，大量讀者來信要求他聘請當時有「好萊塢影帝」之稱的克拉克・蓋博（William Clark Gable）出演男主人公白瑞德。當時，蓋博已是米高梅公司「片廠制度」下的簽約演員。為了他，塞爾茲尼克被迫接受了「由米高梅公司發行未來影片並平分發行利潤」的苛刻條件。女主人公郝思嘉的扮演者，則是塞爾茲尼克耗費10萬美元，耗時兩年選中的英國人費雯・麗（Vivien Leigh）。費雯・麗時年25歲，因出演《亂世佳人》郝思嘉而一舉成名。

《亂世佳人》之所以成為有史以來最經典的愛情巨片，究其根本原因，除了銀幕的影畫、音響魅力和導演演員的精湛演繹之外，還在於大衛・塞爾茲尼克重視小說的電影劇本改寫。他選後邀請了18位劇作家參與改編，最後由西德尼・霍華德執筆定稿。改編者在電影劇本中以美國南北戰爭前後郝思嘉及其家庭的生活經歷為主要情節，將人物命運放在宏大的社會背景中加以表現，剔出了原著中一些瑣屑細節。編導在把握原著意蘊的基礎上，加以凝練和改動，使之情節更為緊湊，故事更為生動，充滿強烈的戲劇感，成為好萊塢改編電影的一種成功模式，影響深遠。

1939年，20世紀福斯電影公司攝製，約翰・福特（John Martin Feeney　1895-1973）導演的「西部片」《關山飛渡》（影片描述八個不同的人物共同乘一輛馬車前往勞司堡。因其中一名是妓女達拉斯，引起了其他乘客的議論。途中遇到從獄中逃出來報仇的林哥小子，加入了他們的旅程。在將要到達目的地時，驛馬車遇上了印第安人的圍攻，幾經艱險之後終於獲得騎兵隊解圍。到了勞司堡，林哥小子以一敵三擊斃了仇人，同車的警長法外施仁，讓他帶著達拉斯前往邊界的農場，開始新的生活。），因情節緊湊，場景集中，一場印地安人追逐驛站馬車的戲驚心動魄，成為電影史上最佳動作場面之一，被譽為「好萊塢敘事形式典範影片」。影片是達德利・尼克爾斯根據歐尼斯特・梅柯克斯的小說《去羅特斯堡的驛車》改編而成。小說明顯模仿了莫伯桑（GuydeMaupassant）的《羊脂球》，是一部相對平庸的西部小說。尼克爾斯在改編成電影劇本時，對原小說進行了較大的改動，巧妙地運用西方戲劇結構理論「三一律」原則（要求戲劇創作在時間、地點和情節三者之間保持一致性），將全部事件濃縮於驛車從當途鎮經特來福克、亞巴盧威爾斯抵達目的地羅特斯堡短短兩天之內。一輛載著妓女、銀行家和逃犯的驛車不斷地穿越西部荒漠，一路上受到了印第安人的襲擊，緊張的追逐和後來在小鎮上的決鬥，精彩紛呈。導演約翰・福特在《關山飛渡》中集西部片技巧之大成，以高超嫻熟而富有獨特性的藝術手法使影片的敘事臻於完美。影片在設置令人窒息的緊張懸念中，圍繞車上的賭徒、旅行商、嗜酒的醫生、妓女、馬車夫、形跡可疑的銀行家和年輕姑娘的命運，順時展開。同時，輔之以山谷、荒原、沙漠等為主的環境造型，和較多的運動鏡頭與全景鏡頭來展示場面，並伴隨著激烈的外部動作來推動情節，使之鑄造了固定不變的牛仔形象、復仇的主題以及美國白人與印第安土著的緊張關係的敘事方式和影像風格（比如「門框」構圖和天花板構圖，運動鏡頭和全景鏡頭的獨特運用，流暢的鏡頭剪輯）等表現手法，對此後的西部片創作產生了深刻影響。這種影響在《黃牛慘案》、《太陽浴血記》和《正午》等影片中隨處可見。《關山飛渡》的出現，標誌了西部片的創作在經歷了漫長的發展階段之後終於趨向於成熟。巴贊高度評價道：「《關山飛渡》是達到了經典性的、風格臻至成熟的、相當完美的代表作。約翰・福特把西部片中的社會傳奇、歷史再現、心理真實和傳統的場面調度格局糅合在一起，做到了完美和均衡。這些基本構成元素安排得當，毫無畸輕畸重的弊病。《關山飛渡》猶如一個造工優美的圓輪，轉到任何位置上軸向運動都是均勻平穩的。」（安德列・巴贊：《電影是什麼？》，中國電影出版社1987年版，第242頁。）

約翰・福特（John Ford）對文學作品的電影改編情有獨衷，一生中改編的影片甚多。其中影響最大的是《怒火之花》。1940年，他根據美國獲得過諾貝爾文學獎的作家約翰・斯坦貝克（John Steinbeck）的代表作《憤怒的葡萄》改編而成。這是一部描繪美國大蕭條時代下底層民眾背井離鄉，到西部艱難生存的故事片。約翰・福特在對小說進行電影改編時，刪除了原作近1／3的篇幅，代之以豐富的電影視聽語言。例如卡車一輛接一輛地疊印在農民遷徙的畫面上，生動地表現了農民被迫背井離鄉的規模；公路路碑的出現反映了農民跋涉的漫長旅程和艱難等。

1940年代，在世界的電影改編史上，能與好萊塢抗衡的國家，除了蘇聯外，只有英國。或許英國人的性格過於保守，為人做事墨守成規。在文學作品的電影改編上，過分強調對原著的忠實，這在莎士比亞戲劇的電影改編上尤為突出。如邁克・比克特對《仲夏夜之夢》和《李爾王》的電影改編，幾近原樣照搬，不被觀眾看好。只有勞倫斯・奧立弗（1907-1989）對莎士比亞戲劇的改編做出了傑出貢獻。他先後將莎士比亞的《亨利五世》（1944）、《王子復仇記》（《哈姆雷特》，1948）、《理查三世》（1955）、《麥克佩斯》（1948）、《奧賽羅》（1952）和《威尼斯商人》等戲劇搬上銀幕，或監製，或導演，或主演，都獲得了廣泛的好評。勞倫斯・奧立弗是被英國人引以自豪的「最偉大的英國演員」、舉世公認的20世紀最傑出的國際影星之一。

1950年代，世界電影創作呈現出風格多樣化的趨勢，一枝獨秀的好萊塢格局受到了義大利新現實主義和流行於歐美的「真實電影」運動的衝擊。隨之而來的是各種電影美學理論流派的精彩紛呈，在文學改編電影的觀念上，「複製」與「移植」的改編觀念異軍突起。1951年，[法]羅貝爾・布萊松（Robert Bresson）根據貝爾納諾斯（Georges Bernanos）宗教小說改編拍攝的《鄉村牧師的日記》（一個青年牧師開始了自己的第一份工作，教會指派他到法國鄉村昂布里古Ambricourt地區傳教。他身體虛弱卻熱情洋溢，純潔無華，一心想在自己的教區建立理想的信仰。然而，他那苦行僧一般的生活習慣與周圍的環境格格不入，村民們對信仰漠然處之，彷彿一切事都在與他作對。老教士勸他順從村裡的傳統習慣做事，而在村民的信仰危機與神道之間，他迷失了自己。憤世嫉俗的醫生坦言自己根本就不相信有神，伯爵對這個熱情的年青人充滿懷疑，唯有伯爵的女兒肯向他吐露心聲。她恨自己的家庭，因為父親與她的家庭教師私通，而母親面對這一切已經麻木，變得懦弱而冷酷無情。青年牧師掙扎著開始自己的工作，他的胃只能消化用酒浸泡過的麵包。他打起精神去伯爵家探訪，終於用熱忱感動了伯爵夫人。她向牧師傾訴了因喪子之痛和丈夫的不忠感到對生命失去希望，牧師卻因身體過度虛弱而暈倒。當天晚上，靈魂得到安寧的伯爵夫人突然身亡，人們彷彿又把這一切歸罪於青年牧師。老教士在探訪時也誤認為他用酗酒來逃避艱難的生活……終於，他感到心力憔悴，動身離開教區就醫，最終被確診患了胃癌。帶著疲憊的身體和絕望的心情來到一個老同學的家，在那裡一病不起。寫完最後一篇日記後，他帶著微笑離開了人世，在靈魂的掙扎中化為神聖。），就體現了嚴格忠實原著的「複製」與「移植」的改編觀念，並為文學作品改編為電影的方式提供了獨特的範例。布萊松的電影，以簡單為特徵，常常將人物、事件置於關照中心，體現著深深的人文關懷。他反對「綜合論」，竭力維護電影藝術的純粹性和獨立性。

影片《鄉村牧師的日記》的原著是法國作家喬治・貝爾納諾斯的一部探索靈魂、表現人類心靈的宗教小說。這種充滿回憶、幻覺和心理活動的小說，是不適宜於影像改編的。羅貝爾・布萊松卻知難而上，採取畫外音作為講述故事的主要手段，通過主人公邊寫日記邊讀日記的內容，來實現對原著的「複製」與「移植」。因此，影片呈現在觀眾眼前的許多部分都是牧師在寫日記或者牧師一個人思考、彷徨的鏡頭，整個片子的基調是：沉悶、彷徨、意志的掙扎和對現世的疑惑。羅貝爾・布萊松在影片擯棄了一切本質以外的東西，呈現出一種獨特的簡約風格，一些本可以用畫面表現的東西，也被剔除，只是用聲音、自述、或者手寫字體的鏡頭來表現。而演員的表演又恰到好處，除了那個陽光的表情外，沒有任何其他表情的出現，顯得平淡無奇。影片的畫面構圖更是簡單無比，沒有特別突出的特寫，也沒有快節奏的剪輯，真正是「物質世界的復原」一般。這種改編方式在當時給人的視覺衝擊堪稱驚詫，在廣受歡迎的同時，也倍遭主流電影觀念的詬病。

美國著名的電影理論家喬治・布魯斯東並不贊成以「紀實性」為核心的巴贊理論。他在《從小說到電影》（中國電影出版社1981年版）中認為，電影無法完全「忠實」於原著，因為電影有它自己的藝術特性及藝術手段，「從人們拋棄語言手段而採取視覺手段的那一分鐘起，變化就是不可避免的。」在布魯斯東看來，「小說不應該成為電影的規範，而應該視為一個出發點，電影只是以小說提供的故事梗概作為素材來創造性地創作一個新的獨立的藝術作品；

也就不會僅僅是對名著的圖解。」小說被改編成電影后，必然成為一種與原作迥異的電影作品。

勞倫斯・奧立費（Laurence Olivier）對莎士比亞《哈姆雷特》（1948）的成功改編，契合了布魯斯東的電影改編觀。他在改編中，充分運用了電影作為視聽藝術的表現手段，圍繞自己對哈姆雷特改編定位：「這是一個下不定決心的人的悲劇。」對原著的場景和經典臺詞進行了合理的調整和增刪，成功地將文學符號轉化成了電影符號。同樣，奧遜・威爾斯（1915-1985）對莎士比亞《麥克佩斯》的成功改編也如此。他將其改編成一個有關「反對基督教律法和秩序的陰謀」的故事。在這個原著沒有的故事中，威爾斯通過對勢力將以混沌的代理人、地獄和魔法的祭司的身分出現來達到他們的罪惡的目的。為此，他在影片中創造了新的人物、刪減了原有人物的臺詞，甚至重新安排了場景，加入了別的戲劇中的臺詞。影片公映後，遭遇了一些秉承巴贊嚴格忠實於原著觀念的人的非議。羅吉・曼威爾卻在《莎士比亞與電影》（中國電影出版社1984年版）中，對奧遜・威爾斯在對莎劇改編中強調電影的形式功能的《麥克佩斯》和《奧瑟羅》推崇有加：「它們不是虔誠的或學究式的習作——在一些最好的段落中，它們潑辣地、生動地、富於想像力地擴展了這兩部悲劇。」

1950年代前，蘇聯的電影改編，因拘泥於在電影中完整地再現小說，所以乏善可陳。到1950年代後期，隨著改編者觀念的變化，在遵從原著的同時，也在影片中表現自己的傾向性，電影改編藝術取得了長足的進步，出現了一些堪稱電影改編的經典作品。如1957年，謝爾蓋・格拉西莫夫（1906-1985）根據蕭洛霍夫（M・A・Sholokhov）的名著《靜靜的頓河》改編的同名電影。影片共分三部，時長5個多小時。影片生動地再現了從第一次世界大戰到蘇聯國內戰爭結束這個動盪的歷史年代中，頓河哥薩克人的生活和鬥爭，刻畫了格里高利和其情婦阿克西尼婭等眾多人物，描繪了多色調的場景，多側面多層次地反映了那個風雲變幻的時代。同時也表現了蘇維埃政權在哥薩克地區建立和鞏固的艱苦過程及其強大的生命力，揭示了一切反動落後勢力必然滅亡的命運。格里高利・柯靜采夫（1905-1973）改編的《唐吉訶德》（1957，賽凡提斯的名著）和《哈姆雷特》（1964，莎士比亞的名著），因在影片中善於挖掘人道主義、與仇恨人類的思想進行鬥爭而受人稱道。再如，蘇聯電影評論家蒂・莎赫一阿茲卓娃在評價約瑟夫・赫依費茨（1905-1995）根據契訶夫原作改編的《帶小狗的女士》（The Lady with the Dog）（1961）時，認為此片是蘇聯1950年代和1960年代電影改編分界的標誌。在這以前，編導還沒有如此自由地探求隱喻性，在這以後，電影改編時，「開始發揮主動性，開始『自我表現』」。特別是「在六十年代，藝術中出現了對古典作家的新態度：不再以當學生的態度去一味遵從原著，而要求以同樣的程度既表現原著也表現改編者自己的感受。我們要設身處地去體會早已過去的年代。我們彷彿遷居到過去，而從那裡發回訊號，訴說自己對過去生活的反應——現代人的反應。藝術要求以主動態度去處理材料，加以取捨和象徵化，藝術要求改編者有傾向性。」（蒂・莎赫一阿茲卓娃：《契訶夫與電影——關於契訶夫作品的電影改編問題》，《世界電影》1979年1期。）

蘇聯另一位著名的研究電影改編的評論家波高熱娃也認為：「改編是一項富於創造性的事業，它要求智慧和天才，要求運用自如地掌握電影的表現手段、深刻地理解文學原著並能從馬克思列寧主義美學的角度來解釋它。而作為必不可少的條件，改編還要求善於理解、看到並在創作上大膽而充滿激情地，而不是冷漠地通過電影形象表現出原作的內在的、基本的思想，展示出被改編的作品的富有詩意的那一彷彿是它的靈魂的藝術形象來。嚴肅地對待改編，把它當作電影藝術生活的一個具有原則性重要意義的方面來看待，這種態度也反映在大家一致譴責那些膚淺的、沒有深度的改編片上。在這些改編片中，電影劇本的作者和導演們只注意作品的情節，卻未能在銀幕上傳達出作品的思想、哲理、風格和特色。在這些年代裡出現的優秀改編作品的突出特徵是，將文學作品轉化為電影語言時的細膩性和形象準確性。」（《論改編的藝術—陀思妥耶夫斯基小說的改編》，《世界電影》1983年2期。）

（二）中國電影改編觀念的變化與發展

中國電影從西方引入中國本土後，就自覺地向傳統藝術的戲劇藝術學習。1905年，適逢京劇老生表演藝術家譚鑫培六十壽辰，北京豐泰照相館老闆任慶泰（1850-1932，字景豐）將「伶界大王」譚鑫培飾演京劇《定軍山》的表演拍成了「活動照片」，使之成為中國第一部電影——無聲戲曲記錄片《定軍山》。影片擷取了中國傳統戲劇藝術——京劇《定軍山》（三國時，魏將張郃中計，瓦口關失守，兵敗懼罪，又攻打葭葫關。黃忠、嚴顏合力殺退張郃。黃忠攻打曹軍重鎮定軍山，與守將夏侯淵交戰，不相上下。夏侯擒陳式，黃忠擒淵侄夏侯尚，黃故意於走馬換將之時，箭射淵侄，激怒夏侯淵來追，引至荒郊，用拖刀計斬了夏侯淵。）中的「請纓」、「舞刀」、「交鋒」等幾個以動作見勝的「做」、「打」片段，將其原封不動地搬上銀幕，從而拉開了中國人自己拍攝電影的序幕。（2005年，為紀念中國電影誕辰100周年而翻拍的影片《定軍山》，由記者姜薇策劃編劇，安戰軍導演，中影集團公司和星美傳媒集團公司聯合出品，以中國第一部電影《定軍山》的拍攝為背景，講述了一個盪氣迴腸的愛情故事。）而中國第一部完整的影片改編，則是張石川、管海峰在1916年將許復民編劇的舞臺劇《黑籍冤魂》改編為同名電影。影片通過曾和度（真糊塗的諧音）逼子吸毒的描寫，批判了當時一般封建大家庭慫恿子弟吸食鴉片的愚昧思想；曾伯稼（真敗家）由「熱心公益」到吸上鴉片，以致最後自己流落街頭，妻子投河自盡，兒子中毒身亡，女兒淪為娼妓，傾家蕩產，更加生動的揭示了鴉片的毒害，發人深思。

從史料上看，中國電影史上第一部根據文學作品改編而成的電影是：1913年，「香港電影之父」黎民偉在香港根據粵劇《莊周蝴蝶夢》中「扇墳」一段拍攝的《莊子試妻》。影片描寫了莊子屍骨未寒，其妻便有了新情人。為了討好新歡，她不惜攪及死去不久的丈夫的墳墓。而這個新歡實則是莊子扮的，他只是詐死來考驗他的妻子對他是否忠貞。片中，莊子的扮演者是其大哥黎北海，他自己則反串扮演「莊子之妻」。黎民偉第一位妻子嚴淑姬，藝名嚴珊珊（1896-1952），在片中飾演婢女，成為了中國第一位女電影演員。嚴珊珊系出名門，性格豪爽，心胸寬廣，因擔心自己不能滿足丈夫對家庭和愛情的期望。1919年，她在暗中物色到美麗、又有才華的賢慧女子林美意（又名林楚楚）後，為她與丈夫撮合，自己則與林楚楚親如姊妹，無大小之分，彼此平等相待。電影《莊子試妻》利用陽光露天拍攝，實地取景，片中人物又穿了民初的服裝，加上影片又首次使用了攝影特技，把莊子的鬼魂拍得忽隱忽現，戲劇效果非常凡響。

中國電影史上第一部根據小說改編的電影是：1921年冬，管海峰以法國小說《保險黨十姐妹》為藍本而改編的《紅粉骷髏》。影片講述了女學生黃菊英因住院醫治傷臂，和青年醫生鮑宗瀛產生愛情的故事。當時有一個強盜集團「骷髏保險黨」，行美人計騙取人壽保險費。一天鮑宗瀛正準備同黃菊英會面時，被骷髏黨徒娟娘引誘去。他們一面下毒藥，一面保壽險，以便鮑死後能得到一筆巨額保險金。黃菊英的哥哥黃謙是個律師，以為鮑另有所愛，便登報尋找，但也被保險黨騙去禁閉起來。黃謙用計逃出，又和妹妹化妝進入保險黨巢穴探察，經歷了不少危險。在偵探、員警的協助下，展開惡鬥，終於破獲骷髏黨，救出鮑宗瀛。影片結尾時，鮑黃二人終成眷屬。《紅粉骷髏》是中國最早的長故事片之一，當時被宣傳為一部「有偵探、有冒險、有武術、有言情、有滑稽」的「罕見影片」。它是新亞公司的唯一出品。新亞的創辦人管海峰，當時看到美國多集偵探片賣座之盛，便以外國偵探小說《保險黨十姊妹》為藍本編寫了劇情。為提高影片的票房價值，掛出「袁世凱之子袁寒雲編劇」的招牌，後由袁寒雲建議將《十姊妹》的片名改為《紅粉骷髏》。影片集封建買辦文化和西方偵探影片之大成，體現了當時半封建半殖民地的經濟政治和文化的某些特徵。

《紅粉骷髏》的大獲成功，使早期電影人看到了小說改編成電影的美好前景。1924年，鄭正秋將徐枕亞的暢銷小說《玉梨魂》（1912）改編成同名電影，張石川、徐琥導演，明星影片公司出品。影片主要描寫了青年何夢霞，應校董秦石癡之聘，任教石湖小學，課餘又為遠親崔元禮之孫鵬郎授課。鵬郎幼年喪父，聰敏好學，每將先生勖勉之詞歸告母親梨娘。梨娘年輕守寡，寄望於其子，對夢霞萬分感激。一日，梨娘園中賞景，見書齋外新豎「梨花香塚」小墓碑，不禁自感身世，潸然淚下。花塚原為夢霞惜花所築，兩人相見交談，由相憐而相愛。不久，夢霞向梨娘求婚，並表示非梨娘終身不娶。梨娘不願逾越寡婦守節禮教，又恐貽誤夢霞，欲投河一死以謝知己，幸被鵬郎追回。後經梨娘勸說，公公做主，將小姑筠倩嫁與夢霞。兩人勉強成婚，夫妻間感情淡漠，梨娘自悔又鑄大錯，憂慮成疾。時北方發生戰事，夢霞因婚後鬱鬱寡歡，在秦石癡激勵下投筆從軍。梨娘見筠倩力贊其行，愈益痛心，病篤身亡。臨終遺書夢霞、筠倩，筠倩方知寡嫂為己而死，深感其情，偕鵬郎親赴戰地訪夫。適夢霞住院養傷，讀信始知梨娘苦心，從此夫妻相互敬愛，言歸於好。或許借助了小說原作多次再版、影響較大的東風，影片上演後，十分賣座，好評如潮。

1928年5月，明星公司根據平江不肖生（向凱然）的小說《江湖奇俠傳》拍攝的武俠片《火燒紅蓮寺》（鄭正秋編劇，張石川導演），公映後，廣受歡迎。明星公司借此東風，一集一集地續拍下去，最後竟達十八集之多。《火燒紅蓮寺》在商業上取得的巨大成功，深深地刺激了其他影業公司，他們紛紛效仿，開拍「神怪片」和「武俠片」。一時間，取代了風靡一時的古裝片和愛情片。據統計，1928-1931年，上海約50多家公司，共拍攝了近400部電影，當中的神怪武俠片就占了250部左右。

1920年代，中國文學（特別是小說）的創作處於繁榮時期。武俠小說《江湖奇俠傳》的成功改編，使一些影片公司看到了商機，開始大規模地對古典小說、鴛鴦蝴蝶小說、傳統戲曲和社會問題劇的電影改編，掀起了中國電影與文學的第一次親密聯姻，特別是取材於《三國演義》、《西遊記》、《水滸傳》和《紅樓夢》四大古典名著的人物故事改編的電影，更是盛況空前。如1924年秋，民新影片公司將梅蘭芳演出的5出京戲片段，拍攝剪輯成一部兩本長的戲曲短片，其中就有《黛玉葬花》。1927年，復旦影片公司將《紅樓夢》再次搬上銀幕（任彭年　俞伯岩導演，後更名為《新紅樓夢》）。這是第一次較完整地將《紅樓夢》的主要情節演繹成電影故事。為了招徠觀眾，影片公司竟別出心裁地讓大觀園中的人物一律穿上時裝。林黛玉足蹬高跟鞋，辮紮白綢結，不倫不類，非今非古。在當時及以後都曾受到嚴厲指斥，而影片主創人員卻堅持認為：《紅樓夢》一書「始終並未示明年代」，穿時裝是可以允許的。

1933年，沈端先（即夏衍）將茅盾小說《春蠶》改編成同名無聲電影，程步高導演。影片敘述了中國浙東蠶農在帝國主義軍事、經濟的侵略下，一步步陷入破產的悲慘經過。在藝術上，影片以真實自然、生動細膩的筆觸描繪了蠶農老通寶一家勤勞純樸、忠厚善良的品質和艱苦勞動、奮鬥求生的精神。為了達到真實的藝術效果，明星公司不惜成本搭置了外景，還特聘了養蠶專家充當顧問。這是「五四」以來中國新文藝作品第一次被搬上銀幕，它為當時的中國電影帶來了一種全新的內容，並使電影開始和當時的小說等其他文藝形式一起，承擔起「救世」和「啟蒙」的功能。

或許是囿於當時簡陋的電影技術條件，無聲電影時期根據文學名著拍攝的影片，大多採用圖解性鏡頭再現原著的人和事，造型幼稚、細節冗長，形似而神非，因而給觀眾未曾留下深刻的印象。

1942年，馬徐維邦面對輿論和觀眾的殷切期待，將秦瘦鷗的小說《秋海棠》改編為同名電影，搬上了銀幕。他力圖將一部戲子私通姨太太的「情節戲」，描寫出當時「中國青年人在戀愛問題上的命運。」（陳維：《訪：千千萬萬觀眾所熱烈崇拜的馬徐維邦先生》，《新影壇》，1945年1月。）馬徐維邦在《秋海棠》（李麗華　呂玉堃　仇銓主演，文華影業公司出品。）中主要描寫了民國期間，在戲班唱戲的旦角藝名秋海棠的吳玉琴，應袁師長之邀吃飯和出席女子學校畢業典禮，畢業生羅湘綺的發言把他吸引住了，後倆人見面後才知道羅湘綺就是袁太太，由於相同的經歷、相互傾訴衷腸並產生了愛情。不久，袁太太懷孕了，袁大帥的季副官發現了他們的破綻。季副官多次敲詐秋海棠要錢，還在秋海棠的臉上用刀畫了個十字。後革命軍進攻，袁大帥被打死，羅湘綺要來見秋海棠，為了不讓羅湘綺看見自己已毀容，秋海棠跳樓自殺。影片以愛情的悲劇來揭露軍閥霸道和控訴社會強權，表現編導憤世嫉俗的悲涼心境和人道主義精神。

1944年，上海中華電影聯合股份有限公司再一次翻拍了《紅樓夢》。導演是大名鼎鼎的卜萬蒼，演員陣容尤為壯觀，幾乎集中了上海灘當時的所有大紅星。袁美雲飾賈寶玉，周璿飾林黛玉，王丹鳳飾薛寶釵。影片雖沒有全景性地展示《紅樓夢》，卻抓住小說的精髓，以寶黛的愛情為主線，堪稱解放前眾多紅樓影片中的佼佼者。

1950年代，中國在政治、經濟、文化等方面，幾乎都是跟隨蘇聯走的。蘇聯的電影改編實踐和理論對新中國的電影創作和改編影響頗大。

1950年，石揮自導自演《我這一輩子》（改編自老舍的同名小說，楊柳青編劇，文華影片公司）。影片以第一人稱的手法，敘述一位在舊社會過了五十年苦難生涯的北京老員警對自己辛酸一生的回憶。滿清末年，二十多歲的「我」失了業，經鄰居巡警趙大爺介紹，當上了巡警。1911年，孫中山領導國民革命軍舉行武昌起義，推翻了滿清皇朝。「我」被派差，當了秦大人家的門警。巴望有個好世道，不想秦大人是個搜刮民膏的貪官，「我」的希望成了泡影。1919年，北京爆發了「五四」運動，秦大人倒了臺，「我」又成為巡警，總想世道會變樣，誰知秦大人再度出山，官當得比從前更威風，「我」卻被降為三等員警，妻子病死，留下女兒大妞和兒子海福，窮得難以為生。1937年，日本發動侵華戰爭，北京等地相繼淪陷。日軍抓走了「我」兒子的未婚妻小玉。海福經申遠介紹，參加了八路軍。不久，申遠被捕。抗戰勝利後，國民黨回來接管北京。「我」因兒子之故，被關進監獄，在牢裡又與申遠相逢，在他的教育啟發下，「我」對自己過去糊裡糊塗的一生有了認識。北京解放後，「我」與兒子重逢。從此，「我」才有了幸福的晚年。石揮塑造的這個巡警形象，不僅個性鮮明，而且形神兼備。在中國電影人物畫廊中，獨具特色，熠熠生輝。因受當時創作環境的影響，電影的結尾要比小說光明得多：革命者申遠倒下後，「我」的兒子海福躍起，紅旗迎風招展。

在建國十周年的18部「獻禮片」中，有好幾部影片是根據小說改編的。這些改編的影片，不僅「忠實於原著」，而且還做到了思想性與藝術性的完美結合。

比如，作家楊沫本人改編，崔嵬、陳懷皚執導的同名影片《青春之歌》（北京電影製片廠），則成為十七年革命經典電影的代表作。影片集中了當時影壇的最佳陣容，調集參與拍攝的志願群眾演員達數萬之眾。作為1959年建國十周年的「獻禮片」，《青春之歌》是在文化部的直接領導下，由新聞媒介宣導的全國性關注中完成的。作為新中國影壇上絕無僅有的一部正面表現知識分子的影片，《青春之歌》講述了林道靜從一個受封建家庭逼迫而走投無路的青年學生，在中國共產黨的教育引導下，逐步在革命鬥爭的鍛煉中成長為一名堅強的無產階級革命者的故事。「林道靜的道路」，也就成為了那個時代進步青年知識分子所經歷的曲折歷程的「縮影」。影片呈現出的革命激情和對英雄人物的禮贊，至今仍有打動人心的效果，而且在於編、導、演等方面所作的大膽而有益的探索，為文學名著搬上銀幕樹立了又一成功範例。影片上映後，好評如潮，各大報刊競相報導上映盛況，發表讚譽性評論文章。影片多次在國外展映，產生了巨大影響。影片還得到了周恩來總理的高度評價，崔嵬因之而光榮地成為全國大躍進「群英會」代表，並一躍而成為「北影四大帥」之一。主演林道靜的飾演者謝芳通過自己的眼神、表情，準確地揭示了人物細微的感情變化，一夜之間紅遍全國，成為那個時代最受歡迎的女明星。

再比如，女導演王炎根據陸柱國小說《踏平東海千頃浪》部分章節改編（作者曾以《戰火中的青春》為名在《人民文學》雜誌選載）成電影《戰火中的青春》（長春電影製片廠），使之成為革命戰爭題材影片的「絕響」，「木蘭從軍」的現代傳奇！影片以傳奇性的情節，輕鬆愉快的喜劇格調，展示了解放戰爭中期的戰鬥生活場景，塑造了花木蘭式的巾幗英雄高山和排長雷振林兩個青年革命軍人的英雄形象。影片編導者在塑造高山女扮男裝這個傳奇性的情節時，並沒有在女扮男裝的性別上大做文章，而是以一些富有表現力的細節來顯示高山的女性本色；在此基礎上，影片巧妙、含蓄地描寫了男女主人公之間的愛情，不僅沒有損害英雄人物的形象，相反卻以兩人之間純樸真摯的感情為影片增加了藝術魅力。影片的對話凝練、含蓄、富有個性，特別是一些潛臺詞的運用收到了極好的效果。影片上映後，以其題材新穎、角度獨特、別具風格獲得了觀眾的喜愛和歡迎。扮演男、女主角的龐學勤、王蘇婭也因此片的表演成就而崛起於中國影壇。

綜觀解放後「十七年」時期中國電影的改編理論，貢獻最大的非夏衍莫屬。他在《雜談改編》中提出：「改編很重要」，「應該多從其他文學樣式中選取題材，有計劃地做改編工作」。以後，在改編訓練班的一次講話中，他又專門談了改編的重要性，把它提到為社會主義服務的高度。夏衍認為，中國的電影事業正在迅速發展，單靠少數專業編劇，已經很不夠了。必須加強改編工作，擴大電影劇本的來源。在改編時，要注意強調了三條標準：（一）好的思想內容，對於廣大觀眾有教育意義；（二）比較完整的情節，有矛盾、有衝突、有結果；（三）性格鮮明、有個性特徵的人物。夏衍歷來主張，改編名著必須「忠實於原著」、「不傷害原作的主題思想和原有風格」。要「用歷史唯物主義觀點、階級分析方法」來分析、解釋當時的社會現象，「使改編後的作品更富有教育意義」，既提倡「改編者用自己的觀點加以補充和提高」，又反對「過分地從今人的角度」去要求古人，使人物故事超越歷史階段和歷史範疇，強調「描寫的真實性和歷史的具體性」的統一。夏衍在將魯迅的《祝福》和茅盾的《林家鋪子》改編成同名電影時，雖秉承著自己奉行的「忠實於原著」的主張，但也並沒有拘泥原樣照搬，而是提倡「改編者用自己的觀點加以補充和提高」，力求做到「描寫的真實性和歷史的具體性」的統一，「使改編後的作品更富有教育意義」。

魯迅的小說《祝福》，通過「我」的所見所聞，將主人公祥林嫂的半生遭遇與悲劇命運連接在一起，最後又通過「我」在除夕之夜的感受來結束全篇。1956年，夏衍在將其改編成同名電影《祝福》（桑狐導演，白楊主演，北京電影製品廠）時，刪去了原作的序幕與尾聲，連同故事敘述者「我」，這樣就避開了長篇的大段對白和哲理。影片結束是以祥林嫂披了一身白雪，拄著一根裂開的木棍，端著一個空蕩蕩的破碗，在風雪迷茫中蹣跚走去，終於倒下的場景而結束。影片通過祥林嫂一生的悲慘遭遇，不僅反映了辛亥革命以後中國的社會矛盾，而且還深刻地揭露了地主階級對勞動婦女的摧殘與迫害，揭示了封建禮教吃人的本質。相比於小說的語言藝術，視覺藝術的衝擊力，無疑是巨大的，電影《祝福》的改編是成功的。（參見楊洪玲：《永遠的夏衍》，2004年12期。）

夏衍根據茅盾的同名小說改編的電影《林家鋪子》（水華導演，謝添、于藍主演，北京電影製片廠），是「十七年」諸多以名著改編的方式成為銀幕經典的創作範例之一。編導以極其凝練雋永的筆觸，描繪了一幅1930年代遭受戰亂衝擊的中國江南某鎮的生活圖景，簡潔地勾勒出了飽經帝國主義、封建主義和官僚資本主義壓榨的中國社會的縮影——林家鋪子的命運變化圖。影片充分調動劇作、影像、聲音、剪輯和表演等各項電影元素，以複雜的眼光審視林老闆，隱含著一種同情的態度，遠離了當時的電影文化主流，從而成為了新中國電影中最傑出的藝術經典。

夏衍不僅身體力行，積極參與文學名著的電影改編，而且還善於總結電影改編的經驗。寫有《漫談改編》、《雜談改編》、《談「林家鋪子」的改編》和《對改編問題答客問》等電影改編的理論文章，對中國的電影改編創作影響深遠。然而，因夏衍的電影改編理論主要發表在1950-1960年代，難免不受蘇聯電影改編理論的影響，有些觀點帶有時代的局限。諸如肯定敘事性作品的改編，而否定抒情性作品的改編；斷言《阿Q正傳》要是搬上銀幕，不免流於庸俗和滑稽等。

在夏衍電影改編實踐和理論的影響下，中國的電影改編在1950-1980年代前期，出現了幾次比較繁榮的景象。如《青春之歌》、《萬水千山》、《紅旗譜》、《早春二月》、《林海雪源》、《暴風驟雨》、《李雙雙》、《洪湖赤衛隊》等幾十部作品均被成功地改編成電影，為中國影壇增添了許多光彩。小說的電影改編在中國人民心目中，已相應得到重視和注意，甚至在一段時期內，大凡反響較大的小說，大都被搬上銀幕。

相對於改編實踐的繁榮，改編理論一直顯得滯後和沉寂。改革開放後，隨著西方電影和改編理論不斷地引入，隨著《天雲山傳奇》（1980）、《巴山夜雨》（1980）、《阿Q正傳》（1981）、《傷逝》（1981）、《茶館》（1981）、《子夜》（1981）、《城南舊事》（1982）、《駱駝祥子》（1982）、《牧馬人》（1982）、

《人到中年》（1982）、《沒有航標的河流》（1983）、《雷雨》（1984）、《高山下的花環》（1984）、《邊城》（1984）、《人生》（1984）等小說被搬上銀幕，從1981年3月至1984年7月間，《電影藝術》等電影刊物就電影改編等問題，進行了廣泛的討論，後結集為《再創作—電影改編問題討論集》（中國電影出版社1992年版。）出版。

「文學與電影」關係的論爭，不僅廓清了有關電影改編的一系列理論問題，而且直接催生了現代文學經典和當代文學名著電影改編的繁榮。如《月牙兒》（1986）、《春桃》（1988）、《芙蓉鎮》（1986）和《老井》（1986）等改編影片，在沿襲夏衍「忠實原著」改編理論的基礎上，改編者還根據電影所使用的藝術媒介和藝術語言，融入了自己的藝術個性，重在尊重原著的基本精神，以適應電影本身的特點和滿足觀眾的審美需求。

1980年代中期以來，隨著電影人對文學改編電影態度和主張的分歧，電影改編觀念呈現出多元化的態勢。中國電影「第五代」導演中的陳凱歌、張軍釗等人，開始嘗試擺脫電影改編受制於小說的束縛，如《一個和八個》、《黃土地》等影片，體現出鮮明的「電影特性」。張藝謀等人依然鍾情小說的電影改編，他說「中國電影永遠沒離開文學這根拐杖」，「就我個人而言，我離不開小說。」（李爾葳：《當紅巨星——鞏俐張藝謀》，北京十月文藝出版社1994年版，第121-122頁。）即或是以小說作為電影改編的藍本，也不再拘泥於名著佳作，許多先鋒派作品開始進入「第五代」導演的視野。在具體的改編過程中，編導對原著的闡述明顯地烙上自己的審美感受和觀念，也因之而擴大了這些先鋒作家的影響。

與此同時，理論界追隨著電影改編的實踐步伐，開始系統地研究和總結電影的文學性和改編理論，隨著張駿祥等著的《電影的文學性討論文選》（1987）、陳犀禾選編的《電影改編理論問題》（1988）等一些電影改編理論著作的先後問世，中國的電影改編理論在沿襲夏衍的改編理論後，邁上了一個新臺階。

中國電影人改編觀念上的變化，是隨著第五代導演在借鑒西方現代自由型改編的實踐和理論上發展而來的。那些被中國電影人奉為經典的改編理論和改編影片，被傳入中國來已是1980年代，雖然瞭解接受消化被延遲了好多年，但卻暗合了夏衍的改編理論。1990年代以來，關於電影改編理論的研究，主要是總結和細分，雖然取得了一定的成果，但總體來說顯得零散，缺乏建構完整的電影改編理論體系。此外，對近年來影視改編實踐中的娛樂化傾向和後現代傾向等現象關注不夠，未能從理論層面上及時加以剖析和引導，這有待於理論界加強對影視改編理論的梳理、總結和拓展，以期適應影視改編實踐的發展進度。

三、小說的影視改編方法

要完美地實現改編者的意圖，就務必在確定改編觀念的同時，尋找到一種與這種觀念相匹配的改編方法。而作為敘事藝術的小說和影視劇，首先考慮的就應該是情節和結構。前蘇聯電影理論家波高熱娃曾說：「影片，這首先是情節的視覺再現」（《從書到影片》，中國電影出版社1962年版，第9頁。），美國電影理論家布魯斯東說：「當一個電影藝術家著手改編一部小說時，雖然變動是不可避免的，但實際情況卻是他根本不是在將那本小說進行改編。他所改編的只是小說的一個故事梗概——小說只是被看作一堆素材。他並不把小說看看成一個其中語言與主題不能分割的有機體；他所著眼的只是人物和情節，而這些東西卻彷彿能脫離語言而存在。」（《從小說到電影》，中國電影出版社1981年版，第67頁。）改編者在對小說進行影視改編時，總是依據影視片的主題來確定矛盾衝突和主要線索。小說與影視雖然都屬於敘事藝術，但畢竟是兩種獨立的藝術。小說是語言藝術，它的故事可以多線索並行發展，分頭敘述，而影視的故事線索必須集中而單純。小說對人物的描寫可以依託心理，而影視則重在人物的動作和表情，這就決定了影視劇的改編在情節和結構上既要受制於小說，又不能完全照搬。影視改編成功的關鍵，就在於是否將小說的情節和結構恰到好處地「移植」到影視劇中。

關於改編方法，目前國內外主要有以下幾種：

首先是「忠實」與「創造」的二分法。

在文學的電影改編問題上，「忠實」與「創造」是每個改編者都必須重視的一個重要的問題。

在西方，強調「忠實」改編觀的主要有安德列・巴贊和齊格弗里德・克拉考爾。前者的所謂「忠實」，在於原著的精神而非文字；後者的「忠實」，傾向於「一種保全原作基本內容和重點的」忠實改編。這種「忠實的改編」又分為從語言描寫轉換成電影形象元素的「電影化的改編」和原作中的內心衝突在物質世界裡找不到可見對應物的「非電影化的改編」兩類。在國內，夏衍在1950年代末提出的兩種改編方法與之暗合。夏衍認為，改編經典著作，務必保持原作的思想和風格，不得隨意改動情節；而改編神話、民間傳說和所謂的稗官野史、改編者可以大量的增刪。

而強調「創造」即自由型改編理論的代表是巴拉茲，他在《藝術形式和素材》一文中認為：「一個真正名副其實的影片製作者在著手改編一部小說時，就會把原著僅僅當成是未經加工的素材，從自己的藝術形式的特殊角度來對這段未經加工的現實生活進行觀察，而根本不注意素材所已具有的形式。」（[匈]巴拉茲・貝拉（1884-1949）著／何力譯：《電影美學》，中國電影出版社1982年版，第280頁。）巴拉茲的改編觀念不僅影響了一大批電影改編理論家（如喬治・布魯斯東、傑佛瑞・瓦格納、克萊・蕭克、約翰・老遜等），而且在改編實踐中也取得可喜成績。隨著（美）科波拉導演的以越戰為背景的戰爭史詩《現代啟示錄》（1979年改自約瑟夫・康拉德的《黑暗之心》）、（德）施隆多夫導演的以兒童的視角抨擊成人世界的虛偽和醜陋的《鐵皮鼓》（1979年改自君特・格拉斯的《德意志三部曲》之一）、（美）羅伯特・本頓導演的反映單親家庭問題的傑作《克萊默夫婦》（1979年改自艾弗里・科爾曼的同名小說）等影片在1980年代傳入中國後，一些新的創造型電影改編觀念逐步被中國第五代電影導演所接受，並運用在自己的電影改編實踐之中。

與此同時，電影理論界為此進行了同步的總結與呼應。如仲呈祥在《關於文學作品尤其是名著的改編——銀屏審美對話之五》（上）（《中國電視》2002年第1期。）認為：既然是改編就不能拋開原著，但也不可過分拘泥於原著。「改編者應首先忠實於自己作為有獨立意志的影視藝術家的全部生命人格和審美理想，忠實於自己對人生和社會的獨特體驗和思考，忠實於自己獨特的藝術個性、藝術風格和藝術氣質」，「在創造性地把文學形象轉化為銀幕形象時，應始終忠實於電影藝術自身的特性，忠實於電影語言的特殊表現形式，忠實於視聽形象的造型思維規律」。這種改編觀念，無疑是對1980年代「忠實說」和「創造說」的深化。

其次是「三分法」。

如美國的傑・瓦格納在《改編的三種形式》（《世界電影》1982年4期。）中，對美國電影改編的三種流行方式進行了總結，提出了電影「改編的三種方式」：其一：移植法。「直接在銀幕上再現一部小說，其中極少明顯的改動」，如《哈姆雷特》。這與夏衍「忠實於原著」的主張，幾乎一致。其二：注釋法。「影片對原作加了許多電影化的注釋，並加以重新結構」，它「對作品某些方面有所變動」，甚至轉移作品重點，如《復活》、《威尼斯之死》。這與夏衍的「改編者用自己的觀點加以補充和提高」的觀點相近。其三：近似式。「與原著有相當大的距離，以便構成另一部藝術作品」，如《羅生門》等。這相當於夏衍所說的「稗官野史」改編法。

第三是「多分法」。

汪流在系統梳理和總結中西方電影改編實踐的基礎上，將電影改編方式分為六種：移植、節選、濃縮、取意、變通取意、複合。移植是指把與電影容量相近的文學作品直接挪移過來，對原作中的人物、情節、主題較少作明顯的改動；節選是從長篇文學作品中選出人物、事件、場景較為集中完整的一段，予以改編；濃縮是指對長篇原作刪繁就簡，去枝砍蔓，僅保留主要人物和主幹情節，以適應電影結構單純、集中、簡捷、明瞭的特點；取意指從文學作品中得到啟示，重新構思，但仍保留原作中的人物和情景；變通取意是指把外國作品改編成本國電影，使其本土化，而絕少忠實於原著的思想；複合是把兩部文學作品合二為一，改編成一部電影。（汪流：《電影編劇學》，中國傳媒大學出版社2000年版。）

桑地在《電影改編與審美轉換》則將其分為八種：平行移植、節選、濃縮、借勢、跨國界改編、合併、擴充、造境。其中的「擴充」是指在改編短篇文學作品時增加人物和情節；「造境」是指導演根據自己的生活經驗重新創造一種新的環境來放置原作中的人物與情節。這只是文學到影視的轉換中常用的手段，將之上升為一種獨立的改編方法，有點牽強。對改編方法的歸納和總結，目的是為改編實踐提供切實可行的依據，在具體改編時究竟採取哪種方法，還要視具體的改編對象而定。

近年來，隨著資訊的飛速發展，大眾文化日益勃興，在改編時選擇適合的媒介（主要是電影和電視）以適應大眾是改編者優先考慮的問題。相比電影而言，電視劇在通俗性、大眾性和商業價值等方面明顯處於優勢。因此，影視的界線越來越模糊，其區別主要是篇幅的長短，娛樂化傾向和後現代傾向業已成為影視改編者的終極目標，可在改編理論上卻沒有得到足夠的重視，鮮見二者成系統的梳理和總結。這些都暴露出1990年代以來影視改編理論研究存在的問題和不足。

四、小說與影視的聯姻

世紀之交，互聯網勃興，新興的網路文學使文學日益全球化。隨著電腦特技、網路技術、數位技術和多媒體娛樂的突飛猛進，網路文學開始了與影視的聯姻。蔡智恒（痞子蔡）的網路小說《第一次的親密接觸》（紅色文化出版社1998年9月版。），主要敘述了大學研究生阿泰與痞子蔡在網路上尋找愛情的際遇，風靡一時。第二年，即被上海電影製片廠與學者電影公司成功搬上銀幕，金國釗導演，陳小春、舒淇主演。電影在保留小說原著中的浪漫因素外，還運用了一些電影特效來營造情境。或許劇情改動較多，小說影響太大，影片上映後票房不佳，遠沒有小說在網路上連載時受人追捧。2004年，《第一次的親密接觸》又被改編成22集電視連續劇。崔鐘導演，佟大為等人主演。

2002年，慕容雪村的網路小說《成都　今夜請將我遺忘》在「天涯的讀書生活」、「netbugs」、「新浪讀書沙龍」三個論壇首發以後，引起多種媒體爭相轉載，在大眾閱讀和傳媒中成為人們爭論的焦點。2003年1月，內蒙古人民出版社出版「大結局完全版」。隨後，《成都　今夜請將我遺忘》被改編成同名話劇和24集電視連續劇《都是愛情惹的禍》（劉惠寧導演，2007年）。小說主要講述生於1970年代的一群成都青年，在事業、情感、婚姻之間的迷惘和掙扎的殘酷青春。

2007年，網路寫手抗太陽描寫幾個80後青年之間錯綜複雜的愛情故事而火爆網路的小說《我和一個日本女生》，被新銳獨立製片人韓駿、新銳導演小徐改編成電影《意亂情迷》，由新生代演員林申、朱虹等出演，用最直白的方式向觀眾講述了青年男女的感情故事，其中不乏處女情節、三角關係、同志關係等敏感話題，將幾個年輕人的失落與迷茫，激情與衝動表現得淋漓盡致。

無可否認，世紀之交，網路文學的興起和繁榮，為影視的改編提供了更多的素材。然而，就其世界改編成功影片的素材而言，仍是傳統經典小說和當代通俗暢銷小說。前者如：

《布拉格之戀》（米蘭・昆德拉《生命之中不能承受之輕》，1988）
《情人》（杜拉斯同名小說，1992）
《霍華德莊園》（E・M・福斯特同名小說改編，又譯作《此情可問天》，1992）
《獨領風騷》（奧斯丁《愛瑪》，1995）
《紅字》（霍桑同名小說改編，1995）
《絕戀》（湯瑪斯・哈代小說《無名的裘德》改編，1996）
《理智與情感》（簡・奧斯丁同名小說改編，1996）

後者如：

《辛德勒的名單》（湯瑪斯・肯尼利的同名紀實小說改編，1993）
《侏羅紀公園》（邁克爾・賴頓同名小說改編，1993）
《阿甘正傳》（溫斯頓・格盧姆同名小說改編，1994）
《洛麗塔》（納博科夫同名小說改編，1997）
《廊橋遺夢》（羅伯特・詹姆斯・沃勒同名小說改編，1995）

我們這裡所說的小說的影視改編，是指忠實於原著的改編，至於借原著之殼，裝自己的肉的新編，就花樣別出，不勝枚舉了。如阿方索・卡隆導演，根據19世紀大文豪英國狄更斯小說《孤星血淚》改編的《新孤星血淚》，伊桑・霍克主演，充滿現代、激情，就引發很多爭議。1995年，艾米・海克林根據簡・奧斯丁的小說名著《艾瑪》改編的電影《獨領風騷》，不僅將小說的時間從19世紀搬到了現在，而且把場景也從英國轉換成了美國貝芙麗山的一所中學。同年，李安根據簡・奧斯丁小說改編的同名電影《理智與情感》，從東方傳統倫理道德對「君子」的約束和西方傳統對「紳士」的要求，找到了東西方傳統美德的契合點，給影片加上了一個大團圓的模式。

綜上所述，小說與影視，作為兩種不同的藝術形式，雖各有其特點，但二者在其歷史發展過程中，相互交融補充，共同豐富了人類的藝術表現力。研究小說的影視改編，就要弄清楚「電影能夠為文學帶來什麼？文學能夠為電影帶來什麼？」（[法]艾・菲茲利埃《文學與電影的關係》，《世界電影》1984年第2期。）

小說的影視改編歷史，雄辯地說明了文學（主要是小說）不僅給影視提供了豐富的素材，還為此豐富了其表現手法。前者，如好萊塢黃金時代對各國經典名著的成功改編；後者如電影中蒙太奇手法的運用，也離不開經典作家作品的啟迪與影響。眾所周知，格里菲斯的平行蒙太奇得益於狄更斯小說的啟示，愛森斯坦的雜耍蒙太奇結構，離不開普希金、左拉、巴爾扎克等作家的藝術創新。愛森斯坦就坦承：「電影必須從『間接的』祖宗，從具有數千年悠久傳統的文學、戲劇和造型藝術那裡找尋材料，來構成電影表現形式。」（《愛森斯坦論文學與電影》，《電影藝術譯叢》1956年7月號。）小說敘事觀念、手段和技巧的不斷更新，會對電影的影像敘述發生潛移默化的影響。如法國的「新浪潮」電影：柏格曼的《野草莓》、費里尼《8½》、戈達爾的《筋斗》、特呂弗的《四百下》等影片，無疑受惠於喬伊絲、福克納和普魯斯特的「意識流」小說；亞倫·雷奈的《廣島之戀》、《去年在馬倫巴》等影片，明顯地受到了阿蘭·羅伯—格里耶為代表的「新小說」的影響。

文學（小說）對影視的影響雖然是不言而喻的，但後起之秀的影視在日趨成熟後，卻在極力地擺脫文學等其他藝術的束縛，追求自身的獨立。電影在確定了自身的美學原則、影像本體理論原則之時，就開始顯現對文學和其他藝術的影響力。這主要表現在以下幾個方面：首先，影視對於小說的普及和推廣，功莫大焉。大家熟知的瑪格麗特·米切爾的小說《飄》，就是得力於著名導演維克多·弗萊明將其成功改編為電影《亂世佳人》，才使這部通俗小說成為文學經典。其次，小說創作也開始向影視藝術汲取一些有益的表現手法和元素。如現代小說汲取了影視在敘事上的優勢和對視覺化元素的重視等。第三，小說與影視聯姻甚至催生了一種新的藝術樣式：「影視小說」（「電影小說」、「電視小說」）等。

影視的發展歷史昭示了，她與文學的「互文本」關係，相輔相成，共同繁榮。文學創作繁榮時，為影視的小說改編提供了豐富的素材和可資借鑒和參考的表達手法。1930年代好萊塢改編的黃金時代和1980年代對中國當代小說的成功改編，就是明證。同樣，新世紀影視的繁榮也必然帶動敘述化繁為簡、文字轉化音畫的「影視小說」等新興藝術樣式的蓬勃發展。

第一章

《芙蓉鎮》

影片資料

中 文 名：芙蓉鎮
外 文 名：Jasmine
原　　著：古華
編　　劇：阿城、謝晉
導　　演：謝晉
主　　演：劉曉慶、姜文、徐松子、張光北、鄭在石、徐寧
上映時間：1986年
片　　長：164分鐘
類　　型：政治，家庭，倫理
出 品 人：上海電影製片廠

一、劇情簡介

1963年

伴隨著湖南嘉禾民歌《半升綠豆》（改編）的歌聲響起，在煤油燈下，芙蓉鎮上人稱「芙蓉仙子」的胡玉音和丈夫黎桂桂，用手推石磨開始了磨米漿，為第二天趕圩賣「米豆腐」（湘黔川鄂地區著名的小吃。它用大米淘洗浸泡後加水磨成米漿，然後加鹼熬製、

冷卻，形成塊狀「豆腐」。食用時切成小片放入涼水中再撈出，盛入容器後，將切好的大頭菜、鹽菜、酥黃豆、酥花生、蔥花等適合個人味口的不同作料末與湯汁放於米豆腐上。）做準備。

第二天，芙蓉鎮的圩上，胡玉音的米豆腐攤子前，食客眾多。胡玉音美麗大方，待客熱情；黎桂桂心地善良，忠厚老實。來吃米豆腐的鄉民絡繹不絕。右派分子外號秦癲子的秦書田來了，一個中年漢子來了，一位老大娘也來了。要加湯的、多放辣椒的、添點蔥花的，人聲鼎沸，好不熱鬧。胡玉音一邊手腳麻利地給客人端送米豆腐、添加作料，一邊嬉笑怒罵回擊佔便宜的中年顧客。此時，鎮支書黎滿庚和五爪辣夫婦帶著三個孩子向她的米豆腐攤子走來。黎滿庚看到胡玉音忙不過來就幫她收錢，兩人竊竊私語，引起了妻子五爪辣的不滿，拽著孩子離開。

提著獵槍的糧站主任谷燕山，在路過吊角樓時高聲詢問二流子王秋赦，晚上鎮上開會的事通知了沒有？穿著破爛，一身油膩，睡眼惺忪的王秋赦走出房門，應付道，馬上通知。隨後，他來到國營芙蓉鎮飲食店，通知李國香經理晚上到鎮上開會。門可羅雀的飲食站，幾位服務員和李國香一邊剝著瓜子，一邊不無醋意地對賣米豆腐的胡玉音品頭論足。谷燕山路過飲食店時，李國香主動獻殷勤道，店裡來了五陵大麯，特意給他留了兩瓶。谷燕山卻並不領情，還說，在你國營食堂都吃出老鼠屎了。李國香並不生氣，反而撒嬌地說，你的衣服領子也該洗一洗了，現在城裡人都興假領子呢？

王秋赦端著米豆腐對著黎桂桂耳語，並用手指著胡玉音突起的乳房，黎桂桂生氣地朝他臉上吐了一口唾沫。秦書田吃完米豆腐後幫著胡玉音收拾碗筷。谷燕山來後，看見王秋赦又在吃白食，就批評他，他反而強詞奪理地說，胡玉音米豆腐攤子的這塊地，是他的宅基地，要是賣給胡玉音哪，少說也夠兩三千碗米豆腐呢，引來眾人的一片嘲笑聲。王秋赦抹抹嘴走了。

李國香氣勢洶洶地來到胡玉音的米豆腐攤子前，伸手向她要許可證、營業證。胡玉音吃驚地解釋道，我們這點小本生意，都是在稅務所上了稅的。李國香故意刁難，說拿不出營業證就叫她的職工來收胡玉音的攤子。在谷燕山和吃客們的一致譴責下，李國香只好悻悻而去，背後傳來一片嬉笑聲。

李國香的舅舅——縣委書記楊民高，帶來了縣裡要搞「四清」（1963年到1966年5月先後在大部分農村和少數城市工礦企業和學校等單位開展的一次清政治、清經濟、清思想、清組織的運動，史稱即社會主義教育運動。）運動的消息。王秋赦敲著銅鑼一路走過青石板街，徑直來到秦書田的家，叫他通知五類分子晚飯後到廣場上集合。

在芙蓉鎮政府辦公室裡，楊民高主持鎮上的幹部會議。他拿著筆記本上標注的草圖，官腔十足地批評道，芙蓉鎮的不少社員棄農經商，破壞市場，擾亂了人民公社的集體經濟。芙蓉鎮歷來都是政治運動的死角，這次縣委是下了最大的決心來整頓的。

楊民高在木板樓的過道上，問李國香的個人問題怎樣？李國香說這裡的男人，她一個也看不上。王秋赦來通知支書黎滿庚，地富反壞右五類分子已集合好了，請他去訓話。黎滿庚和王秋赦來到曬谷場，秦書田立正後走向前去報告，五類分子集合完畢業。黎滿庚叫他點名。當點到富農分子李富貴時，一個小孩站出來回答。黎滿庚疑惑，秦書田解釋道，李富貴因今天下午突然吐血不止，不能親自前來，只好由其孫子頂替，聽候指示回去傳達。在一旁收穀子的五爪辣，看見這一幕，滿腹牢騷地感歎道，造孽呀，階級鬥爭，看樣子，哼，起碼要搞三代了。黎滿庚在宣佈解散時，叮囑這些五類分子回去後，要老老實實，不許亂說亂動。隨後，他叫秦癲子在對面的牆上寫上一幅標語。解散後，秦書田拿起排筆在牆上寫下了「千萬不要忘記階級鬥爭」的標語。寫畢，他還頗為自得地問李富貴的孫子：怎麼樣？

胡玉音和丈夫在王秋赦的原宅基地上用竹尺丈量土地。谷燕山路過時，胡玉音告訴他，王秋赦把這片宅基地賣給了他們，他們打算在這裡蓋兩間新樓屋。谷燕山表示認同。

在國營芙蓉鎮飲食店門口，李國香送楊民高回縣城。她問舅舅，自己的調令何時下來？楊民高告訴她，調令很快就下來，讓她到縣商業局去當科長。

胡玉音和黎桂桂用多年起早摸黑、省吃儉用攢下的錢，蓋起了兩間新樓屋。在新樓屋落成之際，請來秦書田為新樓屋畫裝飾畫。眾鄉親聞訊，也前來慶祝。胡玉音告訴黎滿庚，她和桂桂想收養個孩子，到時候要請大隊上給他們作主。黎滿庚滿口應承。隨後，胡玉音對谷燕山說，到時候，讓孩子認他乾爹。谷燕山開玩笑說，認了乾爹，糧站再賣給她碎米穀頭子，人家就要說閒話了。胡玉音假裝生氣地將谷燕山嘴上的香煙奪下，谷燕山見狀機智地改口道：「乾爹要當，人財兩旺嘛。」胡玉音這才把香煙重新還給了他。

此時，李國香正帶著縣裡工作組來到芙蓉鎮搞「四清」運動。王秋赦在臨河的爛板屋看見後，前去迎接。李國香一行來到王秋赦家徒四壁的房子，為土改根子王秋赦的窘況頗為不平。她說道，只有抓階級鬥爭運動，才能改變。這時，鎮上傳來嘈雜的人聲和鞭炮聲，王秋赦告訴他們，這是鎮上的人在朝賀胡玉音家蓋新房。

李國香和鎮幹部們幫助王秋赦修房，並在其門上貼上「千萬不要忘記階級鬥爭」的標語式對聯。晚上，李國香召集鎮幹部在王秋赦家裡開會，王秋赦得知這次運動要分各家各戶的財產，非常激動地表示，他擁護。

李國香來到胡玉音的新房，胡玉音端茶遞水，熱情款待。李國香告訴胡玉音，今天，她是代表工作組特意來看看這新屋子的。有兩件事特意要跟她談一談。叫她對工作組要講老實話。李國香說道：「我這兒初步為你算了個賬，你看看有什麼出入沒有？你每圩大約賣五百碗米豆腐，收入就是五十元錢，一個月六圩，收入是三百元，再給你扣除一百元的成本費，還剩下兩百元。胡玉音，你的收入可相當於一個省級領導的水準了。」胡玉音驚慌地說，自己是小本生意，也沒怎麼算計，自己還有營業證的。李國香加重語氣說，這新屋的地基是雇農王秋赦的土改果實吧？這門上的對聯也是出自反動右派秦書田的手筆吧！還有，糧站主任谷燕山每圩都從打米場批給你60斤大米，一共賣給你的是11880斤大米。胡玉音急忙解釋道，那只是碎米穀頭子，鎮上好多單位和私人都是買去餵豬的。看到胡玉音特別緊張，李國香感到頗有收穫而得意地說，我只是來摸一下情況，我也挺忙的，不多坐了。

芙蓉鎮「四清」運動大會的會場上，李國香質問資產階級右派分子秦書田，是誰讓他掌握了全鎮的宣傳大權。秦書田結結巴巴地說：「是上級，上級。」李國香批評道「我們有些幹部，嚴重地敵我不分，喪失階級立場。我們要問問那些幹部，屁股坐到哪一邊去了」，「前不久，我們鎮上有一個小攤販蓋起了一棟新屋，有人指出，它比解放前本鎮兩家最大的鋪子還要氣派。順便提一句，這個小推販兩年零九個月以來累計的純收入是六千六百元，六千六百元！而我們有些幹部卻支持她走資本主義道路。」群眾聞聽，騷動起來。谷燕山從會場上站了起來，詼諧地說：「哎，上茅房！」引起與會群眾哄堂大笑。

會後，胡玉音夫婦在新樓屋裡非常驚恐，黎桂桂主張賣掉新樓屋，胡玉音堅決不同意，他又說家裡事還是妻子做主。他告訴胡玉音，你不要以為我是老鼠膽子，為了咱們的新樓屋，你喊我去殺哪個，我也敢！胡玉音埋怨丈夫道：「你呀，要就是賣掉新樓屋，要就是去拼命，你看今天才開個會，就把你嚇成這個樣子，日後要真是有點什麼事，你怎麼經受得起？」黎桂桂絕望地說，最多去死！

黎滿庚在家裡洗腳時，一旁的五爪辣邊給孩子洗澡邊嘮叨。她說，今天縣女工作組長有一半的話可都是衝著你來的。並質問丈夫與那個賣米豆腐的幹妹子到底有哪樣名堂？黎滿庚罵道：你少放點屁好不好？五爪辣說你不要在婆娘面前充好漢，有本事到外面耍威風道輸贏去？黎滿庚接著罵道：臭娘們，看老子不抽你。順手抓起一隻鞋向五爪辣扔去，沒想到自己卻從坐的板凳上滑了下來摔一跤。五爪辣笑了起來。黎滿庚爬起追打妻子，五爪辣鑽進裡屋隔門，直問黎滿庚：「你屁股坐到哪一邊去了？」黎滿庚聽罷，立即無話可說，垂頭喪氣地坐在了床邊。

胡玉音與黎桂桂商量，將家裡的1500塊錢交幹哥哥黎滿庚保管。黎桂桂叫妻子到廣西的遠房親戚那裡去躲躲。胡玉音將一包錢塞給黎滿庚，請他保管。出門時遇見了五爪辣。胡玉音回家時，遇到了王秋赦正在對著一群五類分子訓話。因胡玉音在「四清」運動大會的會場上被點名批評，路人看見她後，都在竊竊私語。

黎滿庚在家裡收藏胡玉音送來的錢時，孩子們趴在窗戶上好奇地觀望。五爪辣回來警告丈夫，少跟那個芙蓉姐子來來往往，早晚有一天你要犯到她手裡！黎滿庚怒問她，有完沒完！晚上，五爪辣得知胡玉音把1500塊錢交給丈夫保管後，出於妒忌和為了一家人的安危考慮，她叫丈夫交上去，黎滿庚不肯。五爪辣為此驚叫，夫妻倆大打出手。黎滿庚在重壓下自殘，五爪辣又心痛不已。最後，黎滿庚只好把這筆錢交給了工作組的李國香。

黎滿庚為此陷入了沉思，想起與胡玉音的初戀情懷，淚流滿面。當初，他屈從於楊民高的政治高壓，掐斷了這份感情。如今，他又愧對胡玉音的信任與重託，黎滿庚為此非常內疚、自責。

胡玉音為躲避批鬥，悄悄前往廣西親戚家。

李國香前來看望停職反省、交代問題、現已關押的谷燕山。李國香說，據調查核實，自1961年下半年開始，兩年零九個月的時間，谷燕山越權賣給胡玉音11880斤大米。谷燕山說有賬可查，沒得過一分錢的好處。李國香酸溜溜地說，你一個單身男人，應該有單身男人的收益，胡玉音的母親就是妓女出身。這就觸動了谷燕山不為人知的隱痛，解放戰爭時期，他在戰鬥中生殖器受過傷，已經不能人倫。所以，當他聽到李國香如此侮辱自己時，咆哮如雷說，我能嗎？並要解開褲子給李國香看。李國香誤認為他要流氓，索性把門打開，叫守衛的人都進來看。後來，李國香知道內情後，悻悻然地說，即使你與胡玉音不是姦夫淫婦，那黎滿庚總沒病吧，他和胡玉音幹哥幹妹的，打得火熱，還有秦書田，左右了芙蓉鎮的政治、經濟，是一個小集團。

胡玉音在廣西待不住了，她又回到了芙蓉鎮。當看到自己的新樓屋被查封後，趁天黑去找谷燕山。一位大爺告訴她，谷燕山被她牽連在案，關起來了。她又去找黎滿庚，五爪辣叫她不要再來了，她害了她們一家，上級派黎滿庚到縣裡去反省學習去了。胡玉音問她，我男人呢，五爪辣告訴她，你男人賊膽大，要殺李國香，1個月前就進了墳地去了。胡玉音感到天崩地裂，踉踉蹌蹌地跑到了亂墳崗，呼喊著桂桂的名字，痛哭流涕。看見了胡玉音的秦書田，尾隨她來到墳地，勸她。胡玉音問他是誰，是人還是鬼？秦書田說，有時候是人，有時候是鬼。胡玉音叫他滾開，右派，五類分子。秦書田告訴她，她已被劃成「新富農」了。胡玉音聞訊，抱頭痛哭。

1966年

文化大革命爆發，在熙來攘往的紅衛兵串聯隊伍中，伴隨著東方紅的樂曲，標語口號喊得震天響。芙蓉鎮街道的牆上赫然貼著「打擊新富農胡玉音」，「擊退鐵帽右派秦書田的反撲」，「剝開谷燕山的畫皮」，「右傾分子黎滿庚必須懸崖勒馬」，「假左派破鞋李國香的真面目」等大字報。「毛主席萬歲」的口號聲，此起彼伏。

在一個下雨天，胡玉音和秦書田正在芙蓉鎮的青石板街上掃大街。這時，李國香被一群串聯來到芙蓉鎮的紅衛兵小將和王秋赦扭著來到了鎮廣場批鬥。一個男紅衛兵指使王秋赦在李國香的脖子上掛上了破鞋！王秋赦命令在屋簷下躲雨的胡玉音和秦書田，過來和李國香站在一起。李國香宣稱她不能與五類分子、牛鬼蛇神站在一起，並聲辯自己是左派、縣委常委，辛勤工作，遭到了紅衛兵們的大肆嘲笑。當上支書的王秋赦宣佈，李國香被分配到富農婆胡玉音一組掃大街。

當王秋赦一人趴在床上猥褻搓摸一尊佛像的乳頭時，貶為大隊秘書的黎滿庚來了。王秋赦將一些紅衛兵帶來打倒劉少奇的材料交給他，叫他寫一些大標語。王秋赦說，黎滿庚不錯，交出了胡玉音的1500塊錢，保住了黨籍；而谷燕山只剩下喝酒的份了。

一天清晨，秦書田照例來到胡玉音門前叫她起來掃街。胡玉音聽到喊聲，拿著掃帚走出家門。掃完街，秦書田坐在路邊抽煙，見胡玉音還沒掃完，就起身幫她一起掃，最後兩支掃帚碰到了一起。

芙蓉鎮小巷。谷燕山提著酒瓶獨自一人蹣跚行走。黎滿庚帶著一名鎮幹部匆匆走過。谷燕山嘲弄地問他，又傳達什麼指示呀？黎滿庚說，王支書回來了！谷燕山說，回來就回來唄，我以為傳達不讓賣酒了呢。

鎮民們舉著紅旗打著標語小旗排著隊，敲鑼打鼓地歡迎從北京取（革命）經（驗）回來的王秋赦。王秋赦背著一個繡著紅色「忠」字和向日葵圖案的黃色軍用書包，興高采烈地向群眾打著招呼。公社革委會辦公室已擺好了迎接他的盛宴，王秋赦叫忙於向他回報工作的黎滿庚馬上佈置開大會，他要傳達一下人家大地方革命的經。他手拿雞腿，邊吃邊說，各地對咱貧下中農參觀團非常熱情，專列接送。還說，一會兒開大會呀，我教給你們跳忠字舞。鎮民請他露一手！王秋赦笨拙地開始舞動肢體，嘴裡哼著走了調的「祝福毛主席萬壽無疆」，眾人看罷，忍俊不禁。

正在這時，問題搞清楚的李國香，搖身一變成了縣革委會常委，公社革委會主任。此時，乘吉普車來芙蓉鎮蹲點，抓革命。王秋赦聽黎滿庚彙報後，驚駭不已，大罵自己是笨蛋！

深夜，胡玉音沉浸在對黎桂桂相識相愛的回憶中。第二天一早，秦書田來到青石板街時，發現她已在掃街了。胡玉音滿腹委屈地抱怨秦書田，是他編歌和對聯害了自己和桂桂，害得自己也變成了鬼！秦書田安慰道，天一亮，鬼，就出不來了！

王秋赦來到鎮革委會辦公樓找李國香，吃了閉門羹。傍晚，五爪辣正在家裡準備飯菜，谷燕山提著一塊臘肉來了。他要與滿腹心事的黎滿庚對飲。酒過三旬，谷燕山指責黎滿庚把胡玉音的錢交給工作組，是落井下石、昧著良心！黎滿庚帶著哭腔為自己辯解。谷燕山略帶欣慰地對他說，你的心還沒有全黑，還有點良心。酒喝完了後，谷燕山走在芙蓉鎮街上絕望地自言自語道，完了，沒有完，完了，沒有完……

秦書田來到胡玉音的家裡，發現她病了，端了一碗熱水，用勺子餵她。勸她在這個時候要自己看重自己了。谷燕山在街上的咆哮聲，驚醒了打盹的秦書田，他告訴胡玉音，明天安心養病，他一個人掃街。第二天，秦書田獨自一人清掃青石板街上的積雪，胡玉音躺在家裡的床上聽著，感動得流下了眼淚。

晚上，王秋赦穿著嶄新的綠軍裝，在鎮理髮館理完發後，來到李國香的住所，聲稱要向她匯報芙蓉鎮階級鬥爭的情況和自己的思想。李國香邊吃雞肉邊喝酒，對王秋赦冷嘲熱諷。王秋赦一邊懺悔，一邊討好她。李國香注意到他的裝扮後，頗為詫異。王秋赦說，芙蓉鎮現在有新動向，昨天晚上你不在，谷燕山在鎮上罵大街，他罵你是雜種。李國香對王秋赦允諾道，如果他在這次運動當中能夠經得起考驗的話，準備讓他當一個脫產幹部。王秋赦聞言，聲淚俱下地說，李主任，我，我對不起你。李國香起身打了他一巴掌，他順勢抓住李國香的手，連續打自己的臉，乾哭發誓：從今往後，我就是你，我就是你死心踏地的一條狗。李國香撫摸王秋赦的頭至脖子，失望地說，脖子沒有洗。

天未亮，正在掃街的秦書田和胡玉音，突然看見王秋赦從李國香房子裡的窗戶跳了出來。秦書田趕緊站起來打招呼。第二天一大早，秦書田在王秋赦翻窗的牆下放了一堆牛屎，王秋赦翻窗時沒看見，把腿摔傷了。

胡玉音在家裡又推起手磨，做米豆腐招待秦書田。當她望著秦書田吃米豆腐的樣子，忍不住又給他的碗里加了些作料，秦書田突然抓住她的手，她掙脫，跑進了裡屋，拿起一尊木觀音像注視著。秦書田走進來，抱住了流淚的胡玉音。

胡玉音來到黎桂桂的墳前，打開祭品，跪在地上向墳磕了幾個頭。

秦書田告訴胡玉音，掃街也不是什麼丟人的事，關鍵是看你怎麼去掃。接著，他用舞蹈的節奏與步伐舞著掃帚，喊著一二三，二二三，胡玉音跟著學了起來。掃完街，兩個人坐在路邊休息，秦書田一把抱住胡玉音。這時，杵著拐棍的王秋赦路過，秦書田趕緊鬆開胡玉音，與王秋赦打招呼。

掃街結束後，秦書田和胡玉音剛回到秦書田的住處，就擁抱在一起。自此以後，他們兩人朝夕不分，白天快樂地以舞蹈節奏掃街，晚上溫馨地交談。秦書田將自己從小到大的照片一張張地介紹給懷中的胡玉音看。

不久，在掃街時，胡玉音突然嘔吐起來，秦書田知道她懷孕後，高興得像個孩子，在石板街上打滾。回到秦書田的家裡後，秦書田起草了「認罪書」，申請結婚。秦書田來到支書王秋赦辦公室，希望他批准自己和胡玉音結婚，卻遭到了王秋赦的嘲笑和揶揄。當秦書田說他與胡玉音是正當戀愛時，王秋赦斥責道，你們是專政對象，五類分子，沒結婚這回事！說畢，將「認罪書」擲在地上。秦書田一時性急，說道：「我們黑，我們壞。可我們總算是人吧？就算是公雞和母雞，公豬和母豬，公狗和母狗，也，也不能不讓它們婚配吧？」王秋赦噗哧一笑，答應研究研究後，再交到公社審批。秦書田一不小心說我們有了，又惹怒了王秋赦，他氣極敗壞地叫囂道：「什麼？當階級敵人你還偷雞摸狗，滾回去！明天叫人寫一副白對子，你自己貼到門上去。」

生性樂觀的秦書田，在自家的門上貼上了「鬼窩」（兩個狗男女，一對黑夫妻）的白對聯，引起了鄉鄰們的竊竊私語。胡玉音為黑夫妻的對聯傷心落淚。秦書田安慰道，不管是黑夫妻，紅夫妻，白夫妻，總歸是夫妻吧。大隊的這個對聯呀，實際上就是當眾宣佈咱們是夫妻。

秦書田和胡玉音二人悄悄買魚、打酒，準備結婚酒席。晚上，兩個人做好飯菜，穿上新衣，貼了雙喜字。正當他們準備喝交杯酒時，谷燕山前來祝賀，他說「其實我這個保媒的，也是充個數啊，你們的真正媒人是手裡的竹掃把，街上的青石板。」胡玉音很是感動，跪下致謝。隨後，秦書田唱起了喜歌堂。

王秋赦將秦書田的「認罪書」交給李國香後，李國香萬分惱火地說道：「無法無天，蔑視無產階級專政！」王秋赦奉命帶著爪牙將正在掃街的秦書田和胡玉音抓了起來。在一個雷雨天的芙蓉鎮廣場上，秦書田因右派現行反革命分子被判處有期徒刑十年，胡玉音因反動富農被判處有期徒刑三年，因身懷有孕監外執行，交芙蓉鎮革命群眾監督勞動，以觀後效。秦書田叮囑妻子「活下去，像牲口一樣地活下去，活下去，像牲口一樣的活下去！」

秦書田去勞改後，胡玉音在群眾監督下掃大街，芙蓉鎮的群眾對她滿懷同情，並給與力所能及的幫助。當她臨盆前夜，獨自一人在家裡疼得大叫時，恰逢谷燕山路過。谷燕山連忙來到路旁，在雪地裡擋住一輛軍用卡車，將昏迷的胡玉音連夜送到一家軍人醫院。剖腹產下一子，取名穀軍。出院後，胡玉音背著出生不久的兒子在街上打掃積雪。漸漸長大的穀軍，開始幫助母親打掃大街。

1979年

胡玉音掃完街剛回家後，一進門就看到一名政府工作人員和王秋赦在等她。政府工作人員告訴她，根據中央和省委的文件，經區委研究縣委批准，決定給她落實政策，把她那棟新樓屋和1500塊錢退還給她。胡玉音歇斯底里地要他們還她的男人。

在江畔渡口碼頭，李國香帶著司機和她的小轎車準備渡江離開芙蓉鎮，遇到了平反出獄，乘渡輪回芙蓉鎮的秦書田。秦書田很自豪地說，他在文化大革命中有幸結了婚，老婆叫胡玉音。他問李國香，你還沒成家呢吧？李國香尷尬地說，我這就到省裡去結婚。秦書田勸誡地說，哦，好。安安靜靜地成個家，學著過點老百姓的日子，別總想著跟他們過不去。他們的日子也容易也不容易呀。

正在荷花田裡挖藕的五爪辣，突然看到回來的秦書田，趕忙告訴谷軍，你爹回來了。谷軍回家告訴胡玉音：媽媽，媽媽，回來了。頭髮花白的秦書田背著行李走到家門口，和胡玉音相遇，兩人深情對視。此時，張家界民歌《韭菜開花》（「韭菜開花哎細茸茸，有心戀郎啊不怕窮，只要兩人哎情意好，冷水泡茶慢慢濃」）響起。

胡玉音的米豆腐攤子重新開張，攤前掛著「胡記米豆腐」的招牌，依然人來人往，熱鬧非凡。胡玉音在裡屋帶著兒子谷軍，秦書田正忙著往盛著米豆腐的碗裡放調料。在眾多食客中，黎滿庚前來告訴秦書田，你官復原職，任縣文化館館長。秦書田不以為然，只想和胡玉音在一起。蓬頭垢面的王秋赦，挎著已經破爛的繡著「忠」字葵花圖案的黃色書包向米豆腐攤子走來，後面跟著一群兒童。他一邊沙啞地高喊道：「運動了！」一邊敲著已經殘破的銅鑼。谷燕山為此感慨萬千地說道：「這世道呀，真有意思。叫癲子的不癲，不癲的人倒癲了。沒運動了，他還不瘋？」王秋赦伸手去抓一個食客碗裡的米豆腐。秦書田看見後同情地叫胡玉音，給他盛碗米豆腐。谷燕山俯身湊到王秋赦耳邊，戲弄他說道：「運動嘍！」王秋赦瘋癲地回應道：「是該運動了，該運動了！」秦書田向眾人，以警世的口吻說道：「世道不變，要是不防著點，他說的興許是道理。」

王秋赦吃完後，敲起銅鑼在眾目睽睽之下向街的那一邊蹣跚走去。他向眾人揮手，大喊：「運動了！運動嘍！運動嘍！運動嘍！運動嘍！」

二、從小說到電影

（一）改編緣起：從「茅盾文學獎」到「一個時代的經典」

古華的長篇小說《芙蓉鎮》，在1981年《當代》第1期發表後，因「寓政治風雲於風俗民情圖畫，借人物命運演鄉鎮生活變遷」（古華：《話說〈芙蓉鎮〉》，《芙蓉鎮》，人民文學出版社1981年版，第200頁。）的反思主題和強烈的藝術魅力，深受國內外讀者的喜愛，1982年榮獲首屆茅盾文學獎。

謝晉在看了小說《芙蓉鎮》後說：「這樣好的小說我要盡全力來拍好它。」（代琇、莊辛：《謝晉傳》，中國電影出版社1997年版，第94頁。）為了拍好電影《芙蓉鎮》，謝晉在開拍之前，做了充分的準備。他在不滿意已看過的兩個劇本後，放棄了與之長期合作的老搭檔李准和魯彥周，轉而邀請因《棋王》而蜚聲文壇的阿城執筆改編。謝晉與青年作家阿城的藝術觀念和美學追求迥異，選擇他來擔任編劇，自然會給觀眾帶來一些全新的視覺衝擊。可當阿城的改編真正與他拉開距離時，囿於傳統觀念的影響，他又難以完全適應。因此，他又在阿城改編的基礎上，加以修改，使其電影拍攝的劇本，融合了兩人之長，幾近完美。

不僅如此，為了精益求精，謝晉還在1985年9月以上海電影製片廠的名義邀請了電影界的部分專家和作者，在湖南長沙召開了「關於改編小說《芙蓉鎮》為電影」的座談會。參加座談會的有原小說作者古華、改編者阿城、電影界老前輩陳荒煤、電影《小花》的導演黃健中、香港著名導演許鞍華、作家李陀、康濯、美籍華人作家董鼎山、上海電影製片廠廠長徐桑絕、香港南方影業公司經理許孰樂等人。這次改編學術座談會開了5天，與會的專家、學者圍繞如何改編的問題、電影藝術如何站在一個新的歷史高度來重新反省「文化大革命」，以及電影導演的審美意識如何更新等問題進行了深入的探討。會後，謝晉總結為八個字：「收穫很大，擔子很重。」

誠如謝晉在筆記本上抄錄的巴爾扎克名言：「創新，不管從哪一個方面來說，那就是意味著受盡煎熬。」（代琇、莊辛：《謝晉傳》，中國電影出版社1997年版，第95頁。）那樣，謝晉為了使《芙蓉鎮》的改編，更加神似小說的原貌，他在選擇演員、確定芙蓉鎮內外景和佈景等方面，嘔心瀝血，竭盡了全力。

基於小說與電影兩種不同藝術的中心任務都是寫人的特點，謝晉慎重而頗費心思地挑選適合劇情和人物性格的演員，使其在小說的基礎上，通過演員的視覺化表演來形象地反映出社會的現實生活，並將其昇華到美的藝術境界。片中人物飾演者劉曉慶（胡玉音）、姜文（秦書田）、鄭在石（谷燕山）、劉利年（黎桂桂）、徐松子（李國香）、張光北（黎滿庚）、祝士彬（王秋赦）、徐寧（五爪辣）和黎模憲（楊民高）的表演，可圈可點，足見謝晉的識人之明和挑選演員的獨具慧眼。

古華筆下的「芙蓉鎮」，是他在融合了自己家鄉和下放勞動小鎮輪廓的基礎上，綜合了湘西、湘南諸多小鎮特色而虛構的江南小鎮。要在電影中視覺化再現這個小鎮的周圍環境和地貌特徵，就必須在湘西南尋找一個酷似原著的「芙蓉鎮」。謝晉與攝製組，歷經艱辛，奔波幾十天，總算在湖南永順縣找到了符合原著描繪的芙蓉鎮（溪河相繞，層層的青石條石階，長長的青石板街道，碧綠的蓮池和一葉渡船和富有濃郁湘西特色的吊腳樓）——王村鎮（後因此而改為「芙蓉鎮」，成為永順著名的旅遊景點）。劇組還製作了不少歷史遺跡：古路亭、古門樓、碑亭、牌坊、古墓碑等，使其影片再現的歷史具有了某種歷史的滄桑感。在拍攝外景的實踐過程中，將胡玉音家的長條式結構改為「＋」字形結構，對許多場景諸如木芙蓉、荷花池、吊腳樓、胡記米豆腐店都進行了加工和重建，從而為影片人物的活動空間創造了符合原著的條件。

與此同時，影片還刻意營造了符合「文革」歷史真實的特殊環境。全片依據年代，再現了不同年代的社會環境：1963年，市場繁榮，店鋪雜陳；1964年「四清」運動開始，「走大寨道路，舉大寨紅旗」等對聯和「千萬不要忘記階級鬥爭」等小標語，在芙蓉鎮街上隨處可見。此時，店面半掩，冷冷清清；「文革」開始後，「橫掃一切牛鬼蛇神」等大幅標語鋪天蓋地，滿街都是。1969年，出現紅色海洋，「忠」字臺、向日葵，滿天飛；十一屆三中全會後，芙蓉鎮上，市場繁榮，商鋪眾多，人流如織。影片中，芙蓉鎮環境前後變化的對比明顯：山清水秀與黑暗恐怖；熱鬧和諧與僵化死板；新樓屋與吊腳樓。正是謝晉真實地再現了芙蓉鎮的典型環境，才使得影片的主題和典型人物的性格，具備了酷似歷史原貌的真實，從而給觀眾留下了難以忘懷的深刻印象。

1986年《芙蓉鎮》公映後，觀眾和專家好評如潮，贏得金雞百花「雙獎」（1987年獲第七屆金雞獎最佳故事片獎、最佳女主角獎[劉曉慶]、最佳女配角獎[徐寧]、最佳美術獎；同時獲第十屆《大眾電影》百花獎最佳故事片獎、最佳男演員獎[姜文]、最佳女演員獎[劉曉慶]、最佳男配角獎[祝士彬]）。與此同時，還榮膺官方和國外電影節的一系列獎項（廣播電影電視部1986-1987年優秀影片獎；1988年獲第二十六屆卡羅維發利國際電影節水晶球獎和第三十三屆西班牙瓦亞多利德國際電影節評委特別表彰獎和觀眾獎；1989年獲法國第五屆蒙彼利埃國際電影節金熊貓獎，捷克斯洛伐克第四十屆勞動人民電影節榮譽獎。）。電影《芙蓉鎮》，不僅是謝晉電影生涯的巔峰之作，而且業已成為一個時代的經典。

（二）主題：堅持走真實的現實主義道路

謝晉「對人生、對藝術的一種激情」，使他把拍一部好的電影當作「導演一次生命的燃燒」（謝晉語）。他執導電影以來，始終「堅持走真實的現實主義道路」（謝晉：《「僅供參考」——夏衍同志談影片意見的啟示》，《當代電影》1986年第1期。），總是以飽滿的激情來表現生活的本質。

謝晉在改編《芙蓉鎮》之前，已成功地將張賢亮的《靈與肉》（《牧馬人》）、李存葆的《高山下的花環》、魯彥周的《天雲山傳奇》等小說搬上銀幕，積累了較為豐富的改編經驗。但他並不滿足已有的成就。在他看來，「藝術需要更新，一味抄襲自己，拍十部、一百部，即使勤勤懇懇，辛辛苦苦搞一輩子，從創作成果來看，也等於零」。因此，他希望《芙蓉鎮》在方方面面「都比自己的過去有較大的進步和創新」。（謝晉：《〈芙蓉鎮〉導演闡述》，《電影新作》1986年第5期。）

電影《芙蓉鎮》講述的故事與小說基本相同，時間（1963-1979）、地點（芙蓉鎮）、人物、故事的基本情節沒變。因有阿城的加盟，劇本比小說呈現出新的面貌，王秋赦、李國香兩個人物形象，較之小說增色不少。但是，謝晉仍以胡玉音多姿多彩的命運，作為全片的中心和主線。他在吸取長沙《芙蓉鎮》討論會上李陀（「應著重在文化層次的反省上，而不要僅僅停留在政治鬥爭的是非上」，應「從研究中國文化心理結構入手，進而民族性格，進而再審視政治事件和在中國發生的政治風雲變化。」）、荒煤（「今天這個時代的背景也不能忘掉，不要完全歸到過去幾千年來歷史形成的問題，任何個人命運的悲劇都是時代的悲劇……歷史和時代要結合起來，不能單獨從歷史角度去考慮。」）和原作者古華（「嚴峻的鄉村牧歌」）等人的意見後，以1963年、1966年、1979年等時間概念為軸心，將「四清」、「文化大革命」和「撥亂反正、改革開放」等政治運動，作為人物生存的背景，大量運用對立（胡玉音米豆腐攤前的熱鬧繁忙與李國香國營食店的冷落清靜）、色彩（陰鬱的青灰底色）、長鏡頭（眾人恭賀胡玉音新樓屋落成）、閃回鏡頭（胡玉音被劃成「新富農」後思念丈夫）以及象徵鏡頭（石磨的「使用—廢棄—偶爾使用—使用」，既是胡玉音悲劇命運的形象表達，也是歷次政治運動的象徵性演繹；銅鑼的「完好」—「破舊」，既折射出政治運動的頻繁又暗示了極左路線已經「破」了；建立在水上破敗髒亂的吊腳危樓，它既是培育民族惰性的溫床，也是芙蓉鎮「四清」、「文革」運動的策源地——「建在水上」說明脫離實際的政治運動的荒謬與錯誤；危樓的最終倒塌，象徵「四人幫」的倒臺、「文革」的結束，也寄寓了導演重建民族文化的美好願望。）的手法來展示人物的命運、思想、情感和心理衝突。通過芙蓉鎮上幾個普通人物在「文革」前後十幾年命運的升沉變遷，從他們個性不同程度的被扭曲、被異化，來探討極「左」思潮的淵源，來反思民族的歷史和再現在極端政治環境下人與人之間的情與愛，人性的高尚與卑微。

（三）人物：「講感情，把自己燒進去」

小說和電影雖然都是以形象來反映生活，但它們在構成形象的思維形式和表現手段上還是有區別的。小說是用語言文字構成間接的人物形象，而電影則是用鏡頭畫面構成直觀的影像人物。通過闡釋者的想像，可以實現二者的轉化。因為就其塑造形象和手法而言，小說和電影是相同的，都是通過描寫社會中的人物及其生活，來表現錯中複雜的社會關係。小說和電影都是通過人物的語言和動作來刻畫人物性格，以戲劇衝突和人物內心的波瀾來展示情節的發展，在場面和段落的轉換上都依賴跳躍的蒙太奇手法。

小說《芙蓉鎮》的生活容量較大，人物活動的時間近20年（1963-1979）。主要的人物有七八個，人物之間的關係複雜。古華在描寫這些人物時，並沒有以一個人物為主，而是根根需要，時重時輕。謝晉在研讀完小說後，吸取了長沙討論會上李陀、阿城和荒煤的意見，確定了以人的主題為影片的焦點和重心。他把《芙蓉鎮》確定為「震撼人心的」、「令人思考的」、「歌頌人性，歌頌人道主義，歌頌美好心靈，歌頌生命搏鬥的抒情悲劇」（任殷：《謝晉電影的文化經驗：雅俗共賞》，《論謝晉電影續集》，中國電影出版社2002年版，第86頁。）。要實現人的主題只能憑藉激情的投入，方能達到目的。謝晉並不忌諱別人對他拍片強調導演激情的譏諷，他說：「我看小說是不大注重理性的，講感情，把自己燒進去。……關於《芙蓉鎮》，我自己也要燒進去，胡玉音當然是最重要的。」（康濯、謝晉、陳荒煤、李陀、阿城等：《從小說到電影談〈芙蓉鎮〉的改編》，《當代電影》1986年第4期。）圍繞胡玉音的命運，謝晉將小說中的人物作了如下排序：秦書田、王秋赦、李國香、黎滿庚、谷燕山、黎桂桂、五爪辣等。

影片以胡玉音的愛情與婚姻作為戲劇中心，在情節的安排上，將小說提供的富有戲劇性的情節進行了強化和集中。圍繞胡玉音在婚戀上的幸與不幸，多層次、多角度地展示了芙蓉鎮錯綜複雜的人際關係：李國香出於生意的嫉妒和美貌的失落，冠以「四清」工作組組長的身分前往胡玉音的新樓屋，追問其勞動所得（賣米豆腐）的合法性；老姑娘李國香對單身漢谷燕山多次示愛遭拒後懷恨在心，在糧庫禁閉室咄咄逼人的逼問他和胡玉音之間的關係，使在解放戰爭中生殖器受傷不能人倫的谷燕山倍感侮辱，咆哮如雷；黎滿庚醉酒後向谷燕山傾訴他對胡玉音的內疚和自責；右派分子秦書田生性樂觀與新富農婆胡玉音在掃大街中，同病相憐，日久生情……劇中的衝突無不是圍繞胡玉音來展開，從而令人信服地揭示了非正常年代下人性的變異和摧殘。「正是圍繞著胡玉音形成的錯綜複雜的人、事糾葛，展現出一場場政治風暴中社會生活的真實圖景：有受難者，抗爭者，動搖者，也有淩虐者、迫害者。每一個人物的命運和內心衝突，在強化了的情節進展中達到了典型性。」（任殷：《謝晉電影的文化經驗：雅俗共賞》，《論謝晉電影續集》，中國電影出版社2002年版，第83頁。）

胡玉音無疑是《芙蓉鎮》中最典型的人物形象，也是謝晉傾注激情最多的人物形象。在她身上，幾乎凝聚了中國農村勞動婦女的傳統美德：善良、勤勞、忍讓、富於同情心。胡玉音本是妓女的女兒，解放後，獲得了新生。她對新社會、對黨和人民充滿著樸素的階級感情。她憑自己的勤勞，起早貪黑地賣米豆腐，辛辛苦苦攢下一筆錢，蓋起的新樓屋，卻在「四清」運動中被沒收，老實巴交的丈夫黎桂桂承受不住打擊，含冤自殺，她自己也成了低人一等的富農婆和寡婦。接踵而至的不幸使胡玉音產生了宿命論思想，她把這一切災難都歸結為命運。在落難之中，秦書田給予她的愛情和谷燕山的無私幫助，使她逐漸覺醒和反抗。在私下結婚而蒙受牢獄之災時，她謹記秦書田的囑咐：「活下去！像牲口一樣地活下去！」

在胡玉音的人生歷史中，影片還著重展示了她的愛情悲喜劇。她與黎滿庚兩情相悅的初戀，因成分和黎滿庚的軟弱終成遺憾；與黎桂桂沒有愛情的婚姻，在相濡以沫中產生了親情，卻遭逢政治高壓，丈夫撒手而去。初戀的失敗和第一次婚姻的不幸，使她對愛情與婚姻不存奢望。與秦書田在掃大街之中產生的患難深情，因難以見天日而倍受壓抑和折磨，一旦爆發，猶如電光火石，焚成灰燼也心甘情願。謝晉特地連用幾個場景來渲染了這種近乎瘋狂的情愛。場景一：一個春天的早晨，秦書田掃完街後，悄悄拉著胡玉音閃進了屋。兩人一放下掃把，立刻相擁。胡玉音從秦書田懷中掙脫，轉身將門閂上，投身在他懷中，發瘋似的親吻。在熱吻之中，牆上礙事的背簍被秦書田順手摔下。場景二：一個秋天的晚上，在胡玉音的家裡，屋內沒有點燈。胡玉音和秦書田在床上緊緊擁抱在一起。場景之三：一個冬天的早晨，在秦書田的家裡，胡玉音、秦書田親密地靠在床上。秦書田把自己從小到大的照片一一指點給胡玉音看，胡玉音一邊癡情地看著照片，一邊聽從秦書田的介紹，兩人沉浸在甜蜜的幸福中。胡玉音看完照片後，猛地一下緊緊地摟住秦書田，熱烈地吻著他……

謝晉在把握感情的尺度上堪稱高手，他不僅「把自己燒進去」，而且也能將感情的冷熱度拿捏到恰到好處。當李國香得知專政對象還敢私自結婚的消息後，暴跳如雷，痛斥秦、胡二人「無法無天！蔑視無產階級專政！」秦書田因之被判刑10年，胡玉音懷有身孕，監外執行。兩人在時空上因政治高壓而分開，靈魂的相依和眷戀卻更加緊密。他們憑藉愛的信念和誓言，終於等到了重見天日的那一天：秦書田釋放後歸心似箭。當兒子谷軍突兀的一句「回來了」，胡玉音朝思暮盼的心弦，使她感應到秦書田回來了。她先是扶住門框，接著，順著門框慢慢地坐下去。秦書田扔下行李，向她走去，俯下身，慢慢抱起她，進入房中。隨之而起的是那象徵愛情的喜歌堂的音樂，久別重逢的整個場景，空無一聲，只見畫面不聞人聲的處理，遠比抱頭痛哭、互訴衷腸更能震撼人心。

秦書田是《芙蓉鎮》中一個獨特的知識分子形象。表面上，他裝瘋賣傻、自輕自賤；實際上，他正直善良、樂觀堅強。他自詡「秦癲子」的言行，體現了他應對非人遭遇的人生智慧。在自身承受巨大不幸的時候，他最初對富農婆胡玉音伸出援手，並非出於愛情，而是基於人性的善良與道義。後來，他在患難之中與胡玉音相愛，是這種人性之光的必然結果。面對強權和殘酷的政治運動，秦書田有著不屈的生活信念。當谷燕山醉酒罵街時，他對胡玉音說：「人心不死啊！」因結婚而被判刑10年時，他並沒有絕望，而是鼓勵胡玉音堅強地活下去！從苦難中尋找快樂，正是「文革」中一部分知識分子精神生態的真實寫照。因此，《芙蓉鎮》中的秦書田形象，具有很強的典型性和啟示意義。

小說中的王秋赦，描寫較為簡單，有概念化的趨向。謝晉在改編時，克服了原著臉譜化的毛病，挖掘出這個人物在非正常年代的複雜性，從而杜絕了用好壞來給人物貼標籤的弊病。王秋赦是一個可悲的人物。解放前，他靠跑大祠堂吃活飯，養成一身流氓無產者的惡習。解放後，他雖分到了田地，也嘗到了窮人當家作主的甜頭，但他天生中好逸惡勞的品性卻因極「左」路線的推行得以發酵。他成了「運動根子」，成了依附於運動生活的人，並因之當上了芙蓉鎮的支書。他與公社革委會主任李國香，在運動中同流合污、沆瀣一氣，把芙蓉鎮搞得烏煙瘴氣，民不聊生。

小說中對李國香的經歷、個性和私欲敘述得比較詳盡。謝晉在改編這個人物時，捨棄了一些背景。古華筆下的李國香，是一個欲望很強，報復心很重的變態女人。戀愛對象無數，私生活糜爛。她還曾與黎滿庚有過一段未能發生的戀情。在影片中，謝晉強化了她在政治上的手段而淡化了她的私生活。影片一開始就表現了她作為一個老姑娘急欲嫁人的心理。她主動向谷燕山示愛，卻吃了閉門羹。愛而不得反成仇。仗著舅舅是縣委書記，李國香在「四清」運動和「文革」中，借政治運動之名，堂而皇之地整個、摧殘人。她嫉恨胡玉音的美貌和谷燕山對她的照顧，在一系列運動中，她不但沒收了胡玉音的新樓屋，逼死了黎桂桂，而且還給胡玉音戴上了「新富農」的帽子；她打擊報復，將谷燕山停職反省，黎滿庚降職處分；判處秦書田勞改10年。

作為芙蓉鎮「左」傾路線的代言人，李國香支配一切的權利欲望和為達目的不擇手段的變態心理，在與王秋赦的勾結中表現得更為充分。在兩人的關係中，李國香起主導地位，王秋赦居從屬地位。他們借政治運動之名，行男女苟且之實，互為需要，相互利用，共同把芙蓉鎮搞得百業荒疏、雞犬不寧。李國香和王秋赦各自不同的結局，在影片中也發人深省。李國香在撥亂反正後找到了新的靠山，可仍然孑然一生；王秋赦卻真的發瘋了，在芙蓉鎮街上幽靈般的呼叫「運動了，運動嘍」，成了一個時代的尾音。

與李國香骯髒靈魂相對應的谷燕山，是一個「長了一副凶神相，有一顆菩薩心」的人物。古華將其塑造成了「一個關心人、體貼人、樂於助人」，具有「正直忠誠」品質的老好人。謝晉對這個人物比較偏愛，在影片中不僅加重了他在片中的戲份，給予了他更多的鏡頭，而且還竭力發掘出他身上那種善良正直、見義勇為的品質：影片開始時，李國香前來胡玉音的米豆腐攤子前，追查她的「營業證」，使沒有營業證的胡玉音陷入絕境，谷燕山主動伸出援手，為之化解；靠邊站後，他在雪地裡不畏高壓，公開痛罵李國香的歹毒與無恥；在閃回的鏡頭裡，他在解放戰爭中，為了新中國冒著槍林彈雨英勇殺敵，導致生殖器受傷；在胡玉音被打成富農婆後，人人唯恐避之不及時，他卻勇敢地前來為秦書田和胡玉音這對「黑夫妻」主持婚禮；在寒冬季節，胡玉音妊娠發作，生命攸關之際，他挺身攔下軍車，將她送往醫院，並不顧個人安危，冒充她的丈夫，保護下一代的安全……這一切，既彰顯了正義和道德的力量，又充分地揭示了人性的善與美好。

此外，謝晉對一些相對的次要人物，也慎重對待、精心雕琢。片中，黎滿庚陷入政治和情感衝突中的內心煎熬，五爪辣的潑辣和黎桂桂的懦弱，都因為真實具體和對人性的深入開掘而給觀眾留下了深刻的印象。

電影的視聽性，使之在塑造人物形象時，必然注重影像人物的外貌和服飾，以此直接訴諸于觀眾的感官。謝晉在《芙蓉鎮》中，不僅通過演員的外貌，而且還配之符合人物命運的衣著，來揭示人性的美與醜、善與惡。飾演者的出色表演和帶有民風民俗的服飾和道具，使觀眾對人物性格和命運的理解和把握，更為深刻。

（四）情節：脫胎於小說，適當增刪

小說和電影都是講述故事的藝術。小說用語言文字講述，電影用影像鏡頭講述。小說和電影都是通過情節來講述故事。

為了真實地再現小說的豐富內涵，使演員的表演不露人工飾演的痕跡，一切更接近生活的本身。謝晉在《芙蓉鎮》中，打破了傳統的分鏡頭而採用分場景的方式來拍攝。「在分場景的基礎上，採取多輪次和反覆的拍攝方法來解決這一矛盾。即將一場戲分成若干個段落來拍。每一個段落先用兩臺攝影機拍攝一次，然後讓演員將這段內容重演一遍，兩臺機器變換角度再拍一次」（周鼎文：《拍攝方法與剪輯創作〈芙蓉鎮〉剪輯劄記》，《電影藝術》1987年第5期。）同樣的內容用不同的角度和景別（攝影機在距被攝對象的不同距離或用變焦鏡頭攝成的不同範圍的畫面。）反覆拍攝三到四次，《芙蓉鎮》80%左右的場景都是雙機多輪次反覆拍攝完成的，

這就給後期影片的剪輯提出了很高的要求。「對角度不同、畫面大小不一的同內容的每條樣片要反覆地看，仔細推敲，如何取捨，如何匹配，怎樣銜接，必須分場明確。」（周鼎文：《拍攝方法與剪輯創作〈芙蓉鎮〉剪輯劄記》，《電影藝術》1987年第5期。）

小說《芙蓉鎮》的故事最初來源於「寡婦哭墳」，古華通過虛構許多生動的情節，使一個簡單的故事演繹成了一部厚重的小說。要將這部內涵豐富的小說改編成觀眾認可的電影，就必須突出單一地點裡發生事件的人物關係和矛盾衝突的場景。電影開始的情節脫胎於小說，圍繞胡玉音的米豆腐攤子，主要人物粉墨登場。影片設計了多個場景來再現小說「一覽風物」的巨大容量。比如小說中「李國香追求谷燕山」的情節，古華採用的是漫畫式的勾勒筆法，只聞李國香之音，未見谷燕山之答。而謝晉在把這一情節轉化為電影場景時，就增加了李國香主動「示愛」後，谷燕山對其熱情的譏諷與拒絕，使之人物關係的演繹較之小說更加含蓄婉轉，情節也更加豐富多彩。

小說中，胡玉音新樓屋修建和落成的情節，古華採取前略後詳的敘事策略。謝晉在改編時，對此場景採取鏡頭的長短來處理。新樓屋的修建，基於壓縮情節和節約時間的考慮，用的全是短鏡頭，在鏡頭與鏡頭之間，採用疊化的轉接方式表現胡玉音和黎桂桂起早貪黑、做米豆腐、抬石頭、背磚瓦、扛木料的艱辛過程。整個場景，沒有人物對白，只有背景音樂；而恭賀新樓屋的場景，用的則是長鏡頭。謝晉以全景式的方式來烘托整個歡快氣氛和人物活動環境。在歡快而明朗的節奏下，通過近景和特寫鏡頭，來突出參加落成典禮上人們的音容笑貌。人物對白主要圍繞胡玉音展開，小說中谷燕山發表的長篇講話則全部省略。

對小說中一些精彩的情節，謝晉在轉化為電影的場景時，幾乎全盤移植，以保留小說的整體神韻。如新樓屋落成後，李國香到胡玉音家裡算賬的這個情節，電影只是增加了內景的佈置，人物對白就是小說的原話。同時，根據劇情需要，謝晉也將小說的敘述內容進行適當的壓縮。如胡玉音與秦書田在掃大街中產生愛情的情節，小說敘述得很詳細。謝晉在改編時，並沒有事無巨細的完全照搬，而是在擷取一些情節進行場景再現時，運用了幾個場景來渲染男女主人公近乎瘋狂的情愛和由此遭受的不幸。這在1980年代，無疑是大膽的。難怪有的觀眾認為，謝晉在《芙蓉鎮》裡，用個體的「性」心理動機來解釋歷史事件的意識和手法，業已成熟。

（五）敘事結構：尊重原著，創新不斷

從表層結構來看小說《芙蓉鎮》所敘述的前後順序及其句子與句子、事件與事件之間的關係，可以將其故事內容概述為：芙蓉鎮上賣豆腐的胡玉音，人稱「芙蓉姐子」，年輕漂亮；女經理李國香出於嫉妒，對她展開調查，並伺機報復；「四清」開始後，胡玉音夫婦和鎮上的谷燕山、黎滿庚幾個幹部受到迫害；「文革」中，胡玉音和秦書田，兩個掃街人，私定終身；文革結束，冤案平反，夫婦團圓，芙蓉鎮又是一片繁榮景象。這基本符合經典敘事作品結構的基本條件：即平衡——失衡——新的平衡，在這之中，又穿插了其他幾個正反面人物和事件，使故事結構複雜化，從而更具閱讀性與吸引力。

從深層結構來看小說《芙蓉鎮》，「以某小山鎮的青石板街為中心場地，把這個寡婦的故事穿插進一組人物當中去，並由這些人物組成一個小社會，寫他們在四個不同年代裡的各自表演，悲歡離合，透過小社會來寫大社會，來寫整個走動著的大的時代。」作者採取「不中不西、不土不洋」的情節結構和整塊敘述手法。小說寫了四個年代（1963年、1964年、1969年、1979年），「每一年代

成一章，每一章寫七節，每一節都集中寫一個人物的表演。四章共二十八節。每一節、每個人物之間必須緊密而自然地互相連結，犬齒交錯，經緯編織。」（古華：《話說〈芙蓉鎮〉》，《芙蓉鎮》，人民文學出版社2005年版，第205頁。）這種以年代和人物為中心來組織結構，無疑給謝晉的電影改編帶來了難度。或許正因為這種敘事結構，激發了謝晉挑戰困難的激情。和古華一樣，謝晉也不屑囿於陳規，喜歡創新和超越自己。在改編《芙蓉鎮》時，他沿襲了小說的順敘結構方式，按照歷史發生的先後順序將事件發生的空間佈置在芙蓉鎮上，以胡玉音和秦書田從人性壓抑到生命搏鬥的人生歷程為敘事主線，將小說「寓政治風雲於風俗民情圖畫，借人物命運演鄉鎮生活變遷」的主題呈現出來。影片遵循傳統「起承轉合」的戲劇性結構。開端時，幾個好人（秦書田、胡玉音、黎桂桂、谷燕山）分別遭受到身體和心靈的磨難；劇情發展中，秦書田對胡玉音的照顧、谷燕山對胡玉音和秦書田的不離不棄；高潮時，胡玉音接受了秦書田的愛並與其結為夫婦，為報答谷燕山的恩情，胡玉音讓自己與秦書田的孩子隨無後的谷燕山姓，從而將道德的堅守和人性的「善」進行了宣揚和肯定。影片的結尾，依然採取「善惡有報」的解決方式。秦書田出獄與家人團聚，胡玉音重拾米豆腐攤子，王秋赦在運動結束後瘋了。

雖然電影的情節內容、人物故事與小說沒有多大的變化，幾近一致，但某些具體的情節和人物的分量，卻更加突出。如谷燕山醉酒後罵街的情節，影片比小說的內涵就更為豐富。小說中，只是平淡地寫出了谷燕山對李國香的辱罵：「婊子養的」、「潑婦」、「騷貨」，除此之外，沒有別的內容。而影片省略了谷燕山辱罵的髒話，代之而起的是「完了」、「沒有完」的自言自語。謝晉用了更多的畫面來表現他此時的複雜心情。在醉意中，谷燕山產生了幻覺：芙蓉鎮街上那些窗戶忽明忽暗的燈光，就是當年敵人碉堡裡噴射出的火舌。恍惚中，他把手中的水壺當成了手榴彈扔去，自己也被敵人的槍彈擊中。無數烈士用鮮血換來的新中國，遭受到極「左」路線的摧殘，使親歷者谷燕山極為不滿，故而借酒發洩自己內心的憤怒。在醉酒中，他似乎覺得如果繼續這樣，一切都「完了」，然而，他又清醒地意識到，無數英烈打下的江山，不會就這樣輕易地完了。所以，他大聲呼喊「沒有完」。

與此同時，謝晉還擅長運用一些小的道具來展示人物的性格和命運。如那一面銅鑼，影片開始時，王秋赦敲著它通知開會，威風八面；影片結束時，他再次敲響銅鑼時，銅鑼已破，人已瘋了。前後照應的銅鑼聲，折射出人物命運的升沉起伏；再比如那一扇石磨，影片開始時，它的轉動，給胡玉音帶來財富。當它停止轉動、蒙上灰塵後，它的主人也含冤蒙屈；再次轉動時，為苦澀愛情，轉動是緩慢的。重見天日時，它的轉動是歡快的。影片中，石磨的轉動，是主人悲歡離合的命運寫照；還有那兩把竹掃把，起初時，它們是秦書田和胡玉音不幸遭際的見證，當這兩把竹掃把並排擺到了一起時，則見證了主人患難與共的愛情。

三、「謝晉模式」的是與非

1986年7月8日，朱大可在《文匯報》上發表了《謝晉電影模式的缺陷》一文，從而拉開了對謝晉電影爭議的序幕。隨後，李劼、江俊緒、鐘惦棐、董鼎山等人相繼在《文匯報》上發文，對謝晉電影的優劣展開了熱烈的爭論。

朱大可認為，謝晉改編的電影，諸如《天雲山傳奇》、《牧馬人》、《高山下的花環》等，形成了既定的「模式」：恪守「好人蒙難」、「價值發現」、「道德感化」到「善必勝惡」的結構。謝晉向觀眾提供的這種「化解社會衝突的奇異的道德神話」，留下了「俗電影的印記」，「以煽情為最高目標」，是一種「陳舊美學意識」的表現，「謝晉電影宣揚陳舊的道德觀，與現代意識格格不入，是中國文化變革進程中的一個嚴重的不協和音」。李劼在《「謝晉時代」應該結束》中也認為，謝晉總是把中國電影所特有的政治性、娛樂性和藝術性盡可能地統一起來，所以，這種模式必須打破。而江俊緒在《謝晉電影屬於時代和觀眾》，對此進行了反駁。

關於「謝晉模式」的爭論，實際上是一場傳統文化觀念與西方文化觀念的碰撞。無可否認，謝晉電影承載著過重的倫理道德和教化功能，這必然與推崇「新潮」的西方文化觀念（「電影語言的創新」和紀實美學風格）格格不入。面對五花八門引進的西方時髦理論和人們的無端指責和批評，「謝晉的態度是『八面來風，自己掌舵』，你說你的，我拍我的，……堅定不移地走自己的藝術之路」（夢學：《面對「五花八門的理論」》，《電影新作》1987年第9期。）。

綜觀謝晉一生導演的影片，他總是一如既往地堅持現實主義的創作道路。無論是從《女籃1號》到《鴉片戰爭》，還是根據新時期初期反思小說改編而成的《天雲山傳奇》、《牧馬人》、《高山下的花環》和《芙蓉鎮》，無不貫穿著現實主義的精神。謝晉認為：「一個真正的藝術家，同時也應該是一個思想家，應該通過他的影片對一些社會問題發言。」基於如此的創作理念，他的電影總是涉及到當時極敏感的社會問題，諸如知識分子、反右、封建特權、「文革」等等。

《芙蓉鎮》，作為電影界對歷次政治運動進行反思最為成功的作品，謝晉將以往對政治路線的畸形批判衍化為一種更為寬廣的視野，從政治性反思上升到對民族悲劇的歷史思考。我們從湘西偏僻小鎮上胡玉音等幾個小人物幾十年間的命運沉浮，看到了古華和謝晉等人，基於共同民族心理的「集體無意識」，也體現了最廣大群眾的政治、倫理和美學觀念。

正因為謝晉的電影改編，尊重原著，偏愛對文學手法的借鑒和運用，堅持真實的現實主義創作道路，使他的電影改編在整體上具有較強的文學色彩和深度。同時，謝晉特別注重對戲劇手法的借鑒和對戲劇效果的強調。他總是濃墨重彩地渲染一些催人淚下的場景，如《天雲山傳奇》中的「雪地拉車」、《高山下的花環》中的「送別宴會」、《芙蓉鎮》中的「玉音臨產」等，都強烈地感染了觀眾，給人留下了深刻的印象。謝晉並不保守，他常將西方現代主義的一些文學創作手法，運用到自己的電影改編中，以期拓寬自己堅持的現實主義創作道路。如在《天雲山傳奇》中，他嘗試運用意識流的手法來表現宋薇複雜的心理活動。在《芙蓉鎮》中，他使用的一些細節，也具有荒誕色彩。如胡玉音從廣西避難回來，得知丈夫已亡，秦書田尾隨她來到亂墳崗，她發現後驚問，你是人還是鬼？秦書田回答說，有時候是人，有時候是鬼。這樣的回答將「文革」那個人鬼不分的特殊年代充分地表現出來。再如秦書田在宣判會上，對胡玉音叮囑的那句聲音：「活下去，像牲口一樣地活下去」，振聾發聵，發人深省。而在「文革」初期，風光無限的縣委常委李國香，一夜之間被串聯的紅衛兵掛上「破鞋」遊街示眾，讓人感覺「文革」的荒誕。片尾，秦書田以警世的口吻所說的那句：「世道不變，要是不防著點，他說的興許是道理。」也體現出了謝晉對歷史反思的深刻。

「老謝的藝術」（阿城語），因偏重於對文學深度的追求，在新時期改編一些反思小說時，囿於其文學觀念的限制，在給他電影改編帶來成功的同時，也留下了一些遺憾（文學味道過重、圖解文學手法、理性思辨大於形象描繪等）。如《天雲山傳奇》，過多的運用意識流手法和閃回鏡頭，去揭示人物複雜的心理變化，使未曾看過原著的觀眾，難以釐清片中人物的複雜關係和情感糾葛。在《牧馬人》中，許靈均抱著棕色馬痛哭後，為了表現他從絕望中解脫出來，立即切入他在鮮紅的少先隊隊旗下敬禮入隊的鏡頭。這種主觀圖解精神力量的做法，不免給人不真實和矯情之感。同樣，在《芙蓉鎮》中「玉音分娩」的這場戲裡，謝晉為了表現新中國的誕生像「躁動於母腹中快要成熟了的一個嬰兒，讓我們舉起雙手歡迎他吧！」的理念，將谷燕山在解放戰爭流血受傷和新生兒啼哭的兩組鏡頭連接在一起，給人理性思辨大於形象描繪的抽象之感，無疑也削弱了感人的藝術力量。

然而，瑕不掩瑜，《芙蓉鎮》是謝晉電影改編的集大成之作。他在改編時，調動一切藝術手段來反思這段歷史，在現實主義的悲劇基礎上增加了些許喜劇成份和荒誕色彩，一些片段中還揉進的象徵主義因素，雖不完善，卻體現了他對風格多樣性的追求。正因為謝晉博採眾長，有強烈的使命感、創新意識和巨片意識，使之《芙蓉鎮》成為對「文革」悲劇進行人性反思和批判的巔峰之作，也是謝晉作為中國內地第三代導演的絕唱，在新中國電影史上具有里程碑意義，在世界電影史上也是一部不朽的傑作。

第二章

《紅高粱》《高粱酒》與《紅高粱》

影片資料

中 文 名：紅高粱
外 文 名：Red Sorghum
原　　著：莫言
編　　劇：陳劍雨　朱偉　莫言
導　　演：張藝謀
主　　演：姜文　鞏俐　滕汝駿　賈六
上映時間：1988年
片　　長：91分鐘
類　　型：劇情，戰爭
出 品 人：西安電影製片廠

一、劇情簡介

我給你說說我爺爺我奶奶的這段事。這段事在我老家至今還常有人提起，日子久了有人信也有人不信。

我奶奶19歲那年，曾外祖父為換一頭騾子，把她嫁給了十八里坡燒酒作坊的掌櫃李大頭。李大頭因有痲瘋病，五十多歲了才娶上了這門親。

我奶奶是七月初九出嫁的。按我們家鄉的習俗和規矩：坐轎不能哭，哭轎吐轎沒有好報；蓋頭不能掀，蓋頭一掀必生事端；半道上，還要用顛轎的方式折騰新娘子。那天前來抬轎子的、吹喇叭的都是李大頭的夥計。只雇了一個轎把式，他是方圓百里有名的轎夫。這個轎夫後來成了我爺爺。

一路上，轎把式先是用言語撩撥我奶奶，其他轎夫跟著起鬨。隨後，轎把式又嘲諷我曾外祖父母見錢眼開，把閨女嫁給流白濃吐黃水的李大頭，告誡我奶奶不要讓李大頭沾身，沾了身，會跟著爛了。如果後悔的話，就把她抬回去。我奶奶一言不發，眾轎夫又叫她唱個曲解乏，她還是一聲不吭。轎把式說：「不說話，顛，顛不出話來還顛不出尿來。」於是，在喇叭的長音和鑼鼓的短聲中，轎夫們亮開粗嗓，一邊高唱陝北民歌《顛轎歌》（「客沒走，席沒散。四下新郎尋不見呀，尋呀麼尋不見，哎，新郎就尋不見哪⋯⋯急猴猴，新郎官，鑽進洞房把蓋頭掀⋯⋯蓋頭掀⋯⋯哎呀，哎呀，呀呀哎呀呀呀呀，我的個小乖蛋，嘿，我的個小乖蛋。定神行，大麻點，塌鼻豁嘴翻翻眼，翻呀麼翻翻眼，哎，翻呀麼翻翻眼哪⋯⋯雞脖子，五花臉，頭上蝨子接半碗，接半碗⋯⋯哎呀，哎呀，呀呀哎呀呀呀呀，我的個小乖蛋，哎，我的個小乖蛋。醜新娘，我的天，齜牙往我懷裡鑽，懷呀麼懷裡鑽，哎，懷呀麼懷裡鑽哪⋯⋯扭身跑，不敢看，二旦今晚睡豬圈，睡豬圈⋯⋯哎呀，哎呀，哎哎呀呀呀呀⋯⋯，我的個小乖蛋⋯⋯我的個小乖蛋哪。」），一邊秧歌般地左扭右拐地顛轎。不管轎夫怎樣折騰，我奶奶即使被顛得臉色蒼白、腸胃翻騰，仍然緊握坐板，死不吭聲。當他們行至青殺口時，從百十畝密密麻麻的野高粱地裡殺出了一個劫道人，自稱神槍三炮，拿槍逼著轎夫們掏錢和解褲帶。當劫道人看到我奶奶頗有姿色時，就劫持她向高粱深處走去。此時，生來膽大的轎把式瞅準機會向劫道人撲去，轎夫們一擁而上，幾下就要了劫道人的命。

十八里坡這地方周圍沒什麼人家，再加上掌櫃的有痲瘋病，除了買酒的，很少有人上這裡來。轎夫們把我奶奶抬到十八里坡燒酒作坊時，羅漢和王嫂迎了上來。

轎把式大步走到大門口的高坡後轉身佇立，我奶奶頂著紅蓋頭的臉在回頭眺望後，慢慢地朝小院走去。黃昏時，在空蕩蕩的新房裡，燭光閃爍，陰影幢幢。我奶奶蜷縮在炕角，雙手交叉放在胸前，手中緊握著一把剪刀。羅漢坐在炕頭吸煙，炕前小桌上有一盞四塊玻璃插成的罩子燈。我奶奶一聲慘叫，劃破了夜空高懸慘澹的月亮。

新婚三天接閨女是我老家的風俗。那天，我奶奶她爹接她回門。一路上，我曾外祖父嘮嘮叨叨地勸我奶奶要回李家來，說什麼李家好大的氣派，張口就給自己一頭大騾子，你不願意歸不願意，你輪什麼剪刀……我奶奶不理他，獨自騎著毛驢向前走去。當她返回到青殺口時，我奶奶被一蒙面人挾離驢背，攔腰抱進了高粱地。驚恐之下，我奶奶發現這人竟是轎把式。兩人相對，激情迸發。我奶奶不再掙扎，任憑擺佈。到了高粱鋪就的地上，仰天緩緩倒下，日光眼花繚亂，高粱狂舞疊化，我爺爺和我奶奶開始了人類傳宗接代的野合。

而此時，我曾外祖父並不知情，仍在絮絮叨叨。當他步履踉蹌抬頭又看見我奶奶時，便吃驚地問道：「閨女，你一泡尿咋尿了這麼老半天？你是咋尿的？」我奶奶不予理睬，自顧騎驢而去。迎風搖曳的高粱地裡響起了我爺爺粗獷的歌聲：「哎，妹妹你大膽地往前走哇，往前走，莫回呀頭，通天的大路九千九百，九千九百哇。」我奶奶雙目向前，耳聽歌聲，慢慢行走。「哎，妹妹你大膽地往前走哇，往前走，莫回頭。從此後，你搭起那紅繡樓哇，拋灑著紅繡球哇，正打中我的頭哇，與你喝一壺哇，紅紅的高粱酒哇，紅紅的高粱酒哎，呀嘿。」

我曾外祖父聽見歌聲，雙腳跳起，舞動雙臂，對著高粱地亂喊起來：「唱戲的，你給我出來，你他媽的陰不陰、陽不陽的，胡唱些什麼歪腔邪調、邪調歪腔的。」寂靜片刻後，高粱地傳來更為聲嘶力竭的歌聲：「哎，妹妹你大膽地往前走哇，往前走，莫回呀頭。」我奶奶笑容微微，臉上跳躍著紅色的陽光。一望無際的高粱地，海浪般波動。

回到曾外祖父破舊不堪的家，我奶奶坐在桌前一聲不吭。我曾外祖父依舊嘮嘮叨叨：「你逞啥能？不吃飯，想成仙哪，掉到福窩窩裡還整天五迷三道地轉不過來，你看人家李家給咱一頭大黑騾子，回去好好過日子。往後看哪，李家的財產都歸你，人活一世圖個啥，嫁了人死活都是李家的人。快吃，吃完給我回去。」我奶奶喃喃自語：「我走！」她猛地一下掀翻了飯桌，說道：「你不是我爹，我沒你這樣的爹！你就想拿我換一頭大黑騾子，你跟你的騾子過去吧！我走，我走，我再也不回來了！」我奶奶喊得撕心裂肺，她一跺腳，衝出屋子。我曾外祖父嚇了一跳，隨及又罵道：「狗雜種，想不認你爹，沒那麼便宜，我和你娘弄出你來，容易嗎？」

就在我奶奶罵他爹的時候，十八里坡已經出了事，李大頭給人殺了。究竟是誰幹的，一直弄不清楚。我總覺得這事像是我爺爺幹的，可直到他老人家去世，也沒問過他……

我奶奶回到十八里坡，發現李大頭死了。在長工房裡的炕上，劉大號、大壯、二壯、嗩吶董、豁牙李等眾夥計對掌櫃的死議論紛紛，對我奶奶也頗多不滿，都不想幹了。只有羅漢一人坐在炕頭吸煙。正在此時，王嫂走了進來，一把奪過丈夫的酒碗說道，她剛才看見那女人一個人坐在院子裡，黑咕隆咚的，怪嚇人的。眾夥計隨後跟隨羅漢走出長工房，來到小院矮牆前，往裡張望。發現我奶奶蜷縮一團睡在一床被子上。王嫂說：「她不敢進屋，怕染上病，怪可憐的。」羅漢轉身離去，端了一碗酒走到我奶奶身邊。小聲地叫道：「掌櫃的，掌櫃的。」我奶奶沒醒，他便舉碗含酒，在我奶奶身邊噴了一圈。驚醒後的我奶奶，疑惑不解。羅漢解釋道：「這高粱酒能消千病百毒，掌櫃的小心在意。」說完就走出院門。

第二清晨，正當夥計們收拾行李準備離開時，我奶奶煥然一新地來到院中，大聲地說道，大家先別走，我有話要說，咱這燒酒鍋不能散夥！她還拜託羅漢多張羅和大夥幫忙，如果不願意幹的，想走，也不強留，這個月的工錢照發，日後想回來，還是咱燒酒鍋上的人！她請大家留下來，允諾道：「咱這買賣辦成了，人人都有一份，你們看成嗎？」

我奶奶的話打動了大夥，大家決定不走了，並齊聲說，聽掌櫃的。我奶奶笑了說，咱這燒酒鍋上沒大小，我在家排行老九，是九月初九那天生的，你們叫我九兒好了。夥計們聽後直樂，叫起「九兒，九兒」。羅漢提議把這院子收拾收拾？我奶奶爽快地答應，並叫他派人買些石灰來，把這後院整個地刷一遍，再用高粱酒把這十八里坡整個地潑上三遍，殺殺這黴氣。眾夥計有的將高粱酒潑出，有的將被褥、舊傢俱拋入火中。羅漢從酒碗中抓提出一串鑰匙，交給我奶奶。我奶奶頭都不回，只顧潑酒，說道：「我的家產就是你的家產，你就拿著吧。」羅漢誠惶誠恐。

我奶奶在小院新房內盤腿坐在炕上，對著窗戶剪窗花。忽然院外傳來鬧哄聲，我奶奶側耳細聽，竟然是我爺爺的聲音：「就是在高粱地裡頭……」小院門被撞開，眾夥計簇擁著我爺爺走了進來。我爺爺喝醉了，步履踉蹌，語無倫次。他一再聲明：「我自己能走。」眾人推他在小推車上坐下。大壯問他：「後來怎麼著了？」他回答道：「我把高粱鋪平了，她就躺下了，躺下……我就，我就痛快了。」眾人哈哈大笑。我爺爺借著酒勁，叫大家出去，不要送了，這離家不遠了，我一會就進去。還說我奶奶是他的媳婦，她在高粱地裡說過她喜歡他。我奶奶繃著臉走出房門，我爺爺看見後，對著她說：「對，對不對？你自己跟我說的喜歡我。」我奶奶氣得說不出話來，抨的一聲把門關了。我爺爺有些尷尬地說：「她是裝的，她想讓我進去。」說完，趔趔趄趄地拾起行李走進屋裡，轉身對夥計們說：「都回去吧，回去吧。」門關上了。幾個夥計圍到門前細聽動靜，屋裡傳來一聲清脆的耳光聲。門猛然被拉開，我爺爺的被褥被扔了出來。緊跟著，我奶奶怒氣衝衝走出來說：「這人喝多了，把他拖出去！」夥計們將喝得爛醉的我爺爺從屋裡抬了出來，我爺爺又踢又咬，夥計們好不容易將他摺在地上。他還在罵罵咧咧：「你這小娘們脫了褲子還行，提了褲子你就不認我……他媽的……我得上屋睡覺去……我睏了……」我奶奶急了，要過一把木鍁，狠打我爺爺，邊打邊狠狠說：「再說！再叫你說！」我爺爺被打得頗感愜意，不住地叫道：「舒服，舒服。」羅漢勸我奶奶消消氣，叫眾夥計把我爺爺抬走！夥計們抬起我爺爺向院外走去，他不停地掙扎、叫咬。到了院中，夥計們將他扔到缸裡，大壯兄弟又將這缸蓋扣上。我爺爺在缸裡嚷著：「別蓋上，我出不來氣呀……」王嫂應丈夫的吩咐，將他的行李扔到了缸邊。

這時，槍聲響起，土匪禿三炮來了，把我奶奶劫走了。禿三炮問我奶奶給李大頭睡過沒有了，我奶奶回答說，睡了。

我爺爺在缸裡一躺就是三天。羅漢和夥計們東拼西湊了三千塊大洋，才把我奶奶贖回來。我爺爺看到鬢髮不整的我奶奶，一種羞辱感折磨著他。他跑到禿三炮的牛肉鋪找他報仇。禿三炮不在，只有肉鋪掌櫃胡二和他的瘦徒弟在。我爺爺要吃牛肉，胡二卻給他端出了牛頭，我爺爺仍然堅持要吃牛肉。胡二說他不配吃牛肉，牛肉是給三炮留的。我爺爺吃了牛頭後，胡二叫他拿一塊大洋，我爺爺說他只有三個銅板。胡二斥責他是來吃麵食的啊，我爺爺說不要拉倒，說完即走。胡二師徒前來將他拉住。正在此時，禿三炮回來了，吩咐手下：「割了他的舌頭下酒。」兩個彪壯漢子將我爺爺提到案前，一把雪亮的刀子伸到他面前。我爺爺急忙求饒，說自己剛才多喝了點酒，和老掌櫃的鬧著玩呢。一土匪就說：「那好，留你條舌頭好跟女人親嘴。去，給我們當家的磕三個響頭！要響！」我爺爺趁跪下求饒之際，猛地躍起，一頭將禿三炮撞翻，一把抓過案上的菜刀，架在了他的脖子上，回頭吼道：「別動，一動我就宰了他！」禿三炮急忙吩咐手下：「別動！」禿三炮說：「兄弟，我跟你無冤無仇。」我爺爺說：「你他媽壞了我的女人！」禿三炮回答：「沒有，我就為那三千塊大洋。」我爺爺不信。禿三炮又說，痲瘋動過的女人我不沾。正當我爺爺半信半疑時，禿三炮飛起一腳，把我爺爺踢得踉踉蹌蹌往後退，兩土匪順手將我爺爺摔到案上，舉刀欲剁。禿三炮叫道，慢。於是，我爺爺慢慢向門口走去，突然三聲槍聲響起，都打在了門簷上，三個牛頭和塵土掉了下來，差點砸到我爺爺頭上。

我奶奶劫後餘生，心情悒鬱，懶懶地靠在炕上。王嫂一邊抹炕沿一邊勸慰。羅漢前來請安，告之今天是九月初九，照老規矩，咱們燒鍋上升火，請我奶奶去看看，散散心，也壓壓驚。我奶奶好奇地跟隨羅漢來到酒坊。酒坊裡熱氣蒸騰，眾夥計赤裸上身，只穿著遮羞布忙活著。在羅漢帶領下，我奶奶繞燒鍋作坊觀看。當她看到大壯、二壯兩人將大風箱拉得震天價響時，也前去試試，卻感到拉風箱很吃力。隨後，我奶奶坐在酒坊，觀看了紅高粱釀成高粱酒的全過程。

新酒釀成後，羅漢帶領大夥開始敬酒神，並引領大夥高聲唱起了《酒神曲》：

> 九月九，釀新酒，好酒出在咱的手，好酒。喝了咱的酒啊，上下通氣不咳嗽；喝了咱的酒啊，滋陰壯陽最不同；喝了咱的酒啊，一人站在青殺口；喝了咱的酒啊，見了皇帝不磕頭。一四七，三六九，九九歸一跟我走，好酒，好酒，好酒。

歌唱畢，羅漢領頭一飲而盡，最後大家紛紛將空碗摔在酒神像下。

羅漢端了一大碗酒，請我奶奶嚐嚐。我奶奶在大夥的勸解下，一口喝光，眾人齊聲喝彩。這時，傳來我爺爺的冷笑聲：「痛快，痛快！」王文義、羅漢招呼他過來喝酒，他不予理睬，徑直來到酒簍前，一口氣地將四個酒簍排成一列，當著眾人的面，解開褲子，對著酒簍撒起尿來。在眾人驚詫之餘，他又來到我奶奶身邊說道：「你看著，我給你出甑。」說畢，他轉身走到甑前，一人將巨大的甑蓋吊起。一時間熱氣蒸騰，熱浪灼人。他隨手抄起一把木鍁開始出酒糟，酒糟一鍁鍁飛起來，打得眾人步步後退。

隨後，我爺爺轉身把我滿臉紅潮的奶奶夾抱起向小院走去。在眾人驚呆之時，他用腳把小院門關上了。

午夜。羅漢在院中忽然聞到了什麼香味，他朝酒坊走去，發現異香竟來自我爺爺撒了尿的酒簍。他急忙找到一個酒提從酒簍打上一提酒來，用舌尖嚐了嚐，然後又果斷地喝了一大口。沒想到，在我爺爺惡作劇撒尿的酒簍裡，竟釀成燒鍋作坊裡從未釀成的好酒，我奶奶給它取名叫十八里紅。當天晚上，羅漢離開了十八里坡。

一晃九年，我們家的十八里紅出了名，我爹豆官也9歲了。人們都說我爹是高粱地裡出的野種。那回老家99歲的王奶奶見著我還說：「一畝高粱九擔半，十個野種九個混蛋。」在燒鍋，我爹穿著紅裹肚，從缸裡爬進爬出，一不小心爬進了裝滿高粱酒的酒缸，一身濕透，大哭起來。我奶奶一邊幫他擦酒一邊哄著我爹，忽然瞧見遠處的門洞邊，羅漢正在朝燒鍋張望。我奶奶一愣，扔下我爹，拔腳追去，我爺爺隨後跟隨而去。我奶奶一直追到青殺口也沒看見羅漢的身影。

日本人說來就來。那年7月，日本人修公路修到了青殺口。他們用刺刀逼著鄉親們踩倒高粱。在一輛軍車旁，一群日本兵將一粗大木杆捆在車頭上。一堆篝火旁，幾個日本兵在烤肉吃。胡二師徒用利刃熟練地劃開牛皮。我奶奶、我爺爺、我爹和鄉親們在日寇的刺刀威逼下，機械地踩踏著高粱。這時，一個血淋淋的人被吊在木杆上。翻譯官奉日軍官之命，叫胡二去把吊在樹上的人的皮剝了。胡二不願，日軍官威脅說，不去剝就開他的膛。翻譯官聲嘶力竭威脅道，誰要是與皇軍作對，這就是下場。鄉親們發現這個被吊著的人，竟是禿三炮。胡二在禿三炮的激怒下，猛一刀捅進他的胸膛。禿三炮一聲慘叫，不動了，胡二也被日軍機槍打死。

隨後，四個日本兵上前拖著瘦徒弟朝車前走去。瘦徒弟大哭大叫告饒。又一個被打得血肉模糊的人被吊上木杆。翻譯官一步跳到瘦徒弟跟前，狠狠地打了他一個耳光，嘶喊威脅道：「太君說了，你今天要是不動手，就剝了你的皮！」一盆涼水向吊在木杆上的人潑去，他抬起頭來，人們驚呼，是羅漢大哥。據我老家的人說，我羅漢爺爺是當了共產黨，受指派，收編各路地方武裝一同抗日才被日軍逮捕的。瘦徒弟在威逼下，神色大變地將血淋淋的刀舉起向羅漢爺爺的額頭劃去。隨後，一聲慘叫，令人毛骨悚然。據縣誌載：日軍抓民伕累計40萬人次，修築張平公路，毀稼禾無數，殺人逾千。劉羅漢在青殺口前被日軍剝皮凌割示眾。劉面無懼色，罵不絕口，至死方休。

這之後，肉鋪瘦徒弟瘋了，雙手捧刀，又哭又笑。

夜晚，我奶奶將一簍酒放在桌上，在掃視院中篝火旁的眾人後，一把撕開酒簍封紙，將酒倒入王嫂遞過來的大碗中，走到案前，「撲」地跪下，對著酒碗磕了一個頭，然後起身雙手捧碗，莊重地喝了一大口。叫豆官，跪下，告訴他：「這是你羅漢大叔釀的十八里紅，磕頭！喝酒！」隨之盯著我爺爺，一字一句道：「是男人，把這酒喝了，天亮去把日本人汽車打了，給羅漢大哥報仇！」我爺爺轉身到酒坊裡抱出一大疊碗，神色莊重地將大碗在桌上一字地排開。他端起酒簍，往每個碗裡倒滿高粱酒，又從火堆抽出一根火棒，走到案前，將一碗碗酒點燃。眾夥計一個個依次上前，各端一碗酒。我爺爺上前也端起一碗酒，回身跪下，眾夥計跟著跪下。桌子正中，碗中的酒熊熊燃燒。我爺爺和夥計們開口唱起了《酒神曲》。

唱畢，我爺爺、我爹、眾夥計扛著各種傢伙，挑著大缸，推著車，在一輪綠色的月亮下，走過十八里坡，來到青殺橋。晨霧彌漫中，他們在公路中間挖了一個大坑，坑中埋有裝滿酒的四口大缸。我爺爺把我爹抱起朝缸裡撒尿。他叫大號，待會打起來，使勁吹喇叭。大號說，他只會吹大麻點、翻翻眼，打起仗來吹個什麼調？我爺爺說，「啥就行，只要有個動靜。東洋人怕響器！待會兒你使勁吹，越響越好。」

大坑已被埋好，雷繩被小心地引入高粱地裡。王文義、嗩吶董小心地用高粱穗掃平痕跡。烈日當空，公路上死蛇一般寂靜。在高粱地裡，蒸籠一般。我爺爺、眾夥計在打盹。我爹睡著了。我爺爺滿臉大汗，疲憊不堪。我爹跟我說過，自打看見那天的太陽，他的眼睛就落下了病，不論看什麼都是紅的。

我奶奶和王嫂在家做好了一桌豐盛的酒席，等著我爺爺他們凱旋歸來。這時，我爹大汗淋漓地跑來，說我爺爺他們肚子餓了。我奶奶挑著裝滿飯菜的擔子和提著籃子的王嫂去犒勞我爺爺他們。路上，一輛日本軍車開過來，機槍響了，我奶奶只「唉」了一聲就倒下了。憤怒的我爺爺和眾夥計像瘋了一樣抱著火罐、土雷衝向日本軍車。一聲巨響，夥計們全死了，9歲的我爹和幾近癡呆的我爺爺，站在我奶奶的屍體旁，一動不動，天邊響起我爺爺的歌聲：「哎，妹妹，你大膽地往前走哇，往前走，莫回頭，從此後你，搭起那紅繡樓哇……」

夕陽如血，高粱如血，我爹唱起來：「娘！娘！上西南，寬寬的大路，長長的寶船；娘，娘，上西南，溜溜的駿馬，足足的盤纏；娘，娘，上西南，你甜處安身，你苦處化錢……」

二、從小說到電影

（一）小說與電影的聯姻：相得益彰

1985-1986年間，莫言完成了他的中篇小說傑作《紅高粱》，並發表在《人民文學》1986年第3期上。《紅高粱》一經問世，就因獨特的主觀感覺世界，天馬行空般的敘述，陌生化的處理，神秘超驗的想像世界，令人耳目一新，迅速震動文壇。評論界的反響十分熱烈，莫言和他的高密東北鄉從此廣為人知。隨後，莫言又相繼發表了系列中篇《高粱酒》（《解放軍文藝》）、《高粱殯》（《北京文學》）、《狗道》（《十月》）、《奇死》（《昆侖》）。1987年5月，他將這些小說結集為《紅高粱家族》由解放軍文藝社出版社出版。

1985年前後，隨著美國作家威廉・福克納的《喧嘩與騷動》和哥倫比亞作家加西亞・馬爾克斯的《百年孤獨》在中國的出版，適逢其時地契合了中國文學界對小說新出路的期望。一大批有才華的青年作家對文以載道的傳統文學觀念、方法和模式（即文學作為一種「批判／歌頌」的工具，其目的是為「政治／社會」服務）頗為不滿，力圖蛻變又頗感茫然困惑時，福克納用現代主義方法抒寫美國鄉村生活和馬爾克斯用「魔幻」來改裝歷史及其「現實主義」的寫法，令他們耳目一新。受惠於此，莫言圍繞「紅高粱情境」，開始將「他的『高密東北鄉』安放在世界文學的版圖上。」（《紐約時報》書評，《紅高粱家族》封底。）

基於現代社會人的壓抑無處不在，莫言在反思歷史時，痛切感悟到「種的退化」。故而在《紅高粱》的創作中，有意採取惡作劇式的達觀態度來處理沉重的歷史素材，以此表達自己對生命本真的熱烈追求：

> 我曾經對高密東北鄉極端熱愛，曾經對高密東北鄉極端仇恨，長大後努力學習馬克思主義，我終於悟到：高密東北鄉無疑是地球上最美麗最醜陋、最超脫最世俗、最聖潔最齷齪、最英雄好漢最王八蛋、最能喝酒最能愛的地方。生存在這塊土地上的我的父老鄉親們，喜食高粱，每年都大量種植。八月深秋，無邊無際的高粱紅成洸洋的血海。高粱高密輝煌，高粱淒婉可人，高粱愛情激蕩。秋風蒼涼，陽光很旺，瓦藍的天上遊蕩著一朵朵豐滿的白雲，高粱上滑動著一朵朵豐滿白雲的紫紅色影子。一隊隊暗紅色的人在高粱棵子裡穿梭拉網，幾十年如一日。他們殺人越貨，精忠報國，他們演出過一幕幕英勇悲壯的舞劇，使我們這些活著的不肖子孫相形見絀，在進步的同時，我真切感到種的退化。（莫言：《紅高粱家庭》，南海出版社1999年版，第2頁）

莫言在《紅高粱》中，以對比反諷的語氣，將《紅高粱》及《紅高粱家族》的嚴肅主題以近乎惡作劇式的戲謔文字展示出來。

莫言的《紅高粱》及其《高粱酒》不僅展示他充沛的創作激情和無處不在的靈感，而且將他別具一格的寫法推到了極致。在「紅高粱情境」統馭下，無論是「敘事角度」、「敘事時空轉換順序」，還是「敘事本身」、「敘事語言」，都迥異於常規，充滿隨意性。

在《紅高粱》、《高粱酒》中，作者用第一人稱「我」來講「我爺爺」、「我奶奶」和「我父親」的故事。「我爺爺」余占鼇不僅是頂天立地的抗日英雄，也是一個殺人越貨的土匪；「我奶奶」戴鳳蓮既是一個追求個性解放的女中豪傑，又是一個風流放蕩的潑婦。這種創作理念和價值觀乃至人物性格的刻畫，是前無古人的，這正是莫言作品的藝術價值所在。

作為「第五代」電影導演的張藝謀，因在張軍釗導演的電影《一個和八個》（改自郭小川同名長篇敘事詩）和陳凱歌導演的電影《黃土地》（改自柯藍散文《深谷回聲》）擔任攝影而獲得了一定的知名度。電影《一個和八個》和《黃土地》對傳統電影（內容與形式）的反叛，雖給人耳目一新之感，卻看好不賣座，使張藝謀在第一次執導時，吸取了忽視電影情節性選擇的教訓，把目光放在了與自己氣息相通、觀念相近的先鋒作家身上。而莫言在《紅高粱》中「表現的那種生命的騷動不安、熱烈、狂放、自由放縱」（張藝謀：《唱一支生命的讚歌》，《當代電影》1988年第2期。），正契合了他對人性張揚、生命力歌唱的導演理念。張藝謀在電影《紅高粱》中，側重於「個性張揚」的銀幕形式，在顛轎、野合、釀酒和剝人皮等等具有表現性、造型性的場面和細節上大做文章，以此抒寫愛情英雄與抗日勇士。影片上演後，獲到了非凡的成功，贏得國際國內多項大獎。

無可否認，電影《紅高粱》的成功和獲獎提高了小說原著及其作者的知名度，而張藝謀也以嶄新的藝術形式，令業界對中國電影刮目相看，《紅高粱》也因之被認為是中國電影真正走向世界的新的開始。如此看來，奉行「中國電影永遠沒有離開文學這根拐杖」（李爾葳：《當紅巨星——鞏俐張藝謀》，北京十月文藝出版社1994年版，第122頁。）的張藝謀，以此開創了對當代先鋒小說的成功改編，使之中國當代先鋒小說與以之改編的電影，相得益彰。

（二）大刀闊斧地刪改：主題、情節、人物、場景和敘事方式

1、主題：單一明確

莫言在《紅高粱家族》扉頁上的題詞（謹以此書召喚那些遊蕩在我的故鄉無邊無際的通紅的高粱地裡的英魂和冤魂。我是你們的不肖子孫，我願扒出我的被醬油醃透了的心，切碎，放在三個碗裡，擺在高粱地裡。伏惟尚饗！尚饗！），開宗明義地告訴我們，他歌頌和祭奠的是故鄉高密東北鄉幾十年前為參加抗日活動而犧牲的「英魂」和慘遭日本人無辜殺害的「冤魂」。在這些英魂和冤魂裡，也包括他自己的親人。小說一開始就敘述了余司令出發去打日本鬼子的故事。在介紹打仗過程中，不時閃回「我爺爺」和「我奶奶」過去的事，現在的打日本鬼子與過去的祖父母的傳奇故事相互交織，最後兩條線索合二為一，共同達到高潮。

莫言小說的主題意蘊是複雜多元的。在他的作品中，「既有對傳統價值觀的質疑與反叛，對封建倫理觀念深刻的剖析，也有對由於社會環境改變而導致的人性缺失和種族退化的感歎，對城市文明的批判……而其中最重要的則是對生命意識的弘揚。」（王慶生主編：《中國當代文學史》，高等教育出版社2003年版。）而張藝謀在拍攝電影《紅高粱》時，立足於「讚頌生命、展示痛快淋漓的人生態度」，大膽取捨，只保留了原著的三分之一的篇幅來表現戰爭

的內容，並且儘量使其成為展示人物性格和命運的歷史背景。在這部具有神話意味傳說的電影裡，始終洋溢著對人性和蓬勃旺盛生命力的讚美。張藝謀在談到《紅高粱》時說：「生命的崇高表現就是愛和死。死是很殘酷的，愛是很誘人的。在我的內心深處，對愛和死都是頂禮膜拜的，認為它們是生命中非常神聖和美麗的東西。」（張明主編：《與張藝謀對話》，中國電影出版社2004年版，第58頁。）

小說中，羅漢大爺是僅次於「我爺爺」和「我奶奶」的第三號人物。他本是單家酒坊的長工工頭。「我奶奶」嫁到單家後，他又成為「我奶奶」的二掌櫃，對「我奶奶」忠心耿耿。日本人來了後，將他和東家的兩頭騾子擄去修公路。羅漢大爺不勝其苦，深夜隻身逃脫，因想帶回東家的兩頭騾子，才重新返回。不料那騾子受了驚嚇，不聽其吆喝，反將他踢傷。日本人發現後，又將他抓回。為殺一儆百，將他剝皮示眾，以此恐嚇企圖逃跑的村民。莫言如此安排情節，既符合羅漢的性格，又真實地再現了當時的歷史現狀，英雄好漢畢竟是少數，更多的則是順民。連如此老實巴交的奴僕也被日本人剝皮，使之更具有強烈的民族意義和文化意義。

在電影中，「我爺爺」打日軍軍車，完全是「我奶奶」基於為羅漢大爺報仇而要求他的。我奶奶在目睹了羅漢大爺被日軍剝皮的慘狀後的當天晚上，將一罈酒放在院中篝火前面的桌子上，她在掃視眾人後，麻利地撕開了酒罈的封紙，將酒倒入王嫂遞過來的大碗中。我奶奶走到案前跪下，對著酒碗磕了一個頭，然後，起身雙手捧碗喝了一大口。接著，她叫兒子豆官跪下，告誡道：「這是你羅漢大叔釀的十八里紅，磕頭！喝酒！」隨之盯著我爺爺，一字一句道：「是男人，把這酒喝了，天亮去把日本人汽車打了，給羅漢大哥報仇！」「我爺爺」遵命而去。第二天，他就率領酒坊裡的夥計去打日本人的汽車了。如此看來，「我爺爺」們的抗日，並非出於高尚的愛情情操，而是出於對頑強生命力被肆意踐踏的復仇。

2、情節：主次調整

莫言的《紅高粱家族》包括《紅高粱》、《高粱酒》、《高粱殯》、《狗道》和《奇死》五章，內容豐富，人物眾多，線索紛繁。小說《紅高粱》開宗明義地表明，這是一部以打日本人為主線的小說。敘事的主幹是「一九三九年古曆八月初九」這一天，「我爺爺」率領一批地方武裝前往墨水河邊襲擊日本鬼子車隊的過程。在這一過程中，穿插了關於「我爺爺」和「我奶奶」的故事。小說中的主角是「我爺爺」余占鼇，「我奶奶」戴鳳蓮只是一個配角，是「我爺爺」傳奇人生中的一段插曲。小說的歷史感真實而強烈，充滿悲壯與蒼涼，具有闊大雄豪的氣勢。

張藝謀基於電影藝術的特性，為了使改編的電影《紅高粱》，更具有原小說「新鮮感」和神奇化的效果，他曾如此地闡釋道自己的改編理念：「我們哥兒幾個在一起攢：這片子咱們拍得簡單點，一個宗旨是咱要傳達出莫言小說中那種感性的生命騷動，一個男人和一個女人還真活得挺自在，他們覺得自己就是一個世界，想折騰就折騰，把這點事兒說圓了，把人對生命熱烈追求說出來，有這點小味道就差不多了。」（張藝謀：《唱一支生命的讚歌》，《當代電影》1988年2期。）為此，他只選取了《紅高粱家族》的前兩章《紅高粱》和《高粱酒》作為電影《紅高粱》改編的情節依據。而就是小說《紅高粱》和《高粱酒》的故事情節，也紛繁複雜，莫言圍繞創作的主（「最熱愛也最痛恨」）客（「最美麗也最醜陋」）體，盡情抒寫了高密東北鄉的人和事。十幾年前的許多事情，在抗日鬥爭這條線索的統領下，一一閃回重現。張藝謀在改編時，則把

「我奶奶」戴鳳蓮從出嫁到被日本人打死這一小說副線提升為電影主線，在保留了小說中的顛轎、遇匪、騎驢、野合、耍橫、闖土匪窩、撒尿至酒簍、剝人皮、打日軍軍車等情節時，將電影的主要內容集中在「我爺爺」和「我奶奶」在一塊野高粱地和一個燒酒作坊裡發生的傳奇故事。

電影一開始，就直奔主角——「我奶奶」的出嫁。我曾外祖父為了一頭騾子把她許配給了十八里坡燒酒作坊患麻瘋病的掌櫃李大頭。電影沿襲這條線索，一直順敘下去，直到「我奶奶」被日本人打死。期中，穿插了「我爺爺」的一些英雄壯舉和痞子行為：打死半道劫匪；在「我奶奶」回門的途中，將她擄進高粱地與之「野合」；隻身前去找禿三炮興師問罪；耍賴而成為燒酒作坊的主人；在酒簍裡惡作劇撒尿成就了好酒十八里紅等。電影在後半部分也表現了「我爺爺」在「我奶奶」的激勵下，率眾打日軍軍車的故事，但影片的敘事中心，無疑是「我爺爺我奶奶的這段事」了。從此可以看出，在電影中，「我奶奶」已取代了「我爺爺」，成為了第一號主人公，小說原著壯闊的歷史背景和豐富的人生內容，已減化為單純的男女故事。時空交錯的敘事變成了簡單的順敘，情調也由陽剛轉至陰柔。

因為電影敘事的重點是「我奶奶」和「我爺爺」的愛情傳奇。所以，張藝謀改編時，重點參考了小說《高粱酒》裡的有關「我爺爺」和「我奶奶」內容，並為我所用。在保留了小說「不滅的人性」精華時，刪掉了「畸曲生長」的一些情節。諸如「我爺爺」16歲時用程小鐵匠送的小寶劍，在梨花溪畔殺死了與他媽媽偷情的和尚，逼死了母親，孤身浪跡高密東北鄉，靠給人抬轎為生；他無意間闖入了土匪頭子花脖子開的酒店，受到一番奚落；借著酒勁，他縱火燒了單家大院後乘機殺害了單廷秀、單扁郎父子，並將他們拋屍村西頭大水灣子邊；縣長曹夢九親臨現場破案，誤把莊長單五猴子當成殺人兇手；「曾外祖父」狀告「我奶奶」通匪，曹夢九抓了「我爺爺」；「我爺爺」加入花脖子的隊伍，借機殺死花脖子，取而代之成了土匪頭子；任副官訓練土匪隊伍，「我爺爺」槍斃強姦少女的親叔叔余大牙；「我爺爺」應冷支隊聯合抗戰去打日本人的汽車隊等眾多情節，在電影中統統被刪掉。在小說中，「我奶奶」與羅漢大爺關係曖昧。一位九十二歲的老太太曾對我過說：「羅漢，你們家那個老長工……他和你奶奶不大清白咧，人家都這麼說……呵呵呀，你奶奶年輕時花花事兒多著咧……」（莫言：《紅高粱家庭》，南海出版社1999年版，第11頁。）她還攀附權貴，強拉前來現場破案的高密縣縣長曹夢九，更說自己是他的親生女兒，要認他為親爹，硬把自己真正的親爹像狗一樣趕出家門等風流放蕩和刁鑽陰狠的一面，在電影中也被刪掉。

為了突出片中人物敢愛敢恨、「想怎麼幹就怎麼幹」的生命原始本能，張藝謀對原小說的情節進行了重新設計和大膽改造，他不僅砍掉了「我爺爺」殺人越貨、成為綠林響馬的傳奇經歷，而且還將其土匪身分改成了一個普通農民，在亂世中與「我奶奶」成了恩愛夫妻。比如，小說中花脖子綁架了「我奶奶」後，要一千元大洋贖人，「我爺爺」翻箱倒櫃地湊了兩千塊大洋，叫羅漢大爺送去。結果，傍晚時分，羅漢大爺用騾子把「我奶奶」馱了回來，兩個騎馬背槍護送的土匪告訴「我爺爺」：「從今以後，你就敞開大門睡覺吧！」而在電影中，禿三炮綁架「我奶奶」所要的贖金是三千大洋，籌錢贖人都是羅漢大爺操辦的，與「我爺爺」無關。小說中「我爺爺」獨闖的土匪窩是狗肉鋪，吃的是狗頭；電影中變成了牛肉鋪，吃的是牛頭。小說中「我爺爺」用「七點梅花槍」殺死了花脖子；電影中則將他的復仇表現得更為原始和魯莽。

在牛肉鋪，「我爺爺」趁勢一頭將禿三炮撞倒，抓起案上的菜刀架在了他的脖子上；禿三炮放了他後，卻在他走出牛肉鋪的門口時開了三槍，把「我爺爺」嚇得臉青面黑。小說中對剝人皮也進行了詳細的描繪，電影中則以渲染剝牛皮來代替，對剝人皮則進行了虛化處理。這樣，既達到了強烈的視覺化衝擊效果，給觀眾造成強烈的內心震撼，又不至於在銀幕上造成令人作嘔的血腥場面。此外，張藝謀還將小說中「我爺爺」唱給「我奶奶」的那支歌稍加改動，使其成為電影中的主題曲：「哎，妹妹你大膽地往前走哇，往前走，莫回呀頭，通天的大路九千九百，九千九百哇。哎，妹妹你大膽地往前走哇，往前走，莫回頭。從此後你，搭起那紅繡樓哇，拋灑著紅繡球哇，正打中我的頭哇，與你喝一壺哇，紅紅的高粱酒哇，紅紅的高粱酒哎，呀嘿。」小說中「我爺爺」的唱詞「鐵打的牙關／鋼鑄的骨頭」在電影中被刪掉，代之而起的是「通天的大路九千九百，九千九百哇」。並重複了一次「妹妹你大膽地往前走哇」，以此增強那種不顧一切的感性效果。這首歌曲在片中由主演姜文本人用粗啞雄豪的嗓子「吼」出來，迅速傳遍全國，一掃當時因女排五連貫、奶油小生風靡銀屏所造成的陰盛陽衰的時代潮流。

3、人物和場景：儘量簡化

小說《紅高粱》和《高粱酒》中的人物，有名有姓的就有十幾個。「我爺爺」余占鼇、「我奶奶」戴鳳蓮（小名九兒）、劉羅漢、單廷秀、單扁郎父子、縣長曹夢九、余大牙、王文義夫婦、任副官、莊長單五猴子、吳老三、小顏、花脖子、玲子、戀兒、豆官、孫五、劉大號、方六、方七、「癆癆四」、冷支隊長等。

而電影《紅高粱》中的人物減少到了幾個，有名有姓的只有劉羅漢、胡二，其他人物不是葷名就是小名。「我爺爺」無名無姓，

「我奶奶」只有小名九兒，「我父親」小名豆官。單家父子合成李大頭一人，未在銀幕上出現過；花脖子改名為禿三炮，酒坊夥計中有名的只有大壯、二壯，其他人物只有身影卻沒姓名。

張藝謀在影片中將小說中的人物盡可以地減少或弱化，其目的是在片中突出了「天生一個奇女子」（我奶奶）和「天生一個偉丈夫」（我爺爺）的理想化性格魅力和浪漫化傳奇愛情。「我爺爺」和「我奶奶」不僅具有「熱烈而粗獷」的性格特徵，他們「活得清清亮亮、快快樂樂、自由自在、舒舒展展，眼裡從不揉扭曲和壓抑的沙子」，而且他們對愛情忠如磐石，至死不渝。「我爺爺」為了自己心愛的女人，可以耍賴、殺人；「我奶奶」敢愛敢恨，不畏禮俗。「電影中的『我爺爺』和『我奶奶』有如神話裡的偶像，而完全不似塵世的真人。」（張明主編：《與張藝謀對話》，中國電影出版社2004年版，第51頁。）這種張揚個性，恢復人性本真的人物和故事，契合了1980年代普遍受壓抑的社會心理，加上反傳統的電影新形式，正好迎合了當時觀眾掙脫束縛的潛在心理，從而贏得了廣泛的好評。

莫言擅長於對人物活動的場景進行精細的描繪。在《紅高粱》和《高粱酒》中，高粱地、墨水河、哈蟆坑、燒酒作坊、大水灣子、小酒店、縣衙門、梨花溪畔、剝人皮現場、修築公司等場景，無不濃墨重彩，鬼斧神工，給人以深刻的空間感。電影的單一主題和時間限制，不可能一一再現小說中的所有場景，必然對其集中再現。為此，張藝謀，在陳劍雨、朱偉和莫言三人共同完成的電影改編劇本裡，集中選擇了高粱地和燒酒作坊兩個場景，使其感官視覺化。

小說中的高粱地，在山東高密東北鄉，連綿百里，茁壯茂盛。可到了1987年初春，高密縣卻找不到百十畝成片的高粱。為此，張藝謀只好帶著劇組在高密的膠河沿岸擇地播種培育，歷經艱辛。幸得天助，夏天時，海浪般的高粱在風的吹拂下，頗為壯觀地蕩漾了起來。小說中的燒酒作坊，就在高粱地相隔十幾里的地方，而此時的高密縣已無燒酒作坊的場景，張藝謀踏遍西北廣漠的大地，才在寧夏空曠的戈壁灘上找到了一座適合作為燒酒作坊的古堡遺址。電影中重要的兩處場景，相距數千里。

電影中那片一望無際的野高粱，自生自滅，透著自然生命的神聖：舒展、盛大、堅強、熱烈、寬厚。影片中對高粱的渲染出現了三次，每一次昭示出人與自然生命的融合。當「我奶奶」淚流滿面、仰天躺在「我爺爺」踩踏出來的高粱桔杆壘成的聖壇上時，銀幕上一連出現了四個疊化的狂舞的高粱鏡頭。此時，高粱地成為「我爹」生命誕生的見證。而在日本人強迫老百姓踩踏高粱修築公路的鏡頭中，又深切地感悟到生命被摧殘的震撼。片尾，「我爺爺」與「我爹」泥塑般立於血紅的陽光裡，鏡頭裡那高速流動的高粱，又喚起了我們內心深處對生命的自信和對熱烈悲壯的生命的禮贊。

4、敘事方式：化繁為簡

現代敘事藝術，最主要的是指敘事視角和敘事時空。敘述視角有第一稱的限制敘事和第三人稱的全知敘事。敘事時空的轉換有順敘和各種敘述穿插。莫言在小說《紅高粱》和《高粱酒》中，將現代敘事藝術推向了極致，在敘事視角和敘事時空上都呈現出複調敘事結構。（巴赫金：《陀思妥耶夫斯基詩學問題》：《二十世紀西方文論選（下）》，高等教育出版社2002年版，第68頁。）

就其敘事視角來看，小說《紅高粱》、《高粱酒》有兩個：其一是文本敘述表面承擔者的「我」；再一個是少年視角的內在敘事者的「父親」。小說的開篇即以「我」的第一人稱來敘述「我爺爺」和「我奶奶」的人生傳奇。可是，作為孫輩的「我」對發生在數十年前祖父母的浪漫故事之所以一清二楚，是「我」借助了「父親」的眼光，通過他與別人的關係及聽、嗅、觸、視覺的描寫，才完整地展示了抗日的行軍隊伍和行軍環境的全貌。這種穿越時空的視角轉換，從受限的第一人稱進入到全知的第三人稱敘事，莫言在將「我」作為文本敘事的表面承擔者來追述和評論「父親」的經歷時，聰明地將「父親」作為小說中的人物，而且還將他作為在場的「目擊者」來看待。在大部分時間裡，莫言甚至直接以「父親」的兒時眼光來講述「爺爺奶奶」和「羅漢大爺」的抗戰故事和愛情傳奇。

作為敘事層的「我」而言，「我」回到高密東北鄉去調查家史，「我」對「我奶奶」的回憶得到了大屠殺倖存者九十二歲老太太的佐證；縣誌的記載又使關於「我爺爺」抗戰的敘事變得更加不容質疑。因此，「我」彷彿親聞目睹了：奶奶出嫁的全過程、爺爺的英雄救美和與奶奶在高粱地的野合、奶奶為抗日捐軀和羅漢大爺壯烈犧牲等場面。敘述者如入無人之境，可以自由地出入故事中人物的內心世界，從而打破了敘事的限制性，可以自由地在限制性敘事和非限制性全知敘事之間轉換。因借助了故事中的當事人「我父親」的眼光，從而使「我」的主體敘事可以穿越時空，有了合法性的支援。

正因為「我」處於表層敘事結構，活在當下的「我」，能夠超然淡漠地看待過去「我爺爺」和「我奶奶」經歷過的血腥場面。這就使得作品裡經常出現的具有強大感官衝擊效果的血腥、屠殺，得以冷靜再現。如對小說中羅漢大爺被剝皮場面的描述，「我」的眼睛彷彿像攝影鏡頭一樣，真實而細緻地記錄了劊子手的精準刀法。越是如此正視這些醜陋對象，越能夠揭示現實中的醜惡與陰暗。對疼痛的冷漠處置，更能體現作者難以言說的悲涼情感和對生命踐踏的憤懣之情。人類生存的困境和生命力的頑強，在這近乎冷漠的敘述裡，作者力透紙背的激情，遠比直接訴諸感官的好惡要深刻得多。從而，與「我父親」兒童式的主觀感受和對英雄豪氣崇拜的某種浪漫追慕記憶構成了鮮明的對比。

《紅高粱》、《高粱酒》敘事時空的轉換，令人目不暇接，具有隨心所欲的突然性和跳躍性。莫言在小說敘事的時間鏈和空間層，經常有意地加以割斷。在余司令和父親的對話中突兀地插人他和冷支隊喝血酒談判的場景；在敘述「我爺爺」戰後從日本回來時又一下子回敘到當年激烈槍戰的結尾；「我奶奶」臨死前又閃回到她所經歷的那段神奇的愛情故事；剛敘述了「我爺爺」惡作劇向酒簍裡撒尿又馬上轉到「我奶奶」回門；在詳細地展現戰後的慘狀時又倒敘了「我爺爺」殺單廷秀父子……，時空幾乎完全打破，情節的發展好像無跡可循，完全跟著作者的感覺而走。

然而，由於莫言在敘述時，始終懷著「最熱愛也最痛恨」的主觀情感去敘述「最美麗也最醜陋」的高密東北鄉的人和事，使之不管是順敘和其他敘述手法（倒敘、插敘、補敘、追敘、分敘和後敘）的交替使用，還是小說中的人物在過去、現在和未來之間的任意轉換、小說中的事件根據敘事需要任意拼貼，小說的情節和人物，依然明晰和飽滿。或許正是因為莫言以率性的感覺變換了敘事的人稱，不僅使故事的情節更為跌宕起伏，絢麗多彩，而且使讀者在魔幻般的語言衝擊下，獲得了酷似電影蒙太奇式的閱讀效果。

張藝謀在將其改編成電影《紅高粱》時，基於「盡可能地保證影片敘事的洗練、順暢以及情節展開的藝術感染力」（《張藝謀訪談錄》，《當代電影》1992年第6期。）的原則，根據電影藝術的特點，摒棄了不必要的枝枝蔓蔓，將敘事的多維時空簡化為一維的線性敘事：「我奶奶」被我貪財的外曾祖父賣給燒酒作坊的掌櫃李大頭——出嫁途中遭遇蒙面人搶劫——「我爺爺」殺死蒙面人——

「我奶奶」回門途中被「我爺爺」劫走，兩人在高粱地裡野合——「我爺爺」殺死李大頭——「我奶奶」召回夥計，重開酒坊——「我爺爺」耍賴鬧酒坊，被「我奶奶」轟走——禿三炮綁走「我奶奶」——「我爺爺」前去找禿三炮復仇——「我爺爺」成為「我奶奶」的丈夫——羅漢大爺被日本人殺害——「我爺爺」打日本鬼子替羅漢大爺報仇——「我奶奶」中彈犧牲。整部電影完全依照時空的先後順序安排情節。從而，形成了一種氣貫長虹、一泄千里的氣勢。

電影採取一維的線性敘事，不僅化解了小說「複調」本身產生的距離感和陌生感，同時也削弱了感覺經驗的作用。這既消除了觀眾和故事的隔閡，也注重了情節敘事的自然流暢，從而避免了敘述的混亂。此外，電影中，「我」一直作為「畫外音」，對電影情節的鋪敘起了提示的作用，它不僅省略了小說中「父親」的這個敘事角色，而且還作為一個戲劇因素滲入故事之中去，將過去與現在、意念與故事「縫合」起來。電影《紅高粱》的畫外音一共出現了12處，主要情節的轉捩點，幾乎都是通過畫外音來交代的。如「我奶奶」與麻風掌櫃李大頭的關係，高粱地的「鬼氣」，新婚三天新娘回老家的規矩，李大頭被殺，禿三炮綁走「我奶奶」的過程，羅漢大爺的出走，日本人的出場等等。聲音超前於畫面，自然會給觀眾造成期待、懸念的心理效果。

三、小說《紅高粱》、《高粱酒》改編為電影《紅高粱》的得失

電影《紅高粱》的成功，得力于張藝謀的改編理念：化繁為簡，為我所用。

張藝謀用現代的電影語言向觀眾展示出了一個古老的神話傳說。電影在襲用小說的傳奇故事時，對主次線索進行了重新調整，並在故事的敘事過程中，有意強化了小說一些的片段，使之更具衝擊力。如顛轎，小說中只是介紹了這些年輕力壯的轎夫，在平川曠野，為了趕路，也是出於「為別人抬去洞房裡的犧牲，心裡一定不是滋味」，有意折騰一下新娘；在「新娘的嘔吐聲中，獲得一種發洩的快樂」。（莫言：《紅高粱家庭》，南海出版社1999年5月版，第40頁。）而在電影中則變成了長達6分鐘的黃沙狂歡。影片通過畫面和對白，將整個顛轎的過程表現得淋漓盡致。在這個鏡像中，不僅有轎把式的言語撩撥、起鬨、恐嚇和告誡，而且還在喇叭的長音和鑼鼓的短聲中，專門配唱了俏皮粗野的陝北民歌《顛轎歌》。又如造酒，小說中介紹「我們家的高粱酒具有了獨特的風味，在高密縣幾十家釀酒作坊裡獨成翹楚」的原因，是我爺爺惡作劇「往酒簍裡撒了一泡尿」；「後來，我奶奶和羅漢大爺進一步試驗，反覆摸索，總結經驗，創造了用老尿罐上附著的尿鹼來代替尿液的更加簡單、精密、準確的勾兌工藝。」（莫言：《紅高粱家庭》，南海出版社1999年版，第80頁。）而在電影中，為了強化「酒神精神」，專門虛構了一套祭酒儀式，還配唱一首《酒神曲》的歌曲。再如「野合」，小說在《紅高粱》和《高粱酒》中都有敘述。在《紅高粱・八》中，莫言以第三人稱旁觀者視角和第一人稱人物心理視角相交替的方式，濃墨重彩地記敘了「我爺爺」和「我奶奶」「在高粱地裡耕雲播雨」：

那人把奶奶放到地上，奶奶軟得像麵條一樣，瞇著羊羔般的眼睛。那人撕掉蒙面黑布，顯出了真相。是他！奶奶暗呼蒼天，一陣類似幸福的強烈震顫衝激得奶奶熱淚盈眶。

> 余占鼇把大蓑衣脫下來，用腳踩斷了數十棵高粱，在高粱的屍體上鋪上了蓑衣。他把我奶奶抱到蓑衣上。奶奶神魂出舍，望著他脫裸的胸膛，彷彿看到強勁慓悍的血液在他黝黑的皮膚下川流不息。高粱梢頭，薄氣嫋嫋，四面八方響著高粱生長的聲音。風平，浪靜，一道道熾目的潮濕陽光，在高粱縫隙裡交叉掃射。奶奶心頭撞鹿，潛藏了十六年的情欲，迸然炸裂。奶奶在蓑衣上扭動著。余占鼇一截截地矮，雙膝啪嗒落下，他跪在奶奶身邊，奶奶渾身發抖，一團黃色的、濃香的火苗，在她面上嗶嗶剝剝地燃燒。余占鼇粗魯地撕開我奶奶的胸衣，讓直瀉下來的光束照耀著奶奶寒冷緊張，密密麻麻起了一層小白疙瘩的雙乳。在他的剛勁動作下，尖刻銳利的痛楚和幸福磨礪著奶奶的神經，奶奶低沉喑啞地叫了一聲：「天哪……」就暈了過去。（莫言：《紅高粱家庭》，南海出版社1999年版，第67頁。）

而在《高粱酒・四》中，莫言又簡略地重複道，「我爺爺」在「我奶奶」新婚三天回門途經高粱地時，將其擄到高粱深處，與之「鳳凰和諧」，懷上了「我的功罪參半」、「一代風流的父親」，但「我奶奶」畢竟是單家的媳婦，她與「我爺爺」之間「總歸是桑間濮上之合」，帶有「隨意性偶然性不穩定性」。「我爺爺」「用那柄鋒利的小劍斬斷了兩棵高粱，要我奶奶三天後只管放心回去」，我「奶奶不及細想」，「被愛的浪潮給灌迷糊了」。（莫言：《紅高粱家庭》，南海出版社1999年版，第93頁。）

電影中的「野合」，張藝謀運用了多種拍攝手法，再現並將其演繹成了一個令人稱道的經典音畫場景。張藝謀省略了「我爺爺」和「我奶奶」在高粱地裡男歡女愛的過程，而是寫意地採取快節奏的鏡頭地去拍攝「我爺爺」從驢背上用有力的胳膊挾著「我奶奶」，使其身體後仰，抱起就跑，「我奶奶」拼命掙扎，又踢又打。鏡頭在倉皇晃動的高粱地裡，跟隨他們的身影急速閃過，畫面的顏色呈現出紅、綠、黑交織重疊，給人一種強烈的激蕩感。「我爺爺」用腳把高粱踩成一片平地後，鏡頭切換出一片熱烈、興奮、瘋狂擺動的高粱；接著，影片採取俯拍全景的鏡頭，莊重而神聖地再現了「我爺爺」將身著紅衣的「我奶奶」放在高粱鋪就的「床」上的畫面。當他雙膝跪下，仰面膜拜時，一陣心跳似的鼓聲和吶喊似的嗩吶聲拔地而起。鏡頭隨之快速切換，日光眼花繚亂，高粱在風中狂舞疊化。在音畫的結合中，「我爺爺」和「我奶奶」上演了生命延續的鳳凰和鳴。

電影《紅高粱》的全片幾乎都被那輝煌的紅色所浸透。張藝謀對色彩的運用達到了高度的風格化。紅色在影片中，是太陽、是血、是高粱酒的色彩。當銀幕一呈現影像，紅色就撲面而來。「我奶奶」那張充滿朝氣和旺盛生命的臉，是紅潤的，頭上戴的蓋頭是紅色的，轎子也是紅色的；「我爺爺」和「我奶奶」野合時，狂舞的高粱稈上閃爍著陽光，燒酒作坊釀造的似紅雨般的「十八里紅」（高粱酒），剝開的血淋淋的牛肉，以及影片最後日全食後天地通紅的世界……，整部影片都被紅色籠罩。紅色基調的選擇，使觀眾不由自主地進入到一個純粹情緒性體驗的造型空間，使之在「歌謠」般的神話故事裡，深切感受到了自然生命的自由與張揚。

然而，或許莫言小說內涵過於豐富，電影藝術的時間限制，使之電影《紅高粱》並非十全十美，藝術深度尚有欠缺。影片固然擇取了小說對生命意識弘揚的主題，然而卻顯得單薄。莫言小說中豐富的主題內涵，諸如：對傳統價值觀的質疑與反叛，對封建倫理觀念深刻的剖析，對由於社會環境改變而導致的人性缺失和種族退化的感歎，對城市文明的批判……等等，都未能在影片中表現出來。就其氣勢而言，電影也無法與小說相媲美。小說中的那種磅礴無比、酣暢淋漓的大氣、綿延如同大海般無際的高粱，就因經費或技術的原因也未能呈現出來。如：

> 奶奶最後一次嗅著高粱酒的味道，嗅著腥甜的熱血味道，奶奶的腦海裡忽然閃過了一個從未見過的場面：在幾萬發子彈的鑽擊下，幾百個衣衫襤褸的鄉親，手舞足蹈躺在高粱地裡……（莫言：《紅高粱家庭》，南海出版社1999年版，第71頁。）

單線索的敘事方法，固然使影片的故事清晰明白，然而影片前半部分的愛情故事和後半部分的戰爭故事之間的銜接卻顯得突兀。影片開始就闡明了這是一個關於「我」爺爺奶奶的故事，影片在三分之二後卻突然穿插了抗日戰爭這一歷史題材。「我」爺爺和奶奶的故事隨之退在抗日戰爭的故事之後，此前消失的羅漢大爺又離奇地成為了被捕殺的地下共產黨員。為了給他報仇，「我奶奶」壯烈犧牲，雖然成就了她的民族大義，卻使整個故事的前後略顯突兀。

此外，張藝謀過分注重影片的形式和色彩（山坡圓拱土門的畫面和天空中月亮的幾次出現），炫耀民俗和粗獷（顛轎）、將兩性之間的交媾詩化為隆重的祭祀典禮和精神圖騰，以及「高粱地伏擊戰」的虛化，等等，既在一定程度影響了影片對生活真實性的表現，又破壞了電影整體的渾然統一。

然而，瑕不掩瑜，雖然電影《紅高粱》中「強烈的主觀色彩、濃郁的生活色調及充沛的創造激情、大膽的語言敘述探索」，得益於「莫言小說的啟示」。（陳墨：《張藝謀電影論》，中國電影出版社1995年版，第64頁。）但畢竟張藝謀化繁為簡，為我所用的改編理念，使影片的主旨簡單、色彩濃烈、畫面極富感性與張力，給人以深深的震撼和全新的觀感，從而贏得了國內外觀眾的認可。《紅高粱》共獲得包括38屆柏林電影節金熊獎、第5屆辛巴威國際電影節最佳影片獎、澳洲第35屆雪梨國際電影節雪梨電影評論獎等在內的8個國際獎項；還獲得1988年第8屆金雞獎最佳故事片獎和百花獎最佳故事片獎。《紅高粱》在三大（坎城、柏林、威尼斯）之一的國際電影節獲獎，意味著中國電影從此走向世界，屹立於世界電影之林。

第三章

《妻妾成群》與《大紅燈籠高高掛》

影片資料

中 文 名：大紅燈籠高高掛
英文譯名：Raise the Red Lantern
原　　著：蘇童
編　　劇：倪震
導　　演：張藝謀
主　　演：鞏俐　馬精武　何賽飛　曹翠芬　孔琳
上映時間：1991年
時　　長：125分鐘
類　　型：愛情
出 品 人：臺灣年代電影公司　中國電影合作製片公司

一、劇情簡介

20世紀初的舊中國

19歲的頌蓮，在大學讀一年級，容貌秀美，性格倔強，因做茶葉生意的父親突然去世，家裡無錢供她繼續上學。繼母問她是做工還是嫁人？思考三天後，她回答說：嫁人。繼母問她嫁什麼人？頌蓮說，嫁給什麼人，能由得了我嗎？你一直在提錢，就嫁個有錢人吧！繼母又說，嫁有錢人，可是當小老婆喲！頌蓮含淚答道，當小老婆就當小老婆吧。女人，不就這麼回事嗎！

夏

北方某鎮有一個城堡一樣的陳府。主人陳佐千已有了三房太太，頌蓮在繼母的說服下，成了陳老爺的四姨太。頌蓮沒有乘坐來迎娶她的花轎，而是提著藤條箱獨自走進陳府的。管家陳百順認出她後，很是吃驚。在管家的帶領下，頌蓮向幽深的陳府大院走去。來到門邊，她看見一個年輕女傭正在洗衣服，便挽起袖口在盆裡洗了洗手。女傭得知她就是四太太時，不屑地一把搶過臉盆，將髒衣服扔到了盆裡。頌蓮滿臉疑惑，隨及吩咐她把自己的箱子拎過去。

頌蓮來到她住的房間，看見整個房間都掛滿了紅燈籠。疑惑而問，拎著箱子來到門邊的女傭譏諷道：「不是你來了嘛。」說畢，把箱子擱在門口，轉身而去。頌蓮望著她的背影，很是不滿。接著，伴隨著哐啷聲，男丁們開始把點亮的大紅燈籠掛到院子兩邊屋簷下的掛鈎上。緊接著，老女傭曹二嬸帶著三個手端伺品的丫環，來到頌蓮的房裡，開始伺候她洗腳和捶腳。白髮男丁緊隨其後，來到頌蓮的房間，熟練地點亮了房間內的所有紅燈籠。

夜幕降臨，梳頭更衣後的頌蓮，在紅彤彤的燈籠映照下，坐在床沿上。陳佐千走進來，曖昧地說，女人的腳舒服了，就更會伺候男人了。他叫頌蓮把臥榻邊的那一盞燈端起來，舉到臉旁，他要仔細瞧瞧。看清後，陳佐千說：「洋學生到底是不一樣啊！好啦，脫衣服睡覺吧。」頌蓮脫衣後蜷縮在床上，陳佐千上床後，頌蓮叫他把燈滅了。陳佐千說，他就是為了看得清清楚楚才點這麼多燈的。說畢，扒掉衣服，鑽進了被窩。不久，一個丫頭跑來報告說，三太太得了急病，叫老爺快去。陳佐千罵罵咧咧而去。隨後，管家「三院點燈」的聲音響起。頌蓮起床，端著燈，照著鏡子，淚流滿面。

第二天一早，管家前來領著頌蓮去拜見老祖宗和三位太太。在掛滿了陳家歷代先祖們的官服畫像下，有一張油亮的八仙桌。管家說，照陳府規矩，這是議事和吃飯的地方，馬虎不得。接著來到正堂，在靈牌下，管家脫帽跪下磕頭，起身恭立後，叫頌蓮拜見祖宗。禮畢，管家帶著頌蓮前來拜見大太太毓如。手撚佛珠的毓如，老態龍鍾，神色威嚴，吩咐頌蓮以後要好生伺候老爺。出門後，頌蓮說她怕有100歲了，這麼老。頌蓮來到二院，受到了二太太卓雲的熱情接待。端茶遞水，促膝談心，得知頌蓮父親英年早逝，卓雲深表同情。在閒聊中，卓雲告訴頌蓮陳府的規矩：老爺晚上住哪院，哪院就點燈捶腳。在陳家，天天能捶上腳，你想怎麼樣就能怎麼樣。這時，一個丫環牽著憶真進來，卓雲叫她拜見四姨媽，並笑著說，沒本事，只生了個丫頭。管家提醒頌蓮，時辰不早了，還要去見三太太哪。卓雲藉機說，三太太以前是戲班裡最紅的名旦，戲唱得好，人也長得好，就是性格刁蠻，在你大喜的日子裡，大半夜裡還把老爺叫走。頌蓮說她病了，卓雲接口道：「什麼病呀？還不是老爺慣出來的毛病。」頌蓮聞言，眉頭微皺。

來到三院，老男傭正在用長管吹滅燈籠裡的燈。丫頭告訴管家，老爺剛走，三太太說她身體不舒服，改日再見。這時，傭人帶著三太太的兒子飛瀾進來，管家吩咐他叫四姨媽，頌蓮轉身而去。

頌蓮靠坐在床角，茫然不知所思。一老女傭帶來一女孩，說叫雁兒，是老爺分給她房裡的丫環。頌蓮一看，是自己來陳府時遇見的那個洗衣服的女孩，心裡不爽，就說她脾氣不大好，還問她頭上有沒有蝨子和異味？叫她洗頭去，並吩咐她把自己換下的兩件衣服一塊兒洗了。在老女傭的推促下，雁兒扭身抓起桌子上的衣服走了出去。

老女傭看到雁兒頗不情願幫四太太洗衣服，就勸他，不要因為老爺喜歡你，你就想當太太啦，你就不是當太太的命！別胡思亂想了。雁兒從老女傭手中接過銅盆，甩手就走。她穿過兩層門走出四院時，抓起銅盆中的衣服，淬了兩口唾沫，以發洩心中的怨氣。

陳老爺和三位太太圍坐在八仙桌上，四周站著管家和僕人。陳老爺問，梅姍怎麼沒來？管家回答道，剛才高醫生在給三太太開方子，她馬上就到。話音剛落，打扮入時的三太太梅姍一步三搖，飄然而至。二太太卓雲隨及向她介紹起頌蓮，頌蓮施禮叫了一聲：「三姐。」梅姍並不理會，悠悠地走到自己的席位上。陳老爺發話道：「頌蓮初來乍到，你們要好好照顧她。往後，姐妹們要和睦相處。吃飯吧。」席間，二太太和大太太分別給頌蓮夾菜，頌蓮卻不動筷。陳老爺見狀，問她怎麼不吃呢？頌蓮回答說，自己不愛吃肉。陳老爺又問管家：「今天都備了什麼素菜？」管家琅聲報出一系列素菜名。陳老爺接著對頌蓮說：「照府上的老規矩……點了燈就能點菜。想吃什麼你就點吧。」頌蓮回答：「我想吃菠菜豆腐。」陳老爺吩咐下人，去做一個菠菜豆腐，再添一個新鮮嫩豆芽來。

夕陽西下，管家前來叫頌蓮到大門聽招呼。頌蓮不解，管家便解釋道，這是府上的老規矩，而且幾位太太都要去。頌蓮就與管家往外走去。頌蓮問道：「我前幾天怎麼沒聽說啊？」管家答道：「新太太頭九天沒這規矩，這不你來府上已經十天了。」

頌蓮來到陳家第一個大院，大院兩側的兩個門，分別通向四位太太的四個院。大太太、二太太、三太太各領著一個丫環已經分別站在通向各自院的門口了，安靜地等候著老爺的招呼。不一會兒，白髮男丁挑著一盞點亮的燈籠，腳步蹣跚地來到了頌蓮跟前，將燈籠支撐在地面上。正當頌蓮詫異時，管家高喊道：「四院點燈。」聽畢，大太太、二太太和三太太各自回屋。

晚上，曹二嬸又開始為頌蓮捶腳，頌蓮已經逐漸習慣享受這般伺候了。深夜，在紅燈籠照耀下的床上，陳老爺問頌蓮：「點燈捶腳，你覺出點意思了吧？再過幾天，你就更離不開啦。」這時，又響起了咚咚的敲門聲。丫頭說三太太的病又犯了，讓老爺過去。頌蓮生氣地說：「你過去後就別到我這兒來了。」陳老爺生氣地叫丫環告訴三太太，今晚他不過去了。第二天一早，頌蓮被屋頂樓臺上傳來的京劇吊嗓聲吵醒，頗為窩火。陳老爺罵道：「她高興就唱，不高興就哭。狗娘養的，別理她！」罵完後，朝裡翻了個身又繼續睡了。頌蓮翻身下床，前去觀看究竟。她穿過走廊，來到樓臺，看見梅姍身著一襲紅袍戲裝，在嫋嫋晨風中，隨舞而歌，正投入地演唱京戲《女吊》。梅珊唱畢，收衣而回，路過頌蓮身邊時，昂頭撫發。頌蓮問她病好了，梅姍回應：「擾了你的好夢？」兩人話中帶刺，頌蓮慭氣而回。當她推開房門，看見蚊帳內陳老爺正抱著丫環雁兒上下撫摩。雁兒看見頌蓮後，緩步而出。陳老爺問頌蓮：「你去看梅姍唱戲了！」頌蓮不語。他起身穿衣時說道：「都是這些年我把她給慣壞了。她一不順心，就敢罵我祖宗八代。這個狗娘養的，看我遲早收拾她！」頌蓮生氣，陳老爺哄她，說帶她去吃五味坊的小餛飩，並拍拍她的肩膀，以示安慰。頌蓮伸手推開，強忍的淚水奪眶而出。陳老爺生氣而出，外面的傭人隨即喊道：「老爺走啦！滅燈！」

第二天傍晚，三院點燈！已習慣了點燈捶腳的頌蓮感到躁癢難耐，便大聲叫雁兒。雁兒端來洗腳水，頌蓮把腳伸進盆裡搓洗起來。從外面隱隱傳來的捶腳聲，使頌蓮氣不打一處來，她訓斥雁兒：「你要不願意幹你就走，別以為老爺摸你一把就怎麼樣！你成天掛一副死人臉給誰看？」雁兒針鋒相對地回敬道：「我怎麼敢掛臉？天生就沒有臉。」頌蓮氣得一腳把銅盆踢翻。當天晚上，三院燈火輝煌。

從三院時不時傳來的叫好吟唱聲，攪得頌蓮心煩意亂，徹夜未眠。翌日晨，她就前往樓頂散心，無意中看見一間小閣樓，把門的鐵鎖，已經繡跡斑斑。從外向裡窺視，隱約可見一雙破舊的繡花鞋。正當頌蓮心存疑惑離開時，就聽見二太太卓雲在高聲喊她，說找她有事。頌蓮從樓頂下來。卓雲問她，不點燈、不捶腳，心裡不痛快吧。頌蓮說不在乎。卓雲說點燈、吹燈，是祖上傳下來的規矩。頌蓮來到卓雲的房間，卓雲送給她一塊蘇州真絲做衣裳，頌蓮很是感動。走出房門時，頌蓮問卓雲，樓上的那死人屋是做什麼的？卓雲告訴她，那兒吊死過上代的好幾個女人，別再打聽，陳府都忌說這事。

在餐廳裡，四位太太們圍桌而坐，丫環們侍奉在旁。管家說，老爺進城了，四位太太自己吃。大太太招呼大家吃飯，頌蓮疑惑，怎麼沒有菠菜豆腐呢？無人理她。梅珊說要一個荷葉粉蒸肉，管家應聲而去。頌蓮把碗筷放下，起身就走。廚房內傭人們為老爺舍新娶的四太太而光顧三院，議論紛紛。

頌蓮回到自己的房裡，翻弄帶來的箱子，那裡面有她學生時代的學生服和一根竹笛。這時，雁兒前來告訴她，三太太叫她去打麻將，頌蓮不滿地回絕。隨後，三太太親自前來勸她去打麻將，頌蓮仍然不願。梅姍就激她在為菠菜豆腐生氣，既怕輸了人，又怕輸了錢。頌蓮不服氣前往。麻將桌上早已坐有高醫生和他的朋友王先生，頌蓮跟高醫生坐對家，三太太和王先生坐對家。四人一邊閒聊著，一邊打著麻將。傍晚，老爺從外面回來，管家告訴他，四太太被三太太叫去打牌了。陳佐千就叫點二院的燈。高醫生和王先生抽著煙摸牌，一個老女傭進來跟頌蓮說，老爺回來不見四太太，就到二太太院裡去了。梅姍開玩笑說：「四妹，你今晚就算是給卓雲做件好事吧，這陣子她也悶得慌啦。把老頭子借她一夜，你今晚輸的錢叫她掏，兩清。」引起高醫生和王先生大笑起來。高醫生見頌蓮不悅，便轉口問道：「聽說四太太大學沒有念完，為什麼？」頌蓮沒好氣地回答道：「念書有什麼用啊？還不是老爺身上的一件衣裳，想穿就穿，想脫就脫唄！」

陳老爺俯臥在床上，卓雲賣力地給他揉背按摩，討好地說還想給他生個兒子，陳老爺似答非答地「哦」一聲。梅姍房裡的麻將戰已有些時間了，高醫生起身將梅姍昔日紅遍全城的壓軸戲唱片放在磁片上，悅耳的戲曲唱腔隨之響起。頌蓮不小心把一張牌弄掉了，她俯著身子去撿時，驀然看見梅姍和高醫生的腿腳在桌子下面挑來蹭去，很是吃驚。起身抬頭，看見二人正含情摸牌……

秋

頌蓮說這院子裡有點鬼氣，房頂上有間死人屋。陳佐千告訴她，那是上輩子的兩個女人做了那些見不得人的事，上吊了。突然，頌蓮把梳子往梳粧檯上一拍，把正在穿衣的陳老爺嚇得一抖。頌蓮發現雁兒在偷看，陳老爺卻護著她說，這有什麼好偷看的？再說什麼也看不見。管家來敲門，請他們去吃飯，四太太的菠菜豆腐、豆芽菜都做好了，三位太太都在餐廳等著呢。頌蓮不去，要求他們把飯菜端到房間來吃，陳佐千吩咐管家照辦。管家打著把大紅油紙傘來到餐廳，說老爺不過來吃了，叫把飯菜端到四太太房裡去。眾太太吃驚而疑惑。大太太問，怕是四太太的主意吧！管家恭立而不答。幾位男丁撐傘送飯而去。在餐廳內，梅姍很生氣，卓雲勸她。梅姍對大太太毓如說，往後在我三院點燈，我也把飯端回去吃。大太太說，這陳家早晚要敗在你們手裡。梅姍聞言，起身離開。

大太太的兒子飛浦回來了。清晨，他在屋頂吹起了笛子，悠揚的笛聲吸引住了頌蓮。頌蓮來到屋頂，兩人相見。這時，大院內傳來毓如叫飛浦下來的聲音。飛浦向頌蓮告辭，頌蓮望著他挺拔的身影，有一種說不出的失落。回到房間，頌蓮在箱子裡找不到笛子。她認定是雁兒偷了，雁兒矢口否認。頌蓮便拽著她向她的廂房走去，雁兒阻止。頌蓮更加懷疑，強行把門推開，發現雁兒偷偷地點著綴滿補丁的燈籠。事情敗露，雁兒急忙跪地求饒。頌蓮要她把笛子還來，沒拿笛子的雁兒，拿不出笛子。頌蓮不信，便翻箱搗櫃地找了起來。不料卻在衣箱裡發現了一個被紮滿針的恐怖小布人，上面還寫著「頌蓮」二字。頌蓮大驚，悲憤不已，她沒想到雁兒會咒她死。一氣之下，她抓住雁兒的頭向牆壁撞去……發洩過後，頌蓮知道雁兒不會寫字，就追問她，小布人上的字是誰給寫的？沒想到，竟是卓雲。頌蓮的心被狠狠地刺痛了。

頌蓮回到房間，黑著臉坐在床上。她問陳佐千：「你把我父親留下的遺物——笛子弄到哪裡去了？」陳佐千說，他誤認為是哪個男學生送的，便把它燒了。頌蓮很是吃驚。陳佐千接著說：「不就是一支笛子嗎？我讓他們去給你買幾支好了。」頌蓮依舊陰沉著臉，陳老爺就生氣地說：「我最恨別人給我臉色看。」頌蓮就說：「那你去卓雲那兒好了，反正她成天都笑咪咪的。」陳佐千說：「去就去。」於是，放下茶杯，拔腿就走。

傍晚，二院點燈。卓雲喜不自禁。第二天一早，她就笑咪咪地前來請頌蓮去給她剪頭髮。頌蓮本不情意，勉強前來，問她為何剪發？卓雲就說：「是老爺說的，我把頭髮剪短了就年輕了。」頌蓮聽了一楞。在恍惚之間，她一剪刀剪掉了卓雲的右耳朵。卓雲疼得嚎叫著在地上轉圈。驚恐之中，剪刀掉在了地上，頌蓮嚇得不知所措。丫環們趕緊把滿臉是血的卓雲扶了出去，雁兒小心翼翼地收拾起地上的剪刀和發屑。大太太毓如驅趕著前來圍觀的傭人們，叫他們趕快去給二太太請大夫！

三太太梅姍來到頌蓮的屋內，含笑而立。頌蓮問她：「笑什麼？」她說：「我要是恨誰呀，也會把她的耳朵剪掉，全部剪掉，一點不剩。」頌蓮說：「你意思說我是故意的？」梅姍笑道：「那只有天知道了。」兩人坐下後，梅姍說：「卓雲是菩薩臉蠍子心，我最恨她，卻不是她的對手，也許你倒是能跟她鬥鬥。」接著，梅姍沉痛地講起了她和卓雲生孩子的往事。

她們倆是同時懷孕的。三個月時，卓雲暗地裡叫人在梅姍的飯碗裡放墮胎藥，所幸胎兒沒掉下來；她又想生在梅姍的前頭，花錢打國外的催生針。結果仍然事與願違，梅姍先生了飛瀾，還是個男的；卓雲生的小賤貨憶真，是個女的，還晚了三個小時！梅姍語重心長地勸頌蓮，趁老爺對你還有新鮮勁兒，趕快為陳家添個兒子吧，不然，苦日子就在後頭了。

陳老爺回來後，卓雲向她哭訴頌蓮差點要了她的命。陳老爺勸道，姐妹之間，不至於如此。並安慰道，從今晚上開始，自己多陪她幾天。從此，二院連續點燈。曹二嬸正在給卓雲捶腳時，頌蓮前來探望，表示歉意。卓雲又笑咪咪地說，沒有怪她，反而還要感謝她，因為她的那一剪刀，老爺這陣子才來陪自己的。

頌蓮因受到冷落，每到黃昏，條件反射地想到了捶腳。於是，她高聲地叫雁兒來給她捏捏腳，因攪醒了雁兒在廂房裡想當太太的黃粱夢，她就說：「不會，你有本事，讓曹二嬸替你捶啊！」頌蓮說：「走著瞧吧！」

不久，頌蓮說她懷孕了。老爺知道後，非常高興。陳府規矩，太太有喜，要點長明燈。於是，四院在喜慶的鑼鼓聲中，不分白天黑夜，點起了長明燈。

冬

頌蓮因懷孕在身，曹二嬸給她捶腳，雁兒在一旁餵她蓮子羹，管家帶家丁穿過餐廳給她送飯菜；在餐廳用餐的太太們，對此你一言我一語地議論著。這時，管家前來叫卓雲，叫她吃完飯後到四院去給四太太捏捏後背，卓雲更是不悅。然而，她還是來到了四院，給頌蓮盡心盡力地捏背。

雁兒在給頌蓮洗衣裳時，猛然發現她的一條白色褲子上有塊血斑，便疑惑頌蓮懷孕有假。她趕緊把她所看到的告訴了卓雲。頌蓮發現她那條白褲子不見後，驚問雁兒，雁兒說洗了。

正堂上，飛瀾正在陳老爺和老師的面前背誦詩文。管家前來叫陳老爺，說二太太有事找他。卓雲隨之跨進門檻後說，四妹這幾天氣色不太好，恐怕要小產，還是請高醫生來看看好些。陳老爺聞言，吩咐管家明兒請高醫生來給四太太好好看看。

高醫生從四院出來後，三太太梅姍和二太太卓雲都急著打聽情況怎樣？高醫生卻說他要單獨面見陳老爺。高醫生囁嚅地告訴陳佐千，四太太沒有懷孕。陳佐千一聽，非常生氣，來到四院，大罵頌蓮混賬，居然騙到了他頭上，好大的膽子，訓斥完後，摔門而出。接著，命令管家「封燈！」黃昏裡，四院裡的所有燈籠全部被封罩起來。頌蓮知道，自己的心思全白費了，從此以後，再也得不到老爺的寵倖了。她無力地抓下自己頭上的紅色彩頭，悵然若失……

頌蓮知道了自己假孕暴露是雁兒告的密，便來到她的廂房，把她偷偷點的燈籠全部取下，摔到院子裡的雪地上。三位太太、管家和丫環們站在屋簷下，看著這一切。頌蓮當著眾人的面說，一個丫環在屋裡偷偷點燈籠破壞了陳家規矩。梅姍勸她別生氣；卓雲說：「你不也剛被老爺封了燈嗎？」頌蓮反唇相譏道：「封了燈我也是太太。」「太太就是太太，丫環就是丫環！」她直問大姐毓如：「今個兒老爺不在，丫環犯了規矩該如何處置？」大太太說：「照老規矩辦。」於是，燈籠被燒，雁兒在雪地上罰跪。管家叫她認個錯，雁兒不聽。雪依舊下個不停，時間一久，雁兒就凍得失去了知覺，一頭栽到了雪地上。雁兒從此一病不起，湯藥無效，陳老爺吩咐送醫院救治。

又一傍晚，管家依舊站在拱門口處，大聲喊道：「二院點燈。」第二天清晨，梅姍和以往一樣又在院內唱起了她自己的獨角戲。當她發現頌蓮正在樓上看自己時，便停止唱戲，來到了樓上。梅姍勸她犯不上跟雁兒小題大做。頌蓮說，她是做給卓雲看的。在這個屋子裡，人算個什麼東西？還不如吊死在那個死人屋裡。梅姍又勸她像自己一樣，自己給自己尋開心。這就觸動了頌蓮的隱痛，她叫梅姍去找她那個相好的高醫生。梅姍驚問，「你這是什麼意思？」頌蓮深深地歎了一口氣道：「他給我查病，我還沒謝過他呢！」梅姍叫她別胡說八道，否則，她什麼事都幹得出來。隨後，賭氣地說，她待會就去找高醫生，看你們能把我怎麼樣？說完，扭轉身而去。

頌蓮呆坐在房間，門外來一老女傭，說是老爺叫她來伺候四太太的，不用再找丫環了。頌蓮叫她去給自己買些酒來，今天是她20歲生日。老女傭聞聲而去。老女傭把酒買回來時，告訴頌蓮，雁兒死在醫院裡了，死前還喊著她的名字，屍體已被她家裡人抬到鄉下去了，一家人哭哭啼啼，好可憐啊！老女傭出去後，獨自一人的頌蓮自言自語地說，活著受苦，死了倒乾淨，死了比活著好！

宋媽再次進屋，發現頌蓮喝醉了，就勸她別喝了。當她端著吐過的銅盆走去時，看見大少爺飛浦來了，就招呼他去看看四太太，說她喝醉了！飛浦進門後問頌蓮怎麼喝起酒來啦？頌蓮說為自己祝壽！頌蓮端起酒盅，請飛浦喝一杯。飛浦說：「懷孕那種事，假裝能裝得了幾天？」頌蓮說：「開始是假的，只要老爺天天來，日子一久就成真了。可沒想到，我在算計這事時，他們在背後算計我。」飛浦從口袋裡掏出一手製香包，說是從雲南帶回來的，送給她做個生日禮物。頌蓮一看，說這東西，只有女人送給男人，那有反過來的道理，隨手又還給了飛浦。飛浦把香包放回衣袋，開玩笑似地說，沒打算送她，騙騙她而已。頌蓮說她被人騙慣了，人人都騙她。她反問飛浦：「你也騙我？」片刻後，頌蓮恨恨地對飛浦說，出去，飛浦尷尬地起身離開。眼見飛浦真的要走，頌蓮又不捨地叫了一聲：「飛浦……」

飛浦走後，頌蓮傷心地大發酒瘋。二太太來後，她抱著卓雲大聲叫老爺。卓雲叫宋媽去叫大太太拿醒酒藥來。頌蓮不准去叫那個老巫婆。還說，你有老爺疼，梅姍去找相好的高醫生去了，我什麼都沒有，什麼都不怕。醒酒藥拿來後，卓雲吩咐給她灌下，頌蓮把藥碗砸了，還吐了她們一臉，她們狼狽而出。

半夜，頌蓮酒醒後，聽見外面有掙扎聲，出門一看，看見卓雲帶人把梅姍五花大綁地抓了回來。卓雲得意地告訴她，正是她酒後失言，不然，還不知要出多大的亂子呢。頌蓮問宋媽怎麼回事？宋媽說，你昨天喝多了說了這事，二太太就帶人把三太太和高醫生堵在了城裡的旅館。頌蓮聞言，呆站在雪地裡。

第二天清晨，頌蓮又聽見房頂上有嘈雜聲，出門一瞧，看到梅姍正被人抬進了「死人屋」。她在積滿雪的房頂上，驚恐萬狀地向「死人屋」走出，可梅姍再也沒有出來。受此驚嚇和刺激，頌蓮淒厲地尖叫：「殺人啦！」老爺嚴厲地告訴她，她什麼也沒看見。此時，頌蓮已經神志不清了，反覆地說道：「你們殺人了！」老爺說她瘋了。

當晚，三院的燈籠莫名其妙地亮了起來。正當眾人驚恐萬狀之時，屋內又傳來三太太的唱戲聲，眾人都說三院鬧鬼了，落荒而逃。原來是頌蓮在三院把燈籠點亮，打開了留聲機……

第二年　夏

陳府又在嗩吶和鞭炮聲中迎來了第五位太太。她看見一個學生打扮的女人在滿院轉悠，就問給自己捶腳的曹二嬸，那個女人是誰？曹二嬸告訴她，那是以前的四太太，腦子有毛病。

二、從小說到電影

（一）改編原因：解讀歷史的視角引發共鳴

中篇小說《妻妾成群》，發表在1989年《收穫》第6期，它既是蘇童的成名作，也是「新歷史小說」最精緻的作品之一。蘇童常常憑藉充滿靈性的感覺與想像寫作，他從不追求作品的深度，而是看重作品的意趣。他筆下那些虛構的歷史故事和女性人物最為人所推崇。

蘇童在為自己的創作尋找變化時，觸動於青年詩人丁當的一句詩：「男人有一個隱秘的幻想——妻妾成群」，便在自己想像的世界裡，寫下發生在陳家花園裡的姨太太們的悲劇故事——《妻妾成群》。（蘇童：《婚姻即景・自序》，江蘇文藝出版社1996年版。）《妻妾成群》打動張藝謀的是「『舊瓶裝新酒』，即年輕人寫歷史故事的不同。」蘇童「用一個新的現代視點來看待」封建大家庭的悲劇，他「寫出了人與人之間與生俱來的那種敵意、仇視，那種有意無意地自相損害和相互摧殘。」契合了「我們現在拍出來的電影是給現代青年人看的」的時代需求，「所以我們必須為觀眾提供對於那個年代生活的另一種認識。」（轉引自李爾葳：《當紅巨星——鞏俐張藝謀》，北京十月文藝出版社1994年版，第152頁。）蘇童解讀歷史的視角，運用白描手法敘述封建專制男權文化下妻妾的爭寵鬥爭，以及在色彩斑斕的感覺世界裡，發生在女人與女人之間的愛恨情仇故事，不僅引起了張藝謀的強烈「共鳴」，而且也激發了他再度創作的激情。

（二）主題：從自由多樣性到相對簡單和明確化

小說《妻妾成群》的核心意念，是中國傳統文化中「一夫多妻制」所生成的封建家庭內部互相傾軋的人生景象及其相應的生存法則。主人公頌蓮，受過新式教育，父親去世後，迫於無奈，自願嫁給一個有錢人陳佐千，做了他的四姨太。從此，她便介入到了「妻妾成群」的人際模式之中不能自拔。在充滿陰森恐怖和勾心鬥角的陳家花園，頌蓮要在陳家立足，獲得做人的尊嚴和正常的權利，就必然戰勝大太太毓如、二太太卓雲和三太太梅珊，贏得老爺陳佐千的寵愛。因此，小說的主題是多重的，既有封建專制男權文化下妻妾的爭寵鬥爭，也有妻妾間、妻妾與老爺之間的矛盾衝突，還有主人公的性格轉變與心理活動，乃至於彌漫在作品中的死亡意象等等。

小說在表現主題上的自由多樣性，決定了編導在將其改編成電影時，必然會對其多樣性的主題有所選擇和側重。電影接受時間的限制和接受方式的一次性感受，決定了電影表現的主題要相對簡單和明確化。此外，電影敘事的限制，也要求其主題避開心理描寫的深度模式，而轉向於平面好看，以滿足不同層次觀眾的不同需要。因此，張藝謀在將《妻妾成群》改編成電影《大紅燈籠高高掛》時，就立足於傳統文化制度，即一夫多妻制的封建專制主義的文化制度，把妻妾爭鬥的過程放在文化的大背景下來描寫，對人的關注讓位於對文化的關注。

（三）情節：從繁到簡，集中展示

眾所周知，電影是視覺化的藝術，把小說改編成電影，就必然要在影片中改變或增加造型性的「意象」，使之更具視覺化。為此，張藝謀在將小說《妻妾成群》改編為電影時，不僅將其改名為《大紅燈籠高高掛》，「使影片有一種視覺上的衝擊力。」（李爾葳：《當紅巨星——鞏俐張藝謀》，北京十月文藝出版社1994年版，第154頁。）而且還將小說中一筆帶過的陳佐千50大壽時，在大門口掛過的紅燈籠，提煉為貫穿全片的中心意象，以此來構建影片中的女性命運。片中的「點燈與捶腳」等儀式，不僅給觀眾以強烈的視覺衝擊，而且其本身又成為電影中人物的生活內容。

影片中的「紅燈籠」，是陳佐千寵倖妻妾、陰陽結合的指示燈。紅燈籠掛在哪院，哪院的女主人就意味著得到了老爺的「恩寵」，在陳家的地位就至高無上，就可以享受「捶腳」和「點菜」的權利。「紅燈籠」成為人物身分的標誌，妻妾們在陳家的地位，就是通過「點燈—滅燈—封燈」等儀式來表現的。新娶的姨太太可以連續九天點燈籠；懷上身孕的姨太太，可以點「長明燈」（日夜不熄——平時傍晚點燈，早晨吹熄；點燈與吹燈都有一套儀式）。如果姨太太們犯了錯，抑或是欺騙了老爺，就會遭到「封燈」（用黑面套將紅燈籠包起來，表示老爺從此不再光顧，女主人公被打入「冷宮」）的懲罰。

與「點燈—滅燈—封燈」儀式相伴的，是「聽召」儀式。在陳家，每天傍晚，妻妾們都要集中到大院等候老爺寵倖的召喚。管家陳百順高喊哪院點燈，傭人便將點亮的燈籠支撐在那院的姨太太面前。緊接著，那院房內外的燈籠都會被點亮，陳老爺隨之到來，與姨太太顛鸞倒鳳。影片沒有直接表現男女之間的交歡，取而代之的是具有性意向的「捶腳」儀式。妻妾有幸陪侍老爺，就可以享受曹二嬸捶腳的待遇。捶腳不僅通體舒泰，而且還能上癮，激發起身體的欲望。在影片中，張藝謀濃墨重彩地強化了「捶腳」的儀式。陳府大院哪院點燈，哪院就會響起節奏撩人的捶腳聲。

「點燈」和「捶腳」的珠聯璧合，既增強了電影的表現力，又避免了在銀幕上出現赤裸裸的畫面，還帶給觀眾強烈的刺激性和無限的想像力，這無疑有助於表現妻妾們的命運。正因為在電影中增加了「點燈與捶腳」的儀式，小說裡的矛盾衝突和人物命運在電影中隨之有了改變。小說裡妻妾之間的相互衝突，紛繁複雜；電影中則以頌蓮為中心，集中展示她與二太太卓雲，三太太梅珊和丫環雁兒之間的矛盾衝突，情節從繁到簡，更為集中。

首先，影片中增添了頌蓮的人生故事。頌蓮在尋找父親的遺物——笛子時，發現了雁兒竟受卓雲支使紮小布人詛咒她，震驚而悲憤；隨後，她又得知笛子是被陳佐千燒了的，更是心生不滿，不給他好臉色。陳佐千生氣後，頌蓮就賭氣叫他到卓雲那兒去好了，陳佐千拔腿就走。從此以後，四院好久沒點燈籠，可習慣了捶腳的頌蓮，每當傍晚就會心煩意亂。她叫來雁兒給她捏腳，雁兒既不情願又沒經驗，衝口而出，你有本事叫曹二嬸來捶。受此刺激，梅姍的告誡又浮現在頌蓮耳旁，要想在陳家立足，就得生下一男半女。於是，頌蓮就心生一計，假裝懷孕。這樣，既可點燈，又可捶腳。只要陳老爺天天光顧，就會弄假成真。有了身孕，就會獲得陳老爺的歡心，甚至還可以讓卓雲來為自己捏背按摩……電影中增加這些內容，既表現了頌蓮作為知識女性的精明和作為姨太太討好的愚蠢，也使電影的情節更加跌宕起伏，使影片的「點燈」和「捶腳」儀式名正言順，進一步豐富了「紅燈籠」的視覺形式。

其次，影片改編了雁兒的人生內容。影片在沿襲了小說中雁兒用針紮小布人詛咒頌蓮的細節後，刪掉了「草紙咒語」的這個細節。小說中，雁兒用經血在草紙上書寫對頌蓮的咒語，並把它丟棄在馬桶裡。頌蓮發現後，非常生氣，強迫雁兒吞下那被經血、糞便浸泡過的草紙。雁兒因受了驚嚇、屈辱和風寒，不久便生病而亡。要在銀幕上再現這一不雅細節，會使人噁心。所以，張藝謀在影片裡將其改為：雁兒發現頌蓮假孕後，馬上向卓雲告密。卓雲以關心之名，叫陳老爺請高醫生來為頌蓮檢查身體，致使事情敗露。頌蓮知道是雁兒告的密後，悲憤難抑。她當著眾人的面，將雁兒在廂房偷偷點的燈籠全部扯下、丟棄在院子裡，公開羞辱、懲罰和報復她。倔強的雁兒寧肯在雪地裡長跪也不告饒，終至染病，不治身亡。影片這樣改變，更加突出了「紅燈籠」意象在陳府的意義，也將丫環雁兒想取頌蓮而代之的「癡人說夢」公開視覺化，平添了影片情節的曲折性和生動性。

第三，影片刻意追求極致的形式感。影片以「紅燈籠」為中心，從構思到影像都具有意象性、象徵寫意性和符號性。「紅燈籠」的光焰，服裝和臉譜的美麗，乃至男主人公陳佐千模糊的形象，都達到了一種極致的象徵性。蘇童在小說裡，故事從頭年的夏天開始，經過秋、冬兩季，延續到第二年的春天，「沒有春天」的敘事意念比較含蓄；而電影中則用黑底紅字劃出了時間的四個段落：「夏」、「秋」、「冬」、「第二年夏」，有意避開春天，將陳家大院妻妾們沒有春天的象徵露骨地推向極致。

第四，影片改變了人物活動的場景和情境。小說《妻妾成群》中的故事發生在南方。眾所周知，氣候和環境，必然會對人的生理、心理和生活方式，乃至於人的性格和命運產生較大的影響。比如，小說中，陳佐千與頌蓮第一次相見，他坐在西餐廳，等著頌蓮來。「那天外面下著雨，陳佐千隔窗守望外面細雨的街道，心情又新奇又溫馨，這是他前三次婚姻中從所未有的。頌蓮打著一頂細花綢傘姍姍而來，陳佐千就開心地笑了。」（《蘇童精選集》，北京燕山出版社2010年版，第61頁。）再比如，「秋天裡有很多這樣的時候，窗外天色陰晦，細雨綿延不絕地落在花園裡，從紫荊、石榴樹的枝葉上濺起碎玉般的聲音。這樣的時候頌蓮枯坐窗邊，睇視外面晾衣繩上一塊被雨淋濕的絲絹，她的心緒煩躁複雜，有的念頭甚至是秘不可示的。頌蓮就不明白為什麼每逢陰雨就會想念床笫之事。陳佐千是不會注意到天氣對頌蓮生理上的影響的。」（《蘇童精選集》，北京燕山出版社2010年版，第69頁。）蘇童在小說中，精準地把握了氣候和環境對人物心態的影響。江南陰雨連綿的天氣和潮濕氤氳的環境，必然會使人生發欲望、衝動、壓抑和寂寞的心情。生活在封閉的陳家花園的妻妾們，為生存和自身的地位，自然會在百無聊賴中陷入更加複雜的妻妾紛爭之中。而電影《大紅燈籠高高掛》卻將故事人為地搬到了山西祁縣的喬家大院，陰柔曖昧的江南多雨天氣，變為乾燥陰冷的黃土高原。毋庸諱言，妻妾相爭的味道，有所損失。此外，蘇童在小說中，還濃墨重彩地描繪了紫藤架下「死人井」的情境，以此來刻畫頌蓮的心境和命運。頌蓮的窗戶正對著後花園的牆角，牆角裡有一架紫藤，紫藤下有一口井，還有石桌和石凳，卻無人前往，已長滿雜草。出於好奇，她前往探視，卻「感到一種堅硬的涼意，像石頭一樣慢慢敲她的身體」。後來，她知道，是先輩的幾個姨太太因做了見不得人的事而被沉在了這口井裡；再後來，她親聞目睹了梅姍因與高醫生偷情而被人投入井中淹死的場景。受此驚嚇，她變得神志不清，成天圍著這口井自言自語：「我不跳，我不跳」，「頌蓮說她不跳井。」而張藝謀在影片中，則將陰氣逼人的「死人井」變成了高高在上的「死人屋」，顯得做作和不甚自然。小說裡，頌蓮在窗戶中看見梅姍被投入井中，順理成章；電影中，頌蓮在三更半夜爬起來穿行於風雪之中的房頂去探看梅姍之死，則使人大惑不解。

電影的時間性決定了它對小說的改編，不可能事無巨細、全盤照搬。圍繞影片的主題、人物和矛盾衝突，必然要刪繁就簡，使其更加集中，更能調動觀眾的興趣和興奮點。為此，張藝謀在電影《大紅燈籠高高掛》中刪掉、變更或縮小了一些小說中的情節與衝突。

首先，電影中刪掉了頌蓮與大太太毓如之間的顯在衝突。在小說中，年老色衰的毓如，因其正室地位，常常以主婦自居，任意挑剔其他妻妾的毛病。比如，她愚昧地嚴守陳家的規矩，每年都令僕人在院子裡燒樹葉，煙霧彌漫。頌蓮不滿，提出抗議，兩人發生衝突。再比如，陳佐千生日時，毓如挑剔頌連送的生日禮物——羊毛圍巾沒有綁上紅緞帶。而在電影中，毓如與頌蓮的衝突並不明顯，她只是時不時發發牢騷，念念阿彌陀佛罷了。

其次，在小說裡，頌蓮與三太太梅珊之間衝突逐漸減弱，乃至於後來，更是同病相憐，心心相惜。而在電影中，她們之間的矛盾，突兀而逐漸加深。頌蓮新婚之夜，梅姍就裝病叫走了陳老爺。第二天，她又拒絕見頌蓮。陳佐千寵倖頌蓮時，她又一夜不睡，高唱京戲，吵得頌蓮一夜難眠。頌蓮對此譏諷，梅姍怒目相向。最後，頌蓮在醉酒中無意識的暴露了梅珊與高醫生的偷情，導致梅姍被拋入死人屋斃命。

再次，電影中刪除或弱化了大太太毓如、二太太卓雲和三太太梅姍之間的衝突。如卓雲知道了梅珊花錢請人打了自己的女兒憶容後，兩人之間爆發的衝突；陳佐千50大壽時，飛瀾與憶容相互追鬧玩耍，把花瓶碰翻，毓如摑了他倆一人一耳光，引發梅珊的不滿和卓雲對自己女兒的責備，頌蓮前來勸解，也被她一番奚落，無趣離開，等等情節，在電影中被刪掉。

此外，小說中，對性的描寫細膩而感性。頌蓮的失寵是因為陳佐千性功能的喪失。在天氣的作用下，頌蓮性欲旺盛，陳佐千招架不住。「他說，年齡不饒人，我又最煩什麼三鞭神油的。陳佐千撫摸頌蓮粉紅的微微發燙的肌膚，摸到無數欲望的小兔在她皮膚下面跳躍。陳佐千的手漸漸地就狂亂起來，嘴也俯到頌蓮的身上。頌蓮面色緋紅地側身躺在長沙發上，聽見窗外雨珠迸裂的聲音，頌蓮雙目微閉，呻吟道，主要是下雨了。」而電影中對「性」的表現則完全外化為點燈儀式。哪院點燈也就意味著哪房妻妾受到陳老爺的寵倖，「紅燈籠」業已成為性欲的合法標誌。頌蓮的失寵是因為假稱懷孕被封燈；梅珊與高醫生的私通，是因不合法而付出了生命的代價。

（四）敘事方式：視角和結構

1、敘事視角：從單個的主觀到全景的客觀

《妻妾成群》發表後，蘇童針對許多讀者把小說僅僅當成一個「舊時代女性故事」，或者是「一夫多妻的故事」，表示不滿。他希望讀者把小說理解成一個關於「痛苦和恐懼」的故事。（《我為什麼寫〈妻妾成群〉》，《紙上的美女——蘇童隨筆選》，人民日報出版社1999年版。）陳家花園的四個女人，成天生活在痛苦和恐懼之中。為了在陳家佔有一席之地，她們在令人窒息的環境中，為爭奪陳老爺的寵愛，互相廝殺。

妻妾之間的爭風吃醋，並不新鮮，《妻妾成群》之所以給人留下了深刻的印象，就在於蘇童將自己的主觀情感，寄予在頌蓮身上，以她的眼光來展示陳家花園的妻妾們，為了一個枯槁的男人，

成天算計、患得患失，生活在痛苦和恐懼之中。正因為頌蓮的視角帶有作者極大的主觀性，蘇童因而得以施展他特有的細膩精緻的文字駕馭才華，去捕捉女性微妙的身心感受，並通過富有神秘性的隱喻和象徵，將其精確傳神地表現出來。

小說裡，主人公頌蓮的出場，作者既沒有對她的形象進行描寫，也沒有對她此時的心理狀態進行分析，而是通過對她行為的客觀敘述來召喚讀者對她心態的揣摩：

> 四太太頌蓮被抬進陳家花園時候是十九歲，她是傍晚時分由四個鄉下轎夫抬進花園西側後門的。僕人們正在井邊洗舊毛線，看見那頂轎子悄悄地從月亮門裡擠進來，下來一個白衣黑裙的女學生。（《蘇童精選集》，北京燕山出版社2010年版，第56頁。）

隨後，小說大部分時間敘述的焦點都聚集在頌蓮身上，以她的活動範圍來展開故事，以她的感知來敘述陳家花園裡妻妾爭寵的鬧劇。通過頌蓮的視角，我們看到了，在這個封閉的大家庭裡，妻妾們為了穩固自己的生存地位而蛻變的心路歷程，我們瞭解了妻妾們的悲劇，不僅僅來自於生存環境外部的擠壓，也來自於他們自身的心理衝突。比如，頌蓮對梅珊的不滿、好奇，以至於彼此瞭解後的心心相惜，使她常常以已度人，在梅姍身上看到了自己的影子：「梅珊把長長的水袖搭在肩上往回走，在早晨的天光裡，梅珊的臉上、衣服上跳躍著一些水晶色的光點，她的綰成圓髻的頭髮被霜露打濕，這樣走著她整個顯得濕潤而憂傷，彷彿風中之草。」（《蘇童精選集》，北京燕山出版社2010年版，第67頁。）再如，頌蓮對廢井的莫名恐懼與神秘感，貫穿於故事的始終，女性的敏感與憂傷、對未來命運的惶恐與不安，都在幾次探詢而不甚明瞭中表露無遺。

在小說中，作者還真實地描繪了頌蓮在陳家堅守自我，以主動退出來反抗「妻妾成群」的人際模式的心路歷程。作為知識女性，頌蓮對人和事都有著獨特感受和自我追求。在落寞中，她一想起重陽節在菊花搭成的「福、祿、壽、禧」四個字的花圃邊與飛浦賞菊花的情景，「心情就愉快」。頌蓮來到陳家之初，為了穩固在陳家的地位，戰勝幾房姨太太，她唯一的法碼就是自己的年輕。可是基於現實考量的明爭暗鬥和爭風吃醋，並非她的本意，她常常時不時地沉浸在往昔的日子裡。作為一個身心健康又處於妙齡的女人，因家道中落而被迫做了姨太太。在封閉的陳家花園，對同齡人——毓如的兒子飛浦產生朦朧的好感、隱秘的欲望，本是無可厚非的對純真愛情的嚮往與追求。頌蓮從當初對爭寵的自覺，慢慢地發展到後來對爭寵的麻木，與她的知識背景和文化涵養有關。蘇童在小說中將客觀敘述和婉約抒情相嫁接，女性限制視角與全知視角相流轉，既增加了小說敘事的彈性空間，又彌補了二者割裂敘事的限制，使小說具有一種收放自如的張力。

與小說相比，電影《大紅燈籠高高掛》的敘事視角較為客觀。通過攝影機的全景鏡頭，我們看到的陳家大院：週邊是封閉的磚牆，上層是女兒牆式的垛口，還有更樓、眺閣；全院中有小院，各院磚瓦磨合，斗拱飛簷；磚雕、木雕、石雕隨處可見。採用這種全景式的電影敘述方式，讓觀眾無法親聞目睹場景的細微和揣摩人物的表情。影片中的男主人公陳佐千，更是以一個「在場的缺席者」的模糊形象貫穿全片。張藝謀有意營造「敘述的距離」，體現電影敘述的客觀態度。同樣，影片在講述女主人公頌蓮的故事時，也多用全景式的鏡頭展開。頌蓮來到封閉的陳家大院，對陳家點燈—滅燈—封燈的儀式和捶腳、點菜等規矩，由迷茫、不解到熟悉、接受，並溶入其中為之而鬥爭。人性在完全外化的點燈、滅燈和封燈等儀式的權力施壓下逐漸扭曲，乃至於完全喪失。採取這種客觀視角的影片敘事方式，有助於把陳家大院的壓抑、沉悶表現出來，有助於加深對沒落的傳統世界的批判性，也有助於激發觀眾的獵奇心理，滿足了電影對視覺性的要求。然而，表面上風光無限的視覺盛宴，卻遠離了人物的內心世界，使人物的主體感受性和精神力量相對削弱。

或許張藝謀也意識到了，純粹客觀地注重「燈籠」和點燈捶腳等儀式，會有損原作那更為普遍化的豐富的人生意義。所以，他在影片中，也偶爾會把主觀視角聚焦在頌蓮身上。如影片中關於梅珊被投進了死人屋中的這場戲，鏡頭就是沿襲頌蓮的眼光來展開的。清晨，頌蓮聽見房頂上的嘈雜聲，出門看到了梅姍正被人抬進了「死人屋」的場景。待僕人們走後，她在積滿雪的房頂向「死人屋」走去。畫面中，頌蓮驚恐的臉與晃動的「死人屋」，交替出現。事實是，「死人屋」並沒有動，而是頌蓮的心在顫抖。這個鏡頭就帶著強烈的主觀色彩。在頌蓮眼中，晃動的「死人屋」代表著她內心的極度震驚、恐懼和絕望，甚至還有她潛意識裡因自己酒後失言而產生的自責與愧疚。

此外，影片還時不時地採用了移動鏡頭和雙人鏡頭，來豐富和補充全景鏡頭的不足。如頌蓮剛進陳家在雁兒旁邊洗手的場景，兩個人在一個畫面空間中進行交流，人物關係之間是和諧平穩的；而在表現她們之間的對話時，編導則將她們分別移動在不同的畫面空間裡，以此暗示雙方關係的矛盾與對立。再如，頌蓮找不到笛子後，她懷疑是雁兒拿了的場景。隨著兩人的唇槍舌劍，鏡頭隨之移動，都是較為「純粹敘述」的電影表達。

2、敘事結構：從顯隱結構並進到單線索展開

傳統小說的敘事結構是線性的，按照時間的先後順序交代故事和介紹人物。蘇童的小說完全沒有「先後」的意識，蔑視承上啟下的關係，常常以較短的時間為框架，將已經過去的漫長時間納入到這個框架內。

《妻妾成群》主要以女主人公頌蓮的情緒為敘述線索，通過她對孤獨憂傷的言說，圍繞陳佐千和三位太太、飛浦、雁兒等構成的矛盾衝突，以及古老的廢井、神秘的夢境等一系列意象，展示了一個女人從選擇作妾，到投入妻妾成群的家庭生活後，又感到渺茫、心灰意冷，直到最後因目睹梅姍沉井後精神失常，徹底退出爭寵的生命全過程。小說的整體結構，以順敘為主，間或又以插敘，倒敘等手段，交代頌蓮過去的遭遇、「死人井」的故事和梅珊的身世，有點類似蒙太奇手法，整個故事由一個個跳躍生動的畫面組合而成，但在畫面與畫面之間的銜接，作者又通過時間的提示，使之保持了一定的順序性，不至於因隨機的轉換和跳躍，使之敘事順序混亂。總之，小說在展開頌蓮等人的生活流程時，文筆自由，隨意點染一些生活瑣事，實際上卻寫出了由「一夫多妻制」生成的封建家庭內部互相傾軋的人生景象及其相應的生存法則，做到了形散而神不散。

從整個故事的情節結構上看，小說顯、隱結構並進，交織，共同指向「妻妾成群」的人際模式。小說的顯性結構由欲望和恐懼構成，隱性結構由隱隱約約的暗示構成。

「欲望和恐懼」構成的顯性結構，在小說中無處不在。爭寵求生和性愛的欲望，一直支配著小說中所有人的行為。頌蓮，雖上過大學，在經商之家，多受利益的薰陶。家庭發生變故後，她選擇做有錢人的妾也不願做貧寒人家的妻子，這是金錢欲望的驅使；嫁到

陳家後，年過半百的陳佐千無法滿足她的欲望，她又在同齡人——晚輩飛浦身上看到了愛欲的希望，這是性欲的驅使；在與妻妾們明爭暗鬥的爭寵廝殺中，她又以心機甚至殘暴的方式反抗，這是生存欲望的驅使。同樣，三太太梅珊，敢愛敢恨，稍不如意就對陳老爺破口大罵，受了冷落又與高醫生偷情，乃至於被沉井也義無反顧，等等。可以說，欲望是貫穿小說的中心線索，是情節發展的引擎。

與欲望相伴而生的是恐懼。小說中的恐懼主要來自於「死人井」。小說的氣氛凝重而壓抑，就在於「死人井」的暗示，即隱性結構發生的作用。「死人井」是《妻妾成群》的一個中心意象，貫穿小說的始終，象徵著恐懼與絕望。頌蓮注意到後花園牆角裡紫藤架下的那口井後，懷著好奇心，誠惶誠恐地走近它，彎腰朝井中一看，「井水是藍黑色的，水面上也浮著陳年的落葉」（《蘇童精選集》，北京燕山出版社2010年版，第62頁。），一股莫名的恐懼隨之襲來，揮之不去。此後，她總是不由自主地彎腰朝井裡看，探聽井口藏著的秘密。她從宋媽口中知道，40年前老太爺的小姨太太與一個賣豆腐的私通，東窗事發被沉井的隱情後，常常平添無名的恐懼。晚上不敢關燈睡覺，只要關上燈，在黑暗中，「她似乎看見那口廢井跳躍著從紫藤架下跳到她的窗前，看見那些蒼白的泛著水光的手在窗戶上向她張開，濕漉漉地搖晃著。」（《蘇童精選集》，北京燕山出版社2010年版，第98頁。）頌蓮從那口彌漫著腐爛氣息的廢井裡，似乎也看到了她自己的命運。當梅珊（與高醫生偷情被卓雲逮住後）殘忍地投到井中，頌蓮再也經受不住莫名的恐懼，徹底崩潰，最後瘋了。明暗交織的線索，不僅使作品內涵厚重，而且使整個作品極富張力。

蘇童很會講故事，善於在小說中建構獨特的敘事結構，在時間的順敘中，追求跳躍，刺激和想像。在顯隱的雙線並進裡，展示陰森瑰麗的世界，「在那個世界裡，耽美倦怠的男人任由家業江山傾圮，美麗陰柔的女子追逐無以名狀的欲望。宿命的記憶像鬼魅般的四下流竄，死亡成為華麗的誘惑。」（王德威：《南方的墮落與誘惑》，《讀書》1998年第4期。）

電影因受時間限制，在將小說改編成電影時，就必然要刪掉與主題無關的枝節，使其敘述的線索明白曉暢。從小說《妻妾成群》到電影《大紅燈籠高高掛》，創作者關注的重心發生了變化，蘇童講述的是一個女性遭受的婚姻悲劇的故事；張藝謀探討的是一群女性在一個絕對封閉空間內瘋狂的生存狀態。為此，他有意將事件和情節簡單化，從構思到影像都拒絕寫實，而追求象徵和寫意符號化。電影將所有的矛盾衝突鋪排在單線索裡，以「起因—發展—高潮——結局」的順時結構展開故事。這種單線條的情節展開，構成敘事的主體內容，呈現出封閉的因果關係。

《大紅燈籠高高掛》按照「起因—發展—高潮—結局」的順時結構展開故事。全片分成四個部分：「夏」、「秋」、「冬」、「第二年夏」。第一部分「夏」，為故事的起因。從頌蓮因父亡家道衰落輟學，自願嫁入陳佐千家開始。頌蓮來到陳府後，對陳府點燈、捶腳等儀式，從陌生、熟悉到依賴。第二部分「秋」，為故事的發展。在這段時間裡，頌蓮開始打破陳家的規矩。她仗著陳老爺的寵愛，把飯菜端到房裡吃；與飛浦相見後，產生朦朧的情愫；發現雁兒用紮滿針的小布人詛咒自己是卓雲支使後，借給卓雲剪發之際剪掉她的耳朵；從梅珊處知道了卓雲的陰險；為了穩固自己在陳家的地位，假裝懷孕等，都發生在這段時間裡。第三部分「冬」，為故事的高潮。頌蓮假裝懷孕之事暴露，被陳佐千一氣之下封了燈；知道東窗事發是雁兒告的密後，將她偷偷點燈籠的事揭發出來，導致雁兒在雪地裡下跪受寒而亡；頌蓮在獨自為自己慶祝20歲生日時，因醉酒而洩露了梅珊與高醫生偷情的事；清醒後，她又目睹了梅珊被投入死人屋深受刺激，乃至神思恍惚等，頌蓮的故事到此基本結束。第四部分「第二年夏」，為故事的結局。陳佐千的五房太太被迎娶進陳府，頌蓮獨自一個人在院子裡轉悠。時間與頌蓮嫁入陳府的時間正好一年，預示著同樣的悲劇會周而復始。

從中我們可以看見，《大紅燈籠高高掛》的敘事線索，自始至終都是順敘。從夏到第二年夏，陳家大院妻妾們的一切榮辱變遷，在這個沒有春天的陳府中循環往復。影片的敘事結構，清晰明瞭，簡潔緊湊；故事情節，環環相扣，過度自然。整個影片的鏡頭，按時間的先後順序推進，幾乎沒用閃回鏡頭。陳府大院中妻妾們多年的明爭暗鬥，她們各自的命運結局，在這一年中都交代得清清楚楚。

三、《妻妾成群》改編為《大紅燈籠高高掛》的得失

理性地看，張藝謀將小說《妻妾成群》改編成電影《大紅燈籠高高掛》還是比較成功的。他在尊重原著對人性主題挖掘的基礎上，利用電影視覺性的特點，較為深刻地表現了封閉的、令人窒息的環境給人的精神戕害。

影片中獨特的鏡頭形態和敘事方式，將張藝謀為代表的第五代導演的個人影像風格推向了極致。張藝謀在電影中將小說的地域背景江南小城北遷至山西祁縣的喬家大院。喬家大院的高牆大瓦，垛口角樓所傳達出的壓抑、森冷、封閉的氣息，對觀眾而言，在視覺上更為刺激和強烈。小說中的那口「死人井」，在影片中意象性的放大和深化了。影片中常常出現的俯瞰喬家大院的鏡頭，張藝謀將這個深宅大院的形狀意象化為一口大的棺材。頌蓮等妻妾們一踏入陳家大院，就意味著她們已經步入了墳墓。「點燈」和「捶腳」的

意象，從觀影角度上看，是這部影片的點眼之筆。「大紅燈籠」作為中國傳統民俗有形物質的一種，在與青牆灰瓦的色彩對比中，不僅形成了強烈的視覺衝擊和夢幻感，而且還帶有豐富的象徵性。大院裡女人們的命運都伴隨著點燈、滅燈、封燈等儀式起落沉浮。張藝謀將男主公陳佐千完全虛化，將近景留給了大院中的女人們，讓觀眾真切地看清楚了妻妾們的勾心鬥角和自相殘殺，將她們在男權社會的悲劇放大給世人看，以此來批判民族的劣根性。

影片的背景音樂也極為別緻：緊密急促的京劇「急急風」的鑼鼓點，與被拖長了的「西皮」女聲唱腔交替出現，不僅對畫面情緒氣氛的渲染別緻，而且還使觀眾時時感到要與影片保持一定的距離。張藝謀借片中人物梅姍與頌蓮之口，道出了他自己的心聲：人生「本來就是做戲嘛，戲做好能騙別人，做得不好只能騙自己了。連自己都騙不了時，那只能騙騙鬼了。」「人跟鬼就差一口氣，人就是鬼，鬼就是人。」

無可否認，電影與小說是兩種不同的一種藝術類型，它的特點決定了它具有明顯的企業化性質。一部影片的成功，是包括編導在內的多人智慧的集體結晶，甚至還包括觀眾的接受與認可，這就使影片在選題、表現和製作方式上要事先考慮市場的需要，要考慮投資人的利益回報等問題。《妻妾成群》的電影化過程也不例外，在其改編過程中，出於視覺性的潛在要求，小說中側重於主觀感受與精神力量的內容在電影中相對削弱，取而代之的是富有視覺刺激性的點燈—滅燈—封燈、捶腳及陳府的深宅大院等等異於尋常的儀式和環境描繪。這無疑會激發觀眾的獵奇心理，增加影片的上座率和票房價值。

然而，張藝謀在將小說《妻妾成群》改編成電影《大紅燈籠高高掛》時，對形式感的過分依重，使之失去了原作的自然和清麗，變成刻意和做作，將蘇童小說的「新視角」退回到傳統的「老視角」，「『新感覺層次』退回到傳統意識形態的平常水準。即無非是『揭露了封建勢力對人、尤其是對女人的摧殘』，如此而已。在思想深度上，它還不如《雷雨》。唯一『創新』的東西，只是刻意造做的形式。」（陳墨：《張藝謀電影論》，中國電影出版社1995年版，第121頁。）

第四章

《霸王別姬》

影片資料

中 文 名：霸王別姬
外 文 名：Farewell, My Concubine
原 著：李碧華
編 劇：李碧華 蘆葦
導 演：陳凱歌
主 演：張國榮 鞏俐 張豐毅 呂齊 葛優
上映時間：1993年
片 長：171分鐘
類 型：歷史，劇情，愛情，音樂
出 品 人：湯臣（香港）電影有限公司 北京電影製片廠
中國電影合作製片公司

一、劇情簡介

一九七七年，中國北京

段小樓和程蝶衣身穿京劇戲服，來到體育館走臺。管理員認出了他們，說自己是他們的戲迷。他們哥倆已有11年未謀面了，同臺演出還是22年前的事。管理員感歎地說，都是「四人幫」給鬧的。他叫段小樓和程蝶衣稍等，自己去給他們開燈去！

一九二四年，北平，北洋政府時代

這年冬季，妓女豔紅帶著私生子小豆子穿過嘈雜的北平天橋，擠進了街頭賣藝的「喜福成」科班。在鑼鼓聲中，一群京劇小生正在生龍活虎地賣力表演。小癩子乘機逃跑，被關師傅帶人抓回。一莽漢帶頭起鬨，圍觀者紛紛叫嚷作假，並將班主關師傅揪著。小石頭見狀，為解圍，在吆喝聲中用磚拍頭，眾人嘖嘖稱奇，紛紛拋擲賞錢。

關師傅認為拍磚是下三濫的玩意兒。回去後，將小石頭綁縛在凳子上，用刀打他的屁股。其他徒弟也因小癩子的逃跑而連帶受罰。豔紅母子見此情景，驚惶地觀望著。此時，胡同裡傳來「磨剪子來，鏹菜刀」的吆喝聲。

關師傅看見長相酷似女孩的小豆子生有駢指而不想收留他，豔紅便狠心地將兒子的六指剁下。小豆子淒慘的悲愴聲，驚倒了正在練倒立的眾徒弟。他們回頭看見豔紅把小豆頭橫抱著來到關師傅面前。剛被豔紅放下的小豆子，舉起血肉模糊的手向院子裡跑去。眾徒弟將其抓往，押到關師傅面前拜師。小豆子在賣身的契約上摁上手印。

從此，小豆子開始了嚴苛的學藝生涯。關師傅對眾徒弟管教甚嚴，徒弟稍有疏忽，非打即罵。小豆子剛來，雙腳做一字形，痛得他大聲嚷嚷。小石頭一邊安慰他，一邊趁自己練抬腳之機，將他面前的磚塊踢掉。不料，卻被關師傅看見，受到了嚴厲的責罰：在院壩裡罰跪。小豆子為之非常感動。

關師傅依次檢查每個徒弟飾演角色的彩排情況，不管徒弟記不記得住臺詞，他都要用戒尺打其手掌，讓其牢記！小石頭記住了飾演項羽的臺詞，小豆子卻因糾結於「我本是男兒郎」和小癩子忘記了臺詞，都遭到了毒打。小豆子的手掌被打得血肉模糊。小石頭勸他要把自己想成個女的，今後別再背錯了。

眾徒弟練功之餘，各自談起了吃過的美食。小癩子受「冰糖葫蘆」的誘惑，攛掇小豆子一起出逃。沿途目睹了京劇名伶的威風和萬人追捧的盛況，深受感染，又一起返回了科班。打開院門，小豆子發現師哥小石頭正在為他受罰，便自告奮勇地接受處罰。眾師兄弟全體下跪求情。小癩子目睹此情此景，害怕毒打，便從兜裡將冰糖葫蘆拿出來全部吃完後，上吊自殺身亡。

在排戲中，飾演女性角色的小豆子，總是糾結於自己是男兒郎，不是女嬌娥，經常招來關師傅的毒打。在關師傅講解《霸王別姬》的故事後，他自摑耳光，方才頓悟。因張公公府宅要開堂會，那（坤）經理來戲班約戲。他看見小豆子貌美、身段不錯，便叫他唱一曲《思凡》。小豆子唱著唱著，又將臺詞背成「我本是男兒郎，又不是女嬌娥。」那經理失望之餘，正打算離開，小石頭見狀情急生智，用關師傅的煙袋鍋猛杵小豆子的口腔，受此刺激，小豆子反而把戲詞念對了。

在張公公府宅的堂會上，小石頭和小豆子演出的京劇《霸王別姬》，大獲成功，受到重獎。散戲後，張公公特地叫人將小豆子背到他的寢宮。小豆子來後，張公公支走了陪侍的宮女。小豆子緊張地說要撒尿，張公公趕緊把魚缸端來，叫他往裡頭撒。隨後，他興奮地將小豆子抓住按在了床上……

當天晚上，小石頭看見小豆子一個人失神落魄地從張公公府宅出來，問他究竟怎麼了？他一言不發。在回戲班的路上，小豆子看見一個棄嬰，想將其揀起，關師傅勸道：「小豆子，一個人有一個人的命，你還是把他放回去吧。」小豆子不理，將棄嬰抱回。

轉瞬間，長大後的兩兄弟已成為北平紅極一時的京劇名角。

一九三七年，「七・七」事變前夕

段小樓（昔日的小石頭）和程蝶衣（昔日的小豆子）從照相館拍完照出來，在街上遊行的愛國學生將他們圍住，責備他們在民族危亡之際還唱什麼妖戲。幸虧那坤及時趕到，他們才得以脫身。在黃包車上，段小樓對學生們不分青紅皂白地瞎嚷嚷很是不滿，黃包車夫調侃道，學生們火氣壯，又沒錢找姑娘，總得找個地界煞煞火不是？程蝶衣問師兄，咱倆第一次演出《別姬》是在哪兒？段小樓說，那驢年馬月的事全讓你記住了。在旁隨車的那爺馬上接口道，是張公公府上的堂會。段小樓告訴師弟，那兒現在已成了棺材鋪了。程蝶衣說，昨兒剛去過。那爺諂媚道：「又去找那把劍去了不是。早不知賣哪兒去了。」

到了那坤的戲園子，翹首期盼他們的戲迷，人山人海，夾道歡迎。早就覬覦程蝶衣的豪紳袁四爺（袁士卿）也前來捧場。散戲後，袁四爺到後臺，賞給飾演虞姬的程蝶衣一幅金燦燦的行頭。精於京戲的袁四爺，對段小樓扮演的楚霸王回營亮相，到與虞姬相見，按老規矩的七步少了兩步，使之威而不重，表示不滿，並邀請他們二位到舍下小酌幾杯，然後細談。

段小樓說要去喝一壺花酒，婉拒。袁四爺只好說，那麼日後踏雪訪梅，再談不遲，失陪了。隨後，段小樓告別師弟，來到妓院「花滿樓」找名妓菊仙。老鴇告訴他，菊仙應飯局去了，讓彩鳳來陪他。段老闆問彩鳳：「菊仙在何處？」彩鳳無不譏諷地說：「人家是頭牌，你夠得著嗎？」正在此時，一群惡少正在樓上調戲菊仙。菊仙回頭看到段小樓後，便從樓上跳了下來，段小樓隨及伸手將她接住。眾惡少尾隨下樓圍住了段小樓，段小樓為了救菊仙，當眾宣佈，今天是他和菊仙定親的喜日子。眾惡少不信，他就將茶壺往頭上碰碎，這群惡少被震懾住了。

不料，段小樓的英雄救美卻招來了程蝶衣的醋意。他要求師兄，與他好好地唱一輩子戲，永不分離。段小樓無奈地說，唱戲瘋魔，活著也瘋魔，可在這凡人堆裡咱們可怎麼活哦？說畢，他叫程蝶衣給他勾勾臉。隨後，兩人同臺演唱京劇《貴妃醉酒》，贏得滿堂喝彩。菊仙在臺下看得如癡如醉。戲結束後，程蝶衣在謝幕時，袁四爺贈送給他「風華絕代」的條幅。

菊仙拿出自己所有的金銀手飾，為自己贖身，卻遭到了鴇母的一頓臭罵。菊仙反唇相譏，拂袖而去。菊仙來到段小樓的化妝間，段小樓看到她光著腳，很是吃驚。菊仙告訴他，自己被趕出來了，花滿樓不留許過婚的人。程蝶衣下場後，看見菊仙在此，冷淡地轉身而去。當著眾人的面，菊仙對段小樓說：「你要是不收留我，我只好再次回去跳樓。」段小樓接納了她，並決定當天晚上舉行定親禮，邀請各位賞光。程蝶衣在屋內聽見後，推門而出，並譏諷菊仙在哪兒學的戲？段小樓趕緊調和道：「蝶衣，叫聲嫂子吧！」不叫不成了，並請他做今晚的證婚人。程蝶衣滿含淚水，悲憤地說：「黃天霸和妓女的戲不會演，師傅沒教過。」段小樓聞言，很是生氣。程蝶衣苦苦哀求師兄，當天晚上一起到袁四爺家裡去，袁四爺要栽培他們。段小樓譏諷道：「我是假霸王，你是真虞姬，讓他栽培你一個人去吧。」然後，拉著菊仙揚長而去。

正當程蝶衣傷心欲絕時，袁四爺給他送來了從活雉雞的尾巴生生擷取的翎子，並說恭候大駕光臨。程蝶衣來到袁四爺家，看見舊識寶劍，頗為欣喜。袁四爺投其所好，將寶劍相贈，程蝶衣在苦悶和傷心之際，成了袁四爺的紅塵知己。

程蝶衣攜著寶劍來到段小樓的新房，將劍扔給醉臥在床上的師兄，悲憤地說：「你認認！」段小樓不以為然地說，又不上臺要劍幹啥？菊花端著酒杯相敬，程蝶衣婉拒後，拂袖而去。出門時他還說道：「小樓，從今往後，你唱你的，我唱我的。」兄弟從此反目。

日軍佔領了北平，程蝶衣在舞臺上唱京戲《貴妃醉酒》，贏得了日軍司令官的喜歡。在後臺，菊花正在給段小樓化妝，一個日本軍官前來將他的戲服穿上取樂。段小樓要求偽員警叫日軍把戲服脫下來，遭到了嘲笑和辱罵。他一氣之下用花盆向偽員警砸去，結果被逮捕入獄。日本人來函說，只要程蝶衣前去唱堂會，他們就放人。那爺說，這純屬日本人訛程蝶衣去給他們唱一回。菊仙前來求程蝶衣前去救段小樓。程蝶衣為她使自己與師兄反目，很是不滿。菊花在情急之下答應程蝶衣，只要他能救出段小樓，自己就回花滿樓。程蝶衣說：「這可是您自個兒說的，一言為定。」

於是，程蝶衣為日本軍官們唱了一曲《西廂記》，受到懂戲的青木等人的稱讚。程蝶衣和菊仙前往監獄接段小樓，段小樓知道程蝶衣給日本人唱了戲，很是不滿，吐了他一口唾沫。兄弟倆的感情越來越生疏。

段小樓出來後，就與菊仙成親了。

失落的程蝶衣與袁四爺借酒澆愁。兩個侍者一個拿著雞，一個拿著王八，趁王八伸頭時，用剪刀剪破其頸項，將其血滴入熱氣騰騰的鍋中。袁四爺站起來說：「這就是霸王別姬，依我之見，你們這戲演到這份兒上，竟成了姬別霸王，沒霸王，什麼看頭了？」他盛上一碗王八湯，端起來遞給程蝶衣說：「喝了它，您定能纖音入雲，柔情似水。」喝醉後，程蝶衣與袁四爺化妝取樂。

在洞房裡，沉浸在喜悅中的菊仙對段小樓說，不要唱戲了，她給他生個大胖小子，太太平平地過日子。

自此以後，程蝶衣與大煙為伴，段小樓也玩起了蛐蛐。菊仙對段小樓不幹正事，整天玩蛐蛐不滿。段小樓為此生氣地砸東西，說：「自己就會唱戲，你不讓我唱了，我不玩蛐蛐，我幹麼去啊，我抬棺材掏大糞去？」

關師傅帶信把段小樓和程蝶衣叫到跟前。兩人來後，關師傅譏諷道，是兩位角兒來啦，不敢當，受老朽一拜。他們倆趕緊下跪認錯，說徒弟不敢！關師傅對程蝶衣說，當初是你師哥把你成全出來了，現在你師哥不唱戲了，你也該拉他一把吧。說畢，就將煙槍拿給程蝶衣，叫他擂段小樓。程蝶衣不願，老爺子便聲淚俱下地用道具抽打程蝶衣。段小樓自己起來端來條凳，俯臥在上，請師父責罰抽打。菊仙不忍，上前阻止。關師傅請她坐好，一邊抽打著段小樓，一邊恨鐵不成鋼地責罵道：「我叫你吃喝嫖賭，我叫你玩蛐蛐，我叫你當行頭，我叫你糟蹋戲。」段小樓因心中有愧，每當戒刀落在屁股上，都會高聲說打得好！菊仙看不去，就說慢著，這當師哥的糟蹋戲，您活該打他，可這當師弟呢？段小樓聞聲從條凳上躍起，給了她一耳光。罵道：「閉嘴，老爺們的事，沒你說話的份兒。」菊仙鎮靜地說道：「段小樓，你可真知道疼人呀！」段小樓繼續罵道：「你再胡說，我他媽打死你。」菊仙撫摸著肚皮說：「你打呀，今兒個打死我，算你賺了一個，讓你老段家斷子絕孫去吧！」說完，轉身而去。目睹此情此景，大家瞠目結舌。關師傅繼而責罰道：「誰讓你們倆站起來的。小石頭，聽見了沒有啊，你也是個快當爹的人了，這麼瞎混下去，丟了玩意兒，以後你拿什麼請我喝滿月酒。」他叫二人跪近點，關愛地將兩人的頭靠在一起。

滿頭銀髮的關師傅繼續訓練徒弟們。他看見一個練習林沖的徒弟，沒有體現出英雄氣概，便召集眾徒弟示範道，丈夫有淚不輕彈，只因未到傷心處。唱畢，悲憤而逝。

關師傅死了，喜福成科班關了門，眾徒弟也星散了。披麻帶孝的程蝶衣和段小樓，傷心地看到小四正頭頂香燭而跪，便叫他回去。小四說他沒有家，要成角就得自己成全自個。程蝶衣心生憐惜，愛撫其頭。

一九四五年，日本投降

程蝶衣正在舞臺唱戲，臺下的國民黨兵一邊拿手電筒晃他眼，一邊起鬨。菊仙忙叫小四下去告訴經理，會鬧出事來的。段小樓從後臺來到舞臺，拱手勸阻，遭到了士兵們的群毆。懷有身孕的菊仙前來勸解，也被打得流了產。員警以程蝶衣犯的是漢奸罪，將其逮捕。養病中的菊仙，很是為段小樓的安全擔心。她叫段小樓答應她，將不省事的程蝶衣救出來後，就不再跟他唱了。

經理和段小樓前來求袁四爺去救程蝶衣。段小樓向袁四爺承諾：如能救出程蝶衣，他們哥倆三年的包銀全歸他。袁四爺卻不以為然，反而刁難他。正在此時，菊仙手持一把寶劍來到袁府，鎮靜地對袁四爺說，程蝶衣被逮時說，這把劍的主人能救他。袁四爺害怕自己曾指使程蝶衣給日本人唱堂會的事東窗事發，被迫答應前去營救程蝶衣。

菊仙在袁四爺的斡旋下，來到獄中告訴程蝶衣，明天上了法庭，要說你是日本人拿槍逼著去唱的堂會，在兵營裡頭還給你動了刑，其他的，袁四爺都替你安排妥當了。隨後，她將段小樓給程蝶衣的信交給了他，並傷心說：「蝶衣，你別怨我們，小樓的孩子死了，這就是你們在一塊兒唱戲的報應，出去以後，你走你的陽關道去吧！」

第二天，檢方控告程蝶衣在抗戰時期，與日寇駐平警備旅團團長青木三郎，互通款曲，狼狽為奸，以淫詞豔曲為日寇作堂會演出，並當庭出示了兩人往來的照片。證人袁世卿、段小樓和那坤出庭為程蝶衣辯誣。袁四爺申訴說，程蝶衣是被日本人用手銬拷走的，還挨了打。並反駁道，程蝶衣當晚所唱的是，崑曲牡丹亭遊園一折，乃國劇文化中之最精粹，何以在檢察官先生口中竟成了淫詞豔曲了呢？如此作踐戲劇國粹，到底是誰專門辱我民族精神，滅我國家尊嚴？旁聽者齊聲為其喝彩。法官叫程蝶衣就日本軍部事件作自我陳述。程蝶衣卻說，堂會我去了，我也恨日本人，可是他們沒有打我，青木要是活著，京戲就傳到日本國去了，你們殺了我吧。舉座聞聲，大感異外，袁四爺更是瞠目結舌，拂袖而去。菊仙來到程蝶衣面前，向他吐了一口唾沫。正當大家不知如何收場時，一軍人來到法官面前，將一份文件交與他。法官看後當即宣佈程蝶衣漢奸一案暫停審理，被告程蝶衣交保具結，予以釋放。

隨後，程蝶衣被送往戲院，為司令官唱了一曲崑曲《牡丹亭》。

因段小樓不再與程蝶衣一起唱戲，苦悶中的程蝶衣又借鴉片麻醉自己。他還寫信告之去世的母親，有師哥照料，一切皆好，那坤奉命以焚燒的形式相寄。一日，穿戴一新的程蝶衣與小四來到段小樓賣水果的攤前。那坤勸解二人和好，不然，劉邦可就殺進城來了。

一九四八年，民國政府離開大陸之前

那坤感歎民國才幾年呀，人家就兵臨城下了，共產黨來了，也得聽戲不是，新君臨朝，江山易主，慶典能少得了您二位嗎？咱們就等著點新票子吧！此時的張公公已落魄到以賣香煙為生。程蝶衣和段小樓看到他後，問他還認識嗎？張公公卻有氣無力地說，抽一根……

一九四九年，人民解放軍進入北平

段小樓和程蝶衣在歡迎解放軍的晚會上，共同出演了《霸王別姬》。因程蝶衣大煙癮犯了，唱得有氣無力，沉悶乏味。解放軍官

兵齊聲合唱《我們的隊伍向太陽》，將晚會推向高潮。下臺後，程蝶衣為戒鴉片煙癮，痛苦不堪。那坤叫小四去叫段小樓來。

人民政府召開鎮壓反革命分子大會，袁四爺被五花大綁押往會場批鬥。段小樓和菊花在臺下被迫跟著別人高呼口號。當段小樓聽見，不殺不足以平民憤，將反動戲霸袁世卿押下去的口號時，驚謂不已。他喃喃自語道，就這麼把袁四爺斃啦！菊花叫他小聲點。小四卻興高采烈地參與其中。段小樓來到程蝶衣處，看到他因煙癮發作，狂躁不安，摔東西自虐。段小樓在勸解無用後，只好把程蝶衣用繩子綁住後離開。菊仙看到程蝶衣的痛苦和無助，將他抱入懷中安慰！此時，小四哼著「解放區的天是明朗的天」進來，正在洗臉的菊花問他到哪兒去了，他說開會去了。菊花因他不照顧程蝶衣而忙著去投機取巧，反手就給了他一耳光。

經過痛苦戒煙，程蝶衣逐漸康復。那坤和師兄弟們前來看他，他表示感謝。程蝶衣來到戲院，給學員們講解京戲的要領。他強調京戲就是八個字「無聲不歌，無動不舞」，卻遭到主張現代戲的小四等學員們的批駁。段小樓正準備駁斥時，菊仙以外面要下雨，前來送傘為名，阻止了他。那坤識時務地趕緊打圓場，為程蝶衣解圍。

回到家裡，程蝶衣懲罰小四下跪，責罵他不練功、不吊嗓，只知道耍貧頂嘴，唱戲要憑真功夫。小四不服，將頭上的小盆掀掉，站了走來，對程蝶衣說，師傅，你領我來，並不是想讓我成角兒，是想找個跟班而已。程蝶衣罵他，胡說八道，並叫他再跪下。小四一氣之下，轉身拿著行李跑了。程蝶衣氣憤地說，滾吧，一輩子跑你的龍套去吧！小四譏諷道，程老闆您這話要擱在舊社會說，我信；在新社會說，我不信，我要是再跑龍套，對不起您的栽培！

第二天，正當程蝶衣化了虞姬的妝，卻看見小四也是虞姬打扮。飾演霸王的段小樓看見後，拒絕與小四同臺演唱《霸王別姬》。在眾人和程蝶衣的勸說下，段小樓勉強上臺。下場後，他來到程蝶衣的家裡，向他賠不是。說那條小蛇可是你把他捂活的，而今人家已經修煉成龍啦！要識時務，服個軟，那還不是我的霸王，你的虞姬呀！入戲很深的程蝶衣問他，虞姬為什麼要死呢？段小樓痛心地說，蝶衣，你可真是不瘋魔不成活呀，可那是戲啊！

一九六六年，北京，文革前夕

廣播電臺宣佈，從1966年8月8日開始「無產階級文化大革命」運動。一天晚上，穿著中山裝的程蝶衣，來到段小樓家門前，看到他們夫妻倆正在焚燒唱戲的「四舊」（道具）。驚恐中的菊仙，拿起酒杯與段小樓共飲。幾杯後，他們把被稱之為「四舊」的酒杯摔碎。帶著微醉的菊仙撲向段小樓，與之相吻。菊仙說，她做了一個噩夢，害怕段小樓不要她。段小樓安慰她，將她抱上了床。兩人在床上顛鸞倒鳳。這一幕，正被在電閃雷鳴中的程蝶衣看見，他悻悻然地撐傘而去。

在戲院，小四等人追問段小樓，他手中的那把劍是誰送給他的。段小樓說是程蝶衣。那坤為了自保，檢舉在北京解放時，段小樓說過，共產黨來了，他也照打不誤！段小樓矢口否認，大罵戲園老闆那坤血口噴人。那坤將一塊磚拿到段小樓跟前，小四強迫他拍給他看看，氣憤之極的段小樓放下手中的劍，撿起磚頭，猛地向自己的頭上拍去，可額頭冒血，磚卻沒有碎。小四追問他不是霸王嗎？段小樓說那是戲，不是真的。小四還逼問他娶菊仙時，知道她的妓女身分嗎？段小樓承認知道。小四接著說，叫他好好揭發程蝶衣，如不揭發，就是袁世卿的下場。

隨後，段小樓被掛上「打倒京劇惡霸段小樓」的牌子，和戲院一群被打倒的人，一同被紅衛兵押赴廣場批鬥。「橫掃一切牛鬼蛇神」的口號，響徹雲霄。程蝶衣穿著戲服，來到段小樓面前，給他臉上化妝。隨後，段小樓和程蝶衣等人被押往街上示眾。菊仙看到後，很是心痛，前去護著段小樓，結果遭到紅衛兵的推搡。來到廣場，紅衛兵強迫跪著的段小樓揭發程蝶衣的罪行。他開始只是說，程蝶衣是個戲癡、戲迷、戲瘋子，不管臺下坐著什麼樣的人，他都賣力地唱。紅衛兵罵他不老實，打他的耳光。段小樓被迫說程蝶衣在抗戰時期給日本人唱過堂會，當了漢奸。程蝶衣還給國民黨傷兵、北平戲園反動頭子、資本家、地主老財、太太小姐、地痞流氓、憲兵員警和大戲霸袁世卿唱過戲；他還抽大煙，給袁世卿當男風……結果，仍然招致一頓毒打。精神失常的段小樓，一邊解下身上的道具向面前的火中擲去，一邊說這些是才子佳人，帝王將相，牛鬼蛇神。最後，他將程蝶衣送給他的劍也擲去。菊仙看見後，趕忙前去撿起，結果也被紅衛兵抓住罰跪。

程蝶衣目睹這一切，喃喃地說：「你們都騙我，都騙我！」他掙脫押解他的人，聲嘶力竭地高喊：「我也要揭發！天良喪盡的段小樓，自打你貼上這個女人，什麼都完了！報應啊，連你楚霸王也跪下來求饒了，那京戲它能不亡嗎？」在紅衛兵的威逼下，他當眾揭露菊仙就是花滿樓的頭牌妓女潘金蓮！一個紅衛兵責問段小樓，菊仙是不是妓女？段小樓被迫承認是，問他愛不愛她，他結結巴巴地說：「不愛！」並表示從此跟菊仙劃清界限！菊仙聽見段小樓的話，驚詫得瞠目結舌！絕望中的菊仙，懸樑自盡。

十一年後

段小樓和程蝶衣來到體育館走臺，重唱京劇《霸王別姬》，唱了幾句，段小樓就感歎，不靈了，不靈了，不跟趟了……老了！程蝶衣呆呆地望著段小樓。段小樓突然吟唱出：「小女子年方二八」，引發程蝶衣對童年學戲的回憶：「我本是男兒郎，又不是女嬌娥！」他叫段小樓再來。兩人又開始對戲。程蝶衣在京劇《霸王別姬》的戲中，因入戲太深，在虛實難辨之際，將現實中的自己當成了戲中的虞姬。他抽出霸王手中的劍，自刎而亡。段小樓大驚失色，情不自禁地喊出了：「小豆子……」

一九九〇年，在北京舉行了「紀念京劇徽班進京二百周年」的慶祝演出活動……

二、從小說到電影

「霸王別姬」的故事，最早記載於《楚漢春秋》和《史記・項羽本紀》，反映的是虞姬和項羽之間感天動地的愛情傳奇。

秦末，楚漢相爭，韓信命李左車詐降項羽，誆項羽進兵，在九里山設下埋伏，將項羽困於垓下。項羽突圍不出，又聞四面楚歌，疑楚軍盡已降漢，遂在營中與寵妾虞姬飲酒作別。項王慷慨悲歌地賦詩曰：「力拔山兮氣蓋世，時不利兮騅不逝。騅不逝兮可奈何，虞兮虞兮奈若何？」（《史記（第一卷）》，中華書局2008年版，第246頁。）為了不拖累霸王，虞姬自刎，項羽殺出重圍，迷路，至烏江，遇漁人相助，渡他過江，勸他不必氣餒，來日再圖大業。可項羽深感無顏面見江東父老，遂自刎於江邊。

《史記・項羽本紀》中的寥寥數語，為後世文人的創作提供了巨大的想像和闡釋空間。明初沈采的《千金記》，晚明馮夢龍的《情史》，20世紀的郭沫若、張愛玲等都曾以「霸王別姬」為原型進行過小說的再創作。

清逸居士據崑曲《千金記》和《史記・項羽本紀》將其改成京劇《九里山》（又名《楚漢爭》、《亡烏江》、《十面埋伏》）。

1918年，由楊小樓、尚小雲在北京首演。1922年，楊小樓與梅蘭芳合作演出此劇，後齊如山、吳震對《楚漢爭》進行了修改，更名為《霸王別姬》。京劇藝術家梅蘭芳有感於《史記》中，霸王「不得不和虞姬訣別」的場景，創作京劇《霸王別姬》，從而成為他的經典表演曲目。陳凱歌在導演的電影《霸王別姬》中，有關程蝶衣和段小樓在戲臺上的表演和唱詞，大都借鑒了梅蘭芳和楊小樓在京劇表演中的經典唱段。

香港才女作家李碧華，1979年根據京劇《霸王別姬》的故事創作了同名劇本。1981年，羅啟鋭將其拍成兩集電視劇。劇情如下：1930年代的北京城，京劇班全是男演員。程蝶衣和段小樓自小便在一起跟京劇師傅學藝，程蝶衣飾演旦角，段小樓飾演生角。二人合演的《霸王別姬》，珠聯璧合。特別是程蝶衣入劇中人物虞姬的角色太深，愛上了飾演項羽的段小樓。不久，段小樓愛上了女子菊仙，程蝶衣情難自控，悲傷而妒忌。在失落之際，他跟隨富商袁四爺，作其入幕之賓。「文命」爆發，程、段二人被批鬥。後來，二人在香港再一次相遇……

1985年，李碧華在電視劇劇本的基礎上，將其改寫成為同名小說出版。1988年，在張國榮的推薦下，徐楓購得小說《霸王別姬》的電影版權。當她看到入圍法國坎城電影節的影片《孩子王》後，就放棄了本想找關錦鵬拍攝《霸王別姬》的想法，轉而希望與陳凱歌合作。陳凱歌則認為小說《霸王別姬》與自己一貫追求的藝術風格不合，當時並沒有答應。到了1991年，陳凱歌導演的《邊走邊唱》再次入圍坎城電影節，徐楓再次向他提出共同拍攝《霸王別姬》的建議，陳凱歌為其誠意感動而答應。為了使影片更具傳統文化內涵，人物對白更具北京味道，陳凱歌特邀請了內地著名編劇蘆葦來操刀改編電影劇本。蘆葦受邀後，與陳凱歌父（陳懷皚）子三人進行了長時間的討論，切實地瞭解了陳氏父子的想法與需求。蘆葦在《專訪》說：「有時候他們的想法很對，有時候可能走偏了，然後根據你的理解和他們溝通，最後劇作還是靠我來完成。《霸王別姬》實際上編劇就我一個人，但從創作一開始的時候，凱歌就告訴我，李碧華也要上編劇的名，因為這是她出售小說改編權時候寫進合同的。」（採訪／老晃　雪風　余婁　攝影／XPAN：《蘆葦專訪：兩把手術刀足以把所有優質的創作力扼殺掉》，《世界電影》2010年第5期。）

1992年5月，李碧華又在電影劇本的基礎上，再次將其改編成小說新版《霸王別姬》。新版小說的長度接近原版（1985年版）的兩倍。小說改編成電影，不足為奇，但受電影影響再次由作者本人又改寫成小說，則不多見。

（一）敘事方式：視角與結構

1、敘事視角：從全知全能到「影像＋字幕」

敘事藝術，無論是小說還是影視，其文本中都有一個講故事的人，即敘述人稱。敘述人稱大體可分為：第一人稱限制敘事，第三人稱全知敘事，第三人稱限制敘事等。

在《霸王別姬》的小說文本中，李碧華採用第三人稱全知敘事的視角，向讀者講述了兩個男人之間發生的畸形之戀。在這個畸形的戀愛中，還夾帶著一個女人的故事。作者通過程蝶衣、段小樓和菊仙之間的情感糾葛，將20世紀中國的歷史變遷形象地呈現了出來。我們從中可以看到程蝶衣的清秀與執著，段小樓的霸氣與灑脫，菊仙的柔情與俠骨，還有舞臺上那五彩斑斕的戲服和美侖美奐的表演，以及人生如戲，戲如人生的浮沉人生。

李碧華在第三人稱的敘事框架中，聚焦於「文革」中人性的扭曲。程蝶衣、段小樓、菊仙等人在高壓和毒打下，為了自保，相互揭發。段小樓指控程蝶衣「給袁四爺當相公」，「給日本人唱戲」；程蝶衣揭發段小樓「逛窯子」，「對革命口出狂言」，控訴菊仙「惡意攻擊毛澤東思想」；小四檢舉程蝶衣「抽大煙」、「使喚人」等。這些在特定情景下，對往事的陳述，不僅彰顯了人性的脆弱，而且也增添了小說的滄桑感。

作者本人雖沒有直接參與她所講述的故事，但她卻對自己所講的故事中的每一個人物和事件都相當熟悉。她不僅知道程蝶衣對段小樓的愛戀，而且還了然段小樓對此不甚明白的細枝末節。她對程蝶衣的堅持和無奈，菊仙的心願和辛苦，更是心知肚明。此外，作者在向讀者講述故事的時候，還有意拉開了讀者與故事的距離，讓讀者在關注故事本身的同時做出自己的判斷，從而將真正的敘述者隱藏在故事的講述人背後。如小說的開頭，作者是這樣介紹故事的：

> 帝王將相，才子佳人的故事，諸位聽得不少。那些情情義義，恩恩愛愛，卿卿我我，都瑰麗莫名。根本不是人間顏色。（李碧華：《霸王別姬》，花城出版社2006年版，第1頁。）

這種第三人稱全知敘事的方式，既有利於客觀全面地展開故事情節，又能將作者的主觀感受和觀點隱藏起來，使之具有了古代「說書」人的懷舊風格，並使作品中的人和事有了滄桑的歷史厚重感。

和小說一樣，電影也是一種話語藝術，只不過較之小說而言，較為特殊。電影《霸王別姬》在採用「影像＋字幕」的敘述方式交代影片情節結構進程的同時，主要通過畫面內的人物講述彼此之間的故事。如程蝶衣在被以「漢奸罪」帶上法庭時，袁四爺、段小樓和那坤分別以第三人稱對其給日本人唱堂會的那件事情作了澄清；程蝶衣自己也在法庭上對這件事情進行自主陳述。總之，影片在不到三小時的時間裡，通過程蝶衣和段小樓飾演京劇《霸王別姬》的曲折歷程，將中國江山數度易主的歷史進程，生動而形象地呈現出來。太監張公公代表的晚清、北洋政府時代、國共內戰、中華人民共和國成立、「文化大革命」等歷史事件，在片中化為中華民族的國粹——京劇藝術的興衰成敗。人生如戲，戲如人生的主題，在片中人物命運的浮沉中，昭然若揭。電影中多次使用說明性字幕來敘述事件和交代歷史。如序幕中的字幕：「一九七七年，中國北京」，就交代了一個特殊的時代背景，引領觀眾對片中人物命運的關注。序幕後開場畫面中的字幕：「一九二四年・北平・北洋軍閥時代」，簡潔地交代了故事的開始時間、地點及背景。作為一種「文字性」的表意符號——字幕，其時空概括力是非常強大的，它能夠為影像敘事提供一定的輔助線索，引領觀眾迅速地進入到電影的敘事本文中去。

此外，影片還運用了故事內人物的主觀視點來進行敘事。如影片開始時，小豆子被其母親拉到關師傅面前，關師傅將他從緊緊捂在口袋裡的手拽出來，一隻長著胼指的手的特寫鏡頭，就是通過主觀攝影視點，迅即地出現在關師傅的眼前。

如此看來，富有層次的電影敘事視角與小說文本相比，其敘事張力更加強勁，不僅有助於推動情節的發展，而且使其所講述的故事更加跌宕起伏，平添了一種「驚心動魄」的敘事功能和審美效果。

無可否認，影片的敘事是在電影導演的作用力下進行的。導演總是借助這種貌似客觀的非人稱敘事，表達並引發觀眾對歷史文化、沉重人生的一番思考。《霸王別姬》就是通過京劇藝人的經歷，來展現中國現當代歷史，以及歷史的變更對京劇藝術地位的影響。編導大膽而獨特地選擇中國文化積澱最深厚的京劇藝術，來表現他對傳統文化、人的生存狀態及人性的思考與領悟。這種對歷史的挖掘和切入，無疑是成功的。

綜觀《霸王別姬》的小說文本和電影文本的敘述人稱，無論是小說採用的第三人稱全知敘事方式，還是電影文本採用的「影像＋字幕」的敘事方式，都收到了客觀真實的敘事效果。

2、敘事結構：從時間線到三個單元

小說《霸王別姬》的敘述時間非常清晰。在1929年到1984年的半個世紀裡，李碧華將程蝶衣、段小樓的生活和命運與中國所發生的一系列重大事件緊密地聯繫起來。京劇藝人的命運沉浮，是伴隨著中國現當代整個社會生活的變遷、政權的更替而發生的。在同名電影中，編導忠實於小說的時間線，通過標誌性的七個時間段／年代與影片中兩位主角的一生相聯繫，借京劇本身榮辱的歷史、京劇藝人坎坷的生活際遇與歷史關聯性來安排結構線索，以此表現人性衝突變化的主題。

影片的敘事結構按年代和主人公的人生際遇，可分為三大部分：「學戲篇」（少年）、「煉藝篇」（青壯年）和「殉藝篇」（中老年）。三大部分相對獨立，彼此間自成一體。雖然全片沒有貫穿始終的中心事件，但全片緊緊圍繞著主人公的命運沉浮和世事無常來展開。

第一部分的「學戲篇」（一九二四年，北平，北洋政府時代），影片安排了三個中心事件，著力於表現少年學藝／做人的異常艱辛和痛苦。「開門就是戲」，編導在影片一開始就安排了一場慘烈的送子場面。妓女豔紅送兒子小豆子到關師傅處學戲，關師傅發現小豆子有六指不收，豔紅狠心剁掉了兒子駢指的場景，在京劇鼓點式節奏的伴隨下，給人以強烈的暴力震撼。隨之而來的第一個事件：「小癩子上吊自殺」，更是將這種血腥的暴力場面推向極致。關師傅「不打不成才」的教育方式，是基於「要想人前顯貴，你必定人後受罪」的學藝／做人原則的。編導甚至還通過小癩子和小豆子因無法忍受關師傅的毒打逃出梨園行，耳聞目睹了京劇名角從出場到演出被人追捧的盛況，受此觸動，重回梨園行等情節，來佐證「吃得苦上苦，方為人上人」的學藝格言。接著的第二個事件：「小豆子入戲的性別轉換」，進一步加深了人生艱辛，學藝不易的人生信條。小豆子在學戲時，難以進入男扮女的角色，常常背錯戲詞，乃至於差點誤了參加張公公開堂會的機會。小石頭在情急之下，力挽狂瀾，用煙袋鍋猛杵小豆子的嘴，使他終於背「對」了戲詞。可是，小豆子雖有幸在臺上唱虞姬的戲，卻並沒有因此而時來運轉，反而因自己的眉清目秀被張公公強暴。「小豆子被張公公強暴」的事件，進一步渲染了京劇藝人的悲慘命運。

第二部分的「煉戲篇」（一九三七年，「七・七」事變前夕——一九四九年，人民解放軍進入北平），影片安排了「兄弟因菊仙反目」、「營救段小樓」、「營救程蝶衣」三個事件，通過兄弟倆長大後成為京劇名伶時的情感糾葛和命運變幻，著力表現了程蝶衣對戲與情從一而終的迷戀。長大後的程蝶衣，癡迷於戲，執著於人，乃至雌雄不分，妒忌師兄與菊仙相好，導致兄弟反目。然而，兄弟畢竟是兄弟，血濃於水，當段小樓因用花盆砸了偽員警，被日軍逮捕入獄後，他仍然伸出援手；國府光復後，程蝶衣因在抗戰時期給日寇唱過堂會被當作為漢奸審判，段小樓也竭盡全力相救。

第三部分的「殉藝篇」（一九六六年，北京，文革前夕），影片安排了「戒毒」、「兄弟再次反目」和「『文革』太廟公審」等中心事件，著力表現了人性中的缺陷：背叛。影片中，徒弟與師傅反目，兄弟相互揭發，夫妻「劃清界線」，無一不是背叛的真實寫照。而段小樓對妻子的愛情、師弟的友情和「霸王」人格的背叛，更是把「戲如人生，人生如戲」的主旨表現得惟妙惟肖。

總之，無論是小說文本和電影文本，《霸王別姬》中的京劇藝人程蝶衣和段小樓，在20世紀的多舛命運，既是人性衝突的真實寫照，又是國粹——京劇興衰成敗的晴雨表。

（二）敘事策略：情節和主題

1、情節：圍繞主題改變和增刪

要將語言藝術的小說改編成為視覺藝術的電影，則須將單一的文字表現手段改變為對話、舞蹈、圖片、顏色和音樂等多樣的複合表現手段。基於此，小說改編為電影，對原小說在情節方面進行增刪和改動，是必不可少的。

與小說《霸王別姬》相比，同名電影文本的改動主要有：

第一，時間跨度的改變。小說描寫的時間是從1929年到1984年，電影則改為1924年至1977年（文革結束後一年）。第二，故事結局的改變。小說中段小樓和程蝶衣在香港相遇又分離的結局，在電影中改為段、程二人在「文革」結束後在北京再一次合演《霸王別姬》，程蝶衣因入戲太深而自殺殉情。第三，人物角色的改編。小說中段小樓，富有正氣和「霸王」氣，即使到了「文革」時期，他骨子裡依然保持著這種傲骨。他與菊仙劃清界限，不是屈從於高壓，而是為了更好地保護她；而電影中的段小樓，在成年後卻把生活與藝術分得清清楚楚。在舞臺上，他扮演霸王；在生活中，他卻是個十足的凡夫俗子。他無法接受虞姬「從一而終」的請求，總是竭力逃避。「文革」時期，他屈從於紅衛兵的脅迫與高壓，為自保而揭發辱罵師弟；聲明「不愛」妻子，要「與她劃清界限」，背叛了兄弟之義和夫妻之情。甚至他還背叛了自己的戲劇理想，主動接受批鬥和被批，將霸王的正氣和人格徹底丟棄。第四，電影中為了突出「文革」的荒誕性，不僅將小說中小四的性別由女性改成了男人，而且還對其性格和品性進行了顛覆。他本是戲班裡的一棄兒，被程蝶衣好心收養，長大後，他在「文革」中卻忘恩負義批判羞辱師傅，他自己最終也葬送在這場政治動中。此外，電影中還增設了一些重複的話語和動作，產生了小說中所沒有的儀式化效果和象徵意蘊。

編導在將小說改變成電影時，為何如此？陳凱歌是這樣說的：「原小說孤立，站不住腳。它只有一條腿，即角色之間的矛盾和問題。但這條腿重要，故事還得落在上面。不過，命運還有不能掌握之處，即它們的社會背景，這提供了人物關係和基本想法。」（羅雪瑩：《90年代的「第五代」》，北京廣播學院出版社2002年版，第274頁。）基於如此改變理念，編導在電影裡人為地增加了歷史的滄桑感。

與小說相比，電影《霸王別姬》增加的情節主要有：

小說中的時間概念並不明確，李碧華只是在隻言片語中交代了情節發生的背景；電影在對待時間的處理上，則明確地界定到一個封閉的時間（1977年，中國北京；1924年，北平，北洋政府統治時期；1937年，北平，抗戰前夕；1945年，日本投降；1948年，民國政府離開大陸前；1949年，人民解放軍進入北平；1966年，北京，文革前夕；十一年後）段裡來呈現和展開。故事的結局以程蝶衣在「文革」之後的「自刎」戛然而止，捨去了小說中1984年發生在香港的尾巴。

小說中，菊仙是一個不起眼的人物，在電影中，編導已將她改寫為一個具有遠見卓識的奇女子，並設置了眾多戲劇性的橋段來演繹她和段小樓、程蝶衣三人之間的激烈衝突。影片濃墨重彩地表現了段小樓與菊仙相識、結婚，程蝶衣為此傷心絕望，視她為敵，甚至與段小樓斷絕關係等情節。可每當程蝶衣和段小樓陷入困境時，菊仙總是挺身而出，伸出援手，使他們化險為夷。

影片不僅增加了戲班經理那坤這個人物，使之成為段小樓和程蝶衣京戲生涯聯繫的紐帶，而且還豐富了小癩子自殺行為的內容。小癩子因恐懼師傅的毒打而上吊自盡，促使小豆子從此開始了執著頑強的戲夢人生。

電影中還增加了原小說中沒有的複沓情節。如電影中袁四爺和段小樓爭奪「霸王」地位的兩次較量。袁四爺兩次詢問段小樓：「霸王回營走幾步？」表面上看，是在切磋京劇的表演技藝，實際上則暗含了他才是真正的「霸王」的本意；第二次，段小樓有求於袁四爺，袁四爺的提問則明顯地表現出他對段小樓的挑釁與侮辱。再如，段小樓兩次評價程蝶衣「不瘋魔，不成活」。第一次出現在兩人的爭吵中，程蝶衣知道段小樓去了花滿樓後，很是傷心；當段小樓回來時，便要求他與自己要「演一輩子的戲」，「差一年、一個月、一天、一個時辰，都不算一輩子」，段小樓由此發出了這種無奈的感歎；第二次出現在「文革」前夕，段小樓在與小四扮演的虞姬同演了一臺戲後，勸程蝶衣「服個軟」，程蝶衣反問他「虞姬為什麼會死」呢？段小樓又一次說出了這句話，兩人不同的人生態度和追求在這種複沓情節中一目了然。

電影中程蝶衣對性別的指認，不僅呈現出前後照應的複沓情節，而且還具有暗示性。在「學藝篇」中，小豆子總是難以入戲，常常將《思凡》中的戲詞背為：「我本是男兒郎，又不是女嬌娥。」小石頭為了幫他，將關師傅的銅煙鍋搗入了他嘴裡，他才頓悟地念對了「我本是女嬌娥，又不是男兒郎」的臺詞。這個場景，暗示了程蝶衣性別指認的確立，是暴力實施後的結果。而他在決定要自殺前，又本能地喊出了「我本是男兒郎，又不是女嬌娥」的心聲。編導如此安排這些重複的箴言式的臺詞和情節，不僅產生了一種儀式化的效果，也讓人感受到，命運的無常與無奈，從而增加了電影的神秘感和趣味性。

此外，影片還補充了小豆子母親剁他指頭的情節。

電影《霸王別姬》也刪減了小說中的一些情節：

小說寫到中英雙方簽署香港回歸聯合聲明的1984年。段小樓在「文革」中備受折磨，妻子菊仙也下落不明。段小樓不堪忍受，偷逃香港；程蝶衣仍留在大陸，兄弟倆音訊全無。1984年，程蝶衣作為藝術指導隨北京京劇團來香港演出。一個很偶然的機會，他與段小樓重逢。此時，段小樓是一家電車廠的工人；程蝶衣因斷了一截手指再也無法上臺表演。兩人唏噓感歎，時光易逝、人生無奈。段、程二人合演了最後一齣戲。在戲中，程蝶衣在幻覺中自刎，以期實現他一生都企望做虞姬，對「霸王」忠貞，為「霸王」犧牲的人生理想。然而，他最終卻沒有實現「霸王別姬」的「別姬」，而是隨團返京，娶妻生子，過上了正常人的生活。一生做「霸王」的段小樓，卻孤身一人留在香港，彷彿被時代所拋棄。電影則將小說中的這段情節完全刪除，另起爐灶地設置了段、程二人在浩劫過後，重新登臺獻藝，程蝶衣在飾演虞姬為霸王殉情時，視戲為真，拔劍自刎。這種劇情設置的衝擊力無疑是巨大的，然而，卻顯得突兀，程蝶衣歷經磨難未厭世，否極泰來卻輕生，從邏輯上並不合理。

此外，小說的一些細枝末節，因與影片表達的主題沒有直接關係，在片中或刪除或淡化。如程蝶衣無法割捨「母親」，反覆給她寫信又反覆燒掉，京戲迷的粉絲們對他的狂熱追捧，以及段小樓和菊仙夫婦賣西瓜等。

2、主題：從個人運命與歷史沉浮到對民族精神層次的思索與領悟

小說《霸王別姬》寫的是梨園子弟的江湖人生。李碧華用她那乾脆俐落的文字，向讀者講述一個關於「婊子無情，戲子無義」的忠貞與背叛的故事，其中包含著對香港與大陸關係的寓言式投射，表現出作者作為一個普通香港人面對97回歸時的複雜心情。

小說文本的敘事時間始於1929年（世界經濟危機爆發和內戰此起彼伏），終於1984年（中英雙方簽署香港回歸的聯合聲明），敘事的空間始於北平，終於香港。在設定的時空敘事中，李碧華將小說主人公的生活和命運與中國所發生的一系列重大事件盡可能地聯繫在一起，以此表現她對人世滄桑、世事無常的思索。而在同名電影文本中，編導將故事時間由京劇興盛的1924年延續到「文革」結束後的1977年，試圖通過京劇藝人之間生生死死的曲折情節，來承載自己對傳統文化、人的生存狀態及人性的思考與領悟。

從表層上看，影片《霸王別姬》「寫的是兩個京劇男演員與一個妓女的情感故事。這種情感延綿五十年，其中經歷了中國社會的滄桑巨變，也經歷了他們之間情感的巨變與命運的巨變。——由張國榮扮演的青衣演員程蝶衣，他是一個在現實生活中做夢的人。在他個人世界裡，理想與現實、舞臺與人生、男與女、真與幻、生與死的界限，統統被融合了，以至當他最後拔劍自刎時，我們仍然覺得在看一齣美麗的戲劇。這個人物形象告訴我們什麼叫迷戀。」（羅雪瑩：《銀幕上的尋夢——陳凱歌訪談錄》，《敞開你的心扉——影壇名人訪談錄》，知識出版社1993年版，第294頁。）在片

中，程蝶衣的「迷戀」主要表現在對師兄段小樓的暗戀和對戲劇的癡迷。在他心目中，他愛的段小樓就是楚霸王，他就是霸王的虞姬。他對段小樓的癡迷，從舞臺延伸到了現實，進入了人戲不分、雌雄同在的狀態。這種執著的精神和為藝術、情感獻身的勇氣，使之成為陳凱歌自己的理想主義替身，「程蝶衣的癡迷，的確多多少少地反映了我自己。我試圖通過這個在現實生活中比較罕見的純真的人，對我一貫堅持的藝術理想作出表達，對個體精神進行頌揚。一個真正迷戀於藝術的人，在他的人生歷程中，一定會和程蝶衣一樣，是很寂寞的，不會得到塵世的幸福。他的幸福只能在他的藝術之中，這是許多藝術家命運中的共同的東西。」（羅雪瑩：《90年代的「第五代」》，北京廣播學院出版社2002年版，第266頁。）與之相對應的則是，「張豐毅扮演的花臉演員段小樓，則演出了背叛的角色……他的故事，是一個背叛的故事，先是背叛了自己的戲劇理想，後來又背叛了自己的妻子菊仙，背叛了程蝶衣。」（羅雪瑩：《銀幕上的尋夢——陳凱歌訪談錄》，《敞開你的心扉——影壇名人訪談錄》，知識出版社1993年版，第294頁。）基於此，陳凱歌將影片的主題界定為「迷戀與背叛」。

然而，從深層上看，陳凱歌在影片中，並沒有一味地執著抒寫自己的藝術理想和展示人性中的弱點——背叛。他通過程蝶衣和段小樓的悲劇，以懷疑、批判的理性表達了他對傳統文化及人的生存狀態、人的命運的深切關注和潛在憂慮。清末民初的北洋時代，京劇紅火，可程蝶衣和段小樓合演的《霸王別姬》只能作為太監張公公的堂戲而已；日軍侵華及抗戰結束後的國民黨統治時期，京劇依然只能作為滿足權力（日軍官青木三郎、國民常要員等）觀看快感的玩意。總之，在解放前，京劇藝術在權力支配一切的時代，它不過是充當粉飾和娛樂的道具而已。解放後，雖然藝術的地位提高了，可對文藝宣傳教化功能的過分強調，和賦予藝術不該承受的重負，使傳統藝術一度瀕臨凋零。特別是「文革」的到來，破「四舊」的大火不僅燒掉了京劇的行頭，也使程蝶衣、段小樓和菊仙的人性扭曲。他們為了自保，相互揭發。戲劇理想和人生希望，徹底破滅。程蝶衣在「文革」結束後的戲夢中，以「自刎」的方式殉戲。因此，就其影片的寓意而言，《霸王別姬》的主題不僅僅是「迷戀與背叛」，而應該是京劇藝術的興衰成敗。

被稱為「國劇」的京劇，「融傳統的文學、音樂、舞蹈、繪畫、曲藝、雜技與一爐，集中國獨樹一幟的寫意美學體系之精粹於一身」，在電影《霸王別姬》裡，也「因之就具有中國傳統藝術乃到中國傳統文化象徵的意蘊。」（羅藝軍：《〈霸王別姬〉的文化意蘊》，轉引自張險峰編著：《經典電影作品賞析讀解》，北京大學出版社2010年版，第45頁。）另一方面，貫穿整個影片的傳統京戲《霸王別姬》，借愛情描寫所歌頌、所宣揚的忠君愛國、貞烈節義等儒家傳統價值觀、倫理觀，在中國已延續了數千年，從而使影片所表現的表層內容——兩個京劇男演員與一個妓女的情感故事，上升到民族精神層次的探討與思索。片中小豆子的性格、天然性別的泯滅和小癩子肉體的死亡，無不具有了揭露傳統文化精神內部的虛偽、殘暴之意。因為，從古至今，只要脫離體制，不管是自動離開，還是人為背叛，其結果都是一樣的：毀滅。或許陳凱歌潛意識中正有此意，他特在影片的最後打上了「紀念徽班進京200周年」的字幕。

（三）文化、京韻：從香港西化文化到內地主體文化

電影《霸王別姬》的編劇蘆葦說，李碧華的同名小說，「能給我一個舞臺，給我一個機會。第一個它是跨度很大的故事，它是

從北洋軍閥時代，一直跨到文革後，漫長的半個世紀的跨度。第二就是有做史詩。」（《蘆葦　王天兵交流心得：寫劇本前要熟悉角色的怪癖》，http://www.hsw.cn/news/2008-05/04/content_6944865_2.htm。）小說文本中對程蝶衣的定位是，從迷戀京戲延伸到生活中的霸王——段小樓，這使得他在現實生活中人戲不分、「雌雄同體」，進入了一個與常人迥異，且不被世俗所「接受」的狀態——「同性戀」。最使編劇蘆葦感動的不是同性戀，而是程蝶衣對藝術生涯、身分從一而終的熱愛。所以，他在改編這個故事時，「把角色的忠貞作為觀眾的關注點。」（《蘆葦　王天兵交流心得：寫劇本前要熟悉角色的怪癖》，http://www.hsw.cn/news/2008-05/04/content_6944865_2.htm。）

小說改編成電影，如果文本的轉換牽涉到不同的國家或地區，就必然會發生某種文化意蘊上的歧變。《霸王別姬》雖不存在著國別文化上的差異，但因歷史原因，香港和北京在地區文化上還是有著較大的區別的。在某種程度上，香港是被西化了的國際大都市，中西方文化雜糅；北京則是具有濃郁的中國特色的千年古都，傳統文化氛圍濃厚。

作為成長于香港的小說作家，李碧華對《霸王別姬》所描述的背景城市——北京的文化特色和文化氛圍，相對來說比較陌生。正因為如此，陳凱歌特意邀請深諳傳統文化精髓的內地編劇蘆葦前來操刀，將李碧華的小說改編為同名電影劇本。為了使視聽語言和鏡像畫面，更符合作品的主題、北京的地方特色和中國傳統文化的要求，蘆葦在對《霸王別姬》從小說到電影劇本的改編時，突出了北京特有的地方文化，淡化了香港的西化文化。

因小說文本是寫京劇藝人的命運沉浮，要表現或突出影片中的京韻，就必然要加重北京特有的文化特色，而京劇則是北京文化特色中的根基。眾所周知，京劇的前身為徽劇，通稱皮黃戲。清代乾隆五十五年起，原在南方演出的三慶、四喜、春臺、和春四大徽班陸續進入北京，他們與來自湖北的漢調藝人合作，同時接受了崑曲、秦腔的部分劇目、曲調和表演方法，又吸收了一些地方民間曲調，通過不斷的交流、融合，最終形成京劇。

由於京劇的包容性，使演員在演唱時的行腔吐字，難免夾雜著各自的鄉音俗字，因而在皮黃戲時期的聲韻，就已出現了徽（程長庚）、漢（余三勝）、京（張二奎）三派並存的複雜狀態。到了譚鑫培時期，他嘗試著採用以「湖廣音」（因為譚本人是湖北人）為基礎讀「中州韻」的方法，逐漸形成為比較統一的京劇聲韻。蘆葦對京腔的魅力頗為喜歡，認為「那是莫大的享受，聽語言就像聽音樂一樣」。所以，他在改編《霸王別姬》的過程中，將京腔貫穿其始終。諸如，像「哎喲，是您二位呀。我是您二位的戲迷。是喲，哎喲呵……」「若想人前顯貴，您必得人後受罪。今兒個是破蹄兒，文章還在後頭兒呢。」等極富京腔的對白，在影片中隨處可見。正是由於京腔對白貫穿於作品始終，使其影片整體風格和外在表現，都具有濃郁的京味特色。

基於不同的文化內涵和思維模式，小說與電影在闡釋和演繹「霸王別姬」這個詞也不盡相同。「霸王別姬」源自西楚霸王項羽戰敗後與其寵妃虞姬訣別的歷史故事。小說中寫到程蝶衣因聽到段小樓晚上要與妓女菊仙成親並邀請他作證婚人時，程蝶衣無奈又賭氣般來到了戲霸袁四爺的府上，驀然而震驚地看見一隻張牙舞爪的蝙蝠。「他取過小刀，『刷』一下劃過它的脖子。蝙蝠發狂掙扎，口子更張。血，汩汩滴入鍋中湯內，湯及時沸騰，嫣紅化開了。一滴兩滴……直至血盡。」「蝶衣頭皮收縮，嘴唇緊閉，他看著那垂死的禽獸，那就是虞姬。虞姬死於刎頸……」在這裡，李碧華將蝙蝠比喻為虞姬，以此來闡釋「霸王別姬」，則較為牽強，也不甚完整。而電影中對於「霸王別姬」的闡釋，則相對完整，也更加符合中國人對傳統文化的理解和解釋。在同樣的場景裡，程蝶衣來到戲霸袁四爺家赴宴，袁家僕人將一隻烏龜和一隻雞拿到湯鍋時，受熱氣刺激，烏龜伸頭咬住了雞的脖子，僕人用刀劃開了烏龜的脖子，其血不斷地流到了沸騰的鍋中。在這裡，編導取「雞」的諧音，明喻虞姬；將「烏龜」作為霸王的化身，以此作為對霸王別姬的闡釋，這不僅符合袁四爺的性格，也與影片所表述的主體內容相一致。

此外，影片中北京的民俗風情也相當淳厚。諸如，小豆子的母親領著他走在前門大街上時，隨著鏡頭的移動，一幅幅晚清北京的民俗風情畫隨之呈現：穿著清朝服飾的行人，沿街算命的、賣北京特色小吃的、賣風車的、拉洋片的，以及關班主帶領的未出師的街頭小藝人，等等。這些畫面，一下子把觀眾引領到了1924年的北京。為了更加真實地突出北京文化的張力，電影在隨後還添加了小說中沒有的情節：小豆子的母子倆一同走進了戲班——關班主的家中，門外突然傳來「磨剪子來，鏹菜刀」的吆喝聲，鏡頭隨之推出一個中年男人扛著用長板凳改造的用於磨刀磨剪子的工具，站在老北京的胡同裡叫喊著招攬生意。這個情節既是此時北京民俗風情的真實寫照，又是那時北京生活一個縮影。人們在觀看電影時，彷彿「霸王別姬」的故事就發生自己的身邊。

三、《霸王別姬》改編的得失

李碧華的小說文本《霸王別姬》，在陳凱歌看來，只能算作三流小說，小說的戲劇性不強，又缺少故事性，整篇小說充滿了女性傷感、抒情的色彩，並不適合作為電影改編的素材，李碧華也不適合作為一個電影編劇。蘆葦也認為，就其小說技巧來說，《霸王別姬》只是一個二流小說，不是一個經典小說。但李碧華畢竟在小說中提供了一個關於忠誠和背叛的主題，提供了段小樓、程蝶衣、菊仙三人之間的人物關係和對這段歷史的正視態度。這為小說的電影改編奠定了基礎。編劇蘆葦在經過認真研讀原著、借鑒外國電影《末代皇帝》和《摩菲斯特》的編劇技巧、好萊塢經典模式的基礎上，惡補京劇和京味的語言表達方式，在三分鐘內設置事件，使人物在困境中適時突圍，並添加貫穿始終的臺詞（「我本是男兒郎，又不是女嬌娥」）和道具（劍）等，編寫成就了堪稱完美的電影文本《霸王別姬》。

為了突出影片中的歷史大背景、程蝶衣、段小樓和菊仙三人之間的感情矛盾衝突，在改編中，編導刪去了一些小說的細枝末節。諸如小說的結尾，程蝶衣與段小樓，在現實的坎坷、無奈、妥協中漸漸老去，在命運的折磨下不斷氣餒、低頭，遭受著心靈的蹂躪和扼殺。電影中卻讓結局煥發了悲壯的美，使人性的頭顱高高昂起。電影中，昏暗的舞臺是悲壯、瑰麗的人生劇場，聚光燈下的程蝶衣自刎於段小樓的腳下，終於心願得償——「我這輩子就是想當虞姬」，夢想成真——為霸王而死。這種結尾比小說更給力、更經典，更具人文內涵。

全片在敘事和影像方面也可圈可點。在敘事上，陳凱歌在拍攝《霸王別姬》時，借用了好萊塢的情節敘事法，注重故事的浮沉曲折，一反以前執導的《黃土地》、《大閱兵》、《孩子王》和《邊走邊唱》等影片一味作形而上的說教，而以寫實的手法，在20世紀的社會背景中，鋪敘京劇科班師兄弟程蝶衣與段小樓及他們與妓女菊仙的複雜情感糾葛。在以時間為序的基礎上，多條線索交叉，圍繞兄弟二人飾演京劇《霸王別姬》的情節主線，又在其中穿插程蝶衣與袁四爺、段小樓與菊仙等情節副線。在影像上，陳凱歌避免了偏重理性色彩而感性魅力不足的失衡，在保持了他特有的思維銳度的前提下，做到了敘事節奏乾淨俐落，事件衝突適時緊湊，冷暖色調的交叉混用，鏡頭畫面張弛相間，演員（張國榮）的表演出神入化，神形合一。這一切共同造就了《霸王別姬》淒美迷狂的影像風格。

同時，影片的音樂與影像相得益彰。全片共有四十多段音樂，其中以胡琴、笛子、鼓等民族樂器為主，巧妙地將京劇、崑曲及各種配樂糅合在一起，營造了與影像風格相匹配的淒涼與滄桑之感。在音響的運用上，也與畫面相得益彰，既渲染了畫面的氛圍，又具有強烈的感染力。此外，影片中道具的匠心獨運（如三次出現的糖葫蘆，三次出現的嫁衣，四次出現的披風，六次出現的寶劍等），無不含有豐富的象徵隱喻作用，使其成為影片敘事中的點睛之筆。

然而，電影《霸王別姬》對同性戀渲染性（飾演「虞姬」的程蝶衣對飾演「霸王」的段小樓的「瘋魔」相戀，程蝶衣被太監張公公強暴，以及他與袁四爺的擁抱親吻等）的描繪，在片中極富美感和張揚，則未免有媚俗觀眾的商業運作之嫌。此外，影片中鞏俐飾演的妓女菊仙的表演，也顯得蒼白無力，並有臉譜化之弊，這也是毋庸諱言的。

第五章

《活著》

影片資料

中 文 名：活著
外 文 名：To Live
原　　著：余華
編　　劇：余華　蘆葦
導　　演：張藝謀
主　　演：葛優　鞏俐　牛犇　郭濤　姜武
上映時間：1994年
片　　長：133分鐘
類　　型：人生，苦難，死亡
出 品 人：年代國際（香港）有限公司

一、劇情簡介

四十年代

北方一小鎮，謝老闆開設的賭場裡，人聲鼎沸。地主少爺福貴與皮影班主龍二，面對面地搖著骰子。擲骰人打開骰盅後告訴福貴，你又輸了。福貴對自己一晚上都沒贏，滿狐疑惑，又無可奈何，只好吩咐記賬人將輸了的賬記上。龍二趕緊給他斟茶。記賬人將賬簿遞給福貴簽字，站在旁邊的春生及時將飽蘸墨汁的毛筆遞給他。福貴一邊瀟灑地簽字，一邊自言自語地調侃道，這一陣子賬欠了不少，字也練得大有長進。簽字後，他按下了手印。

皮影戲（皮影戲是中國民間的一門古老傳統藝術。老北京人叫它「驢皮影」、「影子戲」或「燈影戲」。它是一種以獸皮或紙板做成的人物剪影，在燈光照射下用隔亮布進行演戲，是中國民間廣為流傳的傀儡戲之一。表演時，藝人們在白色幕布後面，一邊操縱戲曲人物，一邊用當地流行的曲調唱出故事，同時配以打擊樂器和絃樂，有濃厚的鄉土氣息。）老藝人嘶啞的唱腔，使輸了錢的福貴頗為不滿，他責怪龍二的皮影戲唱得比驢叫還難聽。龍二小心翼翼地解釋道，累了，這板眼就亂了，都唱了一夜了。隨後，他建議福貴少爺露兩聲，讓他們開開眼。福貴當仁不讓，聲情並茂的表演和演唱，贏得了眾賭徒的陣陣喝彩。記賬人告訴龍二，賬差不多了，福貴少爺照老樣子，再輸一晚上，你那事（指福貴的大宅院）就成了。龍二懷疑記賬人是不是算錯了。記賬人說，有賬為據，不會錯的。

天亮後，福貴才走出賭場。龍二吩咐在門口候著的恒源號妓女將他背著送回家。福貴推開家門，父親一邊喝著粥，一邊責罵他：「再這樣胡折騰，徐家這點家底，非得讓你敗光，小王八蛋。」福貴反唇相譏地回應道：「沒有老王八蛋哪有小王八蛋，三院房還不是當年徐大混蛋賭得只剩下一院了。」徐老爺氣得大罵，福貴的母親借擦臉用毛巾堵住了丈夫的嘴。福貴隨後叫娘把爹扶進去。女兒鳳霞告訴福貴：「爺爺又在罵你了。」福貴回答說：「你爺爺在唱歌呢。」

福貴回到臥室，看到妻子家珍正在抽泣，就勸她大清早哭了傷胎氣。家珍質問他承諾自己懷孕後就不去賭了。福貴狡辯說自己沒賭，只是去看了。看到妻子仍然傷心流淚，福貴從床上下來用毛巾幫家珍擦臉。家珍說她不像他爹，一擦就糊塗。家珍再次力勸福貴別再去賭了。福貴說戒賭就像戒大煙一樣，卡嚓一下，要出人命，得慢慢來。家珍說她只求安安穩穩過個日子，問福貴是要她們娘兒仨還是要賭時，福貴已睡著了。

當天晚上，福貴又來到了賭場，開始與龍二的鏖戰。當他第一把贏了、賭興正酣時，家珍來了。福貴很生氣，責問她為什麼要來。春生告訴福貴，龍二說今天有事就改日再玩，福貴不肯，叫家珍快回去，下次不賭了。隨後，他又繼續與龍二開戰。家珍不願走，福貴又賭輸了，便對她大發脾氣，叫她滾回去。接下來的狂賭，福貴輸得一塌糊塗。記賬人告訴他，他抵押的房產已輸光了，全都輸給了龍二。福貴不信，謝老闆筆筆算賬，所記屬實。龍二告訴福貴，太喜歡他府上的那院房了，半間也沒給他留下，說畢告辭而去。福貴聞言，不准他走，憤激地說要拿命跟他再賭。謝老闆告訴他，他現在一無所有，命也就不值錢了。

福貴失魂落魄地走出賭場，家珍抱著鳳霞告訴他，她不想跟他過了。福貴看著妻女坐著黃包車離他而去，嘶啞地嚎啕道，沒有了，沒有了。

第二天，鄉鄰長者和見證人來到徐家，當著福貴的父親清賬，徐老爺予以認可，以徐家的院房抵消福貴欠龍二的賭債，雙方畫押為據。徐老爺轉身就用手杖一邊打福貴，一邊叫嚣要殺了福貴這個王八蛋。在眾人拉扯勸解中，徐老爺氣絕身亡。

龍二前來接收徐家大院，福貴和生病的母親被趕出家門。為了生存，淪落的福貴在街上以賣針錢、冰糖葫蘆和古董為生。家珍帶著女兒和生下的孩子回來了，福貴看到妻子帶著兒女回來，很是高興。問兒子取名沒有，家珍說取了，叫作不賭，徐不賭。福貴高興地說，叫不賭好，我下輩子也不賭了。家珍告訴婆母，她是跟福貴開玩笑的，兒子叫有慶。一家人團聚在租住的小房子裡。晚上，夫妻商量再借點錢開個小鋪度日。

第二天，福貴回到徐家大院，龍二告訴福貴，他家的這院房蓋得真好，冬暖夏涼，有了這院房，他皮影班主不幹了，也不賭了。福貴開口向龍二借點錢，在鎮上開個小鋪為生。龍二考慮後說，自古以來都是救急不救窮，這次就把皮影道具借給他，讓他找幾個人搭個班子，自謀生計。

於是，福貴和春生等人帶著那個皮影箱子，走鄉竄戶靠唱皮影戲謀生。1949年的某一天，正當他們在演出時，潰敗的國民黨部隊將他們裹挾其中。福貴和春生看見一望無際的潰兵，擔心回不去了。國民黨兵老全告訴他們倆，別奢望逃跑，抓回來就槍斃，就算你跑成了，方圓幾十百里都是隊伍，還得抓你的壯丁。老全接著說，能保命就不錯了，自己要不是尋找兄弟，早就不穿這身黃皮了。春生看見軍車，很是興奮。他對福貴說，他要是能開上汽車，死都願意。福貴說：「那是你，我可得活著回去，老婆孩子比什麼都好。」隨後，福貴和春生被強迫去推大炮，國民黨班長要燒掉擋道的皮影箱，老全趕緊說是自己的才得以保全。老全叫福貴把皮影箱扔了，福貴回答說這是借人家的，還得還，以後還指望它養家呢。

寒冬時節，冰雪覆蓋的原野上，人聲嘈雜，屍橫遍野，福貴和老全在土坎下凍得瑟縮一團。春生從凍死的傷兵身上扒下軍大衣、棉褲和酒壺，他們慌忙穿上，喝酒取暖。第二天一覺醒來，寂靜無聲，人都跑光了，只剩下殘缺不全的車輛和槍炮。老全告訴他們，共軍要衝鋒了，如果現在跑，會被亂槍打死的，還是等著當共軍的俘虜好。當了俘虜後就能回家，還給你發路費，並向他們示範——把手舉起來，不要隨便往腰上摸。共軍優待俘虜，他自己就經歷過。當春生在廢棄的汽車駕駛室裡嘗試開汽車時，福貴發現一大片凍死的傷兵，感歎說，回去要好好活著。突然，打炮了。老全發現穿在身上的衣服上有他兄弟連隊的番號，他直問春生這衣服是從哪兒扒下來的，春生告訴他是從那一大片傷兵身上扒的。老全迎著炮聲，跑到那一大片屍體中尋找他兄弟，福貴和春生也幫著他找。此時，一顆流彈擊中了老全，當福貴和春生將他拖到戰壕時，老全已經死了。解放軍衝鋒了，福貴和春生成了俘虜。

白天，福貴和春生幫解放軍拉大炮；晚上，在汽車車燈的照射下，他們給解放軍唱皮影戲。後來，春生參軍隨軍南下開汽車，福貴背著皮影箱徒步回家。

福貴一回到已經被解放的鎮上，就看見女兒鳳霞在提暖水瓶挨家挨戶送水。待他與推著送水車的家珍相見後，才得知鳳霞因高燒啞了，母親也在念叨他時含恨而逝。家珍還告訴福貴，多虧政府照顧，幫助把娘入了土，又安排了一個送水的活。只是每天早起，苦了鳳霞和有慶，老是半夜爬起來。

牛鎮長聽說福貴天不亮就回來了，就前來看看他有什麼困難。福貴就把解放軍給他當民夫的證明給牛鎮長看，牛鎮長說福貴是幹過革命的。牛鎮長還告訴他，過兩天政府要開公審大會槍斃龍二，叫他去參加，接受教育。福貴很是詫異，家珍說，還不是因為龍二贏了他們家裡的那院房，被定為地主。牛鎮長搖頭說道，不光是因為他定地主的事，政府要分那院房，他不但不准，反而還動手打了前去分房的幹部，並放火燒毀了那院房，燒了幾天幾夜，成了反革命搞破壞。

公審龍二時，福貴前去觀看。龍二被綁縛押往刑場時，眼睛直射福貴，滿含怨恨。福貴驚恐萬狀，落荒而逃。當他逃到一棵大樹時，五聲槍響，嚇得他尿了一褲子。福貴慌不擇路地跑回家，告訴家珍，要不是他把那院房輸給龍二，那五槍打的就是自己。他問家珍他們家定的什麼成份，家珍告訴他是城鎮貧民。驚恐之中，家珍趕忙從放在洗衣盆裡的福貴的衣服兜裡，找出了已被浸泡濕了的革命證明。兩人小心翼翼地將其烤幹、裱糊，裝在鏡框裡掛在了牆上。

五十年代

1958年，中國開始了「大躍進」運動，全民大煉鋼鐵。為使全國鋼鐵產量達到1070萬噸，政府號召全國每個家庭捐出所有的鐵器，建立簡易高爐，不分晝夜土法煉鋼。福貴將家裡凡是帶鐵的鍋碗瓢盆集中在院壩中。牛鎮長帶人來收取。家珍疑惑鍋砸了今後怎麼吃飯？牛鎮長說鎮上成立了集體大食堂，肚子餓了就去吃。牛鎮長還問福貴，家裡還有沒有帶鐵的，福貴說沒有了。這時，兒子有慶卻高聲回答：「有」，並從房中拖出了皮影箱，一一解說皮影上的鐵絲鐵釘。福貴不以為然，牛鎮長就批評他沒有他兒子的覺悟高，興許解放臺灣，打到最後就差這兩個子彈呢。眼見皮影箱就要被拆除，家珍問煉鋼工地上唱不唱戲？牛鎮長說，這個主意好，留著讓他們到工地上唱皮影戲，給大家鼓勁。

有慶放學回家的路上，看見幾個孩子用彈弓在打埋頭送水的鳳霞。於是，飛跑過去，與他們扭打在一起，結果因勢單力薄被壓在了下面。

在公社大食堂，食客眾多，人聲嘈雜，有慶從人群中擠到吹事員面前，向他要了一大碗麵條，還要求添加了很多辣子。隨後，他端著那一大碗麵條，來到那個和他打架的光頭男孩身後，搭著凳子，將碗中的麵條全部扣在了他的頭上。受到刺激，那個男孩大哭，舉座皆驚。其身旁的父親很是氣憤，說孩子幹不出這種事來。福貴站起來說，孩子打架不要扯到大人身上，那個男孩的父親就上崗上線，說有慶這是破壞大食堂，破壞大食堂就是破壞「大躍進」。福貴只好叫有慶去道個歉，有慶不去。在眾人的注視下，他被迫用鞋底子抽打有慶的屁股，以平息對方的憤怒。回到家裡，家珍責怪福貴下狠心打孩子，說那些孩子欺負鳳霞，有慶去護著他姐，何錯之有？福貴知道內情後，愧疚不已，勸有慶吃飯，吃飯後爹給他唱戲。

晚上，煉鋼工地上，熱火朝天。福貴唱戲，家珍送水。福貴吩咐家珍回家叫有慶來看戲。在家做作業的有慶不願去。家珍就說：「你去給你爹送碗茶，在茶裡面倒上醋，酸他一回好不好？」有慶聽說後，高興地去了。福貴看到兒子給自己端茶來了，很高興。可接上茶碗，滿口一喝，卻酸得他將口中的茶水噴滿了整個銀幕，引起大家哄堂大笑。

三天三夜的土法煉鋼後，牛鎮長帶領眾人，抬著一坨不成形的烏黑的廢鐵，敲鑼打鼓前往縣上報喜。走前，牛鎮長喜形於色地說大家都立功了，今天食堂裡吃餃子慶功，吃完後接著幹，15年趕超英美，咱們煉的鋼鐵能造三顆大炮彈，都打到臺灣去，一炮打到蔣介石的床上，一炮打到蔣介石的飯桌上，一炮打到蔣介石的茅坑裡，讓他睡不著覺，吃不上飯，還拉不成屎，咱們就解放臺灣了。

福貴和家珍把餃子帶回家。鳳霞和有慶因太累已趴在床上睡著了。有慶的同學來通知他，說區長要來檢查，老師叫他到學校煉鋼去。家珍心痛兒子，不願叫醒有慶；福貴卻不願背負落後的帽子叫醒了他。家珍只好把20個餃子放在鋁製飯盒裡讓有慶帶到學校去吃。福貴背著兒子朝學校走去。在路上，他囑咐兒子到學校後要把餃子用熱水泡熱了吃，不然會肚子疼的。還說只要有慶聽爹的話，家裡的一隻雞，養大了就變成了鵝，鵝養大了變成牛，牛以後就是共產主義，天天吃餃子，天天吃肉。

福貴在煉鋼工地上唱皮影戲時，一個孩子驚恐萬狀地前來告訴他，有慶在學校出事了。福貴匆忙跑到學校，才知道區長天黑開著吉普車到學校，因太累，在向後倒車時把學校的院牆撞倒了，磚頭將在院牆下睡著了的有慶砸死了，區長也受了傷。福貴看到血肉模糊的兒子，悲痛欲絕。家珍隨後趕到，牛鎮長趕忙叫眾人把有慶的遺體抬走。家珍欲哭無淚，嘶啞地叫喊著有慶的名字。

在有慶的墓前，家珍在燒紙時擺上了餃子，以祭奠兒子的亡靈。她哀慟地自責沒有攔住福貴，不該讓他送兒子去學校。牛鎮長拿著一個花圈來放在有慶的墳頭。他告訴福貴，區長來看他們來了。家珍看到撞死兒子的人來了，很生氣，叫牛鎮長讓他走。當福貴吃驚地發現區長正是過去的好友春生時，悲憤不已，責怪他，自己就一個兒子竟被他撞死了。春生也非常內疚，拿出200元錢給福貴作補償。家珍一把從福貴手中把錢搶下，摔到地上，對春生說：「誰要你的錢？你還我兒子……」家珍警告春生：「你記住，你欠我們家一條命。」在牛鎮長的勸說下，春生埋頭向回走，抬頭看見司機正要收拾砸碎車玻璃的鳳霞，便大吼予以制止。

六十年代

1966年6月，中國開始了歷時10年影響全國的文化大革命。一天，牛鎮長來到福貴的家。他告訴正在吃飯的福貴，把那箱皮影燒了吧，全鎮的人都知道，那是典型的四舊（1966年6月1日，《人民日報》在社論《橫掃一切牛鬼蛇神》中，第一次明確提出「破除幾千年來一切剝削階級所造成的毒害人民的舊思想、舊文化、舊風俗、舊習慣」的口號；後來，《十六條》又明確規定「破四舊」、「立四新」——新思想、新文化、新風俗、新習慣是「文革」的重要目標。）。社論上就說，「越舊的東西越反動」。牛鎮長順手把粉紅色的宣傳單遞給福貴和家珍看。福貴依依不捨地從床下把皮影箱拖出來，叫鳳霞在火盆裡燒了。牛鎮長還告訴福貴，春生打算給他安排一個好一點的工作。福貴不願，表示仍然和家珍送水，好照顧有病的家珍。

牛鎮長告訴家珍，鳳霞的親事有眉目了，對方是縣城東風機械長的工人，名叫萬二喜，還是一個組織的頭頭，只是因工傷導致腳有點瘸，走路不礙事，急了也能跑。福貴夫婦答應叫萬二喜來家裡讓鳳霞看看。

第二天，牛鎮長把帶著紅袖章的萬二喜帶到了福貴的家。萬二喜在客廳坐下後，從軍用背包裡拿出了一頂放著大小不一毛主席像章的軍帽和一套毛澤東選集，作為見面禮，送給福貴。牛鎮長介紹道，萬二喜三代都是響噹噹的工人階級，家珍接著說鳳霞他爹也是幹個革命的。萬二喜站起來仔細看了看掛在牆上的革命證明，表示認可。牛鎮長吩咐家珍把鳳霞叫出來與萬二喜相見。鳳霞出來後，她和二喜對視了一下，就轉身進了裡屋。隨後，萬二喜謝絕了福貴夫妻留他吃飯的盛情，起身告辭。走出福貴的家門，他環視了一下福貴家的房子和院落，就與牛鎮長走了。福貴夫妻回來看見女兒正戴著萬二喜送的軍帽在鏡子裡端詳自己，頗為高興。

福貴和家珍正在百貨商店挑選布料時，一位鄰居匆忙前來告知，一幫造反派正在拆他們家的房子，領頭的是一個瘸子。家珍和福貴非常震驚，萬二喜就是看不上鳳霞，也不能拆他們家的房啊？當他們夫妻匆忙趕回來時，看見的卻是二喜和鳳霞正在牆上畫毛主席像。二喜告訴他們，他帶著廠裡的工人將福貴家的房子裡裡外外都粉刷了一下，房上的瓦也換上了新的，以防漏雨，還在牆上畫了主席像。福貴夫妻很是欣慰，熱情地招呼他們洗一下，吃了飯再走。工人們都說，回廠裡的大澡堂一泡，全乾淨了。走前，二喜問福貴，他和鳳霞的事何時辦？福貴說你定，隨時都可以。家珍叫二喜結婚時多帶點人，熱鬧熱鬧，也叫命苦的鳳霞高興高興。

結婚那天，萬二喜穿著軍裝，帶著樂隊和一大隊人馬，浩浩蕩蕩地來了。鳳霞也穿著軍裝，戴著有帽徽的軍帽，妝扮一新。鄉鄰親戚送來了結婚禮物：大紅喜字、毛主席像章和毛澤東選集。鞭炮放完後，眾人簇擁著這一對新人，聚集在寫有「工人階級領導一切」標語的院牆下。牛鎮長站在凳子上，宣佈今天是萬二喜同志跟徐鳳霞同志結婚大喜的幸福日子，咱們翻身不忘共產黨，幸福不忘毛主席，倡議大家唱歌。在管弦樂隊的伴奏下，眾人唱起了歌曲《天大地大不如黨的恩情大》（這是一首紅色經典歌曲，根據邢臺地區的民歌改編。1966年3月8日，河北省邢臺地區隆堯縣東，發生了6．8級強烈地震。黨中央、國務院極為關切和重視，周總理三次親臨災區，並對救災工作作了一系列重要指示，向災區人民發出了「自力更生、奮發圖強、發展生產、重建家園」的莊嚴號召。黨和政府的關懷，極大地鼓舞了震區人民戰勝自然災害的信心。當地人民出於感激黨和政府，編了四句民歌。後來，著名音樂家李劫夫，在加上了後面兩句歌詞後，將其譜成曲。一經傳唱，便風靡全國，成為一首膾炙人口的歌曲。歌詞曰：天大地大不如黨的恩情大，／爹親娘親不如毛主席親；／千好萬好不如社會主義好，／河深海深不如階級友愛深。／毛澤東思想是革命的寶，／誰要是反對它誰就是我們的敵人。）。隨後，福貴一家人手持毛主席語錄本，乘坐「革命航船」（畫板），照了一張全家福。照畢，一家人又向後轉身彎腰向毛主席（像）敬禮。萬二喜虔誠而莊重地說：「毛主席他老人家，我把徐鳳霞同志接走了。」在眾人的哄笑聲中，他們夫妻二人才轉身向福貴和家珍敬禮。萬二喜實誠地說：「爹、娘，我把鳳霞接走了，我會好好待她一輩子。」鳳霞坐在二喜的自行車後座上，眼含淚水，依依不捨地與父母告別。

福貴和家珍回家時，看見春生在院中。春生告訴福貴，他是來祝賀鳳霞結婚的。福貴叫他到屋裡坐，吩咐家珍沏壺茶。家珍仍然耿懷於有慶的死，故意磨蹭不願給春生泡茶。福貴勸解她，有慶的事總得過去吧。春生明白家珍不待見他，就把禮物留下，與福貴辭別。埋頭燒火的家珍叫福貴把春生的禮物退回去，使正拿著掛有紅綢的毛主席像的福貴，驚詫不已。

萬二喜騎著自行車帶著鳳霞來看望生病臥床的家珍。福貴和家珍很高興。二喜告訴要去做飯的家珍，他帶來了用飯盒裝上的熟食和酒。家珍疑惑二喜為什麼買酒，二喜高興地說，鳳霞有喜了，醫生說在秋天生。家珍很高興，囑咐二喜多陪陪鳳霞。二喜隨後從包裡把裝裱好了的全家福，交給福貴夫婦。家珍高興地叫二喜，待鳳霞孩子生下來，每年都給他照一回，鳳霞小的時候就沒有個照片。二喜還告訴福貴，春生被揪出來了，他是走資派，昨天開了他的批判大會。叮囑福貴與他劃清界線，福貴盯著家珍說，那當然，一直有界線，多少年來一直都沒好好理過他。

一天深夜，春生前來福貴家敲門，說有幾句話跟他說。福貴披衣出來，春生告訴福貴，有慶的事是他的心病，這幾年送錢他們都沒收，所以這張存摺一定要他收下。這事了了，心就踏實了。春生還說他老婆昨天自殺了。福貴勸他千萬不要想不開，要忍著。春生說他不想活了，福貴說不想活也得活，咱倆是從死人堆裡爬出來的，活下來不容易。福貴接著說，這錢就算我和你嫂子收下了，先擱在你那兒，日子還長著呢。家珍聽到他們的談話後，開門叫春生進屋裡去說，外面冷。春生說他是偷跑出來了，還得趕緊回去。家珍朝著春生的背影高聲喊道：「春生，你記著，你還欠我們家一條命呢，你得好好活著。」

福貴和家珍給牛鎮長送紅雞蛋報喜，說二喜帶信說，鳳霞在縣醫院要生了，叫他們過去，走前來感謝他這個大媒人，待鳳霞生了後，再來感謝他。家珍看到嫂子一邊哭泣一邊收拾行李，就問牛鎮長咋了？牛鎮長說以後別叫他鎮長了，他們說他是鎮上的走資派，明天要到縣裡學習班去交代問題。福貴安慰他，把心放寬，多保重。

來到醫院，二喜告訴二老，剛給鳳霞檢查過了，一切正常。家珍告訴鳳霞，別緊張，到時咬上毛巾，一使勁就全好了。這時，一個穿白大褂的女護士，叫他們到走廊那頭去等著。家珍看到來來去去的都是些年輕的女護士，叫二喜去找個好大夫。病友的家屬告訴他們，大夫都關牛棚了，這兒都被紅衛兵小將奪權了。家珍不放心，叫二喜去找一個年齡大的大夫來。二喜想法去牛棚提來了婦產科的權威王斌教授。家珍看到他非常虛弱，叫福貴去問問，方知他三天沒吃東西了。於是，福貴到街上給他買來了七個饅頭。

夫妻二人在等待鳳霞生產時，家珍給即將出生的孩子取小名饅頭。不久，嬰兒啼哭聲傳來，女學生告訴福貴夫妻，鳳霞生了，孩子七斤二兩，母子平安。大家為此高興，二喜吩咐工友去找一輛車來接鳳霞。家珍叫二喜把王大夫送回去，卻發現他狼吞虎嚥吃了七個饅頭，吃得太急，噎住了。福貴趕緊倒來開水給王大夫喝。此時，一聲尖叫劃破醫院的走廊，一個女學生高喊，快來呀，產婦大出血，止都止不住了。女學生們手忙腳亂不知所措，王教授又因吃得太多，又喝了水，已撐得不能動彈了。鳳霞在家珍悲慟欲絕的呼喊中不治身亡。

以後

福貴拖著板車，帶著提著中藥的饅頭向家裡走去。到家時，饅頭笑姥爺又把車放歪了。福貴叫他把姥姥的藥給送去。饅頭告訴病床上的家珍，今天他送了十壺水，家珍誇讚饅頭越來越能幹了。福貴叫饅頭去燒火，他下面。家珍提議帶饅頭到鳳霞的墳頭上去看看，把長大了一歲的饅頭的照片也帶去，告訴鳳霞。

一個陽光明媚的上午，福貴推著端著小雞坐在自行車前頭的饅頭，二喜拖著家珍，一行四人來到了有慶和鳳霞的墳頭。有慶的墳頭擺上了餃子，鳳霞的墳頭則放滿了饅頭每長大一歲的照片；福貴又嘮叨上他不該給王教授買那麼多饅頭，不該給他喝水，吃了饅頭喝了水，一個饅頭就變成七個，七七四十九個，他自然會出事的。二喜告訴家珍，現在王大夫不僅不吃饅頭，連面都不吃了。

回到家中，福貴把皮影箱從床下拖出來，饅頭把小雞放在裡面。福貴說，小雞在箱子裡跑得開，吃得多，就長得快。饅頭問小雞什麼時候長大呢？家珍說，小雞很快就長大了。饅頭又問，小雞長大以後呢？福貴說，雞養大了就變成了鵝，鵝養大了變成牛。家珍接著回答饅頭說，牛長大了，饅頭就長大了。饅頭說他要騎在牛背上。福貴說，饅頭長大了就不騎牛了，就坐火車坐飛機，那時候啊，日子就越來越好了。

二、從小說到電影

（一）敘事視角：從「雙重」第一人稱到福貴為焦點的視點鏡頭

余華的小說，早期以實驗性強著稱。他常常以極其冷酷的筆調，執著於罪惡、暴力和死亡的抒寫，以此來揭示人性的醜陋與陰暗。余華的作品中常常彌漫著怪異奇特的氣息，非凡的想像力，客觀的敘述語言和跌宕恐怖的情節形成鮮明的對比，對生存異化狀況的特殊敏感，給人以強烈的震撼，評論界稱之為「先鋒文學」。

1992年，余華發表在《收穫》第6期上的長篇小說《活著》，仍然沿襲了他慣常的先鋒派手法和「死亡敘述」的風格。小說通過一位采風者轉述一位老農民講述他40年來的人生經歷和一系列親人死亡的故事，揭示了人在面對不幸時，應有的豁達心境和達觀的人生境界。由於余華採取了一種達觀幽默的敘事態度，使其老農民福貴生命中的種種不幸（父、母、兒、妻、女、婿、外孫的死亡），既沒有給人感到過分的沉重和乏味，也沒有因此而絕望於人生與命運。究其原因，在於余華的敘事視角和敘事方式的獨特。

小說《活著》以「我」為敘述者。在少不更事時，「我」「獲得了一個遊手好閒的職業，去鄉間收集民間歌謠。」在鄉間的田野裡，「我」漫不經心地東遊西逛，遇到了一位有趣的老農，他向我講述了發生在他自己身上的故事。究其小說本身的內容而言，「我」只是一個「聆聽者」和「轉述者」。當「我」將故事引出之後，「我」就逐漸消失在文本之中，對於福貴的不幸遭遇和豁達態度，「我」和讀者一樣，都是旁觀者。這自然產生了一種「間離效果」（又稱陌生化效果、疏離，是德國戲劇理論家、劇作家布萊希特所提出的戲劇表演理論。簡言之，就是讓觀眾看戲，但並不融入劇情。）。

與此同時，福貴在講述自己的故事時，發生在他身上的不幸遭遇已有著40年來的時間間隔和歲月沖淡，歷經磨難，變得異常平靜，對生與死有了透徹的感悟與豁達。垂暮之年的福貴，對鄉村古樸自然的勞作生活和屢受命運打擊後依然健康地活著，心存感念和讚美。甚至因此而發現了人生的真諦：「做牛耕田，做狗看家，做和尚化緣，做雞報曉，做女人織布」；「皇帝招我做女婿，路遠迢迢我不去」；（余華：《活著・前言》，《活著》，南海出版公司1998年版，第5頁。以下涉及到作品的引文來自同一版本，只標頁碼。）「做人不能忘記四條，話不要說錯，床不要睡錯，門檻不要踏錯，口袋不要摸錯。」（135頁）諸如此類樸實的「格言」，是生活中凝聚的智慧，在歲月的磨礪下，通透了不幸和生死，獲得了達觀與睿智。

從敘述視角而言，小說採取的是「雙重」第一人稱。「民間歌謠」的採集者「我」，既是小說中的敘述者，又是小說中的轉述者。當「我」遇見小說的主人公福貴後，小說的主要敘述人就讓位給福貴了。在福貴漫長而寧靜的回述中追溯他的生命軌跡時，「我」的描述與感悟只是在敘述的間隙中恰當地插入，從而形成「間離效果」，使讀者超脫於富貴的悲情往事，到達了對生命的哲學沉思。

而在張藝謀改編的同名電影《活著》中，刪去了「我」的這條線索，將其「雙重」的第一人稱的敘述關係，直接簡化為了第三人稱的敘述。整個故事的敘述邏輯順序也由倒序改變為了順序。由於導演借助了鏡頭的視點，使第三人稱的敘述聚焦在福貴的身上，以他的角度來觀察世界、講述故事。這種以「福貴」為焦點的視點鏡頭，無處不在：如福貴在走街竄戶演皮影戲時，被潰敗的國民黨部隊抓了壯丁，影片的鏡頭就沿襲他在戰亂中的經歷展開；而對於他走後家裡的情況則略去，待他經歷了戰爭的殘酷和死亡，九死一生回到家裡後，才從家珍的口中得知道母親含恨而逝、鳳霞高燒變啞的情形。整個影片，都是在福貴的視域中展開。凡是他不在場所發生的事情，都放在他在場時才予以確認。或許，影片正是運用了以福貴為焦點的視點鏡頭，才實現了小說文本向電影文本的視角轉換，使第三人稱也具備了第一人稱親臨現場的真實感。

張藝謀在電影中一反余華秉承的「零度寫作」態度，將自己的喜怒哀樂寄寓到片中生離死別的場景渲染上。每當劇情展示的悲劇發展到高潮時，都要通過誇張的肢體語言，悲愴的人物呼號以及蒼涼的民族音樂，來營造氣氛。如有慶意外身亡和鳳霞難產而死的場景，無不撼動著觀眾的心弦，激發起對荒謬歲月的無限感慨。

此外，影片還通過字幕標出年代，使福貴單純的人生不幸，與相應的時代相關聯。如「四十年代」表現了福貴被抓壯丁後，目睹了戰爭的殘酷，也加深了活下去的勇氣；「五十年代」著重表現「大躍進」的狂熱和有慶之死的慘狀；「六十年代」再現了「文革」的荒謬和鳳霞之死的痛心；「以後」則給人留下新時期的希望。其中，「五十年代」和「六十年代」是影片敘事的重點。歷史現狀的清晰，不僅改變了敘事的角度和方法，也改變了敘事的重心。小說中人生經歷的敘事重心轉變為時代社會造成的悲劇。小說所展現的一種生存狀態和人生境界已讓位於對一個時代和一段歷史的反諷。如家珍聽鄰居說有人在拆他們家的房時，驚詫道：「他（萬二喜）不娶我們家鳳霞，也不能拆我們家的房啊！」；萬二喜在婚禮上，虔誠地對著牆上的毛主席像說：「毛主席他老人家，我把徐鳳霞同志接走了。」等等，諸如此類對白，在引人發笑的逗趣中，明顯地表現了張藝謀對那段荒誕歷史的辛辣諷刺。這或許是這部榮獲法國坎城電影節評委會大獎、最佳男演員獎，美國金球獎最佳外語片提名等獎項的電影，一直未解禁的原因。

（二）主題：從「忍受」到「擔當」

余華在小說《活著》中對「活著」一詞含義，進行了重新解構，使之具有了後現代的語義。在功利盛行的現代生活中，人們爭權奪利，欲望極度膨脹。以為生前風光無限，死後青史留名，才算活著，沒有白來人世一遭。其實，真正的「活著」與附加在它身上的名義和光環無關，「活著」的終極意義就是活著本身。

小說篇名雖為《活著》，實為「死亡」更為恰當。整部作品集福貴親人非正常死亡之大成。每當福貴陷入親人死亡時，都促使他更加清醒地認識到活著的意義。如父親因自己輸光家產，絕望地從糞缸上摔下而亡時，小說寫道：「我像是染上了瘟疫一樣渾身無力，整日坐在茅屋前的地上，一會眼淚汪汪，一會兒唉聲歎氣。」

（32頁）當福貴和春生目睹了戰爭使無數生命一夜間灰飛煙滅時，他們卻有了另一番的達觀：「到這時候死活已經不重要了，死之前能吃上大餅也就知足了。」（63頁）此時此刻，死裡逃生後最本真的想法就是吃飽。再後來，面對兒子、女兒和女婿的意外死亡時，責任和擔當遠比沉浸在一己之悲痛更為重要。畢竟，妻子需要撫慰，外孫也需要照顧。面對生命中接二連三的沉重打擊，福貴從被動承受痛苦到主動擔負責任，一步步走向達觀與通透。

余華在韓文版《活著》的自序中寫道：「『活著』在我們中國的語言裡充滿了力量，它的力量不是來自於喊叫，也不是來自於進攻，而是忍受，去忍受生命賦予我們的責任，去忍受現實給予我們的幸福和苦難、無聊和平庸。」（3頁）小說的主人公福貴，從一個紈褲子弟到輸光了家產，一貧如洗，生活從幸福一下子墜入食不裹腹的境地，又接連遭逢親人的非正常死亡（父親氣極猝死，母親念子而逝，兒子抽血夭折，閨女難產離世，妻子抱病而亡，女婿工傷致命，外孫吃豆撐死。），孑然一生，一無所有，依然堅強的活著，承擔著生命賦予的責任。「可是當福貴從自己的角度出發，來講述自己的一生時，他苦難的經歷裡立刻充滿了幸福和歡樂，他相信自己的妻子是世上最好的妻子，他相信自己的子女也是世上最好的子女，還有他的女婿他的外孫，還有那頭也叫福貴的老牛，還有曾經一起生活過的朋友們，還有生活的點點滴滴……」（余華：《麥田新版自序》，作家出版社2008年5月版。）

福貴在遭遇一系列的苦難後，不僅沒有悲觀絕望，反而對活著心存感念，並以超然的心態去看待。比如，久病的家珍離開他後，他如此通透地說：「家珍死得很好，死得平平安安、乾乾淨淨，死後一點是非都沒留下，不像村裡有些女人，死了還有人說閒話。」（176頁）在余華看來，一個人活著的最高意義，就是「他可以準確地看到自己年輕時走路的姿態，甚至可以看到自己是如何衰老的。」（37頁）福貴就是這樣的人，他雖經歷了磨難卻頓悟了生活的真諦：生命無所謂幸福與不幸，活著的意義就在於活著過程中的擔當。福貴對生活「不絕望」信念，與卡夫卡關於活著（「在似乎窮途末路之際，總會有新的力量產生，而這恰恰意味著你依舊活著。」，勃羅德：《卡夫卡傳》，河北教育出版社1997年版，卷首語。）對我們的勸告，異曲同工。因而，福貴所遭遇的苦難，就不僅僅是他一個人的，而是超越歷史、種族和時代的，是人與生俱來的宿命。

張藝謀在電影《活著》中，沿襲了小說中的主題：活著就是一種承擔，是一種可以感受幸福的方式。小說中，福貴在講述自己的發家史時說：「從前，我們徐家的老祖宗不過是養了一隻小雞，雞養大後變成了鵝，鵝養大了變成了羊，再把羊養大，羊就變成了牛。我們徐家就是這樣發起來的。」（29頁）這就傳達出一種有希望的樂觀心態。影片中這種意味更加明晰，如差強人意的「大團圓」的結局。在福貴、家珍、二喜和饅頭一家人其樂融融地準備晚飯，外孫饅頭把小雞放在福貴從床下拖出來的皮影箱裡時，饅頭問：「小雞什麼時候長大？」福貴開始重複那句曾經告訴過兒子有慶的話——「雞養大後變成了鵝，鵝養大了變成了羊，再把羊養大，羊就變成了牛。」希望猶如朝霞，在祖孫之間的對話之中冉冉升起。

小說中活著的意義是模糊的，它滲透在一個個場景之中，而電影中則將其更改為在大時代面前，個人無法掌控自己的命運。電影中的福貴，在經歷了父死和戰爭的殘酷後，只是覺得活著不易。此時，他只看到活著的過程，卻無法感悟到活著的精神，給人苦澀卻無法給人力量。隨後，張藝謀在影片中將個人的命運與歷史的變遷緊密地結合起來，甚至用「煽情」的手法，對有慶、鳳霞之死大肆渲染，無疑使其時代控訴的主題更加明顯。

或許張藝謀已意識到這種改編，會削弱了小說隱含的活著意義。在電影中增加了象徵著像牛皮一樣堅韌的皮影。皮影戲在影片中出現了四次。第一次在福貴輸光家產的賭場上；第二次是龍二借給他救窮；第三次在戰爭中給解放軍唱皮影戲；第四次在大煉鋼鐵的工地上鼓勁。眾所周知，中國民間古老的技藝皮影，它的質材是經過了多層工序的牛皮做成。張藝謀借此道具，或許寓意了人活著就要像皮影的製作一樣接受挑戰，堅忍不拔。誠如皮影最終在「文革」沒有保住一樣，這種人為的彌補和增強主題寓義的作法，在現實中難以實現。

（三）情節：圍繞「造型」和主題改變來增刪

以畫面和聲音來說故事的電影藝術，決定了它在改編小說時，要對小說的情節進行必要精簡和重組，並按照音畫的節奏去安排劇情的發展和變化。電影藝術因受時間的限制，在將小說的情節改編成影像的過程中，為了突出戲劇衝突和人物性格，必然按照編導的意圖對原小說的情節進行必要的加工處理，增刪一些情節和細節。

電影《活著》對同名小說的改動如下：

首先是空間和職業的改變。

小說中的福貴生活在南方的鄉村，是一個地道的農民。而電影則將其生存環境改成了北方的一個小鎮，他的職業也從農民變成了玩皮影戲和燒開水的城鎮貧民。張藝謀在影片中之所以將一個江南農民改為北方的皮影藝人，是基於「造型」的需要。一則皮影戲在已往的電影中尚未出現過，必然會給人以新鮮感；再則皮影戲的「真與假」，有助於揭示片中人物的性格。此外，也可以避免拍攝時的自然勞作，增強觀眾的接受面。畢竟電影的票房主要來自於城市，而非農村。

其次是在削弱死亡人數的同時，放大了造成死亡的時代原因。

小說《活著》裡，福貴的親人，父親、母親、兒子、女兒、妻子、女婿、外孫都相繼離他而去，戰友春生和其妻也自殺身亡。12萬字的篇幅中，有10個人物死亡。這些死亡的人幾乎都是非正常的死亡：父親被「我」賭光家產氣死，母親和妻子在患病時都因思念兒子而亡，兒子有慶被過度抽血致死，女兒鳳霞死於難產，女婿二喜死於工程事故，外孫苦根則因吃多了豆子脹死。小說的最後，只有福貴一個人和一頭與他同名的老牛，相依為命，耕地做伴。余華用種種匪夷所思的死亡展示人類在神秘的命運面前，脆弱如稻草，輕飄如柳絮，惟有好好活著，才不枉來人世一遭。

而在電影《活著》中，家珍雖病卻依然健在，福貴與她相濡以沫、情深意重；二喜和饅頭健康成長，活得有滋有味。影片結尾時，一家四口還聚在一起，福貴還向饅頭描繪了他長大後的美好生活。

與此同時，電影對有慶和鳳霞之死的原因和背景也進行改變。

小說中，有慶是為救縣長的妻子自願輸血過量而死的。表面上看，這是一場偶然事故。醫生抽血過多，要麼是病人需要多，無意為之；要麼是為了迎合縣長，心存僥倖；要麼醫術不精，過失所致。當然，也不能排除有慶年少，又營養不良，按常規抽血就導致了他死亡的後果。可余華在小說的用意並不在此，他寫有慶之死，意在宿命。因為縣長不是別人，而是和福貴一起死裡逃生的難友春生，這無疑消解了政治的詮釋。而在電影中，有慶之死情形改變了。表面上，他死於區長春生的車輪下，仍然是一場偶然事故。可這種偶然事故的必然性卻非常明顯。在浮誇風盛行的大煉鋼鐵運動中，有慶極度疲憊，在家酣睡，同學來通知，老師叫他到學校去參加煉鋼，區長要來檢查。福貴害怕兒子不去參加煉鋼，會給人留下落後的話柄，才將有慶背到學校的工地上去的。春生出車禍，也是因為幾天沒睡覺疲勞駕駛所致。如此劇情鋪墊，有慶之死就非宿命了，而是「大躍進」這場運動所致，是社會和時代造成的。

同樣，小說中鳳霞之亡，是生孩子之後大出血所致。深究其原因，是因為她因童年生病，無錢醫治成了啞巴，長大後長時間無人提親，與萬二喜結婚時，年齡已較大了。高齡產婦產後大出血的機率較大。這一切對福貴而言，也是宿命。兒女雙亡，斷子絕孫，苦難如影隨形；而電影中，鳳霞之死則非偶然，而是「文革」運動造成。紅衛兵小將霸佔了醫院，懂技術有經驗的醫生被打成走資派關進了牛棚。鳳霞產後大出血，沒有得到有效的及時救治，才失去了生命。

張藝謀在電影中不僅改變了小說的敘事方向，而且還採取了「煽情」的視聽語言，極力渲染了有慶之死和鳳霞之亡的場景，讓片中活著的人聲淚俱下、悲痛欲絕，從而加深了這一齣齣悲劇的社會歷史原因，增強了對過去時代的控訴。

此外，電影中春生妻子自殺，春生萬念俱焚；牛鎮長靠邊站，到縣裡參加學習班等場景，也豐富和加深了對極左思潮的控訴和反思。張藝謀正是通過這些貌似偶然事故的死亡現象和人生際遇，揭示了片中人物的死亡是社會歷史造成而非宿命。

第三，電影《活著》裡還增加了一個獨特意象——皮影戲。皮影戲和皮影戲的箱子貫穿全片，成為與福貴並列的一條伏線。福貴還是少爺的時候，為了尋樂，偶爾會亮兩嗓子；輸盡家產後，龍二將皮影箱借給了他，助他自食其力。地主少爺成了皮影藝人後，福貴以唱皮影戲為生，裝有皮影道具的木箱也因之成為他最珍惜的財產。在電影裡，這只木箱幾乎伴隨他終生。年輕時，他被裹挾進入戰場，親聞目睹了戰爭的慘烈圖景，人如螻蟻被時代的巨風吹得煙消雲散。幸運的事，被俘的福貴因給解放軍唱過皮影戲，從而獲得了參加「革命」的身分證明，在日後的紅色恐怖年代裡，有了一張保全性命的護身符。「大躍進」期間，有慶出於孩子般的天真和熱情，試圖把木箱上的鐵釘取下來交給牛鎮長煉鋼，幸虧家珍反應敏捷，說煉鋼工地也需要唱戲才得以保存了下來。「文革」期間，木箱裡的皮影道具被迫當成「四舊」焚燒。影片的最後，福貴從床下拉出木箱，把饅頭餵養的小雞放進去，福貴、家珍和饅頭圍著木箱暢談未來。

總之，皮影戲在影片中，既是推動劇情發展的核心線索，又是導演表達主旨的重要隱喻。

此外，張藝謀在電影還刪節了小說中的一些細節和場景。諸如，家珍的身世、老雇工長根、有慶在學校的表現、家珍生病的過程、鳳霞和王四爭搶地瓜的場景、鎮長到福貴家求米等段落。米行陳老闆受女婿福貴之辱、福貴父親的死、鳳霞生病變啞等情節也被一筆帶過。與此同時，張藝謀在電影中增加了小說中沒有的一些具有強烈的幽默和反諷色彩的細節。如鳳霞和二喜結婚時，眾人演唱的歌曲《天大地大不如黨的恩情大》；全家人站在「大輪船」上，背對牆上巨幅放著光芒的毛主席像，每人手持毛主席語錄拍的全家福；二喜在婚禮上對著牆上毛主席像的承諾；大躍進時，牛鎮長一干人興高采烈地抬著全鎮「勝利的果實」——一塊烏黑的廢鐵，到縣上去報喜，說它能「轟炸蔣介石」，等等。影片以不同時代人的意識差異構築成幽默，並有意識地輔以演員誇張的表情和動作，將這種反諷放大。

（四）人物：在時代的烙印裡一步步走來

余華本著「為內心的需要而寫作」（2頁），在《活著》裡義無反顧地直面了生活的真實。在他看來，「活著」的力量是「忍受，去忍受生命賦予我們的責任，去忍受現實給予我們的幸福和苦難、無聊與平庸。」（3頁）小說中的福貴，在經歷了身邊親人死亡後，並沒有絕望於自己活著的不幸，反而還鑄就了他樂天知命、看破生死的人生態度。

余華鑄造福貴超然的人生態度，不是一蹴而就而是層層遞進，使之水到渠成，不著痕跡。

福貴年少時，是個典型的紈褲子弟，吃喝嫖賭，放浪形骸。一份殷實的家產被他輸光，父親被活活氣死。福貴良心發現，產生了強烈的自責：「娘是在寬慰我，她還以為我是被窮折騰成這樣的，其實我心裡想著的是我死去的爹。我爹死在我手裡了，我娘和家珍，還有鳳霞卻要跟著我受活罪。」（32頁）正是這種出自內心的愧疚，使他萌發了對家庭的責任心。可當福貴洗心革面打算重新做人時，命運似乎又與他過不去，他到城裡去為生病的母親請郎中時，被國民黨抓了壯丁。戰爭就是死亡的代名詞，福貴在戰場上親聞目睹了死亡的恐怖，尤其是同伴老全的中彈身亡，更是使他驚恐不已！福貴害怕他自己也會像老全一樣死於流彈。而在此時，他不想死，他一心想回家，想念自己的親人。當福貴大難不死回家後，又得知母親因思念他而含恨離世。福貴「站在門口腦袋一垂，眼淚便刷刷地流了出來。」（68頁）母親的死，觸動了福貴慘痛的記憶，如果不是自己昔日嗜賭如命，母親或許就不會撒手人寰，所以傷心是切膚而真誠的。人的命運真是不可捉摸，解放後，昔日因嗜賭敗家的福貴卻因之保全了性命，龍二成了他的替死鬼，挨了五槍。福貴對龍二的死是後怕的，他在往家裡走時「脖子上一陣陣冒冷氣」，想到自己因禍得福，福貴對於生命更加珍惜了。他對自己說：「這下可要好好活了。」（70頁）命運弄人，福貴慶幸自己活著，不奢求福分，只想「一家人天天在一起」卻辦不到。他心愛的兒子有慶，為救縣長的女人被醫生抽乾了血而亡。他始而不信，繼而暴怒了，他想殺人，見人就想打，打醫生，打縣長。福貴對於兒子的死，傷心欲絕。那天晚上，他含著眼淚，抱著有慶的遺體回家。因擔心家珍知道兒子死於非命承受不了，他回家偷偷拿了把鋤頭，在他爹的墳前，挖了一坑。他挖好坑後，又捨不得把兒子埋掉，抱著兒子不肯鬆手，讓他的小臉貼在自己的脖子上，在坑邊坐了大半夜，直到天快亮了，才不得不把兒子安葬。有慶死後的很長一段日子裡，福貴成天失神落魄，經常藉口去縣城而到兒子的墳邊呆坐到半夜。「文革」中，身為縣長的春生成了走資派，遭到了紅衛兵的無情毒打，「臉腫的都圓了」（164頁）、「手像是煮熟了一樣，燙得嚇人」（165頁），春生不想活了，福貴極力地勸說他活下去。但是，對生活已經絕望的春生沒有聽他的，上吊死了。聽到消息的福貴惋惜地感喟道：「一個人命再大，要是自己想死，那就怎麼也活不了。」（166頁）鳳霞因難產，死在醫院，福貴知道後，「心裡疼得蹲在了地上。」在雪花飛舞中，他和女婿把鳳霞背回家。白髮人送黑髮人，福貴欲哭無淚。對於妻子的病死，福貴已經沒有了悲傷。此時的福貴在經歷一系列親人的離去後，對生死已漸近豁達。家珍的離世，使她擺脫了疾病的折磨，福貴感到欣慰。他說：「家珍死得很好，死得平平安安，乾乾淨淨。」（176頁）女婿二喜在做搬運工時，因吊車出了差錯而被兩排水泥板夾死。福貴去醫院的太平間領他的遺體，「一見那屋子（有慶、鳳霞也死在這裡），就摔在了地上。我是和二喜一樣被抬出那家醫院的。」（182頁）在福貴一生中，親人的死亡由他直接造成的有兩人，開篇中的父親是因他賭博耗盡家財氣絕身亡，篇尾的外甥苦根因他的年老昏庸，給他吃多了豆子而撐死。

經歷了太多的死亡，一個個親人在自己的眼前消失了，福貴漸漸的麻木了。在死亡面前，福貴雖有悲傷，更多的是能夠自我解脫、恢復平靜的心態。或許經歷的太多，對自己的感觸也更深，面對人生的這一些不幸，老年的福貴看破了死亡：「我是有時候想想傷心，有時候想想又很踏實，家裡人全是我送的葬，全是我親手埋的，到了有一天我腿一伸，也不用擔心誰了。我也想通了，輪到自己死時，安安心心死就是，不用盼著收屍的人，村裡肯定會有人來埋我的。」（191頁）或許福貴洞悉了死，就更懂得了生的意義。他認為：「做人還是平常點好，掙這個掙那個，掙來掙去賠了自己的命。像我這樣，說起來是越混越沒出息，可壽命長，我認識的人一個挨著一個死去。我還活著。」（192頁）

福貴的形象，不僅昭示人們在面對死亡和苦難時，要忍受、要超脫，即使到了絕境，也絕不向命運低頭，要勇敢地活下去；而且也真實地再現了如福貴般堅忍活著的中國農民的人生觀。

電影中，福貴已不是小說中居住在南方小村子的農民（因賭博由地主淪為貧民），而是北方一個小鎮的市民，環境從農村而城鎮，生命在一個更廣闊的背景裡呈現，自然比原生的環境多了一些社會和時代的內涵。在余華筆下，福貴所經歷的生離死別，雖能感到時代的背影，卻是模糊的，對他人生遭遇影響的成份並不大，作者強調是生命的原生態；而在電影中時代的烙印被人為的擴大而加深，解放戰爭、大躍進、紅衛兵、「文革」，脈絡非常清晰。時代的荒謬所帶給人們的痛苦，在影片中被人為的放大，失去了對人生真切的體味。比如在影片中，鳳霞在醫院生孩子因產後大出血而死，小說裡表現的是當時醫療條件所限，是生活中的常態，而電影則演繹為在「文革」中，護士學校的紅衛兵小將進駐醫院，懂醫術的醫務人員被打成反動學術權威而關進了牛棚。張藝謀為了突出「文革」的荒謬，還憑空捏造一個因饑餓過度，一下子吃了七個饅頭因喝水差點撐死的王教授。生活中的常態，變成了對當時政治環境的辛辣嘲諷，這種例子在影片裡比比皆是。

當然，余華在塑造福貴堅忍的人生態度時，並沒有回避時代的影響。如「大躍進」煉鋼的場面、「文革」中隊長被打倒和春生自殺等等。余華在小說中重在對環境裡「人」的關注，立足的仍然是人「活著」的本體思考，描寫的重心是人如何去接納一個時代。而在影片中，政治意味描述的加重，目的在於反諷。如二喜給福貴家畫的毛主席像，他和鳳霞結婚時大家所送的禮物，一起高唱的歌曲，婚禮中，人物的對白以及二喜那句：「毛主席他老人家，我把徐鳳霞同志接走了」的臺詞，等等，將那個時代的荒謬感渲染得無以復加；將人的「活著」完全歸結於時代氣氛，似有喧賓奪主之嫌，倒符合余華自己在小說的序裡所說：「一些不成功的作家也在描寫現實，可他們筆下的現實說穿了只是一個環境，是固定的，死去的現實，他們看不到人是怎樣走過來的，也看不到怎樣走去。」（2頁）

小說《活著》重在言說生活中不可知的事件給予福貴的影響，而影片在敘述福貴的命運時則賦予了歷史的寓意與象徵，影片中的一些事件、人物性格和視覺圖像，幾乎成了中國現代歷史的寫照，具有普遍意義。

影片《活著》可分成四個部分：第一部分發生在「20世紀40年代」，表現福貴由富而貧，淪落到擺攤度日的境地，以此影射了中國當時的勢局，已是江河日下。第二部分發生在「20世紀50年代」，有慶的意外夭折，究其原因，是瘋狂的「大躍進」造成的。筋疲力盡的有慶在沉睡之中，被疲勞駕車的區長倒車撞牆砸死；有慶的死說明違背經濟發展規律的「大躍進」，事與願違，會給無辜者造成無窮的災難。第三部分發生在「文革」時期，福貴的女兒鳳霞難產不治身亡，是由傲慢的紅衛兵顛覆了醫院的正常秩序造成的，諷刺的寓意直指文化大革命。第四部分，張藝謀給福貴以較為圓滿的結局，福貴、家珍、二喜圍著饅頭敘說對未來的憧憬。張藝謀的史詩情結促使他對宏大敘事的追求，把審視人生的強光聚焦在時代的社會背景之上，忽略了小說文本注重個體生命在社會和自然規律裡所特有的獨特性。

三、《活著》改編的得失

余華在《活著》裡通過福貴的不幸命運，展示的是一種生存狀態和人生境界。張藝謀在影片中，根據電影藝術的特點，改寫了小說的主題和敘事方向。小說重在抒寫福貴個人的苦難所造就的對生命的豁達與樂觀，而影片則將福貴的個人苦難大部分歸結到歷史的政治背景之中。因此，張藝謀在敘事方面重在人物的行動過程而非其結果。小說的結尾，福貴孑然一身，與老牛相伴；而影片中家珍、二喜和饅頭與福貴一同活了下來。歷史是由一個個個體生命的記憶構成的，個體生命在歷史的長河中總是在家庭的骨肉親情裡尋求溫暖；而電影中則帶有更多的喜劇意味，比如三年自然災害時期福貴家的生活，就明顯地折射出編導對這種溫情的人為自覺。雖然如此，卻也消解了小說對「活著」所賦予的厚重內涵：「去忍受生命賦予我們的責任，去忍受現實給予我們的幸福和苦難、無聊和平庸。」（3頁）

張藝謀在電影中，不僅將小說中人物活動的空間從南方的農村移植到了北方的城鎮，而且也將福貴的農民身分改變了玩皮影戲的藝人。這種空間上的改編，或許因為城鎮遠比農村能更多地接觸社會政治的風潮，有助於在片中突出時代風雲對人物命運的影響，又便於在影片中使用他貫用的色彩與造型手法。無可否認，玩皮影戲比耕田更具形式感，畫聲結合，使電影的視聽語言更加豐富，可也失去了充滿無限魅力與吸引力的空間對象——土地，減弱了小說中農民對賴以生存的土地的深沉感情。

電影的空間從農村改變為城鎮，農民福貴變成玩皮影戲的藝人，小說中「老人與老牛」的天然情境，被電影中「老人與皮影戲」的人為造型所取代，也無疑削弱了小說中呈現的孤獨與達觀的境界。小說中，福貴的親人全都死去，只剩下了一條像他一樣老的牛。福貴把它叫著自己一樣的名字。這既是一種蝕骨的孤獨，同時也是一種透徹的達觀。福貴說：「牛到了家，也是我家裡的成員了，該給它取個名字，想來想去還是覺得叫它福貴好。定下來叫它福貴，我左看右看都覺得它像我，心裡美滋滋的，後來村裡人也開始說我們兩個很像，我嘿嘿笑，心想我早就知道它像我了。」（194頁）電影中叫福貴的牛不見了，家珍、二喜和饅頭都還活著，熱鬧和喜慶是有了，可小說裡超越時代的孤獨和達觀也消失了。

余華的文字，簡練下充盈著四射的光彩。小說的敘事策略以一個民歌收集者聽取一個老農的故事，把讀者帶到一個輕飄而快樂的民間故事裡，周遭的人生彷彿如過眼雲煙。在這個頗具浪漫情調的現在進行時裡，通過福貴的自敘去走入他沉重的回憶。在這一種輕飄又美好語氣裡，我們聆聽到了一段無比坎坷的悲慘往事，作者卻不時穿插著平和的人生態度，無論是對未來還是對已往的過去，活著的意義，不在於過往的辛酸，也不是回憶的美好。當這個民歌收集者所見的景象與福貴老人講述的不幸遭災揉捏在一起時，我們會發現，我們司空見慣的生活，如平靜的湖面，縱使風雨來時有波紋和漣漪，但它終歸要歸於平靜和坦蕩，人生的頹然與苦難，歡樂與激情都不復重要，重要的是我們還活著，不為別的，為活著而活著。

張藝謀在電影裡將第一人稱轉述他人的故事改變為全知敘述，從第三者的角度觀看福貴及其一家人的離合悲歡。電影藝術的時限性限制了故事的表現力。小說裡福貴的不幸命運，是通過民歌收集中「我」去轉述的，這就使讀者容易體會到福貴在沉浮人世後的豁達與生存智慧。而電影裡的福貴，因為重在敘述他遭受不幸的外在原因，這就使觀眾很難體察到他在這悲喜更替中所得到的對生與死的豁達。雖然編導在臺詞中通過福貴的獨白（「你可要好好活著啊」、「咱們可要好好活著」）來彰顯主題，然而與小說那直面命運相比，則相形見絀。小說展示的個人從生命裡汲取的智慧，而電影則來自於生活的強加。

電影中，張藝謀以平民化的視角，展示中國農民從20世紀40年代到60年代艱難的生活歷程，重在活著過程而鮮見活著的精神。造成這種不幸與苦澀幾乎都來自於人的外在因素，影片結尾「饅頭長大了，日子越來越好了」願望，在政治歷史的風暴中顯得蒼白無力，只是美好願望而已；余華的小說因展示的是穿越苦難後超出想像的通達，福貴的煢然孑立反而給人一種力量和精神，面對不幸與苦難，活著比什麼都重要。

第六章

《婦女生活》與《茉莉花開》

影片資料

中 文 名：茉莉花開
外 文 名：Jasmine
原　　著：蘇童
編　　劇：張獻、侯詠
導　　演：侯詠
主　　演：章子怡、陳沖、姜文、陸毅
上映時間：2005年
片　　長：130分鐘
類　　型：倫理，言情
出 品 人：萬基文化傳播公司　北大華億影視文化公司
　　　　　金英馬影視文化公司

一、劇情簡介

第一章　茉

上個世紀30年代，茉出生在上海的一個小康之家。父親去世後，她在母親經營的匯隆照相館裡開票。茉對照相業務不熟悉，也不感興趣，常常以各種電影畫報打發時間。她酷愛看電影，特別是對當紅影星高占非情有獨鍾，崇拜有加。

一天，電影公司的孟老闆來到照相館，邀請她到自己的電影公司裡去拍電影。茉很高興地接受了。茉的試鏡表演非常幼稚，因有孟老闆的欣賞而得以順利簽約。孟老闆不僅安排茉在影片裡出演重要角色，而且還為她租了一套豪華公寓，並送給她絲綢睡衣和茉莉花牌花露水。拍戲晚了，叫她在公寓休息，而自己卻紳士般地離開。

一天早上，孟老闆將一本雜誌從門外遞給茉。她接手一看，竟是一本在封面上刊載了自己照片的《良友》雜誌。茉心花怒放，虛榮心得到了極大的滿足。感激之餘，她投身到孟老闆的懷抱，成了孟老闆的情人。

茉18歲時，孟老闆為她準備了盛大的生日舞會。茉在演唱民歌《茉莉花》時因妊娠反應才得知自己懷孕了。不久，孟老闆駕車將她送到一家僻靜的私人醫院墮胎。對墮胎痛苦的恐懼，使茉在進行手術前逃跑了。自此，茉失寵於孟老闆，斷送了自己的星光前程。

1938年春天，日本人開進了上海，孟老闆捲走了全部股金逃往香港。茉在公寓裡非常生氣，撕破了孟老闆送給她的絲綢睡衣。這時，郵遞員給她送了一張匯款單，是孟老闆從香港寄來的。公寓管理員告訴茉，如果她還要在公寓裡住下的話，就得付房租了。茉吃驚地說，房租不是付了一年嗎，她才住半年。公寓管理員告訴她，孟老闆是付了一年的房租，可在她入住之前，已有一個女演員在這裡住了半年。此時，茉對孟老闆徹底絕望了，明白了他是玩弄女性的騙子。

公寓住不下去，茉只好坐黃包車回到母親的匯隆照相館。因生意清淡，母親已把照相館盤給了壽衣店，自己仍然住在樓上。母親看到茉腆著個大肚子回來，很是生氣，罵她是賤貨。茉發現母親的臥室緊閉，敲門後看見了國光美髮廳的老王，便對母親反唇相譏。

隨後，茉在壽衣店樓上的小房間裡，百無聊賴地待產。母親害怕她到醫院去生產丟人，便找了個接生婆來家裡為她接生。

1938年10月，茉生下了一個女嬰，她幾次給孟老闆寫信索要女兒的撫養費，可都被退回了。茉為此對孟老闆的仇恨影響到她對女兒的感情，很少給女兒哺乳和換尿布；女兒時常啼哭，茉也更加慵懶。理髮師老王頻繁進出茉的家，茉總是不給他好臉色。有一次，老王買來大螃蟹，在吃的過程中，老王用腳撩撥茉，還說她的頭髮需要做一下的好，並討好地說，他可以把工具拿到家裡幫她做，不收一分錢。在做頭髮的過程中，老王一邊用柔軟的手梳撥弄著茉的頭髮，一邊用電吹風不停地吹她的頭部和耳朵。茉的大腦中一片空白，隨著老王柔軟的手順著她的脖頸下滑，茉叫他別亂動。老王說，虧她還拍過電影，這麼不開化。老王的話觸動了茉的傷心處，她老起了孟老闆，放鬆了抵抗的意志，在混沌之中，她和老王倒在了床上。不幸，被母親撞見。老王被母親用掃帚打出了家門。隔了幾天，絕望的母親告訴茉，姓王的拿走了她的兩枚戒指和一隻金錶。母親離家幾天後，她的屍體在黃浦江中被人發現。母親留下遺言，叫茉給未取名字的女兒取名莉。

茉抱著莉來到國光美髮廳，當眾打了老王兩耳光，並勒回了那隻金錶和兩枚戒指。

第二章 莉

十八年後，時間已是上個世紀五十年代，莉已是一名在校大學生。在一次學生集會的演講中，學校唯一的學生黨員鄒傑，要到郊區勞動的演講，使莉心生愛慕，她主動與鄒傑打招呼，要跟他到郊區去工作，並叫他去買菜，自己去買飯，兩人一起吃。自此，兩人相識相愛了。這時，莉家裡的照像館已更名為紅旗照相館了。

在家享受悠閒情調生活的茉，知道女兒交男朋友後，問她男朋友的家境如何？莉不屑，並自豪地說鄒傑思想覺悟高，是籃球隊隊長，會吹口琴。茉沒辦法，只好叫女兒過兩天把鄒傑帶回來讓自己看看。在飯桌上，茉目不轉睛地盯著鄒傑看，使鄒傑很不自然。茉誇讚小鄒長得蠻好，很像高占非。鄒傑問誰是高占非？茉興奮地告訴他，高占非是電影明星。鄒傑說他不喜歡電影明星，他們好吃懶做，是資產階級的寄生蟲。茉很是不屑地說，能過個寄生蟲的日子也是要靠本事的。茉問他家情況，鄒傑很自豪地說，他們一家三代都是工人，他是第一個有文化的人。茉頗感失落地說，新社會工人吃香，有錢人家不吃香了。鄒傑提前告辭，茉對他的不懂禮貌頗為不滿，叫莉明天去跟他斷了。莉不但不聽，反而告訴茉，他們就要結婚了。茉非常傷心，說你要是不聽我的話，你就給我走。莉一氣之下，離開了家。

莉把母親的態度告訴鄒傑後，兩人決定結婚，以便住進鄒傑家。在婚禮上，莉也唱起了民歌《茉莉花》。新婚之夜，莉對擁擠的住宿和簡陋的婚床並不習慣，在淚水中熬到了天明。起床後，她看到白色床單上的落紅，對未來更是多一份擔心。房間馬桶的味道使莉感到頭暈，鄒傑卻說她改不了資產階級的生活習氣。莉對鄒傑家的飯食也不習慣，幾天不上桌吃飯。鄒傑提議母親做飯，她做菜。莉不鹹不淡地說，她不會做鄒傑喜歡的紅燒肉，叫他自己做。莉不小心將手指夾出了血，鄒傑母子都不以為然，認為她大驚小怪，太嬌氣。鄒傑幫莉洗工作服，鄒母很是不滿，冷嘲熱諷。莉一氣之下一人回到了娘家。

莉回家的日子過得並不快樂。一個下大雨的傍晚，鄒傑自帶被子來到了她的家。莉很高興。鄒傑的勤快，使茉也漸漸喜歡上了他，常常叫他小高。有一次，茉在床後面找出遺漏的《良友》雜誌，指著高占非的照片對鄒傑說，他們很相像。莉看見後很生氣，把雜誌搶下狠狠地摔下。晚上，莉在朦朧中彷彿從窗戶上看到了母親在窺視，嚇得驚叫。

茉本想與死了妻子的黃醫生生活在一起。豈料，黃醫生卻背著她與小護士好上了。莉知道後反而很高興，她不必搬出娘家了。莉與鄒傑結婚後，久不懷孕，便到醫院檢查，發現是輸卵管阻塞所致。莉為此很是傷心，對自己與鄒傑的婚姻產生了懷疑，進而絕望。在衛生間的鏡子上留下文字後，服毒自殺。幸虧鄒傑及時發現，將其抱上一輛送豆製品的三輪車，送到醫院才撿回了一條命。這事過後，夫妻倆商量抱養一個孩子。

年底，他們在兒童福利院抱養一個棄嬰，鄒傑為之取名花。花的到來，使這個死氣沉沉的家從此充滿了笑聲。阿花漸漸長大。在一次洗澡時，阿花仍叫鄒傑給她遞毛巾，引起了莉的不滿。一天深夜，莉一覺醒來，發現丈夫正在給養女蓋被子。當她揭開養女的被子，發現床單上有一點血時，怒不可遏，接近崩潰，導致神經質和抓狂。她想當然認為丈夫與養女之間發生了亂倫關係，威脅說要去告鄒傑。正當阿花在校上課時，茉來叫她，養父臥軌自殺了。鄒傑的自殺，使莉很自責和傷心，在恍惚中向鐵軌走去……

第三章　花

13年後，阿花從農場下鄉返回上海的火車上，與同為知青的小杜，濃情蜜意。此時，已是上個世紀八十年代，鄧麗君的歌聲迴盪在上海的大街小巷。阿花回到家裡，生病的外婆茉很是高興。當阿花告訴外婆，小杜考上了大學，茉不免憂慮，告誡阿花，她與小杜沒有緣分，阿花不以為然，並說要請小杜來家裡吃頓飯，為他上大學餞行。茉無可奈何地答應了。小杜來到阿花家，在飯桌上，茉盯著他看，並把他叫作小高，說阿花可以做他的姐姐，有人給阿花介紹朋友，小高在蘭州上大學還是在鄉下，又要孔雀東南飛了。阿花不聽外婆的奉勸，在小杜上大學前，兩人背著茉扯了結婚證。小杜到蘭州上學時，阿花到火車站去送他，給了他兩條煙，叫小杜抽完後不要再抽。

為了資助丈夫上學，阿花白天上班，晚上織毛衣掙錢，茉很是為她的身體擔心。有一天，阿花收到了小杜的來信，在看信時，茉告訴阿花，莊師母的侄子——小把戲，在美國獲得了博士學位，特地從美國回上海來與她見面。阿花告訴外婆，她與小杜已經結婚了。小杜大學畢業才回來。小杜告訴阿花，在告別舞會上，有一位四川籍的女同學還哭了，她性格特別好，大家叫她「山口百惠」，因自己當初專業選錯了，分配不理想，他想到日本去留學。阿花支持丈夫前往日本深造。

一天，茉收到了一封從日本寄來的信，一看是小杜寫給阿花的。她在把郵票撕給郵遞員時，不小心把信封撕爛了，茉打開信紙一看，發現小杜已經變心。為了不使阿花傷心，她把這封信藏了起來。阿花回家後高興地告訴外婆，她今天去醫院，她懷孕了。茉聽後似乎觸動了自己的不幸，為了使外孫女不蹈自己的覆轍，她叫阿花把孩子打掉，說小杜變心了。阿花不信外婆的話，說她做了一輩子夢，並堅持要生下孩子。茉一氣就臥床不起，她將小杜提出離婚的那封信交給阿花，阿花知道實情後，經過陣痛，仍然決定生下這個孩子。不久，茉在留下《良友》雜誌和花露水瓶後，懷著遺憾和對外孫女未來擔心離開了人世。茉的離世，使阿花傷心欲絕。

當阿花抱著茉的骨灰盒回家時，遇見了從日本回來的丈夫。阿花告訴小杜，自己懷孕了，法律上女方懷孕期間是不能離婚的。小杜說你不會以此來報復自己吧。阿花叫小杜回家吃一頓飯，到時再談離婚的事。在飯桌上，小杜說，他每月付給孩子的撫養費80元，阿花說孩子是自己生的，自己養，跟他沒關係。阿花叫小杜今晚住家裡，兩人做最後一次夫妻，以後各走各的路。晚上，阿花本想開煤氣罐與小杜同歸於盡。不料，因用力導致下身出血作罷。小杜將她送到醫院，所幸胎兒無大礙。婚未離成，小杜無奈返回日本。阿花腆著個大肚子在鐵軌上燒紙祭奠父母後，開始為生產做準備。一個人去醫院探路，計算乘車所需時間，準備生產用的棉花、剪刀等物品。

1986年5月9日晚上，阿花肚子疼痛難忍，即將生產。大雨滂沱中又打不到計程車，她在消防栓旁呼救無果後，果斷地用自帶的剪刀剪斷了嬰兒的臍帶，生下了一個女孩。這時一輛警車路過，將她送到醫院。

幾年後，阿花帶著女兒騎著三輪車，拖著傢俱家電和日常生活用品搬家到工人新村。在進樓時，恍惚間，阿花彷彿看到了自己兒時正與父母在一起快樂地遊玩。此時。熟悉的多聲部的交響樂《茉莉花》的歌聲響起：

好一朵美麗的茉莉花，
好一朵美麗的茉莉花，
芬芳美麗滿枝椏，
又香又白人人誇。

二、從小說到電影

蘇童的中篇小說《婦女生活》創作於1992年，發表在《花城》雜誌上。2003年，導演侯詠將其改編成電影《茉莉花開》，2004年榮獲第七屆上海國際電影節評委會大獎以及媒體評選的「最佳劇情獎」。

從敘事學的視野來看電影《茉莉花開》對小說《婦女生活》的改編，發現它們在敘事方式、敘事策略和敘事風格等方面，有遵循也有創新。凡是吸取原著的精髓，合理地添減情節和人物的言行，就可圈可點；而為了迎合市場，人為地增添催情的畫面和「出彩」的對白，則乏善可陳。

（一）敘事方式：視角與結構

在敘事方式上，小說和電影有其共通性。「敘事性是聯結小說和電影的最堅固的中介；文字和語言最具有相互滲透的傾向。」（陳犀禾：《電影改編理論問題》，中國電影出版社1988年版，第70頁。）這不僅使小說改編成電影成為可能，而且在敘事視角和結構方面，二者還可以彼此借鑒，取長補短。小說《婦女生活》和電影《茉莉花開》，它們在敘事方式上具有內在的一致性，都採用了客觀冷靜的全知視角和分段式的敘事結構。

蘇童在小說《婦女生活》中，將自我的感情和觀點隱藏在字裡行間，以客觀冷靜的全知視角，向我們講述了匯隆照相館一家三代女性（「嫻的故事」、「芝的故事」和「蕭的故事」）的命運遭遇：

18歲的嫻，高中畢業後與母親以經營照相館為生。孟老闆投其所好，將她捧成了電影明星。日本人來了後，他又丟下了懷有芝的嫻，隻身逃往香港。嫻回到娘家後，開始變得隨便起來，和母親的情人私通，和牙科醫生相好。被壓抑、扭曲的情欲使她產生了變態心理。人到老年，還打扮嬌豔，誘惑女婿，虐待外孫女。1958年，芝中專畢業，與同學鄒傑一同被分配到水泥廠工作。兩人結婚後，因不能生育，芝患上了抑鬱症。為了緩解其病情，鄒傑從福利院抱養了一個女孩，取名為蕭。但是，芝的抑鬱症並不見好轉，夫妻關係更加惡化。1972年，極度苦悶和壓抑的鄒傑對14歲的養女產生了非分之想。芝知道後，大吵大鬧，並威脅說要去告他。鄒傑在絕望中選擇了臥軌自殺。丈夫的死，使芝非常自責和後悔。蕭的童年生活並不幸福。16歲時，她自願到農場插隊。兩年後，以病退回城，在一家菜場賣豬肉。她與小杜結婚前夕，將養母芝送到療養院。婚後，蕭限制丈夫的經濟和自由，對癱瘓在床上的外婆很是冷淡。不久，懷孕後的蕭發現丈夫有了外遇，一氣之下，想用割肉的刀殺死他，因分娩前的陣痛而放棄。但蕭仍然告訴小杜，她不會輕易放過他的……

表面上看，蘇童在向我們講述嫻、芝、蕭的故事時，有意拒絕情感滲透、價值判斷和抒情性的語言敘述，是一種「零度寫作」。（羅蘭·巴特：《寫作的零度》，《符號學原理》，李幼蒸譯，三聯書店1988年版，第66頁。）而實際上，他是將長達半個世紀的女性命運沉浮，作為審美的客觀對象，通過貌似冷漠的文字敘述，表達自己對20世紀中國女性命運的深切關注。在蘇童筆下，那一張張如花朵般豔麗的女性面孔，無不是短暫開放又緩緩凋謝。女性的命運沒有起點，更沒有終點，只是一代又一代的循環重複。

侯詠根據小說《婦女生活》改編的電影《茉莉花開》，沿襲了小說的敘事視角，通過全知的視聽語言向觀眾講述了茉、莉、花的故事。雖然在影片中找不到一種清晰的「敘述人聲音」，但透過富有個性的鏡頭轉換，我們卻能感知到編導對祖孫三代女人的人生命運瞭若指掌。用鏡頭向觀眾展示整個事件的起因、經過和結果，是影像敘事最常見的方式。然而，將小說改編成電影，畢竟「是一項富於創造性的事業，它要求智慧和天才，要求運用自如地掌握電影的表現手段、深刻地理解文學原著並能從馬克思列寧主義美學的角度來解釋它。而作為必不可少的條件，改編還要求善於理解、看到並在創作上大膽而充滿激情地，而不是冷漠地通過電影形象表現出原作的內在的、基本的思想，展示出被改編的作品的富有詩意的那一彷彿是它的靈魂的藝術形象來。」（[蘇聯]幾・波高熱娃：《論改編的藝術（一）——陀思妥耶夫斯基小說的改編》，俞紅譯，《世界電影》，1983年1月。）這就使得電影《茉莉花開》較之小說《婦女生活》客觀冷靜的全知敘事視角有所不同，「在影片中鏡頭運動往往是根據情節和觀眾的心理、情緒拍攝而成，有較強的主觀性。」（郭冠華：《淺析節奏在影像表現中的作用》，《電影文學》，2011年第8期。）侯詠將鏡頭圍繞一棟招牌名為「滙隆照相館」的老房子，將20世紀30年代至80年代的老上海濃縮於此。隨著招牌名稱由照相館—壽衣店—婚紗影樓的變化，祖孫三代女性的故事被集中轉換到攝影機的視角和焦點上。茉、莉、花三代女性因血緣關係的命運沉浮多了一些主觀賦予的暖色，女性宿命的輪迴也相應地發生了一些變化。

在敘事結構上，小說《婦女生活》和電影《茉莉花開》也頗為相似，都採用了分段式的敘事方式。蘇童在小說中將「嫻、芝、蕭」的故事分別標出，通過人物的血緣關係，將三個故事連貫起來，共同構成了一家三代相似的悲劇性命運。電影《茉莉花開》採用了相同的分段式敘事方式。在130分鐘裡，影片通過《茉》、《莉》、《花》三章和「十八年後」、「十三年後」等字幕，向觀眾講述三個時代三個人物的故事，打破了悉德・菲爾德關於電影劇本開場、情節點Ⅰ和情節點Ⅱ和結尾的「三幕式結構」。（[美]悉德・菲爾德：《電影編劇創作指南》（修訂版），魏楓譯，世界圖書出版公司北京公司2011年版，第135頁。）這種敘述結構方法具有較強的形式感，使之「茉、莉、花」三個相對獨立的故事具有了內在的邏輯聯繫。這樣處理，使影片的敘事結構更為清晰。

此外，電影《茉莉花開》也充分發揮了色彩和音樂的敘事功能。侯詠通過女性的服飾來強化時代的風貌和人物的性格與命運。30年代的茉，身著茶綠色裙裾，青春飛揚卻不諳世事，遇人不淑；歷經歲月滄桑後，依然一襲合身旗袍，成天泡一杯香茗，在留聲機的音樂聲中斜倚窗臺，迷茫地望著窗外，沉浸在輝煌的往事回憶之中。50年代的莉，受母親的薰陶，在灰青色調子流行的時代服飾裡，一身色彩鮮豔的紅衣服；她額頭上那塊紅色的胎記，既是其內心矛盾與痛苦的象徵，又是她乖戾陰鷙性格的寫照。80年代的花，一身白色，充滿了靈氣；丈夫喜新厭舊後，她在大雨中頑強地生下孩子，獨自撫養。

江蘇民歌《茉莉花》在影片中出現了三次。每一次的出現，不僅揭示了人物的心理和身分，而且還起到了一定的組織和敘事作用。它在整體上將三個不同時代的切換和不同畫面的跳躍連貫起來。歌曲第一次出現在孟老闆為茉舉辦的生日舞會上，茉的演唱，爵士風味十足，高貴而華麗；第二次出現在莉的婚宴上，莉的演唱，靦腆而質樸。「茉」和「莉」的演唱都因故而被打斷，預示著她們命運將不會一帆風順。第三次出現在電影的結尾處，歌曲以畫外音的形式，伴隨著「花」沉浸在對自己童年時光的幻覺中，歌聲淒涼而感傷。除了貫穿始終的主題曲《茉莉花》外，侯詠還在不同時代的畫面上，選擇了與劇情和人物性格完美結合的背景音樂。如1930年代留聲機播放的音樂聲；1950年代的《喀秋莎》和《敬愛的毛主席》；1980年代的《小城故事》等，這些配樂，業已成了劇情的時代標記。

（二）敘事策略：情節與主題

對文學作品改編的最基本原則是「忠實原著」，但這種「忠實」並不非簡單的重複。電影和小說畢竟是兩種不同的藝術樣式。電影的改編不能僅僅止於小說的視覺化，它必須為電影藝術的特點著想。因而，為了電影主題的有效表達，電影可以在「忠實原著」的基礎上，對小說情節進行再創造。

電影《茉莉花開》對小說《婦女生活》的改動如下：

首先，篇名及人物的名稱完全改變。小說中的「嫻」、「芝」、「蕭」，在電影中已改為「茉」、「莉」、「花」。小說的篇名「婦女生活」，在於揭示人物性別，與人物的名稱並無關聯。電影「茉莉花開」，直接沿襲了片中人物的名字，而且還與江蘇民歌《茉莉花》相近，給人更多的浪漫遐想。

其次，故事情節在三個部分都有程度不同的改變。

在第一章「茉」中，基本沿襲了小說中「嫻的故事」的情節。影片變化最大的是：小說中描寫嫻與知名影星袁美雲等在蘇州春遊的場面，換成了孟老闆帶領電影公司的員工為茉慶祝生日的場景。此種改動，既充分地表現了在滿足茉的虛榮心的同時，也為她日後被孟老闆拋棄埋下了伏筆，使之劇情更為緊湊。

在第二章「莉」中，影片對小說的改動有三：其一、小說中，芝與鄒傑讀的是中等專業學校，所學的專業是水泥製造，工作的單位是水泥廠；而在影片中，莉與鄒傑所學的是鋼鐵製造。如此改動，加上莉在家中找鐵鍋交給學校煉鋼的情節，使之故事與時代的結合更為緊密。其二、小說中，芝與鄒傑是同班同學，兩年的學習與交往，彼此互生愛意。芝欲擒故縱，故意不與之說話，這使鄒傑一直很苦惱；而影片中，莉對鄒傑暗戀在心，膜拜至極，特別是她突兀地當著眾多同學的面主動向鄒傑示好，使並不認識她的鄒傑倍感吃驚。其三、小說中，芝與鄒傑的婚禮顯得異常沉悶，所有參加婚禮的人都覺得無趣；而影片中的婚禮，則明朗歡快了許多，莉不僅落落大方，而且還深情地唱起了歌曲《茉莉花》。其四、小說中芝因婚後不育，絕望中在衛生間「用圓珠筆寫了給鄒傑的遺書」；在影片中已改為莉在鏡面上留下遺言，服毒自殺。

與此同時，在第二章「莉」中，影片了為劇情的需要，還對小說進行了必要的增刪。增加的情節主要有：其一、新婚之夜，莉對擁擠的住宿和簡陋的婚床並不習慣，在淚水中熬到天明。起床後，她看到白色床單上的落紅，對未來平添了一份擔憂。這不僅比小說中，芝對鄒家充滿鄙視的情緒顯得真實可信，而且也為她後來敏感多疑的性格的形成奠定了基礎。其二、莉在鄒家不小心將手指夾出了血，鄒傑母子都不以為然，認為她大驚小怪，太嬌氣。這也比小說中芝因嫌棄鄒傑家的住房擁擠而搬回娘家居住更為可信。刪減的情節主要有：其一、小說中芝告訴母親，她將與鄒傑結婚，嫻聽後，先是驚愕，繼而大哭起來，接著又到廁所裡一邊哭罵一邊摔打東西的情節，在影片中省略了。其二、小說中，芝因參加白水泥的試製生產而榮獲一枚勞動獎章；「躍進牌」白水泥投產後，領導前來剪綵時與芝等技術人員合影留念的照片被刊登在《解放日報》頭版頭條等情節，在影片中也被刪除，代之而起的鏡頭語言是鋼鐵廠火光四濺的勞動場面。

在第三章「花」中，電影對小說的改變最大。小說中的情節在電影中幾乎只剩下了一個殼，殼裡的核已發生了質的改變。無論是故事的發展，還是人物的精神品格，「花」與「蕭」都有天壤之別。「蕭」因病退回城後，將母親送走。與小杜婚後，不僅虐待外婆，而且限制丈夫的經濟與自由。生下孩子後，她對丈夫的怨恨仍未減退。在電影中，「花」的性格開朗，與外婆感情深厚，對丈夫情深意重。小杜移情別戀後，她並未消沉，撫育女兒，樂觀地走向明天。

電影對小說情節的改變，是為其主題服務的。在小說中，嫻、芝、蕭祖孫三代女人的遭遇，只是因為她們是女人。不管她們如何折騰、改變，到頭來都逃脫不了「女人永遠沒有好日子」的宿命。這種生命輪迴往返的不幸，總是與男人有關，因為「女人與女人的心其實是相通的。女人的共同敵人是男人」。雖然在小說中男性的中心地位逐個隱退，但其所扮演的主導地位卻是不可動搖的。特別是在孟老闆和理髮師老王的心目中，女性只是他們手中的玩偶和「尤物」而已。蘇童在小說中，對女性複雜的心理和身體構造對於女性命運的影響進行了細緻的探討。在男人為中心的世界秩序裡，女性的悲劇是由其性別本身造成的。女性一旦長大都要離開自己的家；而男性在青春期即或是對家庭有所叛逆，但最終仍然是更好地發展自我的家庭。傳統社會裡，男女婚配後女方大都住夫家隨夫姓；而女性則要離開娘家進入婆家，她與父母的關係也因之發生了微妙的變化。蘇童在小說中對傳統文學中的「母女關係」，進行了顛覆性描寫。嫻將自己一生的不幸歸罪生下了女兒芝；芝在恍惚中甚至看到了寡居的母親在偷窺自己的房事，母女之間毫無溫情可言；婆媳之間的關係更是難以相處，芝與鄒傑的母親矛盾重重，無法生活在一起。此外，生育又是女性命運難以邁過的坎。嫻、芝、蕭命運的轉折，都與生育有關。嫻的風光生活因生育而終結；芝的不幸是從不孕開始的；蕭即使是生了女兒也沒有放棄對丈夫變心的懲罰。

侯詠在將小說改編成電影的初期，觸動於小說對女性命關注的直觀感受。隨著影片在拍攝、交流和思考的過程中，他才將其定位為一部「女性主義」電影：「女性的獨立意識，實際上就是對自己命運的把握，這是這個影片的主題。最終意識到自己的命運不應該託付給某件事、某個男人，或者是自己的某一種期望。女性只有明確的這種自我意識，擺脫依賴心理，才能掌握自己、掌握自己的命運。」（侯詠：《茉莉花開時》，中央編譯出版社2006年版，第220頁。）基於此，他將蘇童小說中所表達的宿命和女性自身弱點的主題改為啟示婦女自我解放，擺脫對男性的依附關係。可是，影片呈現出來的並非是對男權世界的反叛，茉、莉、花三代女性最初反叛的都是自己的單身母親。為了反叛母親在家庭中對自己的控制，她們把希望寄託在孟老闆、鄒傑和小杜等男性身上。由於小說中男性中心地位的缺失，在影片的改編中就無法做到真正的顛覆。影片中的幾個男主人公，除了孟老闆外，幾乎都成了被動依附女性的角色。如鄒傑之於莉，相識、交往、結婚、搬回娘家居住，乃至於自殺，莉都處於絕對的支配地位。同樣，小杜雖然主動向阿花提出離婚，但他在影片中的表現，無論是其懦怯的舉止、還是蒼白微弱的聲音，在阿花面前，他都處於弱勢。

（三）敘事風格：沉重與輕鬆

蘇童在《婦女生活》中，用他黯然蒼涼的筆觸描摹和敘寫了嫻、芝、蕭三代女性的悲慘境遇。在男權文化下，女人的命運只是不斷的重複和輪迴，縱使有抗爭，有生育，結局幾成定論。從20世紀30年到80年代，一幅大時代背景下婦女的不幸生活，像一條無始無終的長河，在蘇童外冷內熱的創作理念下，以沉重的風格呈現出來，使人壓抑的同時又心生思考，女姓的解放，不僅僅靠自己的自立自強，還有待於社會的風氣轉變。而據此改編的電影《茉莉花開》，將「女人永遠沒有好日子」宿命，終結於女人的生育，原本那段沉重、黯然的女性故事，在孩子與父母遊戲中結束，使之多了一絲溫存，一抹希冀。

例如，小說中嫻從公寓管理員處得知，孟老闆為自己包租一年的豪華公寓，因前半年被另一個女演員住過，如今租期已滿，自己被掃地出門時，蘇童寫道：「她回頭仰望著八層的那個窗口，天鵝絨的窗簾依然半掩，她聽見窗內有人在哭泣，那個女人就是她自己。嫻用手捂住耳朵，哭泣聲仍然持續。」嫻在此時，絕望至極，惟有大聲哭泣，才能夠緩解自己的悲恨。而在影片中，茉在離開公寓時，侯詠卻通過她回頭仰望公寓，彷彿看到一個身穿翠綠色旗袍的年輕女孩微笑著在向自己揮手告別，那個女孩不是別人，正是曾經的自己，天真無邪、風光快樂。這種改編，較之小說，更加唯美，溫婉。

攝影師出身的侯詠，考慮到影片的色彩構圖，有助於主題的表達和觀眾的感染力。他在影片中，特意通過寫意的手法，表現莉與鄒傑從煉鋼爐中取出鋼花四濺的火紅的鋼水，來暗示了20世紀50年代的時代風貌。而莉的婚禮，又通過寫實的畫面，將婚禮的喜慶展現出來。莉身著對襟紅衣，頭戴大紅花，給來賓頻頻敬酒，互致祝福與感謝，應邀開懷唱歌；參加婚禮人喜笑顏開。這些暖色調的運用，既沖淡了原著中沉重的氣氛，又與劇情相符，使觀眾感到生活真實而溫暖。

隨著紅顏薄命的宿命和女性自身弱點的主題轉變為啟示婦女自我解放，擺脫對男性的依附關係。影片的基調也發生了相應的變化。小說的基調從頭至尾都給人以壓抑的感覺，而影片在「莉」的部分，壓抑的基調已漸趨舒緩；到了「花」這部分，就更為輕鬆和歡快了。在蘇童筆下，人與人之間的關係一直處於緊張的狀態。嫻與孟老闆、嫻的母親與理髮師老王、嫻與母親、嫻與女兒、芝與鄒傑、蕭與小杜，乃至蕭與嫻等，無不如此。人與人之間，要麼欺騙，要麼辱罵，要麼冷淡，毫無溫情可言。嫻被孟老闆拋棄後，腆著大肚子回家，母親罵她是「賤貨」；嫻發現母親私藏老王後，反唇相譏。當「她看見母親的臉漲著說不出話」時，「心中」竟然有了「一種復仇和得勝的快樂」。嫻對女兒芝的冷漠；芝因不能生育對鄒傑的多疑；蕭對嫻的嫌棄，對丈夫小杜的控制，等等。親人之間沒有溫情，夫妻間沒有愛意，整部小說，給人壓抑、悲涼和絕望的感覺。

電影中，在「茉」與「莉」這兩部分，雖然也表現了人與人之間冷漠、自私的關係。但從中也呈現出了母親之間的親情和夫妻之間的恩愛。如茉對莉婚姻的考察，莉與鄒傑的兩情相悅等畫面，都給人留下了深刻的印象。而在「花」這一部分中，一改小說中蕭與嫻的冷淡關係，著重表現了祖孫倆的親情。花返城回來後，祖孫倆相見的喜悅，茉反對花與小杜往來，花熬夜織毛衣支持小杜上學，茉心痛地關心她早點休息，尤其是茉去世後，花撕心裂肺悲泣等場面，將血濃於水的親情推向了極致。

小說結尾的時間是1982年深秋，做了母親的蕭對丈夫喜新厭舊仍未釋懷。她對丈夫說：「小杜，我不會輕易地放過你。」此時，正是1980年中國《婚姻法》實施之際。因新實施的《婚姻法》比舊的《婚姻法》增加了一個實體性規定：「如果夫妻感情破裂，調解無效，應准予離婚。」從而，使離婚變得較為容易，導致建國以來的第二次離婚高潮，很多的青年婦女據此打離婚報告，「蕭只是其中的一個。」而影片的結尾，侯詠已將時間延後至1987年，帶著女兒搬入新居的花，對過去已沒有絲毫的怨恨，有的只是對童年時光的追懷和未來的憧憬。

影片中祖孫倆的親密關係和花對未來的樂觀態度，是整部影片中最大的亮色，它一掃小說中的沉悶與壓抑，給人留下希望與輕鬆的感覺。

三、《婦女生活》改編為《茉莉花開》的得失

毋庸諱言，今天，小說與影視的聯姻已進入蜜月期。「改編是影視業的命根子。」（[美]L・西格爾：《影視藝術改編教程》，蘇汶譯，《世界文學》1996年第1期。）身處一個消費和讀圖時代，任何小說的影視改編，都脫離不了消費時代的商業特徵。然而，如何將語言藝術改編成視聽藝術，是秉承「忠實說」還是「創造說」，是任何一個改編者都無法回避的兩難問題。

筆者認為，既然是依據小說改編而成的影視劇，忠於原著是前提。當然，這種忠於並非照相似的「移植」，而是要找出原著中的精髓，把握其故事框架、情節、人物命運和時代特徵，再以符合現代人的審美觀念和鏡頭語言表達出來。其次，要實現文字的語言藝術向視聽的鏡頭藝術的成功轉換，就務必在敘事方式、策略、風格與基調等方面，謀求盡可能的趨同，使影片在觀眾心中產生的視聽衝擊力落到實處。第三、改編小說成影視劇，應實現藝術價值和商業價值的完美統一，而不僅僅是「娛樂大眾，爭奪眼球」而已。

綜觀電影《茉莉花開》對小說《婦女生活》的改編，喜憂參半，有得有失。大凡秉承忠實原著精神的改動，諸如影片所營造的三個時代的中國鏡像（1930年代的浮華頹靡、1950年代的政治壓抑，1980年代的人性復蘇）、唯美的畫面、顏色和道具（房子、《良友》畫報、茉莉花牌的香水、馬桶、毛線團）的運用，連同《茉莉花》歌曲貫穿影片始終，也都可圈可點。

然而，電影與小說畢竟是兩種不同的藝術，將小說改編成電影時，成功的關鍵是找到二者融合的契機，在吸取原著中精髓的同時，注意「移植」一些精彩的細節和人物對話。即或是為了劇情需

要，添加必要的細節和人物的言行時，也要緊緊地圍繞影片的主題。不然，就會出現明顯的漏洞。如在影片「莉」的這一部分，鄒傑的一些言行，就有人為地貼上時代標籤的嫌疑。再如，新婚的早上，莉因擔心鄒傑日後會嫌棄她，鄒傑安慰莉時將其攬入懷中，突然又將她推開，並突然說道：「唉，我們不要太小資情調了。」夫妻之間的這種說辭，既不真實，又使人感到好笑。再比如，莉在婚禮上明明喜氣洋洋、笑靨如花，來賓卻突然問道：「她好像有點不開心嗎？」此種臺詞，因缺少小說中必要的鋪墊，讓人感到莫名其妙。

或許是為了票房價值，影片中一些為了迎合市場、人為增添的亮色，卻乏善可陳。比如，小說中對蕭的分娩過程，原著一筆帶過，「蕭在分娩時不停地哭泣，助產士們以為她是怕疼」。助產士們並不知道，她是為自己不幸的命運在傷心；而影片卻精心設置了「雨中生產」的那場戲。侯詠通過長達幾分鐘的「長鏡頭」，細緻地描述了花在大雨滂沱的夜晚艱難生產的過程，以此彰顯母愛的偉大。無可否認，編導的主觀願望是好的，這場戲也充分調動了觀眾的情緒，將全劇推向了高潮。一些學者和觀眾也給予了較高的評價。（李迅　劉揚體　鐘大豐等：《〈茉莉花開〉：三代女人的愛情故事》，《電影藝術》2004年6期。）然而，這種大幅度的渲染，畢竟太過了，既與原著所表達的題旨相悖，又使影片情節的緊湊性受到了影響。這或許是造成一般觀眾對「雨中生產」場景感到突兀的原因。

無可否認，影片的明星陣容（章子怡一人分飾三角：年輕時的茉，莉，花；陳沖分飾兩角：中老年的茉和茉的母親；以及姜文、陸毅、劉燁、曾志偉等人的加盟），中國女性與命運的掙扎，情節的豐富性，影片在商業操作上是較為成功的。然而，或許編導未能處理好藝術片和商業片的關係，在片尾添加花搬家後出現的幻覺，不僅顯得突兀，也有違編導改變花的性格或命運的初衷。侯詠本想通過一家三代女性的愛情與婚姻的故事，來展現了20世紀中國女人命運的變遷。影片從茉—莉—花，展現了女性從依附、抗爭和自我救贖的全過程。或許囿於原著中男權話語的強勢，影片的敘事視角仍然未曾擺脫將女性作為男性審美對象來塑造的潛在影響，乃至於在茉和莉的部分，忠實原著時，劇情的過渡就富有邏輯性，人物的性格也經得起推敲；而到了花的部分，創造的本意使劇情偏離了原著的精神，一些場面和鏡頭，不由自主地拔高了女性自我救贖的成份，使之毀譽參半，莫衷一是。

因此，既然要改編，就要尊重原著，吸取其精髓，合理地添減情節和人物的言行。如果在改編中既沿襲原著的結構和人物，又人為地改編主題和人物的性格，還不如另起爐灶，獨立創作。誠如美國電影理論家羅伯特・麥基所說：「如果你閹割了原作，而又不能炮製出一部可以與之媲美或更勝一籌的作品來取而代之，那麼還是趁早別幹。」（[美]羅伯特・麥基：《故事——材質、結構、風格和銀幕製作的原理》，中國電影出版社2001年版，第432頁。）

第七章

《尋找》與《雲水謠》

影片資料

中 文 名：雲水謠
英文譯名：The Knot
原著編劇：張克輝
編　　劇：劉恒
導　　演：尹力
主　　演：陳坤　李冰冰　徐若瑄　歸亞蕾　秦漢　梁洛施
上映時間：2006年
時　　長：117分鐘
類　　型：愛情，戰爭
出 品 人：中國電影集團　臺灣龍祥育樂公司　香港英皇影業公司
電影頻道節目中心

一、劇情簡介

美國紐約曼哈頓，正在畫畫的王碧雲，接到侄女王曉芮從香港打來的電話。王曉芮告訴姑媽，她已辭掉了在新加坡報社的工作，剛從臺北飛到香港。下午到跑馬地墳場，給薛子路叔叔獻了一束紅色的玫瑰花。王碧雲叫她不要到處跑來跑去，在一個安靜的地方找一個安靜的人，把自己嫁過去。王曉芮非常疑惑，在人世間，把生者和死者隔開的是什麼？把相愛的人隔開的又是什麼？這就觸動了王碧雲那難以忘懷的往事……

1940年代末，臺北，出身在鄉下雲林西螺、家境衰落的醫學院學生陳秋水，趁課餘來到牙醫王庭武家給他的兒子王雨萌輔導英文。陳秋水清朗瀟灑，有一套快樂而獨特的教學方法（大膽開口臉皮厚、背單詞成雙成對），使發音不準確、不願開口說英文的王雨萌醍醐灌頂、茅塞頓開，進步很快。

陳秋水課畢返校，在王家狹窄的樓梯上，與放學回家的王碧雲擦肩而過，四目相對，驚鴻一瞥，心有靈犀，一種愛的情愫在彼此心中油然而生。

陳秋水走出王家大門，在門口的地上發現了一朵玫瑰花。癡情於王碧雲的薛子路，看見他從王家出來，尾隨而至，問他是誰？陳秋水謊稱是王醫生的助手。薛子路告訴他，自己是王碧雲的鄰居，也是她的男朋友。陳秋水調侃他是在做白日夢。羞澀而膽怯的薛子路承認，他的相思夢醒不了了。

陳秋水在王家唱英文歌曲，王雨萌彈鋼琴伴奏，在旁畫畫的王碧雲代替傭人阿桑將茶水送來。當她路過陳秋水的背後時，陳秋水將一張粉紅色的紙條遞給她，王碧雲拿著紙條高興而去。當陳秋水掉頭看她時，她已將紙條撕碎拋棄，繼續畫畫。

在王家門外等候消息的薛子路，與回家的王庭武相遇。王庭武質問他一而再再而三的站在這裡幹什麼？說他長了一對兔牙，根本不配追求自己的女兒，並要將他的兔牙拔掉，嚇得薛子路落荒而逃。

薛子路再次請陳秋水吃飯，問他是不是把自己寫的信交給了王碧雲？請求他不要再到王家去了，陳秋水抽身而走。

陳秋水知識豐富，隨口而出的唐詩和活能活現的手影表演，使王碧雲越來越癡迷。兩個簡單快樂的年輕人，很快就墮入愛河。牙醫太太發現後，在一個大雨滂沱的晚上，宴請陳秋水，在多給他兩個月薪水後，將他辭退。滿心歡喜的王碧雲陡然聞言，竟反常地大哭起來。當陳秋水走出王家大門，與在此等候的薛子路相遇時，薛子路懷疑他沒有把自己的信轉交給王碧雲。陳秋水告訴他，信已被王碧雲丟到垃圾筒了，別做夢了。兩個人為此打鬥起來，這一幕正被追出來的王碧雲看見。兩個情敵，撫肩而去。

陳秋水回到了雲林西螺的老家，在曬穀場，失魂落魄。他未曾想到，王碧雲竟然借畫社的同學到新竹寫生之際，從火車站尋蹤而至。陳秋水驚詫之餘，擁她入懷。陳母也很感動，燒熱水為王碧雲熱敷她有風濕關節炎的雙腿。在陳家，只想過一份安安靜靜生活的王碧雲，得知陳秋水是左翼團體的人後，很是為他的安危擔憂。然而，為了愛，她並不怕。在鄉下，兩個年輕人，一同唱英文歌曲，王碧雲給陳秋水畫肖像畫，陳秋水給王碧雲洗秀髮。兩人慢步在青山碧水間，接吻、看木偶戲……盡情地享受愛情的甜美。

可這種甜蜜的日子並不長久。當陳秋水返校時，同學們告訴他，他已被警備總部通緝，叫他快走。王母從收音機中知道當局正在通緝陳秋水的消息後，責備想與之訂婚的女兒。此時，薛子路給王碧雲送來了陳秋水的信。陳秋水在信中告訴王碧雲，為避難，他必須離開臺灣，前往大陸。

傾盆大雨中，王庭武開車送女兒來到陳秋水的老家，陳母正在燒毀兒子那些赤色書籍。在炳岩的帶領下，王碧雲來到輪船上，見到了正準備逃往大陸的陳秋水。兩人相擁而泣，難捨難分。陳秋水不放心母親，王碧雲告訴陳秋水，她會代他盡孝的，她會永遠等他，如他不回來，她就去找他。陳秋水承諾，永遠等她！王碧雲將一支鋼筆和一本筆記本交給陳秋水，並告訴他，老師說她報考杭州美專考得很好，秋天就可以到杭州上學。王碧雲還將一枚戒指給陳秋水戴上，兩人私訂終生，發誓至死不渝。王庭武催促女兒上車離開時，陳秋水拉著車上王碧雲的手，緊緊不放。當兩人鬆開時，王碧雲將陳秋水衣服上的一枚鈕扣扯下，握在手心，成為陳秋水留給她的唯一信物。

老年的王碧雲注視著陳秋水的相片，仍然沉浸過去的歲月裡……

王曉芮在嘈雜的小臺北酒吧打電話告訴姑媽，希望她把內心的隱秘告訴自己，不要埋藏在心裡。王曉芮還向朋友們打聽，在上海辦個小型畫展的事宜，並拜託她們為她打聽陳崑崙的聯繫方式。

在紐約辦畫展的王碧雲看見自己為薛子路的畫像，又沉浸在往事的回憶之中……

薛子路在香港承繼了父親的茶莊，經營有道，頗為成功。如今，專程回臺北來看望王碧雲。王庭武回家時，在門口看見手拿玫瑰的薛子路，為他的癡情所感動，告訴他，王碧雲到西螺鄉下去了，並鼓勵他大膽地追求自己仍在苦苦等待陳秋水的女兒。

王碧雲在學校任教，一有閒暇，就會來到雲林西螺，看望陳秋水的母親。這次趁學校放假，她又來了。她叫陳母替陳秋水把結婚戒指給自己帶上，陳母聽炳岩說兒子這一輩子都回不來了，叫王碧雲不要在耽誤自己，做她的女兒吧。王碧雲含淚說：「不，我要等秋水。」

與臺灣親人失去聯絡的陳秋水，為思念母親徐鳳娘和戀人王碧雲而將名字改為徐秋雲。解放戰爭勝利後，經受過戰火洗禮的陳秋水作為軍醫奔赴朝鮮戰場。在朝鮮戰場上，他夜以繼日地搶救傷患，邂逅了負傷的83師直屬衛生隊衛生員王金娣。陳秋水看見躺在病床上的王金娣受傷並不重，只是手臂被彈片劃傷，卻驚恐萬狀地哭泣時，用手拍了拍她的臉，待她平靜後，將其傷口縫合。這給王金娣留下了深刻印象。傷口漸癒後，王金娣專程找到了正在刷牙的陳秋水，送給他一團米飯，以示感謝。自此，上海人王金娣和臺灣人陳秋水逐漸熟悉起來。

然而，在陳秋水的心目中，對臺灣的親人和戀人仍然難以忘懷。他常常翻看王碧雲送給他的筆記本上的素描和戒指。

王金娣聽說陳秋水因懂英文將調往戰俘管理所時，便前去找他。在文工團慰勞負傷軍人的文藝晚會上，她偶遇了衛生員汪華。隨後，在隧道裡，王金娣找到了陳秋水，主動示好，叫他給自己寫信。

抗美援朝結束後，王金娣在歡送志願軍凱旋回國的火車站，又遇到了在火車上即將啟程回國的陳秋水。她非常激動，跟隨啟動的火車，將身上的食品一股腦兒全塞給陳秋水，並隨手把他上衣口袋的鋼筆取下，陳秋水眼見王碧雲送給自己的鋼筆被拿走，非常著急，叫她歸還，王金娣說要用它給他寫信。

王曉芮來到王碧雲在臺北的家……

薛子路又一次手持紅玫瑰花來到王碧雲的大門外，王庭武有感於他對女兒的一片癡情，總算讓女傭請他進了王家的大門，並告訴他，自己即將移民美國，就是不放心一條道走到黑的女兒。她為了陳秋水，幾乎把臺灣找了個遍，活要見人，死要見屍。此時，王碧雲剛回來又要到臺東去見一個風聞知道陳秋水下落的人，薛子路聞言，鼻血噴薄而出。王碧雲看見後，叫他用冷水衝衝額頭就好了。因為擔憂女兒的未來，王庭武成天以酒澆愁，已酒精中毒了。王碧雲叫父親不要再酗酒了，王庭武說她比自己醉得還厲害，這樣漫無目標的東跑西跑地找是徒勞的，叫她醒醒吧。王碧雲根本不聽，轉身就走。薛子路囁嚅地告訴王碧雲，他在香港那邊有幾個朋友跟大陸很熟，他願為她全力以赴地尋找陳秋水的下落。

與此同時，陳秋水想到王碧雲說過，她要來抗州國立美專上學的事，便來到如今已改為杭州美術學院查找王碧雲的下落。無果，轉道廈門大學尋找，仍然沒有她的學籍資料。

王金娣趁休假來到西安的第四軍醫大學醫療系看望陳秋水。到後，即幫他擦玻璃、打掃屋內衛生。她還告訴陳秋水，她父母成天給她介紹男朋友，搞得她煩不勝煩。陳秋水叫她不要太挑剔了，王金娣說你能等，我也能等。她擔心主動援藏的陳秋水在高原吃不消，叫他別去，陳秋水說他是研究凍傷的，堅持要去。王金娣為此心痛得哭了……

遠在臺灣的王碧雲遍尋陳秋水無果後，來到廟中抽籤為他祈禱。

1960年代末，陳秋水已是解放軍援藏醫院的院長了。當他正抬著氧氣瓶時，醫院的同事告訴他，有一個叫王碧雲的人找他，他非常詫異，又倍感欣喜，瘋狂地朝醫院和宿舍跑去。結果卻是改名為王碧雲的王金娣。王金娣背著父母，為了陳秋水來到了西藏。王金娣對陳秋水說：「王碧雲在天上，她照顧不了你，我替她照顧你，在你身邊，照顧你一輩子。你要真愛王碧雲，你就愛我吧，我會一輩子對你好！一輩子照顧你，替她，好嗎？」兩人在擁抱和親吻中失聲痛哭。

王曉芮乘坐越野車，前往拉薩尋找陳崑崙……

在歡快的婚禮後，陳秋水和王金娣兩人獨處喝交杯酒時，王金娣也給王碧雲倒了一杯酒，碰杯後含著眼淚說道：「姐姐，他一直在等你，是我不讓他等了，對不起，今生今世，今生今世他要見不著你，來世，來世我一定陪著他，去見你。」說畢，一口而盡，兩人早已淚如雨下。

薛子路告訴王碧雲，尋找到的那位臺灣人不是陳秋水，王碧雲因失望傷心，哽咽欲倒。徐鳳娘病入膏肓也不願離開老屋，她對伺候在床旁的王碧雲說：「我哪兒也不去，我要在家裡等秋水。這麼多年，害你苦等，秋水，對不起你。」

老年的王碧雲從往事的回憶中醒來，用筆劃把自己畫的雪山抹掉……

王曉芮在拉薩找到了羊八井鎮衛生院的陳崑崙。他告訴王曉芮，1968年陳秋水和他的妻子因到海拔4700多米的雪山上去救一個難產的藏族婦女，遭遇雪崩，雙雙殉難於雪災。

王曉芮乘坐越野車，跟隨陳崑崙夫婦前往陳秋水遇難的地方。

在臺北王碧雲的家裡，傭人轉交給她一封日本東京的來信。朋友在信中告訴她，她多方打聽和苦苦思念的陳秋水，在二・二八事變後，參加了閩南游擊隊，一直在軍隊供職，做外科醫生，後來到了西藏。現已證實，他已離開人世。王碧雲聞訊，信紙滑落，天旋地動，失聲痛哭。薛子路將信撿起，閱畢，鼻血噴灑在信紙上。

在拉薩酒吧的王曉芮，問陳崑崙的兒子在何處，陳崑崙告訴她在上海的舅舅家。王曉芮說叫他給自己當乾兒子，她要留一個遺囑，把無價寶（王碧雲與陳秋水分別時從其衣服上撕下的鈕扣）送給了他。陳崑崙的妻子問她為什麼不結婚？她說，到處都是小心眼的男人和勢利眼的女人，像你公公婆婆和我姑媽那樣的人是稀有品種，已經滅絕了。

王曉芮在視頻中告訴姑媽，她的書有名目了，取名《雲水謠》，怎樣？隨後，她將陳崑崙從舞會上拉來，與王碧雲視頻。陳崑崙告訴王碧雲，他是陳秋水和王碧雲的兒子，1998年，他到臺灣去辦理遺產捐獻的手續時，聽人說起過她。看到酷似陳秋水年輕時的陳崑崙，王碧雲思緒萬千，想起了陳秋水遇難時的情景……因視頻信號不好，她聽不見陳崑崙介紹他父親的情況，王碧雲急得淚流滿面，失聲痛苦。

王曉芮在陳崑崙夫婦帶領下，來到了陳秋水遇難的石碑前，在潔白的哈達上，擺放著鮮花、酥油茶和王碧雲保留了一輩子的那枚鈕扣，祭奠陳秋水的在天之靈。此時，一隻鷹從青藏高原的雪山之上凌空飛翔到臺灣海峽……

二、從劇本到電影

（一）創作契機：從「真人真事」到「愛情傳奇」

《雲水謠》是根據電影文學劇本《尋找》改編而成。《尋找》是全國政協副主席、臺盟中央名譽主席張克輝以自己和三位老臺胞陳弘、紀朝欽、林東海的親身經歷創作而成的。在張克輝的筆下，歷史背景是真實的，人物和故事也是「真人真事」。

2005年12月1日，在電影《雲水謠》的新聞發佈會上，年逾七旬的張克輝動情地講述了《尋找》這部文學作品的創作歷程。電影文學劇本裡的故事，曾真實地發生在現實生活中：

16年前的一天，一位老鄉找到了時任國務院臺灣事務辦公室副主任的張克輝，拿出了一份自己保存了60年的信物，並向他講述了一個橫跨千萬里、縱越數十載的愛情故事……

在臺灣彰化時，張克輝有一段純潔如雪的初戀，兩人到了談婚論嫁的程度，彼此間卻沒有絲毫的肌膚之親，甚至他「還不敢牽對方的手，是一段純純的愛。」（《離別半世紀——雲水謠作者張克輝重逢結連理》，《聯合早報》2008年12月6日。）當時，張克輝打算赴廈門念書，祖母一度不同意，希望他結婚後再去廈門。可張克輝卻認為結婚會被兒女私情絆住，可能走不了。最後，祖母帶他到「南瑤宮」擲筊，連擲三個聖杯，祖母才不再堅持。張克輝離開臺灣後，再也沒機會返回故鄉，無法再見到初戀情人。這位初戀情人，在苦等未果時，嫁作他人婦，給張克輝的心中留下一段揮之不去的憾事。到大陸後的張克輝，參加了游擊隊。在安溪打游擊的時候，他認識了廈門大學中共地下黨的領導人之一紀華盛的妹妹紀慧瑜。兩人情愫陡生，後因時局動盪和「革命」需要，兩人各奔東西，並先後成家。解放後，張克輝仕途頗順，歷任國務院臺灣事務辦公室副主任、全國人大常委會委員、中華全國臺灣同胞聯誼會會長、臺盟中央主席、中國和平統一促進會會長、全國政協副主席等職務，成為中共政壇上「官位」最高的臺灣人。期中，張克輝雖常常因公到福建，知道他過去「革命戀情」的身旁好友，也曾向他提及，他總是欲言又止。畢竟，時過境遷，定居廈門的紀慧瑜，也有了自己的家庭，他擔心多言會造成雙方的困擾，兩人幾乎沒有往來。2002年前，張克輝的妻子在北京去世，因他是共產黨的高官，不能回到故鄉臺灣，他為此萬分沮喪，決意辭去官職，寄情寫作。或許「命中註定」的情緣未了，冥冥之中，他與離異多年的紀慧瑜重逢，舊情復熾，兩人於2008年10月，在北京喜結良緣，攜手共度暮年歲月。

陳弘原名陳伯熙，解放後改名為陳弘。18歲，他到東京補習學校學習期間，認識了他的未婚妻楊惠華。當時他和楊惠華的4個哥哥是好朋友，時常往來，陳伯熙和楊惠華彼此傾慕，在楊惠華哥哥的撮合下，他們很快訂了婚，並相約4年後，陳伯熙大學一畢業就完婚。1948年夏天，陳伯熙在基隆碼頭與楊惠華分別後，因兩岸阻隔，再次見面時，兩人已是人過中年了。在陳伯熙不在臺灣的日子裡，楊惠華一直在替他盡著孝道，照顧因想念兒子而哭瞎眼睛的陳母，陳母認她作了乾女兒。

紀朝欽當年在臺灣時，曾在一大戶人家做家庭教師，認識了他學生的姐姐，兩人互相傾慕。一年後，因參加「二・二八」起義，紀朝欽被國民黨當局追捕，被迫流亡大陸。沒想到，一別竟是30幾年。到大陸後，紀朝欽積極投身到中國革命和社會主義建設中，後來曾被派到日本做外交官。1980年代，當他與當年在臺灣的女朋友在日本重逢的時候，她昔日的女朋友才告訴他，紀朝欽走了之後，她苦苦等了他20年。

林東海17歲時，離開臺灣到香港，在基隆碼頭與母親一別，再也沒見過面。1984年，他在日本與隔絕多年的臺灣親人相會的時候才知道，母親在20年前就離開了人世。林東海參加過抗美援朝，他在朝鮮戰爭中擔任偵察參謀。在戰爭期間，有一位女戰士對他十分仰慕。戰爭結束後，大家埋頭工作，他與這位女戰士失去了聯繫。（趙楠：《〈雲水謠〉背後的故事》，《泉州晚報・海外版》，2007年6月28日。）

張克輝在自己和三位老臺胞陳弘、紀朝欽、林東海親身經歷的基礎上，加工提煉而創作了電影文學劇本《尋找》：

年輕有為的陳秋水與自己在臺灣的戀人王碧雲訂立了婚約，然而卻由於貧富的懸殊和歷史的原因，他們只能在情感的河流中跌宕起伏，一直不能團聚。而他在大陸的愛人王金娣為了得到愛情，不惜把自己的名字改為「王碧雲」……一個男人承載了臺灣的戀人和大陸的親人兩份癡情而執著的等待，60年滄桑如雲似水，然而兩岸癡情人的心卻始終相望，相戀不曾改變。

根據《尋找》改編的電影《雲水謠》，是由中影集團、臺灣龍祥公司以及香港英皇公司聯合投資，耗資3000萬元拍攝的愛情文藝巨制。劉恒編劇，尹力導演，大陸、香港、臺灣青春偶像明星陳坤、李冰冰、徐若瑄、梁洛施參與主演，歸亞蕾、秦漢等三地影帝影后鼎力護陣。影片輾轉西藏、福建、遼寧、加拿大、上海等五地拍攝，畫面色彩鮮明、鏡頭富於張力和節奏感，時空交錯，故事情節曲折、以人物帶動故事分別敘事，又以人物之間的關係彼此交接關聯，使之線索清晰，蒙太奇和長鏡頭拍攝手法的運用，可圈可點。

《雲水謠》講述了一個跨越近60年（1947-2005）的愛情故事。影片的片名取自於女主人公王碧雲的「雲」和男主人公陳秋水的「水」，在此基礎上加上了一個「謠」字，暗示這是一部在物欲時代業已消失的古典愛情傳奇。王碧雲與陳秋水，在臺北一見鍾情後即將訂婚。陳秋水因參加左翼活動，在臺灣二・二八事件後從臺灣逃到大陸。朝鮮戰爭爆發後，他以軍醫身分奔赴朝鮮戰場。爽直、可愛的戰地護士王金娣對他一見傾心，但陳秋水難以忘懷昔日的戀人，改名徐秋雲，一直有意回避王金娣。戰爭結束後，陳秋水隨軍援藏，王金娣竟追隨而至，並徑直改名為王碧雲。為王金娣的真情感動，陳秋水與之結成伴侶。而身在臺灣的王碧雲卻甘願以兒媳的身分擔負照顧戀人的母親，儘管身邊有薛子路的默默守候，她依然選擇了漫長而無望的等待。60年的漫長歲月過去了，一生未嫁的王碧雲早已兩鬢斑白，但那段純真美好的愛情仍然深藏心裡。

毋庸諱言，「此曲只應天上有，人間哪得幾回聞」。對身處物欲化時代的新新人類來說，「《雲水謠》為現代觀眾營造了一個愛情童話、一個愛情傳奇，使他們也會相信愛情的存在。透過感情表達人物那種不叫苦、不言屈，寧肯犧牲自己也要維護他人的大愛，正是我們民族精神的體現，這不僅僅是劇中三個主人公個人所有的，而是那一代中國人身上所具有的美好品質。」（宋罡　尹力：《「平波秋水　狂瀾深藏」——訪問〈雲水謠〉導演尹力》，《電影新作》2007年第1期。）正因為如此，這部兼具「商業」與「主旋律」因素的愛情電影，無疑是2006年思想、藝術和觀賞結合得較為完美的情感大片。

（二）主題：從單一的愛情到雙重的愛情和愛國

電影文學劇本《尋找》與電影《雲水謠》，主題從單一的愛情尋找拓展到尋找愛情與祈盼祖國的統一。表面上看，影片從沿襲劇本「尋找」的時空線索來探究「在人世間，把生者和死者隔開的是什麼？把相愛的人隔開的又是什麼？」實際上，探究了男女主人公有緣無分的終極原因，在於兩岸的對峙。從而，使劇本單一的愛情主題昇華為愛情與愛國的不可分離的哲理追問。

1、顯性愛情：回歸到愛情本質的忠誠與執著

人是有感情的動物，不管世事無常、還是滄海桑田，最能感動人心的是兩性關係，哪怕在商業文化盛行，速食愛情昌盛的今天，純真的愛情，仍然是人心裡最柔軟的東西。而電影《雲水謠》就觸摸和焐熱了那久違的愛情真諦，純真愛情中的忠誠與執著。

《雲水謠》以在世的女主角王碧雲作為影片的敘述者，追溯一個雋永純潔的愛情命運故事。編導精心設置了兩場偶遇（陳秋水與王碧雲在狹窄樓梯上擦肩而過時的兩情相悅；王金娣在朝鮮戰場受傷住院時與陳秋水邂逅的一見鍾情）、兩場分離（陳秋水追隨王碧雲離去的小車；王金娣緊追陳秋水漸行漸快的火車）、兩場重逢（王金娣前往第四軍醫大學醫療系看望陳秋水；她忤逆父母追隨陳秋水來到援藏醫院與之相伴）的煽情戲，和在影片中多次出現的道具（鋼筆、日記、戒指和鈕扣），將滄海桑田、海枯石爛、至死不渝的「古典式」愛情故事渲染到了極致。

陳秋水因從事左翼活動，被當局通緝，在臺灣「二・二八」事件後，被迫遠避大陸，在雨夜與戀人王碧雲痛苦離別，從此二人天各一方，隔海相望，堅守「等待彼此」的誓言，思念對方。王碧雲

一方面以兒媳的身分代戀人盡孝，另一方面發瘋似地到處打聽陳秋水的下落，活要見人，死要見屍。遍尋無果後，她拒絕了薛子路多年的癡情與默默守候，選擇了漫長而無望的等待，守著一幅肖像和一枚鈕扣，終身未嫁，從紅顏變成白髮，長達60年，癡心不改。為了烘托的愛情本質和信念，編導還在王碧雲的生活中，配備了對她癡情一輩子、無怨無悔、不求回報的薛子路。薛子路對王碧雲的癡情，從開始在王家大門手持玫瑰花的默默等待，看見陳秋水從王家出來後的追問，聽見他和王碧雲喜笑顏開後的妒忌，到對王碧雲的尊重與理解，乃至於不遺餘力的支持與幫助，和王碧雲一樣，為愛靜候一生。

離開臺灣的陳秋水，參加了游擊隊，到過朝鮮戰場，來到第四軍醫大。他仍然沒有忘記自己的戀人，趁暇在浙江美術學院、廈門大學的資料館去尋找愛人的蹤跡。失望之餘，伴隨著王碧雲畫像、戒指和鋼筆，在孤獨的思念中忘我的工作和生活。他甚至為思念母親徐鳳娘和戀人王碧雲而將自己的名字改為徐秋雲。同樣，編導為了彰顯陳秋水對愛情的信念與執著，在他身邊還配備了對愛情懷抱「執子之手，與子攜老」的王金娣。在朝鮮戰場上，王金娣因受傷住院對改名為「徐秋雲」的陳秋水一見傾心，至死不渝。她放棄留在上海的優越條件而生死追隨他到了西藏；明知陳秋水不愛自己而毫無怨尤，甚至為了寬慰他將自己的名字也改名為王碧雲，替王碧雲照顧陳秋水一生，最後葬身於雪崩。

為了使古典式的愛情信念和堅守與當今社會年輕人的愛情觀聯繫起來，編導還有意在片中增加了一個穿線似的人物，遊走於新加坡、香港、紐約和大陸的都市時尚年輕女子——王碧雲的侄女王曉芮。在喝著可樂，聽著流行歌曲，穿越於網路長大的「80、90後」的心靈天平上，事業、成功、金錢遠比愛情重要。誠如陳崑崙的妻子卓瑪央金在酒吧問王曉芮為何不結婚時，她沉思後這樣回答：「到處都是小心眼的男人和勢利眼的女人，像你公公婆婆和我姑媽那樣的人是稀有品種，已經滅絕了。」她不再相信愛情，所以奉行獨身，剩下的只是對姑媽等上一輩人「純愛」的不解與好奇。

影片中通過王碧雲為愛孤獨一生，終身不嫁；陳秋水為愛尋覓半生，癡心不改；薛子路為愛不求回報，不遺餘力；王金娣甚至為了愛甘願作別人的影子，共同成就了一個海水相望的愛情故事，來表現愛的本質。正因為如此，才觸動了各個年齡段的觀眾，在他們的心靈深處，泛起愛的層層漣漪。愛情原本如此，忠誠與執著才是她的應盡之義。

2、隱性價值：家國情懷中的國家統一

《雲水謠》表面上描寫的是四個男女的感情故事，其立意卻隱含了家國情懷中對國家統一的強烈期盼與願望。在影片中的愛情描寫中，處處呈現出家國情懷、大陸人民和臺灣人民血濃於水的主流價值觀。導演尹力在回答記者採訪時對此有明確地闡釋：「《雲水謠》當然主要寫的是愛情，以愛情為目的，以愛情為出發點，以愛情為感召力，但從來沒有簡簡單單地停留在感情層面上。雖然它講述的是一個跨度60多年的愛情故事，但是為什麼觀眾覺得它不單薄，不是小橋流水，不是一個簡單的個人抒懷？因為我們把歷史跨度放在這樣一個愛情過程當中，整個影片不光是一個男人和兩個女人的感情故事，這裡邊還透露出了很多類似家國情懷之類的宏大主題。」任何國家的主流電影都要弘揚真善美，表達主流價值觀。「具體到《雲水謠》來說，用『主流電影』的說法更為準確。像美國大片《搶救雷恩大兵》、《阿甘正傳》，它都在講一個主流價值觀，這個主流價值觀不管是英雄主義、愛國主義，很大程度上都體

現了這個國家的公民大眾的意願。《雲水謠》當中，絕對不是簡單地把愛情作為標籤貼在上面，觀眾已經很難把愛情主旨和愛國主義、家國情懷分開，它們是滲透在一起的，這也是它動人的重要原因。」（宋罡尹力：《「平波秋水　狂瀾深藏」——訪問〈雲水謠〉導演尹力》，《電影新作》2007年第1期。）

這種家國情懷在陳秋水的經歷和身上表現得非常明顯。一個醫學院的高材生，在民主與黑暗的博奕中，並沒有沉浸在自我的小天地裡，而是積極參加進步活動。像魯迅小說裡的鬥士一樣，他參加了臺灣「二・二八」愛國民主運動，投身革命、抗美援朝、支援西藏。在忘我工作之餘，陳秋水的內心深處始終難以忘懷臺灣的母親和戀人。

國家統一的主題，在影片一開始就呈現出來。王曉芮給姑媽打電話時，王碧雲就告誡侄女「世界這麼大，你總得給自己找個落腳的地方。跑來跑去，哪天是完，人是不可以這樣漂浮在世上的。」王曉芮去祭奠薛子路叔叔後，有感於姑媽這一代人的感情，疑惑道：「在人世間，把生者和死者隔開的是什麼，把相愛的人隔開的又是什麼？」隨著劇情的展開，我們知道了陳秋水與王碧雲之間的愛情悲劇，不是他們本身的原因造成，而是政治和戰火導致他們音訊杳無，思念無著。從而促使人們思考，在歷史背後個人悲劇的政治原因，以此呼喚祖國的統一。影片結尾，通過一隻雄鷹從雪域高原穿越雲層，飛越群山峰巒、黃河長江直至海峽對岸，更加明確地寓意兩岸人民的希望與企盼，只有祖國早日實現完全的統一，陳秋水和王碧雲式的悲劇才不會重演。

（三）故事線索和敘事策略

尹力在導演《雲水謠》之初，就確定了「盡精微，至廣大」（徐悲鴻畫素描時的一句名言）的藝術追求。影片採取現實與歷史、時間與空間交錯的方式向觀眾講述了一個淒美的愛情傳奇。在現實上，酷愛繪畫的王碧雲，一生未婚，情感生活充滿著故事與神秘，使厭倦刻板生活、酷愛自由的侄女王曉芮為此頗為好奇。受她所託，王曉芮先後到香港、臺北、上海、拉薩等地去「尋找」姑媽的「愛情傳奇」，從而將王碧雲近一個甲子（1947-2005）的愛情歷史，通過回憶的方式在廣闊的空間範圍中娓娓道來：臺灣青年陳秋水和王碧雲的彼此相愛，陳秋水逃亡後王碧雲與陳秋水母親以及薛子路的深情交往；朝鮮戰場徐秋雲（陳秋水）與王金娣的相識相知，西藏高原徐秋雲與王金娣（王碧雲）的感人結合等，通過王曉芮的「尋找」足跡和老年王碧雲「穿針引線」的引子，將時空範圍擴大到新加坡、紐約、日本、朝鮮、西安、福建等地。

在這種時空交錯中，影片立足「情」的基調，通過王曉芮「尋找」王碧雲愛情故事的前因後果，帶出故事中的人彼此「尋找」的情感歷程。

當王碧雲與前來輔導弟弟英語的臺灣大學醫科學生陳秋水在樓梯上擦肩而過時，她少女之心就此撥動，從此就沒有停上過。愛情的等待與尋找，成了王碧雲和陳秋水、王金娣生命的全部。她們都是為愛情的等待而生的，也是為愛情的尋找而活的。

王碧雲拖著柔弱的病體，到廟裡去抽籤占卜、四處打探陳秋水的消息、拒絕薛子路幾十年的不離不棄、一往情深。陳秋水抗美援朝凱旋歸來，生活較為安定時，便開始到杭州美院和廈門大學去「尋找」王碧雲的蹤跡。王金娣為了「尋找」陳秋水，不惜背著父母跑到西安，甚至改名王碧雲追到了西藏。他們相信愛情，視愛情為宗教般虔誠，為了心目中的戀人，歷經千辛萬苦也要去「尋找」，哪怕是一次又一次的失望，他們也不灰心，絕不放棄。王碧雲一輩子的等待與尋找，換來的卻是早在1968年陳秋水就已遇難雪山的噩耗。當她從視頻上看見酷似戀人的陳崑崙時，積壓一輩子的思念終於爆發了。難怪她因網路原因聽不清陳崑崙講述自己父親的故事時，老淚縱橫，聲嘶力竭。陳秋水雖然「尋找」無果，但在他心目中，王碧雲仍然是他的最愛。他為此將自己的名字改為徐秋雲。王金娣的「尋找」總算圓滿，為了愛，寧願成為王碧雲的替身也無怨無悔。這種對愛情的等待和尋找，正是生活在現代物欲社會裡的王曉芮所羨慕和追求的。

生活在現代都市（香港的飯店，上海、西藏的酒吧）嘈雜喧鬧環境裡的王曉芮，每次出場的後景中都會有一對時髦的現代青年旁若無人相擁熱吻。這種現代青年「速食前衛」的戀愛方式與前輩的「純情癡戀」的戀愛方式，形成一種強烈的對比，使人憑空生出幾多世事滄桑、今夕何夕的悲涼感，也揭示出發生在王碧雲和陳秋水等人身上的帶傳奇色彩的古典主義式的愛情故事，在今天已成為遙不可及的追憶與夢想。

正是基於對現實的失望與無奈，王曉芮才不辭辛勞去追尋那一段苦澀悲情、業已塵封的歷史足跡。王曉芮在尋找過程中，深切地感悟和體驗了姑媽這一代人的愛情傳奇，雖面臨絕跡，卻依然美好。畢竟歲月易老，愛情常新。正如海峽能分隔大陸和臺灣，卻無法阻隔兩岸人民的團圓之心一樣。

《雲水謠》的敘事策略最突出的是影片敘事的歷史長度。影片中的故事穿越了1947年到2005年近60年的時空，從寶島臺灣到鴨綠江畔，再到青藏高原，戀人們的情感歷程在歷史風雲中跌宕起伏。在這個甲子輪迴的歷史過程中，編導以一種現在進行式的方式敘事，通過無數次閃回，呈現出了陳秋水與王碧雲／王金娣之間的漫長愛情悲劇。這種巨大的歷史跨度，使影片不僅延宕了男女主人公的愛情，也加濃了情愛敘事的力度。

《雲水謠》的主要內容可分為臺灣生活、抗美援朝、援藏遇險和西藏采風四個敘事單元。影片在處理這四個敘事單元時，重在表現人物的情感故事，歷史背景也是為人物的情感變化服務的。臺灣生活的敘事重點是陳秋水與王碧雲相識與相愛。因陳秋水是左翼人士，在遭國民黨當局通緝後被迫與戀人王碧雲分別而遠走大陸。臺灣二・二八事件，成為男女主人公愛情悲劇開始的背影，所以，敘述較為簡略。蕭瑟的陰雨連綿和警笛長鳴的壓抑氛圍，較為成功地表現出臺灣當時肅殺的政治環境。抗美援朝的敘事重點是陳秋水與王金娣在冥冥中的邂逅與相識。戰爭的殘酷、青春的飛揚和勝利喜悅，在戰地醫院、文藝表演和凱旋回國的場景中，將那個火紅的歷史年代共同呈現。援藏遇險的敘事重點是陳秋水主動援藏，王金娣跟隨前往，改名相伴，最後雙雙為新的生命的誕生而遇難雪山。正因為這段複雜的歷史與影片的主題關聯度不大，編導只是將其作為純潔人物情感的背景展現。藍天、白雲、聖湖、雪山等西藏風光，使主人公的愛情與歸宿顯得異常的聖潔與純淨。陳秋水和王金娣在1968年因雪崩殉職後的故事，由王曉芮遠赴西藏采風來追述與補綴。這一段歷史的時代背景，編導採取「大而化之」的模糊處理方法，注重歷史細節的表現，以確保圓滿地表現這個悲情的愛情故事。正因為如此，有的評論者，將影片冠之為「歷史外衣下的鴛鴦蝴蝶」（眉間尺：《雲水謠　歷史外衣下的鴛鴦蝴蝶》，《北京青年報》，2006年12月13。）。

三、傑出的蒙太奇手法和全面採用DI（數位中間片）技術

《雲水謠》採取時空交錯的手法，講述大時代背景下隔海相望的愛情傳奇。編導緊緊抓住原著中「尋找」的意象，通過鏡頭和畫

面的轉換和組接，將現實與歷史自然地融合在一起，使觀眾在過去和現在的情節中，跟隨男女主人公去沐浴純真的愛的洗禮。

影片中的時空轉換比比皆是，較為特別的有兩處：王曉芮在香港打電話給姑媽追問「在人世間，把生者和死者隔開的是什麼？把相愛的人隔開的又是什麼？」時，王碧雲注視著陳秋水的畫像，鏡頭的光線由明變暗，從陳秋水的畫像疊化出1940年代末臺灣擦皮鞋的場景；另一處是王曉芮找到姑媽在臺北的家，用手輕撫大門時，鏡頭通過將門做舊的畫面再一次把觀眾從現在帶回到過去。

尹力在設計「秋水尋碧雲」的內容時，出色地創造了兩個優秀的隱喻蒙太奇（剪接式拍攝方法，即把分切的鏡頭組接起來的手段）。一個是臺灣西螺的碾米場，另一個是西藏的衛生院，一群鴨子和三五個小孩，以此表現陳秋水尋找王碧雲的急切和艱辛。「在兩段尋找之路中分別有翠竹和木柴將畫面完全遮擋，翠竹和木柴便成為極具象徵意義的符號。」（張險峰：《經典電影作品賞析讀解教程》，北京大學出版社2010年版，第97頁。）如按照索緒爾的符號學觀念，表達手段的能指——翠竹和木柴，表達含義的所指——祖國內地與臺灣的分離。正是「翠竹和木柴」的遮擋隱喻了「秋水尋碧雲」、「碧雲找秋水」的艱辛與因海峽阻隔，無法團圓的悲劇。此外，影片中的三位主人公身體的缺陷，也具有符號學上的意義。王碧雲的腿有風濕關節炎，陳秋水的腿在朝鮮戰場上凍傷，薛子路的鼻出血。他們身體的缺陷，既昭示了他們的悲劇結局，也隱喻了臺灣不回到祖國的懷抱，中國的版圖就不完美。影片結尾一隻鷹在崇山峻嶺的雪山之上朝著寶島臺灣凌空飛翔而去……照應並回答了影片開始時王曉芮的疑問，把生死與死者、相愛的人隔開的原因是那灣淺淺的臺灣海峽，從而使影片的主題突破了小我的愛情而上升到國家的統一。

尹力在創造隱喻蒙太奇的同時，又將巴贊等人宣導的長鏡頭（即「長時間鏡頭」或「不中斷鏡頭」，拍攝時一個場景只用一個鏡頭貫穿，無剪接）手法融入其中，二者相得益彰。《雲水謠》的開篇長達6分鐘的長鏡頭：擦皮鞋的少年、吆喝的賣報人、喝茶的閒人、橫行的兵痞、當地的婚嫁以及傳統的閩南戲、臺灣的布袋戲等，令人歎為觀止。尹力通過鏡頭從窗戶內拉出，緩慢地移搖到臺北街頭的三條里弄，在一番升降推拉中，陳秋水在聲音的引導下進入畫面，從而最大限度地展現了1940年代末臺灣特有的民俗民情景象，激發起觀眾對片中人物命運的關注與期待。這組「長鏡頭是由前期實拍的7個鏡頭與三維製作的1個鏡頭通過數位特技合成完成的。」從而「把來自於真實環境中不同空間場景與虛擬的景象統一融合為視覺一體化的敘事空間，為影片造就了特殊的時空涵義。」（徐欣：《電影〈雲水謠〉開篇長鏡頭的數位合成製作》，《現代電影技術》2007年第7期。）此外，呼應「雲水」寓意的「海峽波湧」（片頭）和「鷹擊長空」（片尾）等長鏡頭，也值得稱道。

《雲水謠》是國內第一部全面採用DI（數位中間片）（所謂的DI（數字中間片）是電影的後期製作流程：將膠片拍攝的原始素材轉換為高解析度的數位檔後進行數位化的後期製作，最後直接輸出成片拷貝。其優勢在於可以自由控制影片的輸出色彩，大幅提高拷貝的畫面解析度。參見馬平：《數位中間片的中國之路》，《現代電視技術》2006年第12期。）技術的影片，在畫面色彩和清晰度上堪與好萊塢主流商業電影的畫面品質媲美。航拍使紐約街衢到香港鬧市，臺灣街景到西螺鄉下，朝鮮戰場到西藏雪山，畫面、光影和色彩的變化，轉換自然、流暢，令人驚奇。「在臺灣敘事單元，陳秋水家鄉西螺轉動的水車、流淌的小溪、高大的榕樹、鄉間的小路，觀之如一幅幅油畫，象徵著秋水和碧雲美好的初戀時光。在西藏敘事單元，壯美雪域高原碧玉般的藍天、白皚皚的雪峰、澄澈的聖湖、壯闊的草原，以及高原上憨直的藏民、嬉鬧奔跑的孩子也是秋水和金娣美滿生活不可缺少的背景。」（馬瀟：《「腰斬」的歷史與意義的「懸置」——電影〈雲水謠〉的時間敘事策略》，《戲劇文學》2008年第3期。）

四、《尋找》改編為《雲水謠》的得失

電影《雲水謠》對《尋找》的改編無疑是成功的。首映式在人民大會堂舉行，央視新聞聯播予以特別報導，專家一致好評，票房成績喜人。

張克輝的《尋找》，重在表現海峽兩岸的對峙，導致骨肉分離，愛情失落。而《雲水謠》在遵循原著「尋找」線索的基礎上，加重了主流價值和文人關懷的份量，使之影片在給人賞心悅目的同時，又倍感豐盈深厚。為此，改編時，編導將陳秋水與王碧雲的愛情傳奇置身於恢弘的社會歷史背景之下，使之兩性之間的情感糾葛，與海峽兩岸人們的共同心願相繫，從而使愛情與愛國的意蘊融為一體。同時，《雲水謠》較為成功地解決了主旋律電影的意識形態導向和商業大片的視聽表現和運作模式，將一個宏大的政治命題——國家統一，以極具藝術感染力的視聽語言表現出來，取得了雙贏的佳績。

與原著相比，《雲水謠》無論是在描寫愛情傳奇、還是創造電影類型，乃至豐富電影的表現手法等方面都可圈可點。

《雲水謠》中的每個人都在固執地堅守自己的愛，把這種兩性的情感，當成一種信念而非責任或承諾。即便這種愛虛無飄渺、遙遙無期，即便這愛給自己帶來萬劫不復，傷害著所有其他愛自己

的人，也不放棄，無怨無悔。「與現代人隨性的情感相比，他們這種堅持似乎更像是一種信念而並不是因為責任或者承諾。他們堅持的是源自於內心深處的那種愛。是愛情拋物線最高點的那種超越了任何功利性的最本質的情感需求。」（尹鴻：《魚與飛鳥的愛情——電影〈雲水謠〉觀後》，http://dzh.mop.com/whbm/20061107/0/lg3zOI6ca1d88a7l.shtml）的確，《雲水謠》裡的愛情觀，為當下時髦的「速食愛情」重塑了一個永恆的範本——忠誠、執著。只要心中有愛，愛情就永葆新鮮。

編導基於市場考慮，在《雲水謠》中「對類型片進行多樣化的探討」（製片人韓三平語。http://www.m1905.com/mdb/film/57298/feature/）。影片中融入了純情片、苦情片、戰爭片、異域片、革命歷史片、懷舊片等多種電影類型，以期滿足不同觀眾的視聽需求。1940年代末，在臺北與雲林西螺，來自鄉間的窮小子陳秋水與城市的富家千金王碧雲一見鍾情，遭到王碧雲母親的阻攔，因陳秋水是左翼分子，為避難遠赴大陸，正好滿足了王家父母的想法。這是純情片中的常見類型。陳秋水和王碧雲因革命與愛情的矛盾而生離死別，必然會誓言旦旦，無限牽掛。這在「革命十戀愛」的類型中，司空見慣。陳秋水走後，留給王碧雲的是漫長的等待、思念、尋找和堅守，乃至於拒絕默默追求者薛子路，終身不嫁，白髮蒼蒼時還癡心不改，無怨無悔。這場苦情戲延續到抗美援朝，陳秋水為思念戀人王碧雲改名為徐秋雲，在戰地醫院，與王金娣相識。回國後，陳秋水又主動援藏，王金娣尾隨而至，又拉開了異域題材的電影類型。為了使純情片的類型進行到底，影片設計了王金娣為了愛陳秋水，將自己改名為王碧雲。新婚之夜，她灑酒祭奠，並向天空中的王碧雲承諾，她願意替她一生守候在陳秋水身邊。這種橋段，既為陳秋水放棄王碧雲做出了辯護，也增加他與王金娣愛情的道德性，從而為觀眾接納他們兩人的愛情做出了合符情理的人性鋪墊。整個影片通過移居美國的王碧雲的晚年追憶和養女王曉芮的到處尋找來完成整個故事的敘述，從而使得這部影片也如好萊塢商業大片《鐵達尼號》、《搶救雷恩大兵》一樣，有了懷舊片的色彩。

與此多樣化類型片相適應，《雲水謠》在表現每一個主題類型時，都確立與故事相匹配的主色調。初戀時的明媚春光；戰爭中的土黃色；漫長等待中的沉悶陰暗；雪域高原的藍天白雲，都恰到好處地奠定了主題類型的轉換，也有力地烘托了人物心理，從而完成了多樣化電影類型融為一體的創作目標，使之一部主旋律題材的商業大片，具有了極高的欣賞價值。

《雲水謠》中的一些情節設計，也頗為精彩。如影片開始不久，陳秋水在王家教王雨萌唱英文歌曲時，他將一張粉紅色的紙條遞給送茶水的王碧雲，王碧雲拿著紙條高興而去。觀眾都以為他們的感情已由心中愛慕發展到傳遞情書時，王碧雲卻將這張紙條撕碎拋棄，繼續畫畫。觀眾由此產生疑惑，難道王碧雲拒絕了陳秋水？隨著劇情的發展，原來這張紙條不是陳秋水寫的，是他幫薛子路轉交的。再如，影片的中間，抗美援朝結束時，王金娣在火車站看見陳秋水坐在正在啟動回國的火車上時，大喊了一聲「哥」，讓所有觀眾一愣，陳秋水怎麼成了她的哥哥呢？編導在此，一方面表現王金娣在眾目睽睽之下的機智，另一方面又有意跳過一段未寫，調動觀眾共同參與的熱情，以此加快情節的推進。這種情節設計，編導採取「欲揚先抑」、「異峰突起」的藝術表現手法，無疑豐富或發展了編劇的技巧。此外，影片中的一些細節也可圈可點。如陳秋水前來王家應聘家教時，王母詢問他的家境，鏡頭採取特寫的方式再現了他將那雙未穿襪子的腳往後一縮；陳秋水與王碧雲在王家狹窄的樓梯上擦肩而過的鏡頭，也恰到好處地表現了他們的一見鍾情和芳心暗許；王碧雲母親看出女兒愛上陳秋水時，多給陳秋水兩個月工資讓他走人；王碧雲到了鄉下陳秋水家裡後，陳母讓兒子趕緊給王家打電話；陳秋水到大陸後所經歷的磨難，影片雖沒有正面表現，卻通過王金娣追他到西藏時，看見他在抽煙，吃驚問他：「你學會抽煙了？」他回答說：「沒癮，悶了抽一根。」一個簡單的細節，將他來大陸後幾十年所承受一切心酸和苦悶淋漓盡致表現了出來……這些細節，既符合人物的身分和心理，又具有一定的歷史感。

影片中的一些道具和臺詞，也值得稱道。如王碧雲手中的那枚鈕扣和陳秋水手中的那支鋼筆，既是見證他們愛情堅貞的信物，又是貫穿劇情始終的情感道具。一些人物的對白和臺詞，既有哲理性又富有潛臺詞，較為深刻地揭示了主題和人物的心理。如片首王曉芮的疑問：「在人世間，把生者和死者隔開的是什麼？把相愛的人隔開的又是什麼？」就非常準確地把影片的主題提了出來。王母發現女兒愛上陳秋時後，為防患於未然，藉口朋友有暇來給兒子教英語，解雇陳秋水，王父突然說道：「你的朋友是教日語的吧。」王母反詰道：「你喝多了。」多年以後，王庭武準備移民美國，人近中年的薛子路來王家看望王碧雲，王父問他：「她總是這個樣子，你以後還肯再來嗎？」薛子路回答：「只要她還在等陳秋水，我一定會來。」因為擔憂女兒的未來，王庭武成天以酒澆愁。王碧雲說：「爸，我求求你不要再喝了，你都已經酒精中毒了。」王庭武說：「你醉得比我還厲害，這麼東跑西跑是徒勞的，你醒醒吧。」簡短的幾句對白，將三個人的性格、內心活動展露無遺。

毋庸諱言，影片在描寫長達60年的愛情傳奇時，歷史變遷的蜻蜓點水或者有意略去，使陳王兩人的愛情未免太純粹和浪漫了，缺乏滄桑歷史的支撐，顯得不夠堅實，難怪一些評論者，冠之為愛情童話。影片為了滿足不同類別和層次的觀眾的視聽需求，採取各種電影類型的雜糅和組合，使之在處理每一種類型和各類型之間的過渡關係時，顯得較為生硬而缺乏好的創意，不僅使歷史進程的圖像模糊，而且使每個類型單元也缺乏厚重感。「要啥有啥」的意圖，像大雜燴一樣，雖然總的感覺不錯，但畢竟特色並不突出。此外，鏡頭的過多閃回與切換，也使不知道劇情、初次觀看影片的觀眾，有時空轉換過於零亂之感。

在人物刻畫上，相比於王碧雲的苦苦尋找和矢志堅守，陳秋水的獨身和對王金娣感恩的接受，就顯得有些單薄了。一些鏡頭也缺乏應有的歷史深度，有迎合現代觀眾取悅市場之嫌。如王碧雲到西螺來看望陳秋水時，兩人在鄉間公然擁抱。再如在拉薩的援藏醫院，陳秋水聽說王碧雲來了，把氧氣瓶往下一扔就開始瘋狂地跑去找她，這也有點脫離具體的歷史情境，顯得不夠真實。

總之，瑕不掩瑜，《雲水謠》作為一主旋律的商業大片，無論是主流價值、人文關懷，還是愛情描寫、藝術表現，都較為成功。

第八章

《天鵝絨》到《太陽照常升起》

影片資料

中 文 名：太陽照常升起
英 文 名：The Sun Also Rises
原　　著：葉彌
編　　劇：述平　姜文　過士行
導　　演：姜文
主　　演：周韻　房祖名　姜文　黃秋生　陳沖
上映時間：2007年
片　　長：116分鐘
類　　型：劇情，文藝，音樂
出 品 人：英皇電影（國際）有限公司　北京太合影視投資有限公司
北京不亦樂乎影業有限公司

一、劇情簡介

開篇，一條開滿鮮花的鐵軌迎面而來。一個睡覺的女人做了一個夢，夢見開滿鮮花的鐵軌中間，有一雙長著黃鬚子的繡花（魚）鞋。女人醒後，擺弄著性感的雙腳，做出了各種誘惑的姿勢，然後，她把腳放入洗腳盆中。洗完後，赤腳走下樓梯，走在鋪著紅色沙子的鄉間路上，頭腦中是一雙雙長著黃鬚子的繡花（魚）鞋……

一九七六・春・南部

媽到集市的小商店挑了一雙長著黃鬚子的繡花（魚）鞋。她太喜歡了，雙手捧著繡花（魚）鞋，沉浸其中，與抱著一摞磚的兒子撞了過滿懷，差一點跌到。接著，她瘋狂地追趕著兒子，兒子一邊跑一邊把懷中的磚拋去。追到一棵大樹下時，她才將繡花（魚）鞋的錢給了尾隨而至的店主。

兒子在學校不努力練習打算盤，老師聲嘶力竭地批評他，因激動而口誤，叫他打出「提高警惕，保衛祖國」。兒子劈哩叭啦地撥動算珠。老師問他打的什麼？他說「提高警惕，保衛祖國」。老師說算盤能打出字來，一氣之下，將他的算盤扔出了窗外，要開除他。這時，媽胸前掛著算盤來到老師的面前，一把將兒子拉著就走，還說這幾個字，媽也能教你。母子倆走在鄉間的小道。媽告訴兒子，她手中的繡花（魚）鞋就是她夢中想要的。兒子不信，說他夢見不上學了。媽答應他，不用上學了。兒子高興地舉起算盤，坐上拖拉機回家了。

媽在樹下解手，聽見一隻鸚鵡在鳴叫：「我知道，我知道。」她抬眼望去，鸚鵡從頭頂飛過，等她來到掛著繡花（魚）鞋的大樹下時，卻發現繡花（魚）鞋不見了。於是，媽圍繞著這棵樹瘋狂地尋找。兒子久等不見母親回來，就返回去找她。媽告訴兒子，繡花（魚）鞋不見了。母子倆人在返家的路上，那隻叫著「我知道，我知道」的鸚鵡從他們頭頂飛過，媽發現後，瘋狂地追牠而去。當兒子隨後而至時，發現媽已在樹上，高喊：「阿遼沙，火車在上面停下了，天一亮他就笑了。」兒子非常疑惑，媽是怎麼上的樹呢？突然，樹枝斷了，媽從樹下掉了下來。片名由此推出。

太陽照常升起

媽昏迷了好幾天，在兒子的呼喊聲中才睜開了眼。她看見兒子提著一雙繡花（魚）鞋。兒子告訴媽，王叔來看過她，還叫自己去當會計。媽一把將兒子的算盤搶過來，拋向窗外，算盤摔得粉碎。媽說，根本就不是那雙鞋。媽吩咐兒子打開麻繩袋裡的信，叫他念信中的內容。兒子念道：「就叫我阿遼沙吧……」媽隨手就給了他一耳光，兒子瞠目結舌。媽說他念錯了，兒子說沒有。媽問兒子懂嗎，兒子說不懂。媽說：「只能說你沒懂，不能說你沒看見。」隨後，媽一把搶過信紙，叫他睡覺。

兒子一覺醒來，窗外已是陽光普照，他睡眼惺忪地背著算盤跑步出家門。村民告訴他，你媽又上樹了。兒了提著長竹梯，奔向村口的大樹。來到樹前，媽將一隻小白羊從樹上丟了下來。兒子爬上竹梯，來到坐在樹丫上的媽面前。媽向兒子講了《樹上的瘋子》的故事，隨後縱身跳下，兒子驚問何故？媽疾風般地跑回了家，還念叨著說：「誰說沒見過羊上樹。」兒子不得不承認，媽瘋了。

兒子扛著長竹梯向村外跑去，發現媽正在村口的大樹下揮鋤挖坑，一群孩子正在圍觀。兒子扔掉梯子，高喊滾，孩子們作鳥獸散。這時，一輛拖拉機載著穿軍裝的李叔來了。李叔驚問兒子，你媽怎麼了？兒子告訴他，她買了一雙鞋，還說是夢出來的，掛上樹上，再也找不著了。結果，她就爬在樹上亂喊亂叫，砰的一下摔了下來，醒來後啥也不記得了，只知道上樹、刨坑。李叔說，你就不能給她買雙新的嘛。兒子說買了，她不要，她還在找她的那雙。李叔說，你媽不該是這樣的，那年，她一個人把你從外地抱回老家，我剛當員警，親眼看見的，了不起啊。媽在坑裡發現了李叔，高喊著：李叢喜，輕盈地從坑裡跑了出來。李叔丟掉手上的香煙，喊著嫂子，迎了上去。媽告訴兒子，要不是你李叔，我就找不到家了。她對李叢喜說：「那時你是個小員警，風也大雨也大，都快把你給嚇哭了。」李叔說：「我在邊境幹了十幾年了，混了四個兜，現在又回老家了。」李叔問媽：「嫂子，你總不能把這個樹給刨了吧。」媽說：「你看這樹是歪的，對吧，下面淨是鵝卵石，能不歪嗎？」

在回家的路上，兒子問：「媽跟李叔很熟？」媽告訴兒子：「熟，是他接咱們來這兒的。一路上照顧咱們，一路上風雨交加，他摔得滿臉是血，不久就犧牲了。」兒子驚愕不已。回到家裡，媽劃燃火柴，指向兒子的指縫，叫他閉眼。兒子受到火烤高叫，媽問他疼嗎？兒子回答疼。媽說李叔就不知道疼，他們把煙頭的火一直燒進肚子裡，也不疼，因為他犧牲了，別不相信你媽給你說的話。

兒子一個人在村辦公室裡打算盤，一邊看著手指上的燒傷。外面有人進來，他問是李叔嗎？來人說，你媽摔傷的是腦袋，該找大夫而不是員警。這時，村外大樹處冒起了濃煙，兒子飛奔而去。他發現媽正把鵝卵石拋擲在背簍裡，就高喊你別給我找麻煩了。說畢，兒子將背簍的鵝卵石全部倒空，用背簍把媽背回了家。

媽一個人在村辦公室的屋頂上赤腳行走，嘴上吟誦著崔顥的《黃鶴樓》：「昔人已乘黃鶴去，此地空餘黃鶴樓，黃鶴一去不復返，白雲千載空悠悠。」兒子在屋內打算盤，正在看書的村長問他，你媽在唱什麼？兒子說，她好像是在說不是在唱。村長說，恰恰相反，只要她不亂跑，就讓她在屋頂上唱吧。不久，屋頂上悄無聲息，兒子飛跑出門，一個背柴草的村民告訴他，你媽背一筐石頭往河邊去了。兒子來到河邊，平靜的河面沒有媽的影子，兒子將一塊鵝卵石拋向河面，濺起陣陣漣漪。

晚上，兒子從抽屜裡翻撿出一封發黃的信紙。當他讀到今天的故事是普希金寫的《樹上的瘋子》時，被媽打了一耳光。戴著斗笠的媽還順手搶走了信紙。接著，一陣摔碎東西的聲音傳來。兒子來到廚房，看見媽正在摔碗盤。一氣之下，他也跟著摔砸起來。母子倆像比賽似的，瓷器破碎的聲音，此起彼伏。兒子歇斯底里地指著媽說：「你就是個瘋子，不讓我上學，不讓我出工，不讓我出門。你知道我為什麼不上學嗎？我怕別人說我有一個瘋媽。」媽平靜下來，蹲下，小心翼翼地將碎碗片撿到手掌上，兒子心疼地將她手中的碎片拿開。媽突然站起來，惡狠狠地掐住兒子的脖頸說：「你敢把我交給員警和大夫，我就掐死你。」這時，掛著鑲嵌著李鐵梅畫像的鏡框從牆上掉了下來，摔得粉碎。媽背著竹背簍關門而去，她警告兒子：「別跟著我。」

媽在屋頂上吟誦著：「昔人已乘黃鶴去，此地空餘黃鶴樓……」兒子不勝其煩，用手捧水洗臉清醒頭腦。不久，屋頂上寂靜無聲，兒子飛奔來到河邊。發現媽背著竹背簍，提著鋤頭。兒子說：「河邊有狼，你不知道嗎？」媽回答：「狼，狼也跟不上我。」隨後，媽跨上河沿邊的一團草垛，離岸而去。她瀟灑地用鋤頭拍了一下水，旋即回到岸上，笑道：「狼能跟得上我嗎？」

媽在前，兒在後，媽問兒子：「媽瘋嗎？」兒子回答：「不……有時候。」媽回頭說：「瘋！」回到家裡，媽把一摞書信丟在火中焚燒，兒子問是誰的？媽說你爸的，全是些瘋話。兒子說他想知道。媽給他一張沒有父親頭像的雙人照。兒子問媽：「父親是什麼模樣？」媽說：「你的模樣，減去我的模樣，就是他的模樣。」兒子仍然疑惑。媽告訴他：「你爸是最可愛的人，他來到我們學校作報告，愛上了我。一個下雨天，他帶著槍來找我，我就跟他走了。離開了海，離開了家。不怕記不住，就怕忘不了。忘不了，太熟，太熟就要跑。你爸叫阿遼沙。」

兒子來到河邊，踩著媽曾經跨上過的那團草垛，投身在清澈見底的河水暢游。然後，他向岸上的林子深處走去，發現了一間用鵝卵石壘起白房子，宮中的燭火、碗盤和算盤，在他的噴嚏聲中紛紛破碎。他衝出白房子，遇見了李叔。李叔問他跑什麼？他轉身跑回了家。媽穿著褪了色的軍裝，站在門邊。媽說：「這些日子，我好像瘋了，為一雙鞋，現在好了。」說畢，媽跨出門檻，腳上穿了一雙繡花（魚）鞋。她對兒子說，她再也不打他了。媽叫兒子趕快去接下放的人，媽在家等你回來，接著聊。

當兒子駕著拖拉機回來，一群孩子，高聲叫隊長。兒子驚問，怎麼了？隨後和孩子們一道飛跑到河邊，媽不見了，河裡整齊地漂著媽的那雙繡花（魚）鞋、衣服和褲子……

一九七六・夏・東部

在一所大學的廚房裡，被勞動改造的小梁，一邊彈著吉他一邊叼著香煙，唱著印尼民歌《梭羅河》，五位年輕的女孩隨著節奏在案板上揉面。突然，電話鈴聲響起，一位姑娘跑去接聽，剛拿起話筒就驚叫：「啊，流氓，流氓。」同伴驚問：「怎麼了？」她回答：「太流氓了，說不出口。」接著，鈴聲多次響起，依次接聽電話的姑娘，依舊驚叫流氓。最後一位姑娘，將前一位丟下的話筒放好，面帶羞澀地說：「討厭，你們怎麼不告訴我呀。」鈴聲再次響起，小梁拿起話筒，說了句：「丟你老母嗨。」

小梁的左手食指被割破了，滲透著血。他來到學校的醫務室。經歷複雜、名聲不好的林大夫喜歡小梁，不僅給他包紮了傷口，還給他打了一針破傷風針。隨後，林大夫請小梁幫她擰床單，小梁的好朋友老唐來了。林大夫請老唐代勞，自己去試皮鞋，發現大了一號。

晚上，學校操場上放映電影——革命樣板戲《紅色娘子軍》。突然，有個女人的屁股被人「摸」了一下，她驚叫，抓流氓。小梁誤打誤撞地被眾人追打。老唐正在洗頭，開門一見，一頭霧水。眾人說不是他，繼續追找。小梁穿過老唐的家，雙手懸掛在他屋後的牆梁上。不知何因？此時的林大夫也懸掛在此。她告訴小梁，下面有草，鬆手就可以跳下去。她還示範地跳了下去，端著洗衣盆離開。可小梁鬆手跳下時卻摔壞了腿，被群情激憤的眾人逮住，一陣暴打。

調查時發現，有五個女人被摸了屁股。林大夫為「解救」小梁自願報名接受被人摸屁股的測試，以幫助吳主任查找流氓……

老唐想盡辦法，為小梁開脫，說有五個女人的屁股被摸，一隻手不可能摸五個屁股，一定還有幾個人要揪出來，所以他叫小梁先承認。受傷的小梁不能確定自己究竟摸沒摸女人的屁股，只記得有42支手電筒，照著他的臉，他腿受傷後摔到水溝裡，被逮住。他肯定地告訴老唐，抓流氓的絕對不是追他最前面的女人喊的。

林大夫來醫院病房看望小梁。她抱歉地說，沒能救成他。她向小梁承諾，不管發生了什麼事情，她都會和他共同承擔。小梁直問她，你根本沒有去看電影，為什麼又出來指認我呢。林大夫說，我就是要告訴他們，是你摸了我，然後再告訴他們，我對你有感情，我愛你，我就是要你摸，這樣就可以救你了。說著說著，她就撲到在小梁的懷抱裡，喃喃地說，我愛你，我真的就是你的人。可惜，老吳那個大笨蛋沒有這麼問。她安慰小梁說，你放心，我一定會救你的。那天，在測試時，我是聞出你來了。你每到醫務室，隔10米遠，我的臉就會發紅；2米遠，心跳就會加速；那天給你包紮手指，因隔你太近了，我差一點昏倒；那天，你一摸到我，我就想一下子栽到你的懷裡。小梁撫摸著林大夫頭髮說，林大夫，你今年可能36，也可能46歲了，你說的話聽起來像是16歲女孩的感覺。林大夫站起來慎重地告訴小梁，感情不是計算出來的，你未免太冷靜了吧。說畢，她轉身告辭而去，隨及又推門而進，激情難抑地向小梁表達她的依戀和癡迷。林大夫走後，小梁仍然恍惚如夢中。

一會兒，一個穿著白大褂的女人來到小梁的病房。她告訴小梁，看電影的那天晚上，她就跟在他的身後，她多麼希望小梁摸的是自己。她還說每當看到食堂那五個女流氓跟著小梁唱歌，她就恨。她給食堂打電話，就是想聽到小梁的聲音。小梁問她聽到了什麼聲音？她說：「丟你老母嗨。」她接著說，她懂得這句話的意思，她自從聽見這句話，她就長大成熟了。小梁起床，叫她離開。

小梁拄著拐杖回到家裡，老唐幫他拆除腿上的石膏，結果拆早了，準備找繩子重新綁上。在尋找繩子的時候，老唐在床下發現了一把獵槍，好像自己在新疆見過，很是興奮。小梁說：「槍，你喜歡就拿走；槍帶，給我留下，那是我媽送給我的禮物。」老唐勸他高興高興，出去走走，還說檢討交了後就沒有人找麻煩了。他們慢步在校園時，有人告訴他們，吳主任在找他們。他們倆來到吳主任的辦公室，吳主任正在高唱《萬泉河水清又清》。吳主任告訴他們，明天晚上有一場晚會，過後還要放那晚同樣的電影。公安局已查清楚了，摸屁股的五人和被摸屁股的五人都找到了，沒有一個是咱們學校的。隨後，當面撕碎了小梁交來的檢討，並燒毀了。他還說，要感謝他們二位，是他們使自己堅信咱們學校根本就沒有這種人。同時，他告誡他們，現在的鬥爭還是很複雜的，明天的演出就是對別有用心的人的最好回答。

小梁和老唐從吳主任辦公室出來，正在洗衣的林大夫笑著說：「是不是不要我幫忙了。」老唐對她說：「洗完擱著，等會我幫你擰。」回到小梁的家裡，小梁說請老唐和林大夫吃飯。老唐聞聲而出，號聲隨之響起。老唐告訴小梁，他一吹號，林大夫就要到他那兒去。兩人出門一看，果然看見提著東西的林大夫正在老唐的門邊，用腳敲地板呢。林大夫看見他們後，笑著說：「討厭，快來開門。」仨人進了老唐的房間後，《美麗的梭羅河》的歌聲隨之響起……

第二天，小梁被人們發現吊死在學校的鐘樓上，神情安詳，嘴角甚至還帶著微笑。

一九七六・秋・南部

老唐拿著小梁給的獵槍與妻子一起下放到那個雲霧繚繞的村子裡。小隊長開著拖拉機去接他們。在路上，坐在車上的老唐看見天上飛翔的野雞，舉槍便打，驚得小隊長趕緊停車。老唐跳下車撿到了受傷的野雞，要送給小隊長。他妻子說，知子莫過母，小隊長不懂，疑惑老唐是他妻子的兒子。唐妻鄙夷說：「我才不要他這樣的兒子呢！」小隊長開車來到橋邊，一群孩子高喊：「小隊長，你媽……」小隊長下車向河邊跑去！河裡漂流著媽的那雙繡花（魚）鞋、衣服和褲子……

小隊長抱著老唐的行李，失魂落魄地將他們夫妻帶到了隊裡安排的房子。小隊長離開前，握著老唐的手說，歡迎你們來到這裡勞動改造。旁邊的唐妻接口說，我可不是來勞動改造的，我是來送人的。老唐把打的野雞送給小隊長，小隊長提著野雞來到鵝卵石壘起的白房子，沉浸在對媽的回憶之中。

小隊長來到老唐的住處，看見他在整理房間，說真是外地的。他妻說：「你去過外地嗎？」小隊長回答說：「沒有！可我生在外地的鐵道上，我媽說的。」隨後，老唐拿著獵槍與小隊長走出房間。小隊長問：「如何稱呼？」老唐說：「叫唐叔好了，她自然叫唐嬸了喲。」小隊長說：「唐叔你是當老師的，村裡有幾個不上學的孩子，你得管管！」老唐說：「我是學石油的，能教他們什麼呢。」小隊長說：「沒事，你就帶他們上山打打獵，隊上給你記工分。」老唐聞訊很高興地接受了。隨後，他教小隊長開了開槍，驚得他的妻子出門大罵老唐神經。

從此，老唐在村裡的工作就是帶著一群孩子們在林子裡打獵。孩子們親切地叫他老爹。老唐告訴孩子們，小鳥不能打，搞對象的野雞也不能打。老唐吹號，驚動林子裡的飛禽，舉槍射擊，和孩子們不亦樂乎。

每天傍晚，老唐都把打獵所獲的飛禽交給小隊長，小隊長把工分給他記上。一天早上，唐妻正在飼養山雞，小隊長帶著一個女孩來了。小隊長向唐妻轉達了這個小女孩喜歡她的樣子和衣服。小女孩還問唐妻，阿遼沙和喀秋沙是哪國人的名字。唐妻說，好像是蘇聯女人的名字，也是大炮的名字。唐妻問小女孩多大了，她說16歲，會唱李鐵梅。

一天，老唐帶著孩子們追趕受傷的山雞，來到了小隊長母親用鵝卵石砌成的白房子，頗感吃驚。傍晚，老唐把一天打下的獵物交給小隊長，他說一切繳獲要歸公。小隊長說這樣也好，一舉三得（野雞、他們和你），我把工分給你記上。老唐轉身向山上走去，沒有回家。

在村辦公室，李叔和村幹部正拿著小隊長父母的照片，向小隊長介紹他爸爸和爺爺的情況。村幹部說：「你爸參加了咱們的隊伍後再沒回來，你爸走的第二年你爺爺就被敵人打死了，是村裡人把他給埋了的。你爺爺還給我一塊糖吃，這是我這輩子吃的第一塊糖。」李叔接著說：「我帶你媽和你來村裡時，你爸和你爺爺都沒了，如今你媽也不在了。按政策，你爸他不是烈士，但是你爺爺他是烈士。」小隊長疑惑地說：「我爸和我爺爺我都沒見過，我就知道我媽。」

當天晚上，老唐和孩子們在林子烤山雞吃。老唐吹完口哨，孩子們都說好聽。老唐問孩子們，一個人死了，他還會笑嗎？引發孩子們哄堂大笑。隨後，老唐扛著槍就走。孩子們跟隨他，追問他是喝醉了還是生氣了？他說沒有，孩子們問他還回來嗎？他說明天一早就回來。老唐回到家裡，妻子沒在。憑心靈感應，他來到了白天打獵發現的鵝卵石砌成的白房子邊，聽到了妻子和小隊長正在裡面翻去覆雨、雲歡雨愛。他靠近後，聽見妻子說：「你唐叔說，我的肚子像天鵝絨。」小隊長回應道：「你就叫我阿遼沙吧。」老唐氣得直喘粗氣，隨後離開。

第二天早上，唐妻把煮好的早餐端來，老唐叫她過來。她跪下後說：「你想怎麼辦就怎麼辦吧。」老唐喝完稀飯後提著獵槍說：「你知道嗎？你這樣做是要出人命的。」說完，提槍朝小隊長的家裡走去。在水田邊的田埂上，憤怒的老唐遇見了小隊長，他用獵槍指著小隊長的腦袋。小隊長說是他自己找死，可他不知道什麼是天鵝絨。老唐氣憤地說，就是他媽的一塊布。小隊長聞言，掉到了水田裡。他爬起來後，仍然疑惑，怎麼就是一塊布呢？老唐答應他，找來給他看看，但要他記住，他看見天鵝絨的那天，就是他死的那天。

老唐回到北京找天鵝絨。朋友在一張紙上給他分析其妻出軌的原因：你老婆40歲，小隊長20歲；你老婆從南洋回來，在上海居住過若干年，是個講究的人；小隊長是個鄉下孩子，連火車都沒坐過；兩人相差20多歲，這兩人跑到一起來，你說是小隊長的錯還是你老婆的錯。更丟人的事，你還離了婚。你現在認為是你老婆錯了，還不是。接著又畫給他看，你們結婚20多年，夫妻倆人生活若干年，不算這些年你在外面幹了些亂七八糟的事。現在，你跟一幫小子在山上，打獵、喝酒、吹喇叭，把你老婆一個人留在家裡，你說這事是不是你的錯。你這不是占著茅坑不拉屎嗎！朋友告訴他，天鵝絨也不是不能弄，要等五六天。隨之歎息說：「唉，你們那兒沒有天鵝絨嗎，偏為這事還來北京一趟？」

老唐回到了村子裡，繼續打獵。他給孩子們帶來了口罩，給前妻帶了一個小鏡子。他妻子說過兩天，她就走了，叫老唐好好照顧自己。傍晚，老唐將白天打獵所獲交給小隊長，小隊長說給他多記兩分。小隊長還告訴他，他也去外地了，你沒找到，我找到了，說完拿出一面做錦旗的天鵝絨給他看，並疑惑地說：「你老婆的肚子根本不像天鵝絨。」薄霧中，老唐的獵槍響了，小隊長笑著倒下了。

一九五八・冬・西部

這其實是整個故事的開頭。

在新疆民歌聲中，落日映紅天空。戈壁灘上，有兩個女人騎著駱駝走。老唐的老婆講述自己在南洋的時候和老唐的愛情故事：老唐能幫她把皮鞋撐大，也把她的肚子搞大了；在南洋，老唐兩次從大橋上跳下向她求愛，都沒有死成；老唐回國參加建設，一去三年，每天給她寫信，信中多淫蕩話語，還津津樂道地將他們的床笫之歡描寫出來；老唐把男人對女人的做愛當作開槍，他說他槍法很準。突然，信中斷了，自己心慌了。事實上，這三年間一直有人在追求自己，自己還和這個人訂了婚。十天前，老唐突然來信，只有14個字：「來，跟我結婚，九月十號，我在這裡等你。」「今天就是九月十號，我是來這兒結婚的。」老唐還囑咐她一定要騎一匹白色的駱駝，在夜裡也能看見她。老唐還說，會在路的盡頭等她。同行女人用一塊黑紗蒙著臉，一路上沉默著，不言一語。她就是正懷著小隊長的媽。

兩人在一個標有「盡頭」和「非盡頭」的岔路口分開。

腆著大肚子的媽來尋找愛人李不空（俄羅斯人叫他阿遼沙）的遺物。俄羅斯老太太通過翻譯告訴媽：「阿遼沙突遭意外死了，因天真浪漫與納塔沙而長眠在那裡。我的孩子，你終於來了，阿遼沙和納塔沙多麼的不幸，但現在更是你的不幸，你還懷著他的孩子，這是多麼的痛苦，但昨天已經過去了，我們要繼續生活下去，我相信阿遼沙在天堂看見自己的孩子會高興的。」隨後，她將找到的阿遼沙的一摞信交給了媽。她還請求媽原諒，為了調查，她和中國同志已把這些信拆開閱讀過。媽來到一個空曠的廢棄廠房，對著桌上擺放著的阿遼沙的遺物（三個洞的軍裝，三條俄國女人的辮子，與外國女人寫的情書），述說著他們的交往（那年，她騎著自行車在河堤上搖搖晃晃，與穿著乾淨軍裝，像個英雄的阿遼沙迎面相遇……，她從軍裝上的三個槍眼一下子就知道這三槍根本就打不死他，她根本不相信阿遼沙死了。來的路上，她一直在想該給阿遼沙說些什麼？現在知道了，以前我比你小，以後我就可以比你老了。），媽告訴李不空，以後你的名字就叫阿遼沙了。

與此同時，在白雪皚皚的山脊上，手裡提著獵槍，嘴角叼著香煙的老唐，從一個寫著「盡頭」的碩大手掌背後緩步而出，抱著千里迢迢前來的未婚妻，陶醉地說：「你肚子，像天鵝絨。」說畢，舉槍向黃昏的天空開了兩槍。

槍聲開啟了他們盛大的婚禮。一群青春四溢的年輕人，在野外山坳裡的篝火旁，載歌載舞地狂歡。老唐和妻子被姑娘和小夥子們擁來推去。人們發出誇張歡呼的叫聲……冒著蒸汽的火車，將篝火旁的一頂帳篷點燃，在火車疾馳的吹拂下，升上了天空。火車上的媽忽然發現自己已把兒子生下，並從火車上的通風口掉在了鐵軌上。火車停了下來，媽向後奔去，她看見了在開滿野花的鐵軌中間正在啼哭的嬰兒。這個嬰兒就是後來的小隊長。媽抱著嬰兒，站在火車的頂棚上，高喊：「阿遼沙，別害怕，火車在上面停下啦，他一笑，天就亮了……」

一輪紅日從天際冉冉升起。

二、從《天鵝絨》到《太陽照常升起》

（一）改編緣起

《太陽照常升起》是姜文（2007）導演的第三部電影，前兩部分別是1995年的《陽光燦爛的日子》和2000年的《鬼子來了》。電影《太陽照常升起》與海明威的同名小說沒有任何關係，它改編自女作家葉彌發表在《人民文學》2002年第4期上的短篇小說《天鵝絨》和姜文自己的故事。影片的片名取自於《聖經》：「一代人來，一代人走，大地永存，太陽升起，太陽落下，太陽照常升起。」

姜文在談到把《天鵝絨》改編成電影《太陽照常升起》的原因時曾說：「葉彌的原著《天鵝絨》給了我很大震撼，它棒在哪兒？棒就棒在它把生活的本質赫然推到你眼前，什麼來龍去脈都不存在，所有的解釋都是人們在極度不安的狀態下強加進去的，但生活其實往往沒有絕對的理由……所謂的來龍去脈已經麻痹了很多人，我不敢在這方面再耽誤大家的時間，我只想表達對未被格式化的東西的深刻緬懷。」（轉引自徐國強　范培松主編：《蘇州作家研究（葉彌卷）》，復旦大學出版社2008年版。）事實上，只有8000字左右的小說《天鵝絨》，只構成了影片《太陽照常升起》的第一部分「瘋」的內容，影片中第二部分（「戀」、「槍」和「夢」）的內容，按姜文的說法，有兩個是他生活當中見到的，有一個是夢想出來的。

正如夢想是現實的曲折表現，姜文在影片中抒寫的夢想故事，與現實中李升禹的長篇網路小說《微笑的太陽》有一些相似之處，從而引發了網友對《太陽照常升起》存在著「抄襲」和「剽竊」的質疑。

2007年12月8日，一位署名「大禹言」的網友在某知名網站論壇中先後發帖《嘩！大腕也玩抄襲？》、《姜文剽竊了李升禹的小說？》等文，直指姜文《太陽照常升起》的第二個故事，之所以與整部影片的風格完全不同，是抄襲了李升禹的長篇網路小說《微笑的太陽》（又名《奶房》）中的情節和人物；特別是影片中的插曲《梭羅河》、粵語粗話以及食堂、醫院等場景，更是與小說有頗多相似之處。其後，小說《微笑的太陽》的原作者李升禹也認可了「大禹言」的說法：「《微笑的太陽》是根據我自己家庭發生的事情寫的，那就像我和家人的合影，後來我去看《太陽》，那就像我家人的照片被『PS』（圖片處理技術）過了。」李升禹認為，姜文的《太陽照常升起》與自己的小說《微笑的太陽》，至少有50%的相似度，他說：「電影中四個故事中的第二個故事還有電影的結局都和我小說一模一樣，而其他情節也有相似，但因為處理過，所以只是相似，看不出是抄襲。」除此之外，電影第二故事中黃秋生演唱的那首歌曲，李升禹說完全就是自己的小說情節，「那段情節可謂一模一樣，一樣得我都吃驚了。」然而，《太陽照常升起》的編劇過士行卻對李升禹的說法並不認可。當記者向他問起李升禹和他的小說《微笑的太陽》時，過士行斷然否認：「這個人我不認識，小說也沒聽過。《太陽》這部戲可以分成兩個部分，第一部分是小說《天鵝絨》改編的，第二部分是姜文的故事。是由姜文口述，述平筆錄成故事。我的工作就是把述平的筆錄整理下來，再加上《天鵝絨》，把兩者捏成一個故事。」而對於姜文是否抄襲了《奶房》，過士行則說：「這個故事是姜文腦子裡的，怎麼會是抄襲呢？」此後，李升禹也並沒有走法律程序，他只是想請姜文給他說一聲，姜文沒有回應，此事也就不了了之。（《姜文〈太陽〉疑抄襲〈奶房〉，一半以上情節相似》，http://www.china.com.cn/

culture/txt/2007-12/13/content_9377956.htm。）

無可否認，葉彌的《天鵝絨》吸引了姜文，也刺激了他的靈感。經過姜文的藝術發酵，向觀眾奉現出一個屬於姜文記憶裡的夢。正因為是夢，所以，影片中充斥著大量類似於「不怕記不住，就怕忘不了。忘不了，太熟，太熟就要跑」樣的臺詞，極富跳躍性和瘋癲性。甚至，情節的表述也較為含混：一會兒李叔死了，一會兒李叔又活著；小隊長的爸爸到底叫阿遼沙還是叫李不空……

《太陽照常升起》講述了一個「碰巧發生在中國的可能屬於全世界的故事」。這個故事或許發生在遠古、未來以及另外一個世界。在那裡，香格里拉式的自然風光和超自然的夢幻仙境交融呈現，浪漫的男女主角們天然超脫，世界盡頭就屹立在新疆的戈壁之上。正因為影片反映了人性欲望中的各種極致境界，它讓人心魂激蕩。片中四個既獨立成篇又互為懸念的故事超越了地域和時間，才令人費解，不容易看懂。臺灣著名電影評論家焦雄屏對此評價道：「這部電影充滿了紛來沓至的符號、意象及隱喻，節奏又快，我自己和朋友有非常多的解密的快感，尤其有關中國的近代政治思潮、社會及人的處境，幾乎像《達・芬奇密碼》般繁複，一旦找到關鍵，就覺得此片非常清晰易懂。」（左英　老晃：《夢是唯一的現實——姜文專訪》，《電影世界》2007年17期。）

（二）主題：從自尊的喪失到情欲的毀滅

在《天鵝絨》裡，葉彌花了大量的筆墨向讀者講述李楊氏和兒子李東方的故事。在1967年的中國，鄉村女人李楊氏因受譏笑而想用兒子李東方上高二的學費買一雙襪子。最終，她買了兩斤豬肉。在回村的途中，她因上了一趟茅廁，拴在木棍上的豬肉卻莫名其妙地不見了。從此，李楊氏就「負載著一個沉重的任務」，「要為失去的兩斤豬肉喊冤」。她罵人，不上工、不下灶，不吃不喝，不聽人勸。不久，李楊氏就瘋了。可兒子李東方卻比她幸運，回鄉務農後，當上會計。因娶了大隊書記有暗疾的三女兒，又當上了小隊長。唐雨林帶著妻子姚妹妹「下放」到這個村子裡接受勞動改造。沒過多久，小隊長與姚妹妹就產生了私情。不幸的是，在他們幽會時，被唐雨林撞到了。一氣之下，唐雨林舉槍要殺了小隊長。小隊長自知自己該死，可他就是弄不明白姚妹妹在和他偷情時所說的「我家老唐說我的皮膚像天鵝絨」的天鵝絨究竟是什麼？唐雨林告訴他，「天鵝絨就是一種布料」，「滑溜溜的一種布料，有點像草地，有點像麵粉」。小隊長仍然迷惘。唐雨林為了不讓小隊長帶著真正的遺憾死去，決定去找一塊天鵝絨給他看看。於是，他先後到蘇州、上海和北京去尋找天鵝絨，但仍然沒有找到。唐雨林回到村子裡後直問小隊長，找不到天鵝絨怎麼辦？小隊長則說「我想來想去，已經知道天鵝絨是什麼樣子了」，「跟姚妹妹的皮膚一樣」。結果，唐雨林開槍打死了小隊長。

小說《天鵝絨》通過李楊氏變瘋和李東方之死，揭示出自尊的缺失與失控的主題。李楊氏出於維護自尊和臉面，買了二斤豬肉又不慎丟失，使得她這次動用兒子學費的行動失去了意義。李楊氏不但沒有揚眉吐氣，反而顏面掃地，她在自責和詛咒的怨忿聲中瘋了。姚妹妹因受了丈夫冷漠，才紅杏出牆。唐雨林本不想槍殺懵懂幼稚的情敵，最後開槍，乃李東方的言語刺激所致。葉彌在結集出版的《天鵝絨》中補充道：「瘋女人的兒子在一剎那駕馭著自尊滑到了生命的邊緣，讓我們看到自尊失控之後的燦爛和沉重。」李東方本可以不死，畢竟「唐雨林是個俠骨柔腸的男人。他如果想殺李東方，早就下手了，何必等到一定的時候。可以這麼說，這是李東方自己找死。」（葉彌：《天鵝絨》，山東文藝出版社2004年版。）是的，李東方是死於幼稚的不明事理，死於無知的「自尊失控」。葉彌在小說中強調的仍然是自尊的主題。

而電影《太陽照常升起》對小隊長母親變瘋的原因，表述則較為含混。媽因為做了一個「長著黃鬚子的魚鞋」的夢，她便用兒子上學的學費到集市上買了一雙繡花（魚）鞋。只因在樹下解手，結果掛在樹椏上的繡花（魚）鞋卻不見了，遍尋無果，結果瘋了。繡花（魚）鞋在媽的心中，它不僅僅是一雙鞋，而是人生的希望和夢。繡花（魚）鞋丟掉的一刻，即意味著媽玫瑰色的夢徹底破碎了。正因為如此，她才砸了兒子的算盤、不讓兒子上學，上樹、刨坑，要把向右邊歪了的樹搬向左邊，把家裡的舊東西砸個粉碎，用鵝卵石砌成一個白宮似的新房，在白宮裡將兒子的照片與李鐵梅的照片放在一起……或許影片界定的時間是1976年，難免不使人與「文革」時期的政治背景與瘋狂狀態一一對應。眾所周知，「文革」是反人性的，是泯滅人的正常欲望的。從片中的情節可以看出，小隊長母親的變瘋是因為象徵人生希望的繡花（魚）鞋不見了，顯然不是小說中因豬肉的丟失而顏面掃地和失去自尊所致。雖然我們在影片的第一個故事「瘋」中，找不到媽變瘋原因的直接表述，但結合影片第四個故事「夢」中的劇情，我們還是可以找到對媽變瘋原因的模糊表述，媽的那段愛戀是導致她變瘋的潛在原因。

由此，可以斷定，影片揭示了媽變瘋的原因是情欲的喪失。而影片在第二個故事的「戀」中，便是對情欲主題的直接強調。林大夫捨己的大膽舉動和穿著白大褂女人的癡情表白，以及小梁的上吊自殺〔姜文本人在記者會上揭示了影片的一處疑點：片中的小梁不是自殺，而是他殺。大部分人認為小梁是自殺，原因是對眾生百態感到心寒，或是顏面掃地、失去尊嚴等等。雖然，眾人一覽無餘的醜惡嘴臉固然使小梁感到不爽，但還並不足以把他逼到自殺的份上。如果他確實打定主意自行了斷，何必還會對老唐「我請你們吃飯？」然後又興沖沖的抄起吉他去和老唐、林大夫聯歡？重新拿起吉他，露出笑容的小梁已經準備開始新生活了，但他的新生活還未開始就已戛然而止。從他死的突兀這點上，就可以看出是老唐殺了小梁。老唐為什麼要殺他？導火索在於小梁無意中撞破了老唐和林大夫的姦情。小梁被眾人追趕跑到老唐的樓上時，老唐的房門被無意中撞開，這時看見老唐光著膀子，滿頭的洗髮水泡沫；而小梁扒在牆上時，身旁的林大夫手臂上也粘著泡沫。這說明老唐和林大夫之間有一腿；而此後他們對小梁產生了猜忌。他們對付潛在敵人小梁的辦法，就是先下手為強：把他名聲搞垮，這樣無論小梁再說出什麼，唐妻以及其他人都不會相信了。小梁摔斷腿後，老唐及其姘頭林大夫精心設置了兩處陷阱：一、林大夫去主任處作證陷害小梁。如果林大夫的栽贓居然成功了，那麼小梁從此進入監獄，自然一了百了；但由於主任明察秋毫，林大夫的奸計未能得逞。這樣林大夫的角色更加尷尬，只好主動去病房看完小梁，主動緩和與小梁勢成水火的關係，而那一套「我到時一把抱住你，說我是對你有感情的」完全是自編的拙劣謊言。不自然的撒完謊後匆忙逃竄，又折回是為了掩飾自己剛才的慌張表現。二、由老唐誘導小梁主動寫檢討揭發自己。老唐首先對小梁施加心理壓力：「（這麼說）好像不是個辦法。」「寫份供詞，你簽字我執筆。先承認和後承認，處理完全不同啊！」「這個恐怕你得確認。那可是屁股啊，不是手摸了屁股，難道還是屁股摸了手嗎？」使得小梁最終心理崩潰，將自己確實摸了另一個女人（不是觀眾席中那5個被摸的女人）的屁股的事實供出，這樣檢討的內容就大致擬定了。但最終敏銳的主任主宰了一切，燒掉的檢討標誌是老唐和林大夫二人的毒計徹底流產。這時的老唐還殘存最後一絲期待：希望小梁其實沒發現他和林二人之間的事（或者發現了也並不在意）。這時，發生了一段致命的對話：小梁：「我請你們吃飯吧。」老唐：（抽煙，假裝鎮定）「請我們？我和吳主任？」小梁：「你跟林大夫。」老唐：（猛然起身）「好！」老唐最後的期待也破滅了，終於動了殺心。於是拿著號出去（吹號也是一種掩護），屋內小梁看著黃色門簾詭異的飄蕩著（不知老唐和林大夫在外面正商量什麼），已經有了不祥的感覺。一會林大夫終於來了，左手拎著一兜蔬果（還沒吃掉就用來鎮蓋屍布了）；右手拎著兩個飯盒，裡面又是什麼呢？小梁進入了老唐和林大夫的房間，門在他身後鎖上了。歡聲笑語響起，響了很久，很久。小梁走了，帶著他留在身邊的獵槍帶，帶著一介書生對人心人性的不明不白。之前發生的應該是：由身為醫生的林大夫下毒，然後由老唐偽裝上吊自殺的假相。參見http://www.360doc.com/content/11/0102/14/884889_83360103.shtml。〕，都是情欲得不到滿足使然。「《太陽照常升起》始終是姜文骨子裡對人之欲望的真實描刻，而對這種欲望最直接、最有力度的還原就是呈現男女之間劇力張揚的性欲糾纏。」姜文在他的電影中多次對情欲做出刻畫，如「馬小軍的性萌動成了《陽光燦爛的日子》敘事的主軸，他在余北蓓、米蘭兩女人身上遊移，並在影片最後試圖以某種男性的暴力衝動，終結或者征服內心積壓已久的性渴望。」因為中國傳統文化中向來「存天理，滅人欲」，輕視人的正常欲望。「只有對人之欲望持有積極的態度，才談得上對人的關懷，或者對自我的肯定。」（《太陽照常升起》，《電影世界》2007年第17期。）同樣，情欲也不可避免地成為電影《太陽照常升起》表現的主題。

在電影《太陽照常升起》沿襲小說《天鵝絨》的情節中，對於小隊長死的描述，二者也有顯著的區別。小說中，小隊長沒有看到天鵝絨；影片中，小隊長找到了天鵝絨，並且對老唐說「你老婆的肚子根本不像天鵝絨」，才導致老唐開的槍。電影將小說中「皮膚」改成了「肚皮」，更具曖昧的情欲味道。事實上，相比於小說，電影更多的強調了情欲。小隊長的死，並非小說中的幼稚、不明事理和「自尊失控」，而是他與唐妻的婚外情使老唐倍感性愛權利的旁落。同樣是對小隊長之死的描寫，二者的側重點不同，這也反映了小說與電影在表現主題上的差異。

相比於小說《天鵝絨》而言，影片的歷史感更強。源自《聖經》的片名「太陽照常升起」，本身就帶有厚重的歷史感。全片跨越近20年（1958-1976），講述的都是發生在過去的故事，畫面中不斷閃現的那個時代特有的物什：算盤、上樹、刨坑、舊東西、白房子、工分和李鐵梅的照片等，歷史感撲面來來。《紅色娘子軍》中的插曲、「我為你歌唱，你的光榮歷史」，都對這種歷史感做出的強調。特別是影片的結尾處，瘋媽在鐵軌的鮮花簇擁中找到了新生的嬰兒。丈夫的死與兒子的生，也暗中契合了《聖經》「一代人來，一代人走」讖語，使之與「太陽照常升起」的片名遙相呼應。片尾，在色彩斑斕的朝霞中，一輪紅日從天際冉冉升起，極富感染力的畫面給人以希望，讓人感受到生命的生生不息。這種新舊交替的歷史感無疑比小說要強得多。小說重在表現人的自尊，歷史感僅僅是人的自尊喪失的時代背景。

（三）情節：從寫實到幻化

誠然，電影《太陽照常升起》是以《天鵝絨》為藍本創作出來的。從小說《天鵝絨》到電影《太陽照常升起》，導演姜文基於自己的創作理念，在情節上對小說進行了大刀闊斧的增刪或幻化，無論是人物、場景和道具，還是意象、時空和真實性，都圍繞著人的「情感」與「命運」進行豐富的演繹和表達，使其主題模糊，具有巨大的解讀空間。

電影《太陽照常升起》豐富了小說《天鵝絨》中與三個女人身體有關的故事。

小說中的瘋女人李楊氏，是一個貧窮的農村婦女。「從小到大，她對於幸福的回憶，不是出嫁的那一天，也不是兒子生下的那一刻，而是她吃過的有數的幾頓紅燒肉。」在物質極其匱乏的1960年代，李楊氏因丟失兩斤豬肉而瘋了的故事，有其真實的基礎。而在電影中，姜文拋棄了葉彌忠實於時代的現實主義表現手法，而採用似斷實聯的片斷和模糊的電影語言，來豐富和補充瘋媽致瘋的深層原因。

在電影的情節裡，瘋媽是跟隨「最可愛的人」，從很遠的海邊來到村裡的。「最可愛的人」是指抗美援朝的志願軍。這批軍人在戰爭結束後，榮歸故里，到處巡迴作報告。而少女時期的瘋媽，被其中的一位叫「李不空」（即阿遼沙）的戰士迷倒，稀裡糊塗地跟隨他遠走他鄉。不久，李不空隨這批軍隊到新疆參加生產建設兵團。因兩地分居，忍不住寂寞的李不空，在與別的女人偷情時被打死。癡情的瘋媽並不相信丈夫會背叛和死亡，她仍然生活在少女時代的愛情夢裡：她的丈夫沒有死，在冥冥之中還常常陪伴著自己。可是，隨著酷似丈夫像貌的兒子一天天長大，自己因夢而得的一雙繡花（魚）鞋又不翼而飛，她終於從近20年的癡情夢裡清醒過來，卻在殘酷的現實世界裡因絕望而瘋了。上樹，刨坑，經常毆打自己的兒子。致使這個女人發瘋的物什，雖然在小說與電影中有所不同，小說裡是「豬肉」，電影裡是「繡花（魚）鞋」，但在精神層面上，二者都有相同的隱喻。在物質匱乏的年代，豬肉是窮女人的一種生理欲望；繡花（魚）鞋在古代文化裡是繁衍生息的象徵，是性欲的渴求。所以，無論是生理需要和精神欲求，在較長的時期裡，瘋媽都是缺失的。她的生本能和性本能都承受著極大的壓抑，長此以往，她自然會瘋。等到她的繡花（魚）鞋失而復得的時候，她又奇蹟般地不瘋了，赤裸裸地像一條魚一樣跳入奔流不息的河水之中。

電影中添加了瘋媽因糾結於十多年前丈夫對自己愛情的背叛，長期處於瘋癲與清醒之間。她因繡花（魚）鞋丟失而行為舉止怪誕，上樹、刨坑、摔東西。表面上看，她的確瘋了；然而，她在瘋癲中的話語，似乎又非常地清醒和正常。「不怕記不住，就怕忘不了。忘不了，太熟，太熟了，就要跑！……你爸說的。」她已經看透了那個男人、那個時代和那個社會。「只能說你沒懂，不能說你沒看見」，「你也不是什麼都懂」等帶哲理性的話語，表達了她對那個時代的看法和心聲。特別是，她在屋頂上似唱實吟的那首詩：「昔人已乘黃鶴去，此地空餘黃鶴樓，黃鶴一去不復返，白雲千載空悠悠」，是她清醒後的自我表白。這些添加在她身上的情節和言行，相比於小說而言，無疑深化了電影的主題。

在小說《天鵝絨》中，關於唐雨林與姚妹妹的敘述較為簡約。作者僅僅交代了他們之間愛情的線索。唐雨林祖父是印尼華僑，姚妹妹30歲的時候嫁給了他。但姜文在電影中，卻極大地豐富了他們之間愛情故事的內容。婚前，老唐勇敢、熱情又充滿著浪漫情懷。為了追求愛情，他兩次從大橋上跳下；在與戀人分別的三年間，他每天都給戀人寫信；在路的盡頭等戀人來結婚。可是，婚後，在東部某大學教書的老唐，因與妻子分居兩地，難耐寂寞和身體上旺盛的「力比多」，卻使他與校醫林大夫通過小號聲來幽會、苟合。可林大夫並不滿足於與老唐的肉體纏綿，她在精神上更鍾情於單身的小梁。留學南洋的小梁，多才多藝，是學校裡眾多女性暗戀和追逐的目標。

老唐在妻子的陪伴下，下放到村裡勞動改造。或許妻子知道他昔日的背叛，在「陌生」的鄉下，她與小隊長有了私情。從影片的情節上看，唐妻與小隊長之間年齡相差20歲，彼此之間的偷情與愛的關係不大，更多是被冷落了的情欲的發洩或報復。或許正因為如此，當老唐發現妻子的不軌行為後，並沒有立即爆發，而是在第二天早飯的時候，打算和她談談。唐妻從容地把丈夫早餐擺好後，撲通一聲跪在了他的面前，準備接受他的一切懲罰。老唐在回北京尋找天鵝絨時，朋友用畫圈的方式分析了他妻子出軌的真正根源在他自己，老唐最終選擇原諒妻子，沒有給她任何懲罰。從北京返回村裡時，他還給妻子帶上禮物——小鏡子。妻子離開後，老唐也打算寬容懵懂無知的小隊長。但小隊長卻拿出天鵝絨做的錦旗，否定她妻子的肚皮像天鵝絨，將老唐業已沉寂的男人血性和自尊再次喚醒。可以說，年輕的小隊長是在混沌中踏上了不歸路的。

與小說相比，電影中把「皮膚」換成了「肚子」的細節，非常出彩。女人的「肚子」遠比其「皮膚」更具曖昧的想像空間。女人的「肚子」既是孕育生命的神奇地方，又是女人全部情欲爆發的私密之處。在傳統文化裡，每個有血性的男人都會不惜性命去捍衛這個屬於自己的領地。小隊長貿然侵入了老唐的私人領地，必然會付出生命的代價。影片中，這個細節的改變，使一個情殺事件的發生，更加符合人物性格和事情發展的內在邏輯，也增添了故事的真實性。

相比於小說而言，電影裡還添加小梁與林大夫的愛情故事。小梁是華僑，有文藝細胞，擅長彈吉他，會唱動人的情歌。在文藝荒蕪、情感匱乏的「文革」時代，小梁是眾多女性心目中的偶像。他在學校廚房裡，五位姑娘都喜歡他；校醫院的林大夫更是熱切而瘋狂地暗戀他。在看露天電影《紅色娘子軍》時，小梁莫名其妙地被人指摘摸了女人的屁股，陰差陽錯地被人追打。學校為了抓獲真正行兇的流氓，請當事人重現摸屁股的場景。林大夫為了救他，自願報名「查流氓」，小梁才知道林大夫的心意。最後，流氓找到了，有五個，與小梁無關！小梁在洗脫了罪名時，卻發現好友老唐與林大夫的關係曖昧，他突然覺得這一切都很陌生、荒誕，與自己的人生理想格格不入。於是，他上吊自殺了，死得安詳。小梁的荒誕經歷，較為恰當地表現了非正常年代人性情欲的扭曲。姜文在電影中增加了這段悲劇的愛情故事，進一步深化了影片的「情欲」主題，也使整個片子的各個段落更為協調。

自然，姜文基於在影片中要表達時代對人性的壓抑或革命名義下性變態的主題，他在沿襲小說的故事情節和人物時，對一些與劇情關係不大的人物和情節也進行了必要的刪節，使之劇情更為緊湊。比如，小說中唐雨林的兩個女兒，唐雨林在學校形影不離的賭友，司馬和我父親，李東方娘的下葬，村裡幾個痞子在集市上的轉悠，唐雨林經常到他們家裡去賭博和空談，唐雨林從北京返回時給妻子帶的（紮辮子的）綢帶子，給女兒的一隻小布娃娃，給那群潑皮們的幾瓶酒，等等，在影片中都沒有表現。

（四）敘事：結構從完整到分段，方式從順敘到倒敘

1、敘事結構：從完整統一的封閉式結構到分段敘事的開放式結局

小說《天鵝絨》以樸實平淡的語言，向讀者依次講述了一個發生在鄉下的故事：1967年，鄉下有一個窮女人李楊氏，因沒有襪子穿，鄉鄰便挖苦她「要做赤腳大仙」。自尊要強的李楊氏，便拿著兒子李東方上學的學費，來到集市的供銷社，打算買一雙腈綸襪

子，最後，她買了兩斤豬肉。可在回村的路上，因上茅廁，豬肉丟失了。李楊氏由此不能釋懷，時間一久便瘋了。從南洋歸國的留學生唐雨林和妻子姚妹妹被下放到南方一個貧窮落後的村裡，碰到了李楊氏的兒子小隊長李東方。唐雨林一家到村子裡的那天，正碰上李楊氏跳河自殺。唐雨林在村子裡安頓下來後，秉承小隊長之命，整天帶著一群潑皮上山打獵，而將妻子姚妹妹和女兒留在家裡。倍感寂寞的姚妹妹與年輕的小隊長有了私情。唐雨林礙於男人的尊嚴和面子，決定殺了小隊長。然而小隊長卻對老唐妻子所說「我的皮膚像天鵝絨一樣」中的「天鵝絨」感到疑惑。為了讓李東方死個「明白」，老唐決定去找一塊天鵝絨讓他見識一下。然而遍尋蘇、京、滬等地，終不可得，唐雨林本已原諒了小隊長，可不識趣的小隊長所說的天鵝絨「跟姚妹妹的皮膚一樣」的話，再次激怒了唐雨林，小隊長因此喪了命。未曾想到，小隊長死後多年，英國的查理斯王子在電話裡對情人卡蜜拉所說：「我恨不得做你的衛生棉條」，與小隊長對姚妹妹說的情話：「我想做你用的草紙」，異曲同工。「於是我們思想了，於是我們對生命一視同仁。」作者重在客觀地敘述故事的本身，少有表現的成分和流露的思想感情，整部小說的結構，完整統一。

　　而電影《太陽照常升起》，不僅在情節上增加了瘋媽之前的故事和老唐、小梁和林大夫在學校的內容，而且在敘事結構上還採用了華語電影中並不常見的，四個故事（「瘋」、「戀」、「槍」、「夢」）自成一體，又互相勾連，且首尾呼應。影片在第一二個故事中，分別敘述了瘋媽與兒子、小梁、唐老師和林大夫的故事，再讓他們在第三個故事中形成合流，最後用第四個故事去尋根溯源，使之全片既拉長了故事的時間跨度，又融入了更多的歷史內容。這種開放式結局的影片敘事，因打亂了時空順序，從而產生了「超現實」的感覺，給觀眾留下了一個思考和想像的空間，讓觀眾去參與。故而，整個影片懸念迭出，盪氣迴腸。

2、敘事方式：從順敘到倒敘

小說《天鵝絨》在行文上主要採取順敘為主、插敘為鋪的敘事方式。只是在涉及到老唐、唐妻和小隊長的故事時，才採用了倒敘的敘述方式：「唐叔叔殺了那個鄉下窮女人的兒子。這件事人家是這樣說的：小隊長和姓唐的老婆有了男女關係，女人的丈夫用一杆獵槍斃了小隊長。」而在電影的影像中，老唐、唐妻和小隊長的故事則是按照時間發展的順序依次展開的，採用的是順敘的敘述方式。

電影《太陽照常升起》打亂了小說的順序，全片採取分段敘述的方式，來介紹不同時間和空間裡不同人物的相同故事。全片可分「瘋」、「戀」、「槍」和「夢」四個部分，相對應的時空分別為（1）1976年・春・南部、（2）1976年・夏・東部、（3）1976年・秋・南部和（4）1958年・東・西部。按故事發展的正常時間順序，應該是（4）、（1）、（2）、（3），影片有意將這種順序和邏輯打破，重新進行剪輯組合。通過部分與部分之間的相同人物和敘事符號，將打散的敘事鏈條銜接和交融，從而使分散的時間統一起來。

第一部分以河水中漂流的瘋媽的衣物（視覺符號）和「美麗的梭羅河」的歌聲（聽覺符號）結尾；第二部分則以同樣的歌聲開場；第三部分開始與第一部分結尾的時間點重疊；第四部分通過瘋媽見到遺物的獨白、員警和醫生的講述，來交代18年前瘋媽與阿遼沙的故事，以及唐妻騎著駱駝向瘋媽回憶自己昔日與老唐的愛情來補充前面對老唐敘事的欠缺，這無疑有助於釋然了前面三個部分敘述帶給觀眾的疑惑。「影片對敘事情節瘋癲處理導致電影時間的支離破碎，從而建構了時間遊戲的電影結構模式，電影時間成為一種修辭媒介，通過對電影時間的操作運用，電影導演呈現了人物複雜的現實生存狀況和內心世界，在敘事碎片中隱隱約約交代了情節的脈流。」（周清平：《魔幻的時間遊戲：一種新的電影結構類型》，《藝術評論》，2007年第11期。）「《太陽照常升起》的斷裂式敘事所表達的主題則是多義的和不確定的，在意義的傳遞上更具有開放性。」（屈小順：《電影〈羅生門〉和〈太陽照常升起〉的敘事結構比較分析》，《電影評介》，2011年第6期。）此外，影片的故事背景——西元1958年至1976年，則採用分段敘事的方式，這無疑有助於表達導演的個人意圖：在那個荒誕的年代裡，每個人的欲望都被壓抑著，「姜文通過複雜的敘事結構，表達了極為複雜的主題意蘊，諸如成長的苦惱、尋父的焦慮、對成熟女性的欲望投射和征服欲，英雄情結、槍或性的崇拜、對浪漫消逝的喟歎，以及理性層面上的對時代歷史的思考，對世事無常、命運輪迴的參透，存在主義意味的人生感悟，等等。」（陳旭光：《敘事實驗、意象拼貼與破碎的個人化寓言》，《藝術評論》，2007年第11期。）

三、《天鵝絨》改編為《太陽照常升起》的得失

姜文在將葉彌的短篇小說《天鵝絨》改編成電影《太陽照常升起》時，並沒有拘泥於小說文本所傳達的具體內容，而是做了一些大膽的探索。在情節和主題上，通過豐富瘋媽與阿遼沙（李不空）、老唐與妻子浪漫而苦澀的愛情故事，不僅使愛情與背叛的主題得到了深化，時代與個人命運的關係更加緊密，人性欲望達到了極致，而且也因添加了小梁、老唐與林大夫之間的複雜關係，使影

片的主題在斷裂式的敘事中得以集中與統一，所表達的內涵容量（諸如情欲的壓抑），呈現出開放性的擴大。

影片設置的時代段（1958年和1976年）和選用的一些場景和臺詞（如前蘇聯文化對當年中國的影響、老唐和妻子結婚時的集體狂歡、阿遼沙和納塔沙的遇害、革命樣板戲、集體抓流氓、寫檢查、下放到農村接受勞動改造、繳獲一切要歸公、記工分等），使影片突破了商業娛樂（主要是情欲）的膚淺，而包含著巨大的政治隱喻、人性光輝和厚重的歷史感。

在藝術方面，姜文在導演《太陽照常升起》時，殫精竭慮、精益求精，影片烙下他鮮明的個人風格：打破傳統的敘述模式，有意模糊人物之間的關係，斷裂的情節和敘事，耐人尋味的符號和道具（小說中瘋媽買的豬肉，唐雨林給姚妹妹買的綢帶子和姚妹妹的「皮膚」，在電影中分別改變成繡花（魚）鞋、一面小鏡子和「肚皮」）都給觀眾造成了強烈的視覺衝擊力，既為影片提供了多重闡釋的可能，也為影片增色不少。

此外，影片的配樂和攝影也可圈可點。日本著名電影配樂師久石讓為影片創作的長達數小時的令人迷醉的電影原聲音樂。如《前奏曲》（又名《瘋狂之開始》）、唐雨林的小號聲和片尾鼓樂齊鳴的盛世狂歡。不僅使「瘋媽」片段的渲染和偷情信號的展示，達到了極致，而且還使影片的音畫相得益彰。三部非原創音樂作品《黑眼睛的姑娘》（維族歌），《美麗的梭羅河》（印尼民歌）和《我愛五指山，我愛萬泉河》（《紅色娘子軍》選曲）的適當穿插，既營造了濃郁的異域風情，也恰到好處地表現了姜文對人性的深刻理解，提升了影片的主旨意蘊。

影片的攝影絢爛而迷人。從瘋媽的睡姿、頭髮、赤腳，到紅土路與梯田，選景、造型、角度、神態、色彩，精緻而傳神，再到兒子飛向空中的算盤，跑過的林間小路，以及拖拉機、巨樹和飄游的白雲等，不間斷的綠紅色畫面，迎面而來，美輪美奐。特別是「瘋」中的繡花（魚）鞋（趙非拍攝）；「夢」中的沙漠、片尾的篝火舞蹈狂歡、小隊長誕生在鐵軌花草中的畫面（李屏賓拍攝），無不充滿著魔幻的張力，堪稱一場視覺盛宴。

由於《太陽照常升起》沒有貫穿始終的故事主線，使之情節的完整和主題的意義表達，較為模糊和含混。編導又太注重形式的改造和創新，情緒化鏡頭、抽象化的色彩和跳躍性的臺詞，都增加了觀眾理解和欣賞的難度。

姜文耗費鉅資（6000萬），投射了自己青少年經歷的這部「帶勁」的電影《太陽照常升起》，因在電影敘事上選擇了極端，放棄了嚴密與考究的鏡頭語言，雖使得整部影片打上了他個人深深的烙印，卻並沒有如他所願，問鼎2007年度威尼斯金獅獎（同年，李安的《色，戒》獲獎）和大獲全勝的票房收入（目標1億，實際不到3000萬）。這或許值得深思，在「娛樂至死」的當下，電影人在改編拍攝文藝片時，是否應兼顧觀眾的欣賞趣味和商業運作的因素。

第九章

《亮劍》

電視劇資料

中文名：亮劍
外文名：Drawing Sword
原　著：都梁
編　劇：都梁　江奇濤
導　演：張前　陳健
主　演：李幼斌　童蕾　何政軍　張光北
上映時間：2005年
集　數：30集
類　型：軍事，勵志
出品人：海潤影視製作有限公司

一、劇情簡介

1940年2月，八路軍129師386旅決死1縱隊各一部，在新一團團長李雲龍的率領下，為掩護師機關和野戰醫院轉移，在晉中蒼雲嶺主陣地的三個山頭上，與日本阪田聯隊展開了殊死決戰。上級命令李雲龍率部從俞家嶺突圍，他卻審時度勢，炮擊敵指揮部，炸死了阪田，從正面突圍成功。同時，國民黨晉綏軍358團團長楚雲飛，對出手不凡的李雲龍產生了濃厚興趣。因李雲龍抗命，總部首長將他撤職，調往後方做被服廠廠長；決定讓前往延安學習的28團團長丁偉代替李雲龍就任新一團團長。日軍派出山本大佐帶領特工隊突襲了在楊村的獨立團，因團長孔捷指揮不當致使全團損失慘重，總部首長不得不再次抽調還背著處分的李雲龍去獨立團任職。

李雲龍接到命令，帶著被服廠的200套棉服來到386旅獨立團。在路上，原團長孔捷向他介紹戰情，並指出這次鬼子的打法較以往有所不同，他們三人一組彈無虛發，還專門照人頭上打。李雲龍瞭解情況後，請求總部任命孔捷為副團長。日軍採取革新戰法，重視留學德國的山本組成全副美式裝備的特種部隊來對付八路軍。在李雲龍和孔捷的努力下，旅長喝下孔捷和戰士們敬上的酒。知恥而後勇，全團將士士氣大振。旅長派趙剛到獨立團當政委。李雲龍將獨立團損失較重的二營縮編為加強連，任命從新一團過來的張大彪為連長。日軍利用中國俘虜進行訓練，在少林寺練過功夫的和尚魏大勇請戰。他出手不凡，徒手幹掉鬼子軍官，奪槍並帶領眾俘虜逃離。趙剛在來獨立團的路上搭救了剛剛逃出虎口的魏大勇。魏大勇向李雲龍提供了鬼子利用戰俘進行徒手殺人訓練的情報後，受李雲龍邀請留在軍中。

根據丁偉的暗示，李雲龍找到了皇協第八混成旅騎兵營，並派孔捷帶領一營去萬家鎮偷襲，孔捷馬到成功。趙政委也慢慢開始理解李雲龍的行為。旅長只給李雲龍留下一個騎兵連，隨著騎兵精銳連長孫得勝從新一團的到來，騎兵連開始訓練並初見成效。1940年8月，百團大戰打響，日軍增援部隊挺進晉察冀，抗日開始了第二階段的作戰。李雲龍前往兵工廠找後勤部長張萬北要50箱手榴彈。日軍華北派遣區大隊長山崎治平在一次部隊行進中偏離了預定行進方向，誤入我根據地，突擊我軍在一線天的兵工廠，我軍損失慘重。總部發出命令包圍消滅孤軍深入的長崎大隊。386旅奉命在敵人援軍到來之前，幹掉山崎大隊。打主攻的772團進攻李家坡受挫，旅長派作為預備隊的獨立團上。

李雲龍帶領部隊，施行土工作業的方式向前挖戰壕，依託掩體工事投擲手榴彈，打得長崎部隊陣腳大亂。李雲龍從新一團帶來的得力助手張大彪帶領突擊隊趁機挺進，刀槍混戰，山崎大隊全軍覆沒。孔捷受傷，騎兵連也傷亡了13人，李雲龍心痛不已。趙剛在戰場上的百步穿楊，使李雲龍欽佩不已。日軍駐山西第一軍司令篠塚義男身後兩員大將山崎和阪田都敗在李雲龍手下，他叫來山本大佐商談如何對付李雲龍。李雲龍請趙剛喝酒，趁著酒勁，他要趙剛把魏和尚讓給自己當警衛員。李雲龍在趙剛的幫助下開始學習文化知識，並帶領戰士們進行一對一的實戰訓練。

李雲龍燉了一大鍋肉作為獎勵，在全團找出武功過硬的戰士組成加強排。日軍也受到宮野參謀長的命令，對特種部隊的訓練越發重視，派華北派遣軍戰地觀摩團來觀戰學習。二戰區國民黨晉綏軍358團團長楚雲飛奉命作為友軍，來獨立團學習交流。楚雲飛將自己配帶的勃朗寧雙槍之一：雄槍贈給李雲龍，面結同心。李雲龍通過調查得知白家村的維持會長和鬼子有勾結，遂決定以征白麵為名釣大魚上鉤。狡猾的山本因恐其中有詐不敢輕舉妄動。在談論為國而戰的過程中，李雲龍、趙剛和楚雲飛三人達成共識：逢敵必亮劍。此時，張大彪來報說白家村麵粉已經籌到，總部發現日軍第4、9旅團向虎亭前行了40里，加緊派人調查到底是什麼刺激了他們？

次日，正打算出發的李雲龍收到總部來電。趙參謀早已在第一時間把他的決策報告了上級，上級掌握到敵軍情況有變。立即下令取消了計畫，並派獨立團進駐陳家峪保證總部的側翼安全，李雲龍又私自率一營留守。在途中觀戰的日軍觀摩團遭到了李雲龍的伏擊，全軍覆沒；而保衛總部的趙剛率領的兩個營卻遭到了山本帶領的日軍特種部隊的強勁圍困，二營長犧牲。副總指揮不得不撤離本部。山本撤退，趙剛勝利完成了掩護任務。篠塚義男命令山本務必瞭解對手的李雲龍，消滅他。

1942年11月，日本侵華總司令岡村寧次對晉東南進行了殘酷的大掃蕩。駐晉第一軍司令官（筱塚義男）奉命制定了針對性極強的A號作戰計畫，八路軍部隊損失慘重。之後，八路軍制定了與民兵相結合的戰略，開展麻雀戰、地雷戰、地道戰等戰術與之周旋。李雲龍的部隊也在戰鬥中遭到重創。騎兵連在最後的對決中，用刺刀戰鬥到最後一刻；獨立團只剩下了不到一個連的人手，在辛莊和鬼子進行了最後的防禦戰。敵人的嗅覺越發靈敏，直逼總部。八路軍副參謀長左權在山西遼縣麻田十字嶺指揮機關與部隊突圍時壯烈犧牲，年僅37歲。

李雲龍的部隊和鬼子玩起了「挑簾戰」。為了防止敵人的炮轟，不得不先把鬼子放進村裡，在晚間兵分兩路進行突圍。突圍過程中，李雲龍生病，打起了擺子。路上李雲龍一行碰到了日軍掃蕩村莊。為了掩護老百姓，他下令開槍以吸引敵人兵力。百姓順利撤退後，重病在身的李雲龍執意要留下來掩護。情急之下，魏大勇打昏他，背其轉移。日軍發現後欲活捉他們，魏大勇把李雲龍拖至村中一空房中隱藏。趙剛帶領部隊俘虜了一批駐守偽軍，喬裝成偽軍的趙剛部隊順利地與趙家峪村民兵會合。在婦衛會主任楊秀琴的幫助下，按預定路線回返尋找李雲龍。緊急關頭，趙剛及時趕到，打散了日軍包圍圈。

獨立團在趙家峪傷亡過半，李雲龍病倒，趙剛主持工作。為救李雲龍的命，魏大勇甚至動粗讓郎中治病。李雲龍的內心因為戰事憂心忡忡。獨立團為掩護百姓第一次出現了這種狀況，日軍也在此時商討方案準備第二次反擊。他們的目標鎖定在獨立團，並命山本專門研究李雲龍這個讓他們頭疼的人物。1943年3月，晉西北，趙家峪婦救會隊長帶領大家為獨立團趕做軍鞋。康復後的李雲龍，為了改變目前處境，決定部隊以連排為單位，劃整為零，打游擊戰。他們的行動也得到了婦救會長楊秀芹的幫助，而李雲龍也在一次打賭中輸給了楊秀芹一支槍。新一團團長丁偉和新二團團長孔捷到延安去開會，順道來看望李雲龍。三位老戰友，品酒暢談，相約一方有戰事，未接總部命令也要投入戰鬥。楊秀芹奉區委段書記的指派，化妝到三十里浦的縣委去請示如何反清鄉運動的任務。在返回的途中，她用李雲龍送的手槍打死了追蹤他的兩名日偽軍。

楊秀芹將繳獲的兩支日軍槍支交給李雲龍，還送給他兩瓶酒。日軍抓到了朱子明，在凌遲逼供手段的恐嚇下，朱子明招供出自己是獨立團保衛幹事的身分，並被山本放回去作了內線。河源縣日軍平田一郎的特使鄭謙一，使出渾身解數拉攏晉綏軍358團一營營長錢伯鈞、張富貴等人加入日軍的戰營。日軍採取步步蠶食的作戰方式進軍，而錢伯鈞的隊伍卻聯繫不上，楚雲飛火氣沖天，決定到李家鎮去探一探錢伯鈞是否反水。此時，錢伯鈞的反水跡象也傳到了李雲龍的耳裡。錢伯鈞最終還是道出心意決定拉出隊伍反水，楚雲飛不理解他的心意，而錢伯鈞卻有他自己的一套道理。錢伯鈞的隊伍以槍要脅楚雲飛。就在此時，李雲龍收到警報，錢伯均已動手，李雲龍意識到楚雲飛有危險，迅速部署戰鬥，大獲全勝。楚雲飛決定自己收拾錢伯鈞，清理門戶收回面子。楊秀芹再次找到李雲龍，讓他給婦救會講課。兩個人拉拉扯扯讓李雲龍很為難。李雲龍到婦救會後，給她們講長征的故事，獲得陣陣掌聲。

山本在向筱塚義男彙報戰況時，指出楚雲飛的戰略思想不容忽視，楚雲飛也是主動出擊的職業軍人，要引起重視。深夜，楊秀芹主動找到李雲龍，並向其表明心跡要他娶自己當老婆。李雲龍嘴上說要等到抗戰勝利後才行，可還是忍不住擁抱了楊秀芹。山本致電篠塚義男，說自己已對趙家峪村周邊各部的地形及防禦能力進行了偵查，並準備等待時機突襲趙家峪。李雲龍和魏大勇化妝成商人，進城與內線接頭。在城中偶遇功夫不俗的段鵬，並將其招至麾下。李雲龍應楚雲飛之約在茶樓會面，楚雲飛欲討回李雲龍在李家鎮兵變時趁機收繳的裝備，遭到了他的拒絕。面對李雲龍的賴賬，楚雲飛亦感無奈。李、楚二人幾乎同時得到情報，憲兵隊長平田一郎是夜要在聚仙樓擺酒為自己祝壽。面對此情報，二人一拍即合，遂趕去赴會並聯手將平田一郎及赴會的日軍軍官全部擊斃。

李雲龍赴會的情形在赴宴當晚被攝影師無意拍了下來，這讓一直不知李雲龍何許模樣的篠塚義男很是高興。他在見到李雲龍照片之後評價說：李雲龍，雖然不過是一個不成熟的民族主義者，但是如果這樣一個人出現在合適的場合，便會惹出大亂子。魏和尚教訓段鵬，段鵬不服氣，兩人較勁，李雲龍看到後，鼓勵他們比武。楚雲飛的參謀長叫他不要把兩翼的安全放在八路軍身上。楚雲飛說，時下，國家的利益高於一切。李雲龍深夜查哨，等候村口的楊秀芹要他儘快娶她，可李雲龍堅持要等到抗戰勝利後再說。楊秀芹一氣之下找到趙政委幫忙，趙剛答應為她做主並親自找到李雲龍，並要求他儘快與楊秀芹完婚。正當全團上下為團長李雲龍的婚禮忙得熱火朝天的時候，山本特種作戰小分隊出發了。

李雲龍和楊秀芹在村裡成婚，戰士們都來助興。朱幹事暗中給敵軍透露了此情報。當晚，山本率日特種部隊偷襲趙家峪。新婚之夜，李雲龍前去查哨，在查床的過程中，發現朱幹事連人帶槍不見後，引起了他的警覺。於是，他緊急集合隊伍，應對敵人偷襲。兩軍交火，日寇抓走了家中的楊秀芹，並焚村屠殺300名群眾。獨立團團部和警衛排80餘名戰士犧牲，李雲龍背著受傷的趙政委和僅存的八名戰士突圍成功，來到將軍嶺。楚雲飛得知李雲龍遭襲後，命令炮擊西集，打掉了山本的車隊。山本帶著特工隊和朱幹事，偷襲楚雲飛的指揮所，遭到楚雲飛的猛烈打擊。在雙方僵持的時候，山本以和談作掩飾，帶著殘餘力量趁機逃跑至平安縣城。李雲龍得到消息，命令分散在各地的營、連、排迅速到榆樹溝集合。匯合後的各個營擴展力量已接近萬人。

李雲龍指揮部隊準備解放平安縣城並救出自己的老婆。山本部隊向篠塚義男求援。新一團也得到情報決定放過敵人小批騎兵，阻截日軍步兵，大力支援李雲龍解放平安縣城的戰役。楚雲飛的358團也發現了日軍部隊的變化，同樣決定增援。區小隊阻擊敵人4小時，全體陣亡，卻為縣大隊拔掉了張莊據點贏得了時間，也間接支援了李雲龍部隊的攻擊。隨著平安鎮週邊的高地失手，增援的部隊也把日本援軍擋在了路上。縣城即將失守，山本想利用抓來的楊秀芹做文章，試圖和李雲龍談條件。為減少部隊人員傷亡，李雲龍仍舊選擇了犧牲妻子，並向城牆上開了炮。

山本在城破前向篠塚義男發來電報，他要與特種部隊一起玉碎。李雲龍安葬了新婚妻子，總部對這次戰果頗豐的戰役給予了很高的評價。在旅長的工作室李雲龍受到上級指令，未經請示進行戰鬥與戰鬥的成績功過相抵。楚雲飛與方參謀長在總結這次褐陽溝之戰的經驗時，對八路軍一個連隊的戰績，非常欽佩，同時又對抗戰後中國的走向頗為憂慮。李雲龍去探望養傷的趙剛，偶遇醫務室的護士小鄭。趙剛一方面對李雲龍的戰鬥勝利表示喜悅，同時也對自己如果在場的後果流露出一絲擔憂。楚雲飛將兩個營的兵力駐守在李雲龍團部所在地——大孤鎮，此舉激怒了李雲龍。李雲龍親自登門楚府，要與楚雲飛理論理論。

楚、李二人在此問題上未能達成協定。楚雲飛的運輸隊在運輸糧食衣被的途中遭到黑雲寨土匪謝寶慶一夥的圍截，回城途中巧遇孔捷騎兵，孔捷替其奪回了物資。李雲龍請新一團團長丁偉和新二團團長孔捷一起喝酒，飯桌上提出三團統一調配的方案，並要孔捷先不要把楚雲飛的物資歸還，並派獨立團的三個營圍住楚雲飛在大孤鎮的第一營和炮營，截斷其給養和通訊聯繫。楚雲飛的兩個營開始慌了手腳。楚雲飛想帶領部隊攻打黑雲寨，李雲龍得到消息後設路卡阻擋楚雲飛的糧草運輸線。孔捷向前來索要當日被扣物資的358團方參謀長解釋，他派人將被劫物資歸還時被李雲龍截走。方參謀長向李雲龍解釋時，李雲龍說此物資是在孔捷手中截獲的，與358旅無關。楚雲飛聽到方參謀長彙報後，無可奈何地笑言這次是自己失算。

楚雲飛找到李雲龍要他把大孤鎮的三個營撤走，李雲龍裝作不知情，張大彪解釋這是師部要求的軍事演習，李雲龍也假意要先與上級彙報。楚雲飛的部隊糧草皆斷，不得不提出先撤兵，李雲龍也將以前截獲的物資歸還給了楚雲飛。孔捷知道楚雲飛要圍剿謝寶慶的事情後，找到楚雲飛，提出要收編黑雲寨，楚雲飛再次收劍回鞘。孔捷與謝寶慶談妥收編事宜。魏和尚陪新兵段鵬回家看望重病的母親，在青雲鎮遇到日偽路卡。兩人將槍藏在老鴉窩裡，不曾想通關時因為身強力壯被偽軍抓去給日軍修炮樓。兩人在工地上假意打架，引來看守的5名日本士兵，並將其幹掉，其後與趕來援助的其他日本兵展開了槍戰。緊要關頭，獨立團派來的戰士將兩人救出。楚雲飛進駐安化城。魏和尚在送信途中遇到謝寶慶一夥劫財，和尚出手自救殺死了幾個匪徒，被後來趕到的二當家山貓子身後偷襲，慘死黑雲寨。李雲龍得知後，不由孔捷勸說，帶領一個營圍剿黑雲寨，寨主謝寶慶逃跑，李雲龍揮刀讓二當家償命。養傷歸來的趙剛沒能來得及阻止李雲龍。

因為砍死二當家的事情，李雲龍被降為一營營長，團長職務由趙剛代理，記大過處分一次。楚雲飛繳了區小隊的械，發請柬邀請李雲龍到安化縣城赴宴，言明非李至不還。趙剛反對李前往，認為這是鴻門宴，兩人起爭執。楚雲飛的確接到上級指令除掉李雲龍，楚雲飛痛下決心，將個人情感讓位於政治。李雲龍赴宴，楚雲飛提出收編李雲龍來楚部隊，做副師長，並提出取消安化共產黨的邊區政府，遭李雲龍的婉言謝絕。席上一番話後，李雲龍露出了自己腰纏一身炸藥的情形，楚雲飛不得不撤下了事先安排好的部隊，送李雲龍打道回府。

日本宣佈無條件投降，石川少佐在馬關據點的部隊接到命令，繳械給中央軍。八路軍386旅李雲龍的獨立團搶了準備接受繳械的中央軍的衣服和裝備，搶先接受了繳械，楚雲飛的部隊撲了空。他一氣之下，下令對李雲龍的一個連進行突然襲擊。李雲龍得知，下令還擊，雙方激戰一夜，均傷亡慘重。幾天後楚雲飛部隊某營正在接受偽軍投降時，再次遭到李雲龍部的包圍，國軍偽軍一起繳了械。其後，內戰爆發，劃為華野某縱隊二師師長的李雲龍請示調動中野的趙剛來二師作政委。李雲龍的部隊再次和楚雲飛的89師交鋒。李雲龍帶領突擊小分隊直逼楚雲飛指揮部，楚雲飛先一步逃離。暫編七師成了替死鬼，可俘虜的敵人中找不出高層將領，李雲龍便讓他們進行5公里長跑，不久大魚們就紛紛落網，暫七師師長常乃超現身。上級派遣趙剛去政治部，李雲龍把他留下，假意衝動，可激將法仍沒把他挽留住。李雲龍將俘虜來的軍樂隊送給趙剛當禮物。司令部下令李雲龍搶佔趙莊，李雲龍與楚雲飛兩冤家再聚首趙莊。

李雲龍和具備優良美式裝備的楚雲飛在徐蚌會戰中過招，雙方都損失慘重。李雲龍派偵察兵夜闖楚軍炮兵陣地，摧毀國軍的榴彈炮陣地，破壞八枚榴彈炮，俘虜一名炮兵參謀。楚雲飛的炮兵參謀被李雲龍次日釋放，臨行前讓其捎了一張戰略地圖回楚師。四個炮兵團到位，司令部決定用炮兵陣營換下李雲龍的二師。隨著援兵的到來，楚雲飛的部隊節節敗退，陣地失守。李雲龍找到趙剛，希望趙剛把2000多人的俘虜借給自己補充兵力，趙剛應允。楚雲飛看到參謀帶回的地圖，形勢對己極其不利，遷怒於被俘虜的于參謀，將其槍斃。在殲滅黃百韜的戰鬥中，李雲龍又突發奇想，沒有按照既定戰略計畫，反轉部隊前行方向直搗楚雲飛部隊後腰。

李雲龍部隊誤打誤撞闖入了敵人74師師部，一通亂打為七縱十縱部隊打開了局面，繳獲的大量槍支彈藥。通過村子的五師，發現這批軍用物資後，強行搶佔。李雲龍看見後，命令將其奪回。總部派趙剛接應原來同為燕京大學同學、一直埋伏在國軍部隊中的特工——黃維兵團110師副師長陳少游，為我軍提供軍需物資作為後防保障。裡應外合，我軍一舉殲滅黃維兵團，趙剛順利完成任務歸隊。李雲龍部隊穿上繳獲的國民軍戰服與楚雲飛進行了最後的對決，兩人均身負重傷。李雲龍被送往前線醫院救助過程中需要輸血，O型血的護士田雨主動獻血。趙剛聞訊趕到，阻止了聽說李雲龍生命仍有危險，對醫生不敬的段鵬。在病榻前，趙剛對李雲龍過去點滴的傾訴讓他從昏迷中甦醒，門口傾聽的田雨也深深被打動。

病床上的楚雲飛還惦念著李雲龍，為兩人各為其主而無法成為摯友甚至今後無法再相見而扼腕。89師失利，國軍80萬部隊損失殆盡。楚雲飛對國軍的前景持悲觀態度。醫院政治處主任羅萬春張羅著給護士田雨介紹對象，田雨不從，賭氣離開。趙剛放心不下李雲龍，送來一箱禮物和一箱汾酒為其解悶。李雲龍對護士阿娟的護理，表現出極大的不滿，醫院決定換田雨為李雲龍護理。在悉心照顧李雲龍的過程中，田雨和李雲龍的情愫也漸漸打開。與此同時，部隊給李雲龍派來了新的警衛員——「小木匠」陳曉春。

王副軍長來電給羅主任，他原來也看中了田雨，得知田雨正和李雲龍交往後表示要兩人公平競爭。李雲龍向趙剛傾訴了自己對田雨的愛慕之情。李雲龍在羅主任處偷摸喝酒的事情被田雨發現後，李雲龍主動上交了「杏花村」汾酒。田雨向李雲龍傾訴了自己因為羅主任天天給自己介紹首長結婚而不想繼續在醫院工作的事情，李雲龍答應幫她想想辦法。楚雲飛被俘的部下遇到李雲龍，兩人促膝談心，他方才明白，楚雲飛和李雲龍在戰場上兵戎相見，是各為其主，並不影響彼此的私交情誼。王副軍長來到醫院找小田，三人對峙，羅主任夾在中間費力不討好。李雲龍覺得王副軍長眼熟，原來他就是紅四方面軍在肅反運動時被保衛局派到李雲龍任團長時的特派員。他曾在半個月內以AB團之名殺害了李雲龍團的政委和兩名營長。在其後的松雲嶺戰役中，也與李雲龍有過交往。王副軍長認出李雲龍後，自知在當年的運動中理虧，不再敢糾纏田雨。

李雲龍給趙剛寫了一封信，希望部隊打勝仗後兩人還能做搭檔。趙剛打電話鼓勵他，把美人（田雨）搶到手。全醫院的人都看出了李雲龍和田雨的非正常護理關係，只有田雨還天真的以為兩人不過是好朋友。李雲龍的病基本痊癒了，打算出院。出院之前，李雲龍向田雨攤牌，希望田雨能與他一起走，並嫁給自己。田雨經過半個小時的深思熟慮，只求李雲龍尊重自己父母的態度。李雲龍到田家拜會其父母，希望征得二老同意。魯莽的李雲龍和書香出身的田雨父親田墨軒產生了分歧，奪門而出，在院子裡自行罰站以表決心。

田墨軒最終同意了女兒和李雲龍的婚事，這使李雲龍和田雨倍感欣喜。洞房中，田雨把元代書畫大家趙孟頫因讀了妻子管道昇的《我儂詞》而放棄納妾的故事（元代大才子趙孟頫，官運亨通，年近五旬，因受當時社會上名士納妾成風的影響，想納一小妾。他又不好向妻子明說，便作一首小詞給妻子管道昇看。詞曰：「我為學士，你做夫人，豈不聞王學士有桃葉、桃根，蘇學士有朝雲、暮雲。我便多娶幾個吳姬、越女無過分，你年紀已四旬，只管占住玉堂春。」管道昇看後，作《我儂詞》回應丈夫。趙孟頫看後，打消了納妾的念頭。）告訴李雲龍，並用「趙體」寫下《我儂詞》（你儂我儂，忒煞多情，情多處，熱似火。把一塊泥，撚一個你，塑一個我，將咱們兩個一齊打破，用水調和，再捏一個你，在塑一個我，我泥中有你，你泥中有我。與你生同一個衾，死同一個槨。），作為兩人互不背叛的誓言。1949年11月17日，楚雲飛率殘部撤離大陸並登上「青雲號」護衛艦，向臺灣駛去，登艦前他只捧起了一把祖國的泥土帶在了身邊。1950年底李雲龍傷癒歸隊，並被任命為C軍代理軍長。同年朝鮮戰爭爆發，李雲龍多次請求率兵赴朝未被批准，李雲龍無奈只能滿懷怨氣在作戰室裡「紙上談兵」。李雲龍和田雨因一幅油畫和一架鋼琴發生爭執，這讓田雨很是傷心。在家庭矛盾漸漸暴露之時，馮楠成了田雨唯一的傾訴對象。田雨懷孕後李雲龍對田雨的態度有所緩和，並主動向她認了錯，還讓田雨以後看他的實際行動。

趙剛的婚事一直讓李雲龍牽掛在心。當李雲龍得知田雨的同學馮楠要來軍部時，認為時機已成熟，便佯裝舊病復發，將趙剛誆到軍部。趙剛到了軍部得知被騙後大發脾氣，並揚言不見馮楠。可誰知當趙剛和馮楠見面後，二人卻談得很是投機。1954年3月，李雲龍奉命到南京軍事學院學習，可沒想到一到學院就因為自己晚報道兩天而被罰掃馬路。李雲龍在學習期間因教員曾是自己的俘虜常乃超而搗亂課堂、頂撞教員、聚眾起鬨，因此遭到了院長的嚴厲批評。他不但被要求寫檢查而且還要當著全體學員的面向教員道歉。後來，李雲龍在孔捷的感染下也對學習發生了濃厚的興趣。

李雲龍在軍事學院表現一直不錯，並經常研究登陸作戰的戰例和戰法。院長很高興，並要求他對島嶼登陸作戰進行有針對性的研究。田雨來信說兒子已經出生，並在信中要他抽空去探望自己的好友張白鹿。張白鹿見到前來探望自己的李雲龍之後便很快對他產生好感，沒過幾天張白鹿就不請自來並邀請李雲龍參加舞會。而後又不斷地約請他去聽戲、看電影。張白鹿對李雲龍的攻勢讓孔捷有些不安，孔捷便時常提醒李雲龍注意。1955年1月人民解放軍發動一江山島戰役，不到20個小時便攻破了國民黨軍號稱攻不破的鋼鐵堡壘。張白鹿漸漸愛上了李雲龍，經常請他到家中作客。與此同時，張白鹿的善解人意也讓李雲龍有點不知所措。

軍事學院放假，李雲龍回家看兒子，在家中因為兒子名字的問題又與田雨發生爭執。田雨父母來訪。在談到軍事與經濟的關係時，田雨的父親與李雲龍的意見發生了分歧，並引起爭執，李雲龍為此大發脾氣。可田墨軒的戰略眼光卻引起丁偉的極大興趣。田墨軒的論斷啟發了丁偉和李雲龍，二人在交流中確定了自己的畢業論文方向。李雲龍回到軍事學院後依舊不斷地到張白鹿住處赴約，甚至酒醉後夜不歸宿。孔捷發現後認為事情比較嚴重，果真如他當初所說，致電給田雨並要求她來軍事學院看一下。田雨接到電話後悲痛不已，並打電話給馮楠訴苦，並準備與李雲龍離婚。然而，在馮楠的一番勸慰下，田雨決定去南京追回李雲龍。

田雨到軍事學院探望李雲龍，這讓他有些不快。然而田雨的真誠卻深深打動了李雲龍，李雲龍也將自己與張白鹿的交往真相和實情一五一十的和盤托出。此時，張白鹿突然出現，三人在經過一番交談過後李雲龍最終還是選擇了田雨，張白鹿痛心不已掩面而去。李雲龍和田雨到北京探望馮楠和趙剛，李趙二人大醉。李趙二人帶著趙剛的兩個孩子去看電影。在排隊買票時，前面發生爭吵，他們去勸解，遭到爭吵雙方的嘲弄，言語不合，打了起來。結果被帶到派出所，李雲龍亮明身分，事件才得以平息。回到趙剛處，講起此事，卻引發了田墨軒對權威超越法律行為的憂慮。生活在北京的趙剛，其嫉惡如仇的性格、正義感和良知，以及仍然秉承著獨立團時的亮劍精神（逢敵亮劍，靠的是一股氣勢、一腔熱血，是為國家和民族而戰鬥，我們的敵人就站在我們面前，我們亮劍，與敵搏殺，劍鋒所指，血濺七步，不是敵死就是我亡。），不僅讓李雲龍有些擔心，也讓馮楠整日憂心忡忡。

李雲龍回到南京軍事學院不久便和孔捷、丁偉一起因授銜問題對上級首長有些意見，故在集合時不換五五式軍服，與王保勝等人發生爭執。院長知道後，語重心長的批評了他們三人，三人承認錯誤，並按要求在完成畢業論文後參加國慶閱兵。孔捷在寫論文的時候談起了朝鮮戰爭，感慨萬千，三個將軍陷入沉思。最後，李雲龍確定了自己論文題目：《論軍人的戰鬥意志和亮劍精神》。他在文中總結道：亮劍精神，是我們國家軍隊的軍魂。劍鋒所指，所向披靡。李雲龍的論文受到學院上下一致好評，並在畢業前夕被授予少將軍銜、獨立自由勳章、八一勳章和解放勳章。在天安門廣場的閱兵儀式上，李雲龍和戰友們緩緩舉起右手向軍旗敬禮。

二、從小說到電視劇

（一）改編緣起

2000年1月，解放軍文藝出版社出版的《亮劍》，原名《末路英雄》，作者都梁（原名梁戰）。在創作《亮劍》前，他未曾發表過小說。寫作這部小說時，都梁已下海，是位商人。《亮劍》問世，非常奇特。創作的直接動因是因為打賭。都梁在和朋友聊天時，把當今的小說罵了個遍，朋友就說，你別光說人家的不行那你寫一部出來看看。都梁說，寫就寫！於是，他白天做生意，晚上寫作，只用了八個月的業餘時間，就一氣呵成。當然，《亮劍》的成功，與都梁自幼癡迷文學，長期對我黨我軍歷史上發生的事件和人物有過認真的研究，對蘇聯共產黨及其軍隊歷史的瞭解，不無關係。

小說的出版也一波三折。第一家出版社，知道作者是生意人，要他出幾萬塊錢。都梁不願，又換了一個出版社，等了幾個月，仍然泥牛入海。最後，都梁找到了解放軍文藝出版社的董保存。董保存當時特別忙，就請在編輯部幫助工作的武警中尉小唐先讀一下。小唐很快就看完了。他對董保存說，這本書很好看，但有些問題拿不準。董保存接過稿子，用了三天的時間讀了第一遍。作為職業編輯，董保存閱讀小說無數，可都梁這部小說中的有些段落卻使他拍案叫絕，特別是小說中的氣勢和衝擊力，給他以強烈的震撼。小說在經過三次修改後，於新世紀鐘聲敲響之前更名為《亮劍》付印了。在設計封面時，董保存叫都梁準備一張作者的近照和小傳，被低調的他拒絕了。因而，《亮劍》的初版中既無作者照片，也無作者的介紹。《亮劍》出版後，社會的反響十分強烈，毀譽參半。為此，中國作家協會創研部、解放軍文藝出版社還聯合召開了研討會。與會人員一致認為，「這是一部期望已久的具有突破意義的長篇小說力作，是一部激動人心的小說，一部不落俗套的小說。一部陽剛氣十足的英雄小說，是男人寫的、寫男人的、寫給男人看的。小說既有古代小說的傳奇色彩，又吸收了現代外國小說的一些手法，是傳統與現代的統一。在這部小說中英雄與歷史的關係是全新的，英雄不是在順應歷史中消失自我，而是在否定和反思歷史中時刻把握著自我，可以說，《亮劍》在英雄性格與凝重歷史的統一方面是第一部。小說沒有回避矛盾，敢於直面歷史，不粉飾不盲從，很有分量，內涵十分豐富。這本書的出版標誌著軍事文學的創作達到了一個新的階段。」（董保存：《亮劍：從小說到電視劇》，《軍營文化天地》2005年11期。）

小說在社會上的強烈反響，使多家影視公司和電視臺都有意將其改編成電視連續劇。最後，海潤影視製作有限公司購得其改編權，江奇濤執筆改編。此時，在圖書市場已出現了一種「亮劍現象」，小說《亮劍》也成為了一種長銷書，以平均每年兩萬本的速度走向讀者。五年後，隨著電視劇《亮劍》的熱播，又帶動起新一輪的閱讀高潮。

根據同名小說改編的電視劇《亮劍》（2005，30集），被作為隆重紀念中國人民抗日戰爭勝利60周年和世界反法西斯戰爭勝利60周年的扛鼎之作，不僅榮獲第23屆中國大眾電視「金鷹獎」優秀長篇電視劇獎，而且好評如潮，反響強烈，各地電視臺多次重播，甚至「亮劍」業已成為共名，各行各業都在「亮劍」。

（二）合理取捨情節、大膽提煉主題

眾所周知，對於敘事性的作品而言，情節設置的好壞，是關乎作品成功與否的基礎。小說《亮劍》共有43章和一個尾聲，前20章主要描寫主人公李雲龍等人在抗日戰爭和解放戰爭中的戰鬥故事；後23章和尾聲主要描寫李雲龍等人建國後到「文革」結束這段歷史時期的曲折經歷和不幸遭遇。軍旅作家江奇濤在將小說文本改編成電視劇劇本時，面臨著如何設置劇中情節的問題。畢竟電視劇與小說是兩種不同的藝術，更何況原著有著深厚的思想內涵和文學底蘊，要將在讀者心中有口碑的語言藝術轉換成被觀眾接受的視聽藝術，完全照搬和複製原小說的情節或另起爐灶重新設計情節，都會遭遇滑鐵盧。

編劇江奇濤和導演張前審時度勢，在將小說改編成電視劇時，立足於敢於亮劍、主動進攻的軍人意志和大無畏精神，圍繞革命英雄主義和樂觀主義精神來取捨小說的情節。因此，電視劇《亮劍》大刀闊斧地砍掉了原著中李雲龍傷癒後入閩途中遇匪、單刀赴會端匪窩、C團突襲金門失利、閩南天湖山叢林戰模擬訓練、三年經濟困難、廬山會議和文化大革命空前浩劫、武鬥釀成慘劇等等章節。在重點截取小說前15章和建國初5章（19-25）內容的基礎上，輔以第33、40和42章的少些情節加以改編。電視劇的主要篇幅集中在抗日戰爭時期，以弘揚愛國主義為核心的民族精神為全劇的基調，一改原著的悲劇情調和結局，化悲為喜，以正劇結束。

在擇取小說前25章（1-15、19-25）的大部分情節改編為電視劇時，編導也並非事無巨細，全盤照搬，讓所有的事件都入戲，而是圍繞著展現「亮劍」精神的主題和人物形象的刻畫，對事件和人物進行了精心的篩選、加工和完善。

1、擷取小說中的代表性事件，來刻畫人物和表現主題

為了在電視劇中展示我軍軍魂——「亮劍」精神，編導將原小說前25章中主人公李雲龍的傳奇經歷，集中在全殲日軍山崎大隊、消滅山本特種部隊、與楚雲飛的關係、刀辟土匪山貓子、與田雨結婚、介紹趙剛與馮楠相愛、軍事學院深造等七個主要情節點。而在這七個情節點中，又以消滅山本特種部隊和與楚雲飛的關係為故事的重點。

為了使人物形象在電視劇中更加鮮明突出，編導對原小說中的一些重點情節進行了強化。如李雲龍與山本特種部隊的鬥爭。在小

說的前25章中，有關山本特種部隊的描寫只有5章，而在電視劇中卻用了整整12集的篇幅。從電視劇第1集山本特種部隊與獨立團遭遇開始，到12集李雲龍炮轟平安縣城，山本部隊被徹底消滅為止，幾乎占了整個電視劇（央視首播24集）一半的篇幅。為此，編導在電視劇中增加了山本特種部隊用戰俘進行殺人訓練、利用奸細收集我軍情報、偷襲八路軍總部、奉命護衛的日軍觀摩團被殲等不少情節，使其成為李雲龍在抗日戰爭中的主要對手，加強了戲劇中的矛盾衝突性。與此同時，為了對付山本特種部隊，在電視劇中，編導還添加了李雲龍激勵將士練好本領的一場戲。不管是徒手搏鬥，還是投彈訓練，誰把對方打倒，誰能把手榴彈投進筐中，誰就有資格吃肉。這種物質刺激的辦法，在物質匱乏的抗戰時期，無疑是行之有效的。這種情節設計，為日後李雲龍戰勝山本特種部隊做好了鋪墊，在抗戰題材的電視劇中，也是新穎獨特的。

較之小說，電視劇在處理李雲龍與楚雲飛關係的情節上，也進行了適當的調整、強化和補充。小說中李雲龍和楚雲飛相識於河源縣城的「祥和茶館」。楚雲飛帶信給李雲龍，想與他見面聊聊。未曾想到，李雲龍爽快赴約，楚雲飛借此將他裹協進「大鬧聚仙樓」中。在日本憲兵隊長平田一郎的生日宴會上，他們互相配合，將守備縣城的日偽軍大部分軍官一鍋端。而在電視劇中，編導將他們的相識改為楚雲飛作為國民黨將領參觀團中的一員，主動要求觀摩李雲龍部，親聞目睹了李雲龍指揮部隊消滅日軍特種兵的戰鬥，使得出身黃埔軍校的楚雲飛對李雲龍欽佩不已。李雲龍的指揮藝術及其部下的勇敢精神，令楚雲飛刮目相看。儘管他與李雲龍身處不同的陣營，但真誠的愛國之心使他們相見恨晚。編導隨後還增加了358團一營營長錢伯鈞在李家鎮反水投敵，楚雲飛面臨危險，李雲龍及時伸出援手，幫助他解困的情節。兩位身處不同陣營的軍人，友誼逐漸加深，成了共同抗擊日寇的手足兄弟。在抗戰中，二人互相幫助配合，取得了不少戰役的勝利。然而，由於政治信仰的差異，終使兩人在解放戰爭中兵戎相見，分道揚鑣。兩人受傷後，仍心系對方。國民黨兵敗潰退臺灣前夕，楚雲飛手捧一把泥土，依依惜別祖國大陸的鏡頭，再次佐證了軍隊之魂的內涵——愛國主義和民族主義為基礎的「亮劍」精神。

2、添加新的情節，完善主題和人物形象的塑造

為了使主題更加完善和人物形象更具立體感，編導在電視劇中還補充創作了不少新的情節。如電視劇《亮劍》除了繼承原小說對孔捷、丁偉等我軍高級指揮員的描寫外，還特別增加了李雲龍騎兵連的十幾名戰士在連長孫得勝的帶領下為掩護大部隊突圍，與鬼子一個騎兵大隊刺刀見紅、拼死搏鬥，最後全部壯烈犧牲的一場戲。這場戲拍得驚心動魄，視覺衝擊力強烈，既展示了李雲龍部隊「強將手下無弱兵」的特點，又完成了對我軍英雄群體的塑造，使其「亮劍」精神更具震撼力。再如，小說中的趙剛只是一個黨性堅定、學識淵博的政治工作者，而在改編後的電視劇中，他文武兼備，堪稱儒將，獨具人格魅力。為此，編導補充了三個重要情節：一是在消滅山崎大隊的戰鬥中，趙剛三槍消滅鬼子兩個重機槍射手和一個指揮官，十足的神槍手；二是在反掃蕩突圍時，魏和尚背著受傷後的李雲龍陷入絕境，趙剛帶隊將他們倆營救出；三是趙剛奉命喬裝打入黃維兵團110師，接應我地下工作者——110師副師長陳少游，策動了國民黨部隊的起義，裡應外合殲滅了黃維兵團。趙剛的這些英雄壯舉使李雲龍從心底裡佩服他、信服他。與此同時，電視劇中的趙剛脫卻古板的政治說教，靈活機動的工作方法，也使李雲龍逐步克服散漫、粗野、狹隘的農民意識。總之，在電視劇中，

趙剛的形象與李雲龍的形象互為表理，相互映襯，以此突出黨的教育的重要性和人物在鬥爭實踐中的成熟。

3、更改人物經歷和人物之間的關係，使劇情更加驚險、曲折和動人

基於視聽藝術的要求和觀眾的觀影趣味，編導在電視劇《亮劍》中更改了小說中人物的經歷和人物之間的關係，使之劇情更為精彩。

變動較大的有：（1）小說中的魏和尚，原本就是老紅軍，他一出場就在李雲龍的獨立團當排長；而在改編後的電視劇裡，他則成了國民黨士兵，被俘出逃受困時被前往獨立團上任的趙剛所救，因其曾是少林寺的和尚，武功超群，被李雲龍收入麾下，成了他的警衛員。（2）小說中在後半部分占主導的人物孔捷、丁偉等人，在電視劇中不僅將他們提前到抗戰時期，與李雲龍並肩作戰，而且還通過他們在晉西北呈三足鼎立之勢共同抗擊日寇的故事，來昭示八路軍才是抗日的中堅力量。（3）小說的前半部分，段鵬這個人物沒有出場。電視劇中則將獨立團一營營長張大彪和警衛連連長董大海的經歷和故事移花接木到了段鵬身上，並把他提前到在抗日戰爭中盡情發揮。編導之所以如此，是基於只改編了小說前25章又為了使劇情更具觀賞性才如此。（4）小說中李雲龍和趙剛在公共汽車上與人動手打架，在電視劇中改在了電影院門口因為勸架才和人家動起手來的。（5）小說中李雲龍在軍事學院的畢業論文題目是《論冷戰時期的特種作戰》，電視劇中改成了《論軍人的戰鬥意志和亮劍精神》。（6）小說中，李雲龍的秘書鄭波在若干年後的軍事論文《論軍事首長的性格與部隊傳統的關係》中的觀點：「任何一支部隊都有自己的傳統，傳統是什麼？傳統是一種氣質，一種性

格。這種氣質和性格往往是由這支部隊組建時，首任軍事首長的性格和氣質決定的，他給這支部隊注入了靈魂。從此不管歲月流逝，人員更迭，這支部隊靈魂永在。」（《亮劍》第504頁）在電視劇中，則變成了李雲龍在論文答辯時的演說詞。（7）小說中，李雲龍有兩個兒子，大兒子叫李健，二兒子叫李康；電視劇中他只有李特這一個兒子。（8）電視劇中，增加了李雲龍、丁偉和孔捷三人未能按時到軍事學院報到而被罰打掃清潔的情節，使之小說中他們三人在課堂上的調皮搗蛋，更為可信和合理。

（三）敘事策略：從「敘事蒙太奇」到歷史真實與虛構相交織

小說《亮劍》的故事情節由多個貌似中斷了的片段雜糅而成，這些眾多「蒙太奇」段落組成章節，最後形成具有完整故事情節的一部文本。這種運用以技術手段為主的敘事策略，姑且稱之為「敘事蒙太奇」。正因為作者借鑒了影視藝術中的「蒙太奇」敘事手段，使其小說中的語言藝術文本，不僅具有了畫面感，而且也強化了矛盾衝突，製造了緊張氣氛，增加了小說的可讀性和吸引力。比如，在小說《亮劍》的第三章中，作者在敘述一場激烈的肉搏戰時，借鑒了影視藝術中「交叉蒙太奇」的敘事手法，將這場肉搏戰的緊張激烈場景，展示得淋漓盡致。李雲龍部為了解決過冬問題，偷襲日軍的補給車隊，結果因情報有誤，押送物資的竟然是日軍精銳——關東軍。面對如此險惡態勢，李雲龍毅然選擇了出擊。因戰場狹小，雙方展開了殘酷的白刃戰。最終，獨立團一營憑藉「亮劍」精神，在兵力相近的情況下，全殲兩個日軍中隊。是役，我方陣亡358人，日軍陣亡371人。都梁在描寫這場驚心動魄的戰鬥時，主要以幾個人的戰鬥為「聚焦點」，切換交叉敘述，以此展示這場令敵人聞風喪膽的慘烈戰鬥。聚焦點之一：李雲龍刀劈日軍軍曹。

聚焦點之二：警衛員魏和尚用紅纓槍在眨眼間槍挑數個敵人。聚焦點之三：政委趙剛目睹眼前血腥場面不禁感到震驚，不停地用駁殼槍向敵人點謝，警衛員小張為了掩護他而倒在血泊之中。聚焦點之四：一頂被炸飛的日本鋼盔砸中了二連長張大彪的腦門，他惱羞成怒，拎著砍刀衝入戰場。聚焦點之五：張大彪力戰最後一個日軍中尉，李雲龍、趙剛等人觀戰助威。最後一個聚焦點：戰後的慘烈景象。前五個聚焦點的敘述，快速切換，最後一個聚焦點涵蓋整個戰場。這種具有蒙太奇性質的敘事方式，恰到好處地突出了戰鬥之殘酷與悲壯，為讀者營造出了緊張的氣氛。

隨著市場經濟體制的確立，文學市場化、商業化運作已是大勢所趨。電子媒質的出現與普及，不僅極大地衝擊著傳統文學的傳播方式，而且也影響了受眾的期待視野。讀者的感官化追求和獵奇的心理，必然會影響到小說的敘述策略和敘述方式。這就為小說改編為影視劇奠定了潛在的基礎。

編導在將《亮劍》的小說文本改編成電視劇文本時，既充分地借鑒了小說中的敘事策略，又推陳出新。電視劇一開始，鏡頭呈現的是一段記錄在舊膠片上的有關抗日戰爭的真實歷史場景。在這些黑白影像襯底的畫面中，編導綜合運用字幕和畫外音朗讀的視聽手段，將觀眾的注意力帶入抗戰時期。銀幕上的字幕指向三個歷史事件：

1、1937年7月7日，盧溝橋事變爆發——「八年抗戰」拉開序幕；
2、1940年2月，八路軍129師386旅為掩護師機關轉移，與日軍激戰蒼雲嶺；
3、1940年2月，在「蒼雲嶺戰役」中，八路軍新一團團長李雲龍率團數次反擊日軍進攻。

在這裡，歷史事件是有據可查的，虛構的「蒼雲嶺戰役」富有傳奇性。編導有意模糊了「歷史真實」和「歷史虛構」之間的界限，使之故事的產生和人物的出現就具有了歷史的厚重感。這種將歷史真實與虛構相交織的敘事策略為整部電視劇的敘事文本奠定了基礎。一方面，它向觀眾暗示即將進行的虛構性敘述同樣也是真實的；另一方面，即使是重新「詮釋」的故事和人物與歷史的真實有「偏移」，也是歷史上有可能出現的，抑或出現過只是還沒有印證罷了。

在紀實畫面上配以字幕和畫外音朗讀的敘事策略，除了開始部分外，在其後的整部電視劇中還出現了6次。編導在《亮劍》中向觀眾反覆強調了以下6個事件的歷史「真實性」（以30集版本為參照，下同）：

1、1940年8月，「百團大戰」（第3集）；2、1942年11月，日軍對中國晉東南地區進行大掃蕩（第7集）；3、「進攻平安縣城」一戰中，八路軍地方武裝永甯縣區小隊全體壯烈陣亡（第14集）；4、抗戰勝利後，李雲龍部與楚雲飛部首次交火——內戰爆發，轉入「大決戰」時期（第19集）；5、1949年11月17日，楚雲飛率殘部去臺灣，「只帶走了一捧祖國的泥土。」1950年年底，李雲龍被任命為C軍代理軍長，未能赴朝作戰（第25集）。6、1955年，中國人民解放軍開始實行軍銜制——李雲龍等人被授勳（第30集——臨近結尾處）。

編導向觀眾再三強調和提醒，電視劇中敘述的歷史故事是真實的，至少其精神的真實性是毋庸置疑的。在《亮劍》中，大凡在真實歷史情境的重大轉捩點都會出現這種「歷史的聲音」，電視劇的「敘述者」儼然已成為重大歷史時刻的「見證人」。無論是有據可查的「歷史真實情境」（事件1、2），還是在「歷史真實」（紀實性歷史畫面）與「歷史虛構」（電視劇的故事性畫面）的接合（事件6），抑或在「歷史真實」背景上的虛構事件（事件3、4、5），都體現了「歷史精神」的真實。

在電視劇《亮劍》中，「歷史」無處不在，像隱性的「人物」一樣，總是主動介入敘事、推動情節的發展，並以此彰顯「亮劍」精神。如李雲龍首次點明「亮劍」二字的含義時，他既是作者的代言，又是對中國傳統俠客精神的借用：「一個劍客和對手狹路相逢，他發現對方竟是天下第一劍客，這時他明知是死，也必須亮出寶劍。逢敵必亮劍，決不含糊，倒在敵人的劍下不丟人，那叫雖敗猶榮……劍鋒所指，血濺七步，不是敵死，就是我亡。」事實上，在電視劇前三分之二的篇幅中，無論是敘事節奏、場景設置，還是視聽語言的運用、武俠精神的借用和傳奇成分的抒寫，總是彌漫其間，甚至編導還為此專門設置了魏和尚和段鵬這兩個「武林高手」式的人物形象。魏和尚和段鵬的出場，都伴隨著精彩的打鬥畫面，先聲奪人。再如在第6集中，李雲龍答應陷入絕境的日軍軍官「一對一」單挑的要求，與之決鬥的場景，也在一定程度上折射出他身上的江湖意氣。編導在電視劇中刻意植入武俠精神，更容易喚起崇尚俠義文化的中國觀眾的共鳴，迎合了大眾的審美取向。

然而，脫胎於封建文化母體的武俠精神，往往帶有「江湖情結」、「幫派作風」的特點，編導或許意識到了這種局限性，在電視劇第17集中，通過身手不凡的魏和尚不幸死於小人之手，來將單打獨鬥的「亮劍」提升到集體主義的「亮劍精神」。我們在扼腕嘆惜魏和尚死於非命之時，或許已覺察到編導通過這個情節，詔告了武俠精神的終結和對「亮劍精神」的張揚。

同樣，電視劇的楚雲飛，出身黃埔，有勇有謀，是一個幾近完美的軍人。然而，因身陷與歷史背道而馳的戰車，縱使全副美式裝備，智謀過人，也無力回天。楚雲飛的悲劇，「更進一步表明了『亮劍精神』必須成為一種群體性氣質，否則便會落入『匹夫之勇』的窠臼，難以得到施展。這就進一步使『亮劍精神』與傳統意義上的『俠客精神』拉開了距離、劃清了界限。」（蓋琪：《「歷史」的雙重敘事身分——以電視劇〈亮劍〉為例》，《當代電視》2006年第3期。）

在電視劇中，李雲龍和楚雲飛分屬兩種不同意識形態下的軍人系列，編導的目的不僅僅在於塑造他們各自所體現的典型的軍人性格，更主要地是以此傳達出了更為本質的「兩種文化之爭」。同宗之下的「兄弟鬩牆」，在意識形態上雖然壁壘分明，但在文化上卻能相互溝通——「亮劍精神」。

在《亮劍》中，編導常常將「歷史」情節化、人物化。這種在宏大歷史背景下的「複線」敘事，通過俠義故事和軍人氣質，來重新建構的「歷史」，突破了「歷史」與「意識形態」的樊籬，既增加了劇情的可信度，又拓展了電視劇的意境，使其傳奇的故事有所依附，編排的情節和人物，具有較強的真實性，促成了《亮劍》文本接受的成功。

（四）人物形象：從英雄的悲壯到軍人的陽剛

從鴉片戰爭以來，我們的民族經歷了空前的災難。中華民族的優秀分子前仆後繼，用他們的血肉之軀譜寫了民族奮起的壯麗詩篇。新中國成立後，歷經戰爭創傷的中華民族產生了濃厚的英雄崇拜情結，這不僅對建國十七文學的創作，甚至對新時期初期的文學走向，都產生了一定的影響。紅色經典題材中所塑造的一個個英雄形象，不僅深入人心，而且業已成為一代年輕人心中的偶像，對社會價值的導向意義不可低估。然而，從美學的角度看，紅色經典作品中的英雄形象，在凸現其英雄性時卻忽略了人性的複雜，使之塑造的英雄人物顯得貧乏而蒼白，缺乏應有的豐富性。新時期以來，作家們雖有所突破，但新舊交替的歷史痕跡仍然明顯，英雄人物的道德說教依然盛行。到了1990年代，隨著市場經濟的興起，文學的崇高使命被消解，庸常人生的苦樂生活大行其道。在一切顧我，專注於生存的酸甜苦辣中，作家們筆下的人物，顯得萎靡、庸俗，缺乏應有的主體意識和陽剛之氣。而都梁在《亮劍》中所塑造的一大群血性男女的形象，使中華民族固有的大仁大義、大情大愛的精神得以回歸。這些浮沉在特定的時代背景中的男男女女，人生遭遇雖然大起大落，但他們身上所體現出的用鮮血和生命詮釋的仁、義、情、愛，卻帶給讀者強烈的衝擊力，使人有醍醐灌頂之感。

小說《亮劍》反映的歷史時期主要是抗日戰爭、解放戰爭、抗美援朝以及文化大革命時期。作品中極具個性的李雲龍、趙剛、秀芹、田雨、馮楠等英雄群像，無不具有不可戰勝的人格魅力和精神力量。

李雲龍自小參加紅軍，歷經土地革命、萬里長征、抗日戰爭和解放戰爭。他愛兵如子、嫉惡如仇，立功不少、處分不斷，但銳氣不減、霸氣長存。在他身上，農民質樸的本色，無處不在；軍人的勇猛氣質，隨時都有。他打仗從不吃虧，屢次離經叛道，常常功過相抵，甚至降職處罰。然而，他依然我行我素，屢次犯錯。豪氣、匪氣、霸氣、有我無敵的陽剛之氣和血性精神貫穿他硬漢的一生。如趙家峪一戰，獨立團損失慘重，政委趙剛也身負重傷，三百多村民被殺，妻子秀芹被鬼子擄走。李雲龍沖冠一怒為紅顏：「娘的，這次團部差點兒讓人連鍋端了，政委負了重傷，老子連老婆都讓人抓了。」「我是軍事主官，我負責，就算將來上級要追查，槍斃我就是。」（《亮劍》第72頁）他擅自率兵攻打平安縣城，把整個晉西北戰場攪得天翻地覆。為了給警衛員魏和尚報仇，他把勸阻他的新二團團長孔捷繳械後關進柴房，率隊殺進匪窩，刀劈山貓子。趙剛說他：「君子報仇，十年不晚。但不適合你雲龍。你是有仇不報非君子，而且是馬上就報。」趙剛夫婦殉難後，李雲龍把他們的兒女安頓在自己家中，視同己出。因下令部隊制止大規模武鬥，李雲龍被打成反革命分子，身處萬劫不復的境地。他在致電老戰友孔捷代替自己照顧在勞改農場的岳母後，拒絕了部屬要劫持護送他遠走避禍的好意。李雲龍的信念是：「一個軍人，可以在肉搏戰被敵人砍掉腦袋，但絕不可以被侮辱，軍人可以去死，但絕不能失去尊嚴……大丈夫來去赤條條，活著要活出個人樣，死也得像條漢子。幹嗎要我去學縮頭烏龜？壞了一世名聲？」（《亮劍》第558頁）他舉起了手槍，最後一次「亮劍」，劍鋒所指是自己的生命。李雲龍死得大義凜然，豪氣幹雲。由於電視劇的改編終止於1955年的軍隊受銜，小說的後半部分被刪節，呈現在電視劇觀眾眼中的李雲龍更多的是陽剛，他在「文革」中的不幸遭遇和悲壯結局，都未能得到展現。

小說中的趙剛，作者偏重于表現他的知識分子特性；而在電視劇中，編導在沿襲他的知識分子特性時，增加了他作為一個軍人的分量和質感，因而使這個人物更為立體和豐滿、更為有血有肉。從而使得傳統意義上的政委角色，因在電視劇中對趙剛這個人物形象的重新塑造，變得靈活、果敢，獨具性格而熠熠生輝。

趙剛在電視劇《亮劍》中的出場，是他從抗大畢業前往陳賡旅部報到開始的。陳賡隨即派他到獨立團擔任政委，並告誡他，李雲龍不好相處，是個刺頭兒。趙剛來後，李雲龍對他要理不理，話中帶刺，甚至派兵偷襲日偽軍騎兵營也瞞著他。在李雲龍看來，「上級又給咱獨立團派來個白麵秀才，打仗幫不上忙還淨添亂，不行，要想辦法把這小秀才擠走。」但是不久，趙剛用自己的行動向李雲龍證明：自己並不是只會動嘴皮子的「酸秀才」。如果說，趙剛來獨立團報到的半路上救下魏和尚和對日本特種部隊的分析，使李雲龍半信半疑的話，那麼，在李家坡之戰中，他在距離敵人150米的情況下連發三槍，彈無虛發，則使向來瞧不起知識分子的李雲龍折服。到後來，楚雲飛來到獨立團知道趙剛是燕大的高材生，便感歎知識分子奔赴沙場是國家的損失，李雲龍立馬為他辯護；再到後來，趙剛受傷，李雲龍背他突圍時已是痛哭流涕；攻打平安縣城後，李雲龍去醫院看望趙剛，表示「交朋友就像找老婆，一眼看准了就甭管其他……這輩子就是你了！」此時，他們之間已是肝膽相照、戰友情深了。李雲龍對趙剛態度的變化，體現了知識分子的趙剛，憑藉自己的軍事素質和靈活的工作方式，逐漸贏得了李雲龍等人對他軍人身分的認可。編導為了表現趙剛的這種軍人特質，還在電視劇的第21、22集中增加了他接受敵工部的邀請，擔任黃維兵團110師戰場起義的聯絡員。趙剛以卓越的膽識和能力、過人的機警和敏捷擊斃軍統特工，促使了起義的成功。由此可見，電視劇中的趙剛相對小說而言，不僅增加他的份量，更主要是突出了他作為一個軍人的特質，使之成為整部電視劇舉足輕重的人物形象。但從骨子裡來說，趙剛仍然還是一個知識分子。因電視劇只擷取了原小說前25章的主要內容，趙剛的知識分子特性有所削弱，但從已拍攝的畫面中，仍能感受他的知識分子特性在和平年代的回歸：他秉承革命的理想，憂國憂民，不能容忍其他共產黨員的腐敗和墮落；當現實與理想相背離時，他倍感痛苦與迷茫；知識分子固有的清高、良心和正義，使他與現實世界總有些格格不入。總之，趙剛的出現，使政委的形象煥然一新。政委不僅能把政治工作做到深入人心，而且還能運籌帷幄，指揮殺敵。

毋庸置疑，《亮劍》無論是小說文本還電視劇文本，都是一個由眾多血性男兒組成的充滿了陽剛與壯美的男性世界，甚至在戰爭年代的女性人物，也具有豪邁氣質。如村姑秀芹，大膽潑辣，敢愛敢恨。她自幼父母雙亡，給人家當童養媳。抗日時期，積極投身革命，與李雲龍相識後，為他的英雄壯舉和人格魅力所征服，主動示愛。然而，由於內奸報信，結婚當晚，日軍偷襲，她被山本生俘。李雲龍為了救她，調集部隊攻打了平安縣城。山本不支，將她綁縛城樓逼李雲龍撤兵。生死關頭，秀芹視死如歸，高叫丈夫向自己開炮！下輩子還要嫁給李雲龍做老婆。李雲龍毅然開炮，全殲守敵，秀芹壯烈犧牲。秀芹在生死關頭，視國家民族利益高於一切，慨然赴死的壯舉，豐富和補充了在民族危亡時，中華民族的血性和愛國情懷。

正如好花還須綠葉配，《亮劍》裡的女性人物田雨、馮楠的柔美和典雅，更加彰顯了李雲龍、趙剛的剛勁與勇武，豐富和補充了男主人公的陽剛與豪邁之氣。

出身於江南書香門第大戶人家的田雨，是一位典型的江南美人。家庭學養豐厚，父母秉承詩書傳家的傳統，對她管束很嚴。她在讀書時，受地下黨員語文老師的鼓動，棄學出走，參加解放軍。她在做護士時與受傷住院的李雲龍相識，因仰慕他的英雄壯舉而嫁給了他。因與李雲龍在文化教養方面的差距較大，在婚姻生活中常發生矛盾，甚至為沒有聽從父母的勸告而後悔過。在好友馮楠的開導下，最終在人生價值的取向認同上，理解了李雲龍這個粗俗霸道男人的出類拔萃，與之重歸於好！由於電視劇只改編了小說的前25章，未曾像小說那樣，完整地表現她在日後與李雲龍的風雨同舟、誓死追隨。田雨的形象，小說比電視劇更為豐滿和感人。在小說中，黑雲壓城，李雲龍不計個人安危，下令武力彈壓造反派的瘋狂，拯救一座城市和滿城百姓。田雨義無反顧地支持丈夫，與之共患難。身陷囚獄中的李雲龍，為了保護她，勸她與自己劃清界限。她卻堅貞地說「我們生是夫妻，死是夫妻，誰也不可能拆散我們……」（《亮劍》第543頁）在李雲龍以死明志的第二天深夜，她在獄中割脈自盡，隨夫而去，柔美的生命煥發了壯美之舉。

馮楠是田雨的同學，才貌雙全，善於思考問題。她與趙剛一見鍾情，堪稱才子佳人。解放後，趙剛調入國防部任職。因身居要津，親身經歷了政治生活中更多殘酷的真實。在電視劇中，在他與李雲龍相聚北京的醉酒交談中，他追求完美理想主義與現實的矛盾已初見端倪。馮楠對他的耿介和正直頗為擔心。在小說中，不願隨波逐流的趙剛，為此產生的破滅感更加強烈。日後，在一次軍隊大清洗中，他因拒絕與羅瑞卿總參謀長劃清界線而獲罪。他對妻子說：「馮楠，我沒有能力阻止災難的蔓延，但我有能力捍衛自己的尊嚴，沒有尊嚴我寧可選擇死亡。」（《亮劍》第406頁）馮楠說：「其實任何一個政黨都有可能犯錯誤……這個政黨所犯的最大錯誤，就是不自覺地進行一場素質逆淘汰。漸漸地把黨內富於正義感的、敢於抵抗邪惡勢力的、置生死於不顧為民請命的優秀人物都淘汰掉了。這樣，災難就不可避免了。」（《亮劍》第407頁）馮楠露出悽楚的笑容道：「性格即命運，我沒有能力改變你，唯一能夠做到的是，始終伴陪你直至死亡。」（《亮劍》第404頁）面對災難，趙剛和馮楠沒有畏懼，也沒有遺憾，在「文革」前夜，寧折不彎的他們平靜地、從容不迫地為理想主義而死。總之，馮楠的形象，無論是小說文本還是電視劇文本，都是趙剛形象的豐富和補充，她的生命，猶如生如夏花之絢爛，死如秋葉之靜美。

（五）「亮劍」精神，契合了時代精神

1、還原了歷史真實

根據小說改編的同名電視劇《亮劍》，榮獲2007年「五個一工程」特等獎，還「創造了央視14%的收視率，作為『另類英雄』的李雲龍形象一時成為新的創作亮點，如《狼毒花》《歷史的天空》等『李雲龍系列』的作品不斷湧現。」（趙曉峰　都梁：《我寫另類英雄》，《齊魯晚報》2007年9月21日。）究其原因，主要是小說作者在創作小說時，對史實和文獻資料爛熟於心、精確把握，又秉承尊重歷史的創作態度，將中國現代史上獨具個性的一群中國軍人，以生動流暢、富有個性的筆觸呈現出來。都梁在小說《亮劍》中，不僅還原了歷史進程中中國軍人的戰鬥風采和經典戰例，而且還以此提煉出了契合時代精神的「亮劍」精神。

編導在將小說改編成電視劇時，既藝術地再現了小說中人物和戰例，又精煉地加以集中和突出，並在影像設計中融入武俠元素和演員的出色表演，使之劇中人物的言行和畫面，更具奇觀性，更震撼人心。

據一些學者考證，《亮劍》中的主要人物及其經歷，都有據可查。

李雲龍源於王近山將軍。抗戰時期，王近山時任八路軍129師386旅772團副團長，因負傷住院，與醫院的女護士韓岫岩相識，在陳錫聯的撮合下，兩人喜結連理。這與小說中李雲龍因受傷而結識田雨的情節，幾乎如出一轍。小說中，李雲龍率獨立團全殲日軍戰地觀察團，也取之於王近山指揮的韓略村伏擊戰。（王作化　林生　劉波峰：《〈亮劍〉經典戰例探究》，《黨史縱橫》2007年第

八期。）此外，小說中提到1938～1939年李雲龍團擔任掩護八路軍總部的任務，也與王近山的經歷大致相符，只是職務上略有差異。李雲龍當時是團長，王近山是旅長；1955年授銜時，李雲龍是少將，王近山是中將。如此看來，作家在塑造李雲龍這一「另類」形象時，雖以王近山將軍為原型，但又融合了人民軍隊中眾多高級將領的特質，重在表現他們身上體現出來的大無畏的「亮劍」精神，這是我軍戰勝一切外來侵略的致勝法寶。

丁偉源於鐘偉少將。小說中的丁偉取材於歷史上真實的少將鐘偉。都梁與鐘偉將軍是忘年交，他在塑造丁偉這個形象時，只是作了簡單的藝術提煉而已。諸如：兩人都是紅四方面軍出身；抗戰初期任團長；抗戰勝利後，開赴東北，擔任縱隊司令員；喜歡抗命；都是林彪的愛將；喜愛跳舞和搶戰利品；1954年都進入軍事學院學習，畢業後到北京軍區任參謀長；1955年授予少將軍銜；因在批判彭德懷、黃克誠等將領時仗義執言，被中央免職，等等。作家對鐘偉的事蹟通過丁偉的形象進行了歷史復原，形象地再現了一個開國將領的英雄形象。

孔捷源於蕭全夫將軍。小說中的孔捷，與珍寶島戰役的直接參與指揮者——蕭全夫將軍的經歷幾乎一致。兩人都是安徽人，都來自紅四方面軍，都在晉察冀根據地與日寇作過戰；抗戰後都率部隊出關，成為「東野」的雄師；都參加過抗美援朝，1954年都入南京軍事學院學習。（陳幹　李東明：《開國諸將錄》，中共黨史出版社2007年版，第451～456頁。）

自然，小說不是實錄，是藝術；電視劇也不是記錄片。《亮劍》中除了以上人物可考外，還有些人物，比如趙剛和楚雲飛等，是「雜取種種人，合成一個」，「如畫家的畫人物，也是靜觀默察，爛熟於心，然後凝神結想，一揮而就，向來不用一個單獨的模特兒的。」（魯迅：《〈出關〉的「關」》（《魯迅全集・且介亭雜文末編》，人民文學出版社2006版，第235頁。）《亮劍》中的優秀政工幹部趙剛，就是作家綜合了參加過「一二・九」運動的我軍政工幹部的情況虛構出來的，具有一定的象徵性。這些革命者受過良好的教育，面對民族危亡，他們義無反顧地放棄了原本奢華安逸的生活，奔赴延安，投身革命，成為革命隊伍中的中堅力量。他們以自己的知識、儒雅與睿智，在思想上武裝勞苦大眾組成的革命軍隊，協助軍事主官的工作；他們以自己超群的人格魅力，進行戰前動員，鼓舞士氣，協調軍隊和地方的關係，是軍隊所向披靡的保障，部隊「亮劍」的靈魂。

同樣，《亮劍》中的楚雲飛也是作家綜合了杜聿明、衛立煌等一大批國民黨高級將領而虛構出來的一個人物形象。

這些出身於黃埔軍校的國民黨高級將領，因受過嚴格正規的軍事訓練，具有良好的職業軍人素養。他們才華橫溢，志存高遠，集軍人的驍勇和男人的睿智於一身。作為職業軍人，在國家和民族遭遇日寇入侵時，他們義無反顧地開赴疆場，與日寇殊死搏鬥，用鮮血和生命捍衛了國家、民族的尊嚴和領土的完整，成為抗戰英雄。但他們又以「三民主義」救中國為自己的人生理想，視校長蔣介石為當然的革命領袖。在關乎中國命運的決戰中，他們又背離了人民意願，與人民為敵，乃至於成為人民的罪人。但不可否認是，在「兄弟鬩於牆，外禦其侮」時，他們同樣是中華民族的脊樑，為民族的獨立付出了血的代價。

同樣，《亮劍》中的經典戰例，也有跡可尋。

小說和電視劇中，李雲龍在李家坡採用土工作業，把坑道挖到敵人前沿陣地下，一舉殲滅山崎大隊的情節，即是關家垴戰役的藝術再現。「1940年10月下旬日軍『掃蕩』我八路軍總部所在地，並突襲了總部水腰兵工廠，彭總令129師385旅、386旅、新一旅，決死一縱隊共六個團圍殲山崎，劉伯承發現坡上有一條暗黃色的土坎，說：『挖暗道，通上去』，然後用手榴彈炸，用石灰罐扔進去嗆，用點燃的柴火熏。突擊部隊提著鐮刀衝進洞，奮力砍殺，幾乎全殲敵人。」（傅建文：《太行雄師──八路軍一二九師征戰紀實》，解放軍文藝出版社2005年版，第177～185頁。）

小說和電視劇中，李雲龍在與部下研究攻打平安縣城的方略時，屬下提議選一個主攻點，其他佯攻。李雲龍說：「全他媽的主攻，我一不給添人，二不給添槍，一字之變，要給我變出殺氣來，要打出個精神頭來。」這裡的打法和對白都是取自濟南戰役時的聶鳳智將軍。「濟南戰役，西線宋時輪等部隊為主攻，東線聶鳳智為助攻，結果聶鳳智大筆一揮改『助攻』為『主攻』，並說『助攻』改『主攻』，一不要增人，二不要添槍，一字之變，變的是精神狀態。」（記工：《百城百戰解放戰爭系列叢書》，吉林文史出版社2006年版，第192～205頁。）

小說和電視劇中，日軍裝甲車上貼有「專打三八六旅獨立團」標語，源於「三八六旅的英勇善戰，引起了日軍的極大恐慌和仇恨，被日軍視為眼中釘，肉中刺。以至入侵太嶽軍區的日軍竟要查探是不是三八六旅，還在先頭部隊的裝甲車上貼上『專打三八六旅』虛張聲勢。」（文輝抗　葉健君：《新中國第一代系列圖書》，湖南人民出版社1999年版，第362頁。）陳賡大將麾下的129師386旅，在抗戰時期，馳騁於晉西北，令日寇聞風喪膽；解放戰爭時期，又逐鹿中原，攻無不克，戰無不勝。最終，這支從川陝蘇區發展壯大的隊伍，演化為今天成都軍區赫赫有名的第13集團軍。

2、拓展了軍事題材

《亮劍》好看、耐看，最主要的原因，就是軍事題材突破了以往在人物刻畫或情節演繹上的呆板和機械。作者基於「弘揚正氣、鼓舞民眾」的創作目的，以戰鬥為主線，把人物情感、歷史背景和國恨家仇聯繫起來，用「戰鬥」說話。在電視劇《亮劍》中，「戰鬥」不再是「藝術擺設」，而是劇情本身。在30集的電視劇中有近27集的篇幅講述「戰鬥」，幾乎每一集都要描寫一個戰鬥的場面，多集講述一個戰鬥的段落，以此構成一個個主要的情節點。同時，編導還充分運用特寫、全景和運動鏡頭，多角度地展示戰場地勢、敵我部署及指揮員們的戰術意圖。特別是戰場上實景廝殺的場景很多，易吸引觀眾「入戲」。逼真的「實景」感，會激發觀眾的英雄情結，使人神清氣爽，痛快淋漓。

電視劇《亮劍》在延長整體戰鬥場面的同時，還注重展示「個體」的戰鬥場景。全殲日軍山崎大隊、消滅山本特種部隊和刀辟土匪山貓子等情節點，細節真實可信，畫面精彩紛呈，令人過目難忘。與此同時，電視劇的主要人物李雲龍等人，一改以前「高大全」模式，「粗糙」有餘，個性十足，給人耳目一新的感覺，正好契合了當下觀眾的審美趣味。

電視劇《亮劍》的另一突破，是捨棄了以往軍事題材電視劇追求「恢弘史詩」路線，走上了「民間故事」之路。電視劇一開始，就先聲奪人，一齣又一齣好看的場景、一段又一段精彩的故事，令人目不暇接。「另類」英雄李雲龍，屢次「闖禍」，又屢建奇功。與山本特工隊的鬥智鬥勇、與土匪的短兵相接、與楚雲飛的兵戎相見等情節，將李雲龍不看重權位，不墨守成規，全憑血性的個性表現得淋漓盡致。李雲龍為了替魏和尚報仇，率部攻打已被八路軍收編了的土匪；為救妻子秀芹，他竟集合全團去攻打日軍固守的平安縣城等瘋狂行為，撩拔起了觀眾的胃口。他如此膽大妄為的「瘋狂」之舉，在電視劇裡時不時地出現，觀眾的興趣被牢牢鉤住，一直保持到最後一幕的高潮。

《亮劍》注重刻畫多元個性的立體人物，採用了民間敘事的「聚焦指向」模式。全劇以李雲龍為中心，劇中情節、事件和其他人物都圍繞他轉。他不按牌理出牌的另類行為，隨著劇中人物的疑惑：日軍指揮官阪田信哲問「這究竟是八路軍的哪個團？這個八路軍的佈陣很內行，我斷定這個八路軍指揮員是個防禦戰老手。」國軍少將楚雲飛也問「這究竟是什麼樣的部隊？還有誰會這麼厲害？」將觀眾的目光聚焦在李雲龍身上，探看他一次又一次「犯錯」的結局。

此外，《亮劍》的編導還善於博採眾長，借鑒流行影視劇的元素。如《亮劍》的第2集就有《角鬥士》的痕跡。日軍特工隊為了提高戰鬥力，在俘虜的「國軍」中挑選人肉靶子與之對決。幾名國軍士兵敗下陣來，魏大勇武功超群，一連打倒了幾名日軍特工隊隊員，並趁勢奪取日軍手槍，射殺鬼子後，成功逃跑。這與《角鬥士》中克勞扮演的「將軍」，為了生存，在角鬥場上與一群身穿盔甲的悍奴拼殺，如出一轍。電視劇中槍炮聲和子彈的音效效果，也有《搶救雷恩大兵》開始時「奧馬哈搶灘」登陸的影子。

正因為《亮劍》的小說文本，別出心裁，一改創作的傳統思維，使其故事、情節和人物獨具特色，編導在將其改編成電視劇文本時，發揚光大，濃墨重彩地塑造出紛紛「亮劍」的軍旅硬漢群像。將李雲龍、趙剛、楚雲飛、魏和尚和張大彪等五個人物「化神為人」，讓他們回歸到人的境地。在充分展示他們身上那種鐵血軍人不計生死、壓倒一切的豪邁霸氣的同時，也沒有回避他們屢屢犯禁，常常頭腦發熱、意氣用事，甚至罵人、酗酒和耍痞等平民身上的人性弱點和生活陋習。從而拉近了與觀眾的距離，贏得了觀眾的認同感。

三、《亮劍》改編的得失

都梁的長篇小說《亮劍》和據此改編的同名長篇電視劇，都取得了社會、經濟效益的雙豐收。其主要的原因，在於作者對故事情節、人物個性的巧妙構思和生動描寫，特別是對敢於「亮劍」的革命英雄主義的大力頌揚。

相對於小說而言，同名電視劇彰顯的「亮劍」精神上更為集中。小說對「亮劍」精神的闡述較為簡單，而在電視劇中則加重了闡釋的份量，不僅深發並加以總結，而且還在最後一集中，將李雲龍在軍事學院培訓結束時的畢業論文——《論冷戰時期的特種作戰》改為《論軍人的戰鬥意志和亮劍精神》，對「亮劍」精神做了理論上的概括總結，從而使主題更加突出，特別是通過李雲龍深情並茂、慷慨激昂地宣講，將革命英雄主義的激情渲染到了極致。

編導在將小說改編成電視劇時，對小說中驚險、曲折、動人的故事情節進行了提煉、補充和豐富，從而使電視劇的故事情節更為曲折生動，環環相扣，引人入勝。比如，電視劇中對丁偉、段鵬這兩個人物，就在出場順序、經歷和性格諸方面進行了調整和加強，從而豐富了抗戰時期的民族英雄群，也使主人公李雲龍的傳奇色彩不再單薄，更具合理性。

電視劇的人物塑造，除了秉承了小說中人物高度個性化的特點外，演員表演尤其重要。李幼斌、童蕾、何政軍和張光北等演員的表演到位，形神俱佳，不僅演活了小說中的人物，而且使觀眾認定，電視劇主配角的選擇，他們都是不二人選，恰到好處。

此外，電視劇還充分運用了各種影視藝術的表現手段，將文學、美術、音樂、戲劇、攝影、光學和聲學等等集於一身，把小說中單調的文字藝術轉變成了直觀可感的視聽形象，更進一步地拓展了作品的表現力，提高了觀賞性。如在電視劇《亮劍》第七集中，騎兵連用刺刀戰鬥到最後一刻、全部犧牲時的畫面，震撼人心。編導配上了淒婉、悲壯的音樂旋律，自然讓觀眾生髮出盪氣迴腸之感。

毋庸諱言，《亮劍》的電視劇改編，憑藉著高科技的影視手段在形式上取得了較大的成功，但相對於小說的完整性與批判性來說，它的缺陷也是明顯的。

電視劇對原著中後半部分有關三年自然災害和黑白顛倒的十年「文革」的章節棄而不用，將英雄簡單化，將小說改編為皆大歡喜的結局，既有逢迎主流話語之嫌，又減弱了小說富於反思、批判精神的深度。李雲龍在「文革」期間，為了所在城市不遭受造反派武鬥的毀滅，毅然下令用武力奪回被造反派攻佔的泰山師總部，結果被戴上反對「文化大革命」的罪名被捕，遭受種種迫害。為了保持軍人的尊嚴，他拒絕了好友和部下的援救，最後開槍自殺，至死都保持了軍人的錚錚鐵骨。都梁在小說中，勇敢地正視並淋漓盡致地揭示了「文革」所蘊涵的悲劇性，以此反思和批判這段歷史，必然會引發讀者的深刻思索與反省。而在電視劇中，這些震撼人心、張揚民族精神和抒寫人性崇高與偉大的內容，卻沒有得到絲毫的展示，無疑減弱了小說原有的悲劇力量。

或許是為了票房價值，取悅觀眾，編導在處理李雲龍夫婦之間的矛盾時，將小說中二人在自然災害時期的相互諒解，改為李雲龍在軍事學院培訓期間，與田雨的同學張白鹿之間發生的一段感情糾葛。這種人為地加進一段婚外戀的情節，不僅與「亮劍」精神缺乏內在的聯繫，而且也使電視劇憑空多出了一兩集，使原著對社會和歷史的冷峻思考和嚴肅批判的精神大大削弱。

電視劇對塑造李雲龍這個人物下了很大的功夫，不僅從造型、生活細節，語言和手下官兵的關係上著力表現，也反覆通過對手——日本軍人和國民黨晉綏軍名將楚雲飛的評價，側面表現他的過人之處。有血性，有膽識，剛勇不失柔情的李雲龍，的確不同於一般意義上的硬漢，可幽默到不顧粗俗，機智中夾著狡黠，仗義的背後是黑心商人的精明，桀驁不馴到對大局不管不顧，編導把這種「複雜」的性格過度地放大了，包括獨立團將士在內的無數人，甚至是性格與成長經歷有著天壤之別的政委趙剛，也在他的影響下多了幾分草莽味道，則未免有矯枉過正之嫌。

此外，劇中人物的髒話連篇，也值得商榷。誠然，通過爆粗口的方式來表現李雲龍等軍人的淳樸與粗豪，本是無可厚非。然而，編導在劇中卻並沒有收斂這種沒有文化的粗俗，反而持欣賞的態度。在李雲龍的影響下，他身邊的人，上至旅長下到警衛員、普通士兵，無不出口成「髒」，連政委趙剛也受其感染，和風細語的勸誡遠不如罵人來得解氣。將說髒話作為一種榮譽或特權去標榜人物的性格，則未免適得其反。

第十章

《暗算》

電視劇資料

中 文 名：暗算（《無名英雄——暗算》）
英文譯名：plot against
原　　著：麥家
編　　劇：麥家　楊健
導　　演：柳雲龍
主　　演：柳雲龍　高明　宋春麗　祝希娟　王寶強　王奎榮　于娜　石兆棋
上映時間：2006年
集　　數：34集
類　　型：諜戰，懸疑
出 品 人：北京東方聯盟影視文化傳播有限公司

一、劇情簡介

第一部《聽風》

主要講述安在天和瞎子阿炳的故事。

故事發生在1950年秋—1952年春。

朝鮮戰爭的爆發，使隱藏的特務，跳將出來，通過無線電聯絡，到處搞爆炸，散佈謠言，擾亂軍心民心。偵破了敵人的無線電，就能將其徹底消滅。

駐紮在南方山區一個繳獲的地主莊園中的特別單位——701，是一個負責無線電偵聽和破譯的情報機構。為了剿滅糾集在大陰山區的一股頑匪，鎮懾敵人。701受命日夜偵聽臺灣本島與潛伏大陸的特務、殘餘部隊的無線電聯絡，以配合解放軍的剿匪行動。大陰山戰鬥打響後，敵人為了反偵聽，所有無線電臺一夜之間神秘失蹤，701的偵聽工作頓時陷入無邊無盡的深海，一場「深海突圍」行動由此拉開序幕。

上級要求701在三個月內必須找出失蹤敵臺。於是，各路專家雲集701，總部華主任也趕來督戰。他意識到，要打破目前的僵局，只有找到聽力奇才羅三耳才行。可當偵聽處副處長安在天和保衛處處長金魯生趕到上海音樂學院時，羅三耳已被特務從樓頂推了下來。羅三耳在彌留之際，告訴安在天，推他下樓的是一個穿「灰長衫」的男子，在烏鎮有一位「能聽風」的奇人。

安、金兩人手持特別證件來到烏鎮。一個酒坊的婦女告訴他們，他們要找的人叫阿炳，在祠堂。阿炳雖是個半瞎的盲人，卻聽力超群，只要有風，最小的聲音他也能聽見。當著安在天的面，阿炳輕易地聽出兩隻表的快慢，道出了從外地省親回親戚的孩子的淵源。阿炳沒有父親，是個私生子，從小跟著裁縫母親相依為命。

經鐵院長同意，安在天和金魯生將阿炳帶回來。次日清晨，他們在烏鎮幹掉了「灰長衫」，擺脫了特務的跟蹤，乘坐汽車秘密離開上海，安全抵達701。安在天事先交代阿炳，首長們來看他時，一定要「露一手」，結果弄巧成拙。來的人，不管誰開腔說話，阿炳都當作在「考」他，乃至於連正常的談話也無法進行，阿炳給人的感覺是個十足的傻瓜。正當鐵院長向安在天大發雷霆時，阿炳卻準確地聽出了院子裡兩隻狗的性別（母）和血緣（母女）關係，從而使鐵院長轉怒為喜。

與此同時，潛伏在鎮上以一個理髮店老闆為掩護的特務組長老哈，盯上了701，實施天網行動。門衛蔡大爺發現賣泡菜的人可疑後，在帶人去抓捕特務的路上，不幸犧牲。

阿炳被安排在培訓中心，作進一步的聽力測驗。他們先給阿炳聽一個電波信號，叫他在10秒鐘的時間內分辨其特徵，然後再任意給他20種不同的信號，看他能否從中指認出開始的那個信號。對福爾斯電碼一竅不通的阿炳，簡直神了！十個回合的考核，每一回合，他都提前聽出，精確無誤。這使所有在場的人都感到萬分震驚和鼓舞！隨後，安在天對他進行了為期三天的偵聽訓練，他輕鬆地學會了一個偵聽員要學八個月的課程。可聽力超群的阿炳，在生活中又處處表現出弱智。胖子拿刀給他削水果，他卻認為要割他的耳朵；他還將金魯生的兩發子彈放在自己的床頭，當耳塞用。

不管怎樣，華主任和鐵院長還是破格讓阿炳加入特別單位701。在宣誓儀式上，阿炳「悲壯地」提了兩條要求：1、如果他不能回烏鎮，希望組織上妥善解決他母親的「柴火問題」；2、如果他死了，決不允許任何人割下他耳朵去做研究。宣誓完畢，安在天臨時給他冠了一個叫「陸家炳」的名子存檔。

在安在天的帶領下，阿炳走進了701的機房，陳科長給他當轉機器的「一隻手」，隨著頻率旋鈕的轉動，沉睡在無線電海洋裡的各種電波聲、廣播聲、囂叫聲、歌聲、噪音紛至沓來。阿炳端坐在沙發上，抽著煙，以一種絲毫不改變的神情側耳聆聽著。他一再要求陳科長將轉速加快，甚至自己動手將轉速調快到正常轉速的5倍之上，這時，所有的電波聲在正常人聽來，都變成了一樣的噪音。然而，就是這樣，阿炳找到了敵臺！

這一天，阿炳在機房坐了18個小時，抽了4包煙，找到敵臺3部共51套頻率，相當於每小時找三套，是多名偵聽員10多天來收穫的總和。這簡直令人驚歎又難以置信！自此以後，阿炳每天都在不斷刷新由他自己創造的紀錄，最多的一天他共找到敵臺5部、頻率82套。奇怪的是，這天之後，他每天找臺的數量逐日遞減，到第25天，居然一無所獲。阿炳已經不肯進機房了，他認為該找的電臺都找完了。到此為止，他一共找到並控制對方86部電臺共計1516套頻率。

可資料顯示，至少還有12部電臺沒有找到。於是，鐵院長召集各路專家開會，大家認為，未顯形的敵臺肯定以一種與已往截然不同的形式存在著，否則，阿炳不會一下變得束手無策。

與此同時，美蔣特務多次試圖通過炸天線來阻止701的偵聽工作，解放軍專門派來一個團的兵力來確保701的安全。

阿炳對於沒有敵臺可找的絕對自信，讓整個701和安在天都感到無可奈何。

因為做了噩夢，阿炳堅持要回烏鎮見媽媽，安在天為他們母子接通了電話。阿炳的媽媽希望阿炳能找個媳婦，阿炳告訴胖子他喜歡楊紅英。

安在天冒險帶著阿炳來到湖邊，以岳父釣魚打比方告訴他，還有部分敵臺「像狡猾的大魚一樣」躲起來了，一時找不到。阿炳終於願意再去機房繼續尋找敵臺，他聽了三天三夜的資料錄音帶，將敵人70多名報務員發報的特點一一弄清了。阿炳通過「識手跡」的方式揭穿了敵人以老式電波來麻痺我方偵聽人員的詭計。三天后，對方高層16部電臺全部「浮出水面」。十天后，敵人107部秘密電臺、共1861套頻率，全部被我方偵獲並死死監控。

與此同時，糾集在大陰山區的一支流寇流竄到701，企圖炸毀701大院，結果被守株待兔的解放軍一舉消滅……

阿炳因出色地解決了「701」乃至國家安危的燃眉之急，與安在天一道被授予了一等功。在慶功會上，他見到了久違的媽媽。阿炳媽因擔心自己不在家，阿炳爸萬一找回來見不到自己，會再次離去而不願留下來。她離開701前，希望組織上幫忙，解決阿炳的婚姻大事。

鐵院長有意將機要員小秦介紹給阿炳，不料小秦卻不願意。老馬為了幫兒子在701找份工作，願意將女兒嫁給阿炳。阿炳與之見面後，卻嫌她聲音太尖，非良善的人，不願意。

在李秘書和楊紅英舉行婚禮時，阿炳因患闌尾炎而被送進了醫院。在住院期間，他愛上了細心照顧他的護士林小芳。作為烈士的妹妹，林小芳願意照顧阿炳一輩子。

阿炳和林小芳結婚了。洞房中，林小芳向阿炳撒嬌要定情物，阿炳第二天在胖子的陪同下，私自到縣城去給妻子買一塊玉。安在天知道後，大驚失色，急忙同金魯生趕往縣城。然而，阿炳和胖子的行蹤已被理髮店老闆老哈盯了梢，特務綁架了阿炳，並以他為條件，要交換即將被人民政府處以死刑的國民黨軍官張副官。

安在天、金魯生施巧計騙特務將阿炳帶出，用特務聽不懂的上海話和阿炳交流，阿炳成功獲救，老哈自知無路可逃，飲彈自盡。

阿炳和小芳結婚後夫妻恩愛，日子溫馨和睦。在林小芳的關愛下，阿炳的穿戴整潔，面色紅潤。他很想有一個孩子，但林小芳卻沒能如期懷上。後來，終於傳來林小芳懷孕的消息，阿炳很高興，每天折一隻紙鶴，期盼自己的骨肉早日降生。安在天也從心底裡為他們高興。不料，當孩子降生時，阿炳卻「聽」出了孩子不是他的種。他在留下的錄音帶中告訴安在天：兒子不是他的，是醫院藥房老李的，老婆生了百爹種，他只有去死……小芳是個壞人……你是個好人……

阿炳的死讓701的人都感到無比的震驚和悲痛，也讓林小芳悲痛萬分又追悔莫及。這天夜裡，心如死灰的林小芳來到安在天的住所，全盤托出了阿炳不能生育的事實，也說出了自己背叛阿炳的理由。隨後，林小芳走進了竹林。從此沒有人知道她的下落。

就這樣，阿炳像一個神話一樣來到701，轉眼間又像神話一般煙消雲散，阿炳的故事成為了701永遠的傳說。

第二部《看風》

主要講述安在天和天才數學家黃依依的愛情故事。

故事發生在1960年春——1962年秋。

從1959年到1961年，中國處於三年自然災害、蘇聯反目的困難時期。安在天帶著妻子的骨灰，奉命從蘇聯回國。在總部，鐵副部長告訴已升為701副院長的安在天，臺灣的蔣介石妄圖「光復大陸」，啟用「光復一號」密碼，將他緊急召回，就是為了破解該密碼。情報處的柳處長告訴他，光復一號密碼的原身是美國的「世紀之難」密碼，出自於蘇聯頂級密碼師斯金斯之手。安在天頓感不妙，斯金斯曾是自己老師安德羅的同學，以701的實力，要破解斯金斯的密碼絕對不可能。於是，他提出要在數學界尋求援助，鐵部長批准了。

數研所孫書記選擇了7個數學專家前來參加安在天的選拔考試。美國頂級破譯家馮・諾伊曼的手下，32歲的留美數學博士黃依依，因生活作風有問題，沒有成為此次選拔的人選。黃依依在早餐時瞥見風流倜儻的安在天，一見鍾情，主動到招待所去拜訪他。黃依依出色的做題能力和預測7名參考人員的答題情況，令安在天非常吃驚。孫書記卻推薦謝興國為最佳人選，可在心理測試中謝興國卻暴露出了軟弱的性格缺陷。安在天已暗自決定黃依依為最佳人選。正在調取她的檔案時，她卻被謝興國的老婆打了。

鐵部長收到光復一號的破譯資料，並請來曾多次破譯出美式密碼的專家胡海波，希望他能前來協助破譯。這時，有人向他告發，安在天和黃依依的關係曖昧。

在咖啡廳，黃依依用俄語對林姐透露出她對安在天的愛意。安在天想跟她談正事，可黃依依卻要他和自己跳舞。安在天無奈，只得留下一瓶從蘇聯帶回來的止疼藥，先行告辭。

鐵部長得知安在天要帶黃依依回701，決定見一見她。胡海波認為自己無法破譯光復一號，他向鐵部長推薦了破譯密碼的奇才——張茜。黃依依不願到701去工作，安在天強拉她上車，她咬傷了安在天的手背，隨後又為他療傷，弄得安在天哭笑不得。

在總部門口，站崗的哨兵誤認為打扮另類的黃依依是「女特務」，差點兒將她抓了起來。鐵部長未曾想到，黃依依竟然是張茜。胡海波給他出主意，要想讓黃依依欣然配合工作，就必須在心理上壓倒她。鐵部長與黃依依單獨談話時，讓她提條件。黃依依說，破譯密碼後必須允許她離開701，同時要帶走一個人，鐵部長滿口答應。

臨行前，黃依依和安在天一同摯誠地拜過祖沖之的雕像。

安在天和黃依依帶著光密的資料，登上了返回701的飛機。飛機上，黃依依展開了對安在天火辣辣的愛情攻勢……

遷址大西北的701，大漠駝鈴，讓久居城市的黃依依激動不已。她和安在天一起對著天空大叫起來。此時，701的徐院長已經為迎接她的到來做了充分準備。

眾目睽睽之下，黃依依熟練地打開了裝有光密資料的鐵箱，取出了斯金斯製作的商業密碼機，三本她的專著，和國民黨三軍連以上軍官和地方各大國務、警務部門科以上官員的花名冊，眾人喜出望外。

黃依依在無意間知道了安在天曾在俄國生活過，想到自己在咖啡廳和林姐說過的話，頓感羞愧難當。

黃依依與安在天在打算盤的比賽中敗北。在聊天中得知，他們兩人都是憑藉打得一手好算盤才分別成為馮・諾伊曼的手下和獲得在安德羅身邊工作的機會。黃依依接受對她不恭的破譯處長陳二湖參加此次破譯工作，使安在天大惑不解。黃依依告訴他，密碼的成功破譯需要有人墜入陷阱，成「替死鬼」；安在天則認為，破譯成功的關鍵是團隊精神。

夜晚，安在天獨自在家對著亡妻的靈臺訴衷腸。黃依依來訪後，無所顧忌地向他表達了愛和欣賞，使安在天無地自容，但黃依依並不氣餒，反而認為愛情給了她機會。

特別行動小組首次開會，陳二湖被任命為組長，黃依依卻無故缺席，安在天叮囑黃依依的助手小查將會議內容傳達給她。小查到處尋找，發現黃依依正在小樹林裡逗小松鼠。兩人談話投機，成了好朋友。

黃依依以安在天的身分給安德羅寫了一封信，希望瞭解有關斯金斯的個人資料。她研究發現，斯金斯研製的這部商用密碼機是照搬二戰時期德國著名的英納格碼。安在天恍然大悟，他們既為斯金斯的無賴行為感到氣憤，又感到斯金斯的密碼莫測難破。

轉眼間，一個月過去，破譯小組的人都在埋頭研究密碼，黃依依卻只對兩件事情感興趣：上班時間在破譯室裡面琢磨木頭模型；下班時間去餵小松鼠。她的辦公室不允許除小查外的任何人踏入一步。沒事的時候，她就去和警衛連的戰士下棋，贏回很多戰利品——鮮花。與此同時，陳二湖發現敵人情報數量驟增。

黃依依因安在天無心說出的一句玩笑話，竟負氣上了沙河，差點兒跌入沙坑裡，幸虧安在天及時趕到，才救了她一命。安在天出於本能的營救卻使她誤認為是愛自己的表現。

黃依依利用四封密信做成了一個密碼遊戲，巧用密碼遊戲和安在天一起推測「光密」的加密技術。她暗示安在天自己的心事就在這部密碼遊戲中，隨著安在天將密信一一解密，四個赫然大字映入眼簾——我很愛你。

安在天對於徐院長關於他個人問題的勸說，始終無動於衷。他告訴徐院長：首先，他深愛他的妻子小雨；其次，目前一切事情都要為「光密」讓路。

安在天找到黃依依委婉地拒絕了她的情感，黃依依對於安在天的行為無法理解。

在夢的啟示，黃依依抓緊時間製作了一個篩狀密碼機，被陳二湖否定，但安在天卻決定投入全部人力驗證黃依依的猜想。結果，猜想錯誤，黃依依瘋了一般哭著衝出了演算室。在安在天的安慰和鼓勵下，她再次鼓足了勇氣和信心，並借機再一次向安在天表達自己的苦戀。安在天仍然對愛選擇逃避，失去了理智的黃依依，夜裡來到安在天家，向他示愛。在遭到冷漠拒絕後，留下一張「安在天，我恨你」的紙條離開。

失魂落魄的黃依依獨自蹲在暗影中抽泣，被701培訓中心的汪林主任送回了家。

次日，黃依依沒有按時上班，安在天命人找遍了701，卻不見她的蹤影。情急之下，他和小查來到黃依依的房間，發現她已經昏迷在床，不省人事。安在天立即把她送往醫院。

安在天去看望臥床在家的黃依依，兩人下棋，緩解了彼此的尷尬。黃依依再次向安在天示愛，安在天卻淡然地表示一切都要為「光密」讓路，包括安葬亡妻。

安在天結合工作成果，改變了破譯敵人密碼的工作方法，立刻取得成效。陳二湖很快破獲了一份敵人的急電。然而，在例會上，黃依依卻對此不以為然，老陳憤怒離去。

安在天給安德羅的信不見回覆，他出差去了北京。

已婚的汪林借找黃依依下棋之機親近她，黃依依在對安在天感情苦苦無果的情況下，百般失意，酒醉中和汪林發生了關係。不久，關於二人的小道消息便傳開了。

安在天從北京帶回了斯金斯的資料。斯金斯的資料給黃依依很大的啟發，對「光密」的製作有了新的猜想。

陳二湖將黃依依和汪主任的不正當關係告訴安在天，安在天大怒。

在徐院長的辦公室裡，汪林痛哭流涕地坦白了和黃依依的關係。安在天等人開會決定，將汪林撤銷幹部身分，開除黨籍，保留公職，送去後山農場放羊。安在天提出要保護黃依依的聲譽。

安在天意外地收到了汪林的信，信中坦言，自己在黃依依的眼裡，只是他的替代品。

黃依依得知汪林東窗事發，深感對其虧欠，向安在天請求和汪林一同受罰，不料卻遭到厲聲的斥責。一氣之下，她決定離開701。安在天為此氣得手腳冰涼。陳二湖研究黃依依提供的資料，如同天書。他認為，黃依依在此刻絕對不能離開。絕望的黃依依在宿舍割腕自盡，瘋子江南為之輸血救了她。

為了留住去意已決的黃依依，安在天採取緩兵之計，答應對汪林問題的處理由她做主，條件是必須破解「光密」，才暫時留住了她。星期天，黃依依去窯洞看望汪林，因701阻止汪林與之見面，她像丟了魂一樣，跌跌撞撞地往回走。安在天開車來接她，將在溝壑中處於半昏迷狀態黃依依送往醫院。

黃依依全身心地投入到破譯「光密」的工作中，安在天的啟發令她如獲至寶，尋找到了攻破「光密」的新思路，從而使破譯工作突破了困擾已久的瓶頸。

忙中偷閒，小查拉著黃依依搭班車進縣城。在車上，她們與張國慶的老婆劉麗華因爭座位發生了口角。劉麗華的出言不遜和跋扈，使黃依依頗為吃驚。留在家裡的張國慶一覺醒來，發現公事包被人打開，幾頁文件丟失了。701大肆出動，才發現是他兒子張建設因為調皮，將文件折成「飛機」，扔進了山谷裡。這個舉動給張家帶來巨大的變動，張國慶被貶為清潔工，劉麗華帶著兒子離開701，返回鄉下。

黃依依終日閉門工作，廢寢忘食，再次做出了大膽的猜想，破譯小組緊鑼密鼓地開始演算，求證她的猜想，這一次黃依依成功了。她破譯了「光密」！

「光密」的破譯，使潛伏在大陸的臺灣大批特務紛紛落網。黃依依和安在天雙雙榮立一等功。慶功會上，黃依依提出把汪林帶走的要求，使領導大吃一驚，安在天則無語。

安在天與黃依依苦澀地告別，他準備回上海安葬妻子小雨。臨行之前，他告訴了黃依依真相：他在某國邊境執行任務的過程中，妻子一直是他忠實的助手。然而，行動暴露，面對愛妻和國家利益，他被迫做出痛苦的選擇——放棄妻子的生命，小雨就這樣倒在了自己的面前。

安在天從上海歸來，卻發現黃依依並沒有離開701，還被任命為破譯處處長。從徐院長口中得知，黃依依去後山農場接汪林的時候，發現汪林在她破譯「光密」期間，又與鄰村的一個寡婦好上了。為此，她萬念俱灰，生了一場大病。安在天知道情況後痛悔自己傷害了她。於是，他主動找到黃依依，送給了她從上海捎回來的禮物，不料卻遭到了拒絕。黃依依向他表明，以後二人只能是同志和上下級的關係。安在天為此很是失落。

黃依依湊了25元給丟錢的張國慶，張國慶感激涕零。為人敦厚的張國慶不忘報恩，每日幫黃依依打水、洗衣服，黃依依對他心存憐憫，時常接濟他。張國慶對她照顧得更加周到。黃依依要安在天幫助將張國慶的妻子調回701，安在天擔心潑婦劉麗華有朝一日會給她招來麻煩。果不其然，三個月後，劉麗華來到食堂對黃依依破口大罵，指責她勾引自己的丈夫。安在天衝上前喝斥劉麗華無理取鬧，保護了黃依依。徐院長找黃依依談心，想幫她解決個人問題，黃依依苦笑著回絕了。

小查陪黃依依一同來到縣城醫院看病，黃依依在廁所偶遇劉麗華。劉麗華攔住她惡語相向，黃依依靠在彈簧門邊閉目不理。劉麗華見狀故意將彈簧門拉到最大，黃依依被彈簧門的慣力擊倒，腦袋磕在下水道凸口，頓時不省人事。

黃依依顱內出血，經過搶救雖挽回了生命，卻成了植物人。面對失去意識和知覺的黃依依，安在天毅然決定將她接回自己家，悉心照顧她，盼望能夠用愛將她喚醒，但這個希望最終也沒有實現，1965年3月9日，黃依依永遠停止了心跳……

第三部《捕風》

主要講述安在天父親錢之江和母親羅雪的故事。

故事發生在二十世紀30年代的上海。

2005年，年過八旬的安在天，在上海龍華烈士陵園祭奠父親錢之江和母親羅雪時，思緒飄回到上個世紀30年代的舊上海。

國民黨上海警備司令部密電總破譯師錢之江，是代號「毒蛇」的地下特工。羅雪與丈夫並肩作戰，公開身分是國軍醫院的麻醉醫生，代號「公牛」。上海警備司令部副參謀長閻京生指揮的一次屠殺行動，使包括「大馬駒」在內的多名地下共產黨員被殺。

嚴峻的事態下，蘇區中央派特使前往上海，擇日召開會議，欲重振華東地下黨。集會上，正當易容的錢之江受命之時，特務突然來襲，眾人為掩護他出逃，自絕生路。此次，除「斷劍」被活捉外，其餘的同志皆慘死在特務的槍下。接二連三的慘案讓錢之江夫婦深感事態嚴峻。機要處的唐一娜對以辦公室為家的錢之江竭盡討好，錢之江不為所動。

狡猾的特務利用真假的電臺頻率，成功地麻痺了中共地下電臺的「老虎」（即年輕時代的丁姨）和「火龍」（即年輕時代的鐵院長）的偵聽。錢之江破譯了敵人已知曉了特使行動位址和內容的密電。他用左手模仿閻京生的筆跡給地下黨「小馬駒」發出情報，通知組織，特使行動已經暴露，並告知敵人電臺更換之後的新頻率。

「斷劍」叛變，黃一彪據其口供，前去抓捕地下黨員「飛刀」，身懷絕技的「飛刀」逃脫。在他房間的照片中，黃一彪認出了代號為「小馬駒」的楊參謀。他假意要調楊參謀去南京工作，卻有意把「斷劍」叛變的消息透露給他。為了掩護地下黨重要人物「警犬」，「小馬駒」破釜沉舟，欲殺死「斷劍」，結果被特務擊斃，壯烈犧牲。狡猾的黃一彪為了引出更多的中共地下黨，對外隱瞞了「小馬駒」的死訊。

重傷的「斷劍」被送往國軍醫院，被羅雪救活。因黃一彪急切地要將他帶走，羅雪頓生疑心，輾轉得知這個重傷病人已叛變。她立即向組織發出情報，同時，在電話中巧妙地告知丈夫，暗示「此人為六指」，錢之江感到事態嚴重。

「小馬駒」的下線「耗子」——一個收垃圾的人，將錢之江的情報傳給地下共產黨「警犬」。因「斷劍」叛變，「警犬」的張副市長秘書身分暴露，被特務包圍，危難中他毅然引爆炸彈，與敵同歸於盡，那份「特使」情報也落入敵手。「警犬」的父親、老地下黨員「母雞」也一併遇難。

由於情報丟失，「毒蛇」的目標暴露，知情南京密電的錢之江、唐一娜、汪洋遭到劉司令的懷疑，連夜被秘密帶走。路上，錢之江察覺情報沒能送出去，借機再把情報傳給在夜市上掃垃圾的「耗子」，但由於「耗子」的疏忽而失敗。

斷了線的「飛刀」與「耗子」取得了聯繫，二人商議除掉「斷劍」。「飛刀」來到醫院，卻沒有找到下手的機會。

劉司令責怪黃一彪處決「警犬」時濫殺無辜，黃一彪卻通過媒體歪曲事實，將殺人一案嫁禍給共產黨。同時，還仿造「警犬」的信件、發佈假消息來蒙蔽中共地下黨的視線，讓所有人相信「警犬」臨時調去南京了。

「火龍」和「老虎」截獲「警犬」前去南京的假情報，地下電臺負責人「大白兔」感到蹊蹺。羅雪接到陌生電話，得知錢之江被劉司令帶走執行任務，兒子天天去接爸爸下班，卻失望而歸。

在7號樓裡，劉司令要求錢之江、唐一娜、汪洋三人破譯一份被截獲的中共密件，錢之江明白劉司令的用意，他們已被特務牢牢地監視和軟禁起來。

「大白兔」、「老虎」和「火龍」難以相信報紙上關於共產黨血洗秘書樓的報導，加上「母雞」的死亡和「小馬駒」、「警犬」的無故斷線，感到疑雲重重。

7號樓中，汪洋、唐一娜二人分別苦心破譯密件，錢之江如困獸一般地看著電報發呆。

由於和「毒蛇」失去聯繫，地下黨無從知道敵人的新頻率，幾乎成了睜眼瞎。「老虎」和「火龍」再次偵聽到的依然是假情報，得知中央密電被敵人截獲，也對「警犬」去南京一事信以為真。南京來的特務頭子——奸詐的代主任利用真假情報、兩套頻率來麻痹地下黨的偵聽，「大白兔」被狡猾的敵人所蒙蔽。「大白兔」派司機「猴子」打探「警犬」下落，自己和羅雪聯繫時，卻得知「毒蛇」也斷線了。「大白兔」把羅雪帶到石門飯店——地下黨組織的新據點，羅雪認識了「山羊」和「野豬」。

錢之江想方設法要把情報送出去，卻始終沒有機會。他發現房間內裝有竊聽器後將其線拆除。劉司令請代主任來7號樓，在錢之江、汪洋和唐一娜之間，查找出隱匿的「毒蛇」。錢之江施巧計，暗示汪洋，自己曾告知過閻京生南京密電的內容，他也有「毒蛇」的嫌疑。在代主任的威逼之下，汪洋忍不住供出了閻京生，錢之江借刀殺人之計初見成效。而唐一娜也公報私仇，栽贓給死對頭裘麗麗。

「大白兔」心存疑慮，派「猴子」與「耗子」碰頭，千方百計打探事實真相，卻一再被特務的詭計所蒙蔽。

閻京生和裘麗麗，二人向代主任和劉司令百般辯解無效。在巨大的精神壓力下，裘麗麗和唐一娜開始互相廝打，同時，閻京生也惹惱了錢之江。

童副官的妻子不經意向羅雪透露了錢之江等人的被困地——7號樓。劉司令在7號樓大擺鴻門宴，邀請錢、汪、童和閻的妻子，遠距離眺望自己的丈夫。錢之江假裝胃疼，托特務買藥。晚飯期間，閻京生再次挑釁他，錢之江借黃一彪通過字跡來揪出「毒蛇」的之計，將矛頭直指閻京生。

羅雪證實了「斷劍」背叛的消息，「大白兔」遣「飛刀」前去滅口，不料，特務早有防備，埋伏下假「斷劍」和數名特務，「飛刀」殺死假「斷劍」後，突出重圍。

閻京生飽受黃一彪的酷刑，卻寧死也不承認自己是「毒蛇」，最後割腕自殺。閻京生的死使錢之江成為眾矢之的。特務們對閻京生的屍體進行了解剖，一無所獲。代主任指使童副官採用逐個擊破的方式審問嫌疑者，錢之江反駁童副官的精彩言辭讓代主任暗暗叫好，同時暗自察覺一心向佛的錢之江有著過人的智慧。

錢之江與代主任在7號樓展開了鬥智鬥勇的對決。代主任安排錢、唐、汪三人互相當面揭發，錢之江借子打子，代主任仍無法看清隱匿的「毒蛇」是誰？「大白兔」在石門飯店與地下黨負責人「彩雲」秘密會面，「彩雲」指示要確保與「毒蛇」的聯繫暢通，使特使行動如期進行。

為了引「毒蛇」現形，代主任故意開通並監控了黄一彪房間中的電話，不料第一個監聽到的竟是童副官打給劉司令的電話，童副官請求劉司令調他離開7號樓，遭到拒絕。代主任前往劉司令家，贈與一部新式電話，並幫著安裝。

羅雪和「猴子」開車謹慎地接近7號樓，想借吃飯之機與錢之江碰面，錢之江明智地選擇了回避。「彩雲」緊急傳達中央指示，要求儘快搞清敵人截獲的我方密電，恢復同「毒蛇」之間的聯繫。同時，「彩雲」開始懷疑「警犬」已經被捕或者犧牲。

萬般無奈的「大白兔」為了逼劉司令放出錢之江，親手導演了一齣綁架天天的苦肉計，可是無果而終。無獨有偶，錢之江的一場黔驢之技正在7號樓上演，他故意發狠地吃辣椒，引發了胃出血，但依舊未能走出7號樓。

錢之江兩次計畫都未達到目的，奸詐的代主任從中看出了破綻。在與之談話時，對其發動了心理戰術，錢之江冷靜應對。與此同時，「大白兔」、羅雪、「飛刀」等人正在緊急策劃營救錢之江的行動。

連續截獲到無關緊要的敵情，「老虎」和「火龍」開始懷疑敵軍電臺的真實性。「猴子」等人來到錢之江每天必去的餐廳等候，想借晚餐時間將他救出，因錢未出現，營救計畫取消。

當晚，代主任與錢之江之間的「貓捉老鼠」遊戲愈演愈烈。代主任為錢之江提供發送情報的機會，並導演了一齣營救「毒蛇」的好戲，都被錢之江識破。

錢之江見到劉司令，暗中告知他也是被懷疑對象，並暗示其私宅和辦公室的電話被監聽。劉司令表面表示不信，回家檢查，竟在代主任贈與的電話上找到了一枚監聽器。

「大白兔」第一次營救活動沒有成功，又派「飛刀」獨自夜探7號樓，企圖暗中將錢之江救出。不料「飛刀」剛剛接近7號樓便驚動了特務，面對眾多敵人，「飛刀」自知寡不敵眾，毅然飲彈自盡。

代主任再次上演苦肉計，找來「斷劍」冒充「飛刀」，並在錢之江面前百般折磨，逼錢就範。就在代主任舉槍之時，錢之江要求給假「飛刀」作超度，發現此人有六指，斷定對方正是「斷劍」，便伺機親手殺死了這個叛徒。

黃一彪偽造的「警犬」被捕一文已經見報，「彩雲」和「大白兔」商議是否改變特使行動計畫。「老虎」和「火龍」又截獲了敵軍假中藏假的情報，「彩雲」看到後，反而決定會議如期舉行。

代主任為確保能夠迷惑共產黨，迫使錢之江將假情報再次發送，錢之江被迫就範。代主任借錢之江的名義，將一沓錢及假情報轉交給羅雪。兩個相同含義的假情報，更加堅定了「彩雲」確定會議如期進行的想法。

在這令人窒息的7號樓中，裘麗麗已被折磨得精神失常；唐一娜也向遠在貴州做司令的父親求助，希望脫離監禁。在豐盛的晚宴上，錢之江和唐一娜跳了人生中最後一曲探戈。

當陽光再次普照大地的時候，錢之江已經服毒自盡了，冰冷的屍體上只放著兩封信，一封表示對黨國的忠誠，另一封是給妻子羅雪的。

羅雪在悲痛之餘發現丈夫手腕的那串佛珠不見了，驀然想到他遺書裡「佛在我心中」的話，便拿起剪刀，向深愛的丈夫的腹部剖去。佛珠破腹而出，錢之江苦心刻在佛珠上的情報——「取消特使行動，新頻率1234567，毒蛇」，安全地到達了「彩雲」手中。

由於錢之江的情報，國軍絞殺特使會議的行動失敗。在「凡可疑者格殺勿論」的命令下，特務連夜潛入7號樓，除唐一娜以外，汪、裘、童三人全部被殺。劉司令也最終死在了代主任贈與的電話機——小型炸彈上。

回到現實，年邁的安在天回顧自己革命的一生，感慨萬千。「解密日」到了，他被解密了……

二、從小說到電視劇

電視劇《暗算》是根據當代作家麥家的同名小說改編的。雖然編劇也是由麥家操刀，但經過導演李雲龍的演繹，電視劇的表現力比小說更強。

小說和電視劇都具有敘事性。小說的文字語言是看得見聽不見的，電視劇所運用的視聽語言是看得見也聽得見的。由於語言形式的不同，小說和電視劇必然是兩種相異的敘述形態。這種差異在敘事方式、敘事策略、敘事時空等方面表現尤為突出。

（一）敘事方式

小說《暗算》的敘事方式是作者精心建構的。在「序曲」中，作者敘述了自己12年前一次奇特的邂逅。在一次出差到北京的飛機上，他因認識在特別單位701工作的兩位鄉黨而被機場公安傳詢，從而為講述701的故事作了必要的鋪墊，也增強了小說的神秘感和吸引力。「聽風者」中阿炳的故事是由兩位鄉黨之一的安院長講述的，作者記錄的只是安院長的口述實錄。「看風者」中黃依依的故事，是作者以錢院長的口吻來敘述的，他只是做了些詞語的調整而已。陳二湖的故事，是由他徒弟施國光提供的解密文檔（幾則日記和一封來信、兩封去信）構成，如同一個飄忽的影子並不全面。「捕風者」中韋夫的故事，源於作者那位搞諜報工作的鄉黨「老地瓜」老呂保存的一張名叫韋夫的照片。作者只是為尋求一種新與奇的講述方式，才借他（韋夫）的靈魂來敘說人與死屍「合作」的諜報傳奇。鴿子的故事，是多年後，當事人金深水找到她的女兒後追憶的。小說以現實中「我」的人生奇遇，將讀者帶到一個陌生的隱秘世界，抽絲剝繭地介紹了天才人物的無常運命。在進入故事的內核後，又啟用作品中的當事人或與之相關聯的人物，以往事回憶或追述的方式來講述那些鮮為人知又驚心動魄的故事。這種主觀敘述的寫法，使陌生的故事和人物顯得親近，從而增強了這些虛構故事的可信度。

改編後的同名電視劇《暗算》，仍然保留了第一人稱的敘述方式，只是將小說中的文字語言轉化為電視劇中的視聽語言。電視劇的敘事形態以敘述者的旁白方式，穿針引線地展開，一些不必要的聲畫細節也由旁白來代替。不僅如此，電視劇的敘述更依賴於畫面的表現。旁白與畫面的結合使電視劇的表達更加具體、深入和有質感。比如，黃依依受錢之江的魅惑而來到701，小說中的敘述比較簡略，而電視劇卻增加了黃依依與安在天在食堂邂逅，演算考題，孫書記推薦謝興國，以及安在天決定黃依依為最佳人選時又節外生枝，組織上以她作風不正、放蕩不羈的理由予以阻撓等情節。這種增加和補充，為黃依依與安在天日後的情感糾葛奠定了基礎。此外，小說中帶思辨性的語言和名言警句，則採取安在天的俄國老師安德羅對他教誨的字幕方式在螢幕上打出來。這樣，就能適時地將觀眾從情節中拉出來，保持觀眾與人物情節的距離感，讓觀眾能夠充分享受智慧的恩澤。

（二）敘事策略

對文學作品改編的最基本原則便是「忠實原著」。但這種「忠實」並不是簡單的重複。

電視劇和小說畢竟是兩種不同的藝術樣式。電視劇的改編不能僅僅是小說的形象化，它必須為電視劇藝術的特點著想。因而，為了電視劇主題的有效表達，電視劇可以在「忠實原著」的基礎上，對小說情節進行再創造。

小說《暗算》是中國第一部直接描述反間諜部門核心機關701工作的小說，除《序曲》外、主要由《聽風者》、《看風者》和《捕風者》組成。三部相對獨立地再現了五個離奇的故事，而這些故事又與701有著千絲萬縷的聯繫。電視劇《暗算》一反以一個故事起承轉合貫穿始終的慣例，在遵循了小說三個部分的框架上，將五個離奇的故事濃縮為三個驚險的諜報傳奇，並通過人物子承父業的方式使相對獨立的故事貫通起來。在此基礎上，對劇情予以重新安排，打破了小說《暗算》分別講述五個奇人故事的敘事手法，調整了故事背景和人物的主次關係，捨棄了一些關聯不大的人物和故事，而重點塑造了錢之江、安在天父子這兩個主角，以及老地瓜等配角，從人物和情節兩大要素上將三個故事連接在一起。從而使這部充滿智慧的「新智力小說」，能夠再現銀屏。

電視劇對小說內容的改動是比較大的。

首先是大刀闊斧的刪節。

主要表現在：其一，電視劇刪去了小說《看風者》中「陳二湖的影子」這個獨立的故事，而將其融入到黃依依的故事中。小說中的陳二湖，主要是突出他對破譯密碼的癡迷而導致了他退休後行為的古怪。他在圍棋上的非凡表現，是他征服對手的又一次博弈。電視劇中的陳二湖是作為平庸的符號來反襯黃依依的天才的。為了彌補陳二湖癡迷密碼的欠缺，電視劇中還增加了一個因破譯密碼而神經失常的瘋子。其二，電視劇刪去了「捕風者」中韋夫的故事，並改寫了地下共產黨從事情報工作者的性別身分。在小說中，701的「老地瓜」老呂出奇招，與越南小夥子韋夫的靈魂胡海洋合作，借他的死屍傳遞假情報，誘使美軍上當被殲。代號為鴿子的地下工作者，在群魔亂舞的國民黨心腹機關保密局，以假扮夫妻和代領導人的名義，在刀尖上跳舞。可她卻暴露於自己生孩時的本能呼喚。而在電視劇中，鴿子被小說中《看風者》中的錢之江所取代，在沿襲小說對敵鬥爭驚險故事框架的基礎上，重在展示錢之江與代主任和劉司令的鬥智鬥勇。

其次是根據需要增加劇情。

電視劇《暗算》長達34集，在小說的基礎上增加劇情是難免的。所以，電視劇《暗算》在「聽風」的前半部分，增加了美蔣特務的地下活動。在朝鮮戰爭爆發的歷史背景下，電視劇渲染建國初期，特務猖獗，他們到處搞爆炸，破壞公眾設施，散佈謠言，擾亂軍心民心。駐紮在南方山區一個繳獲地主莊園裡的特別單位701，奉命日夜偵聽臺灣本島與潛伏大陸的特務、殘餘部隊的無線電聯絡，以配合解放軍的剿匪行動。敵在暗處，我在明處，危機四伏，勝負難卜。安在天剛到上海，羅三耳就被特務推下了樓；一到烏鎮（找到阿炳），「灰長衫」就跟蹤而至。在「聽風」的後半部分，還增加了阿炳為新婚妻子林小芳私自外出買定情物：一塊玉，而被國民黨特務劫持的情節。在「看風」中，電視劇花了較大的篇幅來抒寫黃依依對安在天的癡迷和安在天無權接受這份感情所表現出來的冷漠。黃依依來701不是為了密碼，而是為了愛。她在701的所思所想所做，無不是為了獲得安在天的愛而起。在那個非正常年代，對愛情談虎色變，不能觸及，不敢越雷池一步。而生在東方，長在西方的數學奇才黃依依，卻崇尚個性自由，嚮往美好的愛情。在一切以國家利益為重，事事按部就班的隱秘環境，黃依依任性的性格和敢愛敢恨的情感，無疑是一道令人刮目相看又談之色變的風景。她不按時上班；上班時不是和警衛人員下棋就是逗小松鼠玩；不管是單獨還是當著別人的面，只要安在天在場，她總是不失時機地向安在天示愛，或言語暗示，或直截了當，甚至苦苦哀求，都未得到應有的回應。正是這樣一朵開在情感沙漠的奇葩，編導不忍心按小說的情節讓她死於非命，而在電視劇裡給了她一個欣慰的結局——她成為植物人後的八年時間裡，由她生前喜愛的安在天悉心照顧，在昏迷的靈魂世界伴著愛的溫暖離開人世。

第三是重新安排情節。

與小說相比，電視劇第三部「捕風」的情節，除了地下黨故事的外殼相似外，人物和情節在小說裡難以找到清晰的脈絡。其主要原因，是作者為避免版權的糾紛，不得已而為之。

電視劇第三部「捕風」，圍繞敵人對中共潛伏在其內部、代號為「毒蛇」的神秘人物的偵破與反偵破，展開了一場人性善與惡的殊死搏鬥。打入國民黨上海警備司令部、擔任總破譯師的錢之江，因叛徒「斷劍」的出賣和敵人重要情報的洩露，他和汪洋處長、唐一娜、童副官等被隔離在7號樓按受審查。故事的懸念主要圍繞著代號為「毒蛇」的中共地下黨員錢之江如何脫身送出重要情報，如何保護自己消滅敵人，如何使敵人引火焚身，剷除敵人的頑固勢力等懸念展開。編導在線索單一，時空有限的情況下，以人性為切入口，針對不同當事人在特殊環境和事件中的各自表現，來展開人性善惡的較量。錢之江在艱難的環境中，以信佛為籍口，機智地應對敵人的一次次試探和考察，屢次化險為夷。然而，我方最高領導「彩雲」卻武斷專行，多次表示要「不怕犧牲」，以確保中共特派員主持的會議在既定的時間和地點如期召開，導致錢之江在得不到任何資訊和外界幫助的情況下，不得不將刻有密碼的佛珠吞入胃中，以自己的生命為代價送出了「停止開會」的重要情報，從而使全劇塗抹上了一層濃重悲壯的氣氛。作品的重心，也從小說中對命運無常的追問轉移到了對人性的解剖，既加強了人物心智搏擊的分量，也增添了劇情的殘酷色彩。

此外，電視劇《暗算》也充分發揮了聲音、畫面的敘事功能。不設片頭曲、片尾曲。全劇的音樂以鼓號為主，雖然旋律感、歌唱性較弱，但卻有助於表現詭異、浪漫、殘酷的劇情。在畫面上，《暗算》也有別於其他電視劇那樣，要麼全彩，要麼黑白（多是在回憶部分），而是在不同的畫面摻入不同的灰度，既非全彩色，亦非全黑白，恰到好處地表現了隱秘世界的人和事，給觀眾以全新的視覺衝擊。不僅如此，電視劇還加強了小說中人物語言的詩化，將小說中大部分的敘事語言改成了散文詩式的對白和劇中人物的旁白，既保留了小說中隨處可見的睿智，又拉近了觀眾和電視劇的距離，使之陌生化的劇情在人性和智力的搏擊上，與觀眾的日常生活接近，從而增強了電視劇的大眾化和可看性。

（三）時空設置

《暗算》的小說文本，時空跨度很大。在時間上，從20世紀60年代、70年代再到40年代，橫跨半個世紀；在空間上，從北方的蘇聯到南方的援越，乃至於西方的美國。作者將橫穿東西、貫穿南北、縱橫半個世紀的歷史風雲和隱秘世界，聚集在一起。通過阿炳、黃依依、陳二湖、韋夫和鴿子等人各自相對獨立的離奇故事，共同展現了701的整個歷史風貌。

與小說文本相比較，作為畫聲、視聽相結合的電視藝術，在表現上主要靠「說」來講故事，觀眾關注的是由人與人的複雜關係所引發的「故事」，而不像小說（或電影）那樣，在乎它在空間上的轉換。電視劇的時空要求，使編導在小說的故事框架上，對其內容和情節進行了必要的提煉和再加工。故事的背景，從偵破蘇軍的電臺密碼、抗美援越到解放戰爭，精煉到建國初期和紅軍時期，從而使主題的表現更加集中，情節更加緊湊。在人物的塑造上，電視劇除了集中描寫了阿炳、黃依依和錢之江三個傳奇人物的命運，一改小說沒有貫穿始終的人物，而將安在天作為前兩部的中心人物，重點刻畫。第三部雖以錢之江為中心人物，但他因是安在天的父親，又是通過安在天來追根溯源，從而使劇情的血脈連貫起來。除此之外，電視劇還設置了眾多的緊張情節和懸念，如「看風」者中，因敵人竊取了安在天與701的聯絡電話，從而使他和金魯生在接阿炳來701時，處處受困，險象環生。在「捕風」者中，更是一個又一個有待破解的「謎團」，環環相扣，牢牢揪住了觀眾的破解「謎團」的心。

作為聲畫藝術，電視劇在時空轉換的自由度上，更加靈活。如電視劇《暗算》結尾前有這樣一個鏡頭：頭髮花白的安在天，佝僂著身體，漫步在上海車墩影視基地。此時，《國際歌》的背景音樂響起。一列有軌電車徐徐開過，一個頭戴禮帽、眼戴墨鏡、穿著長衫、繫著圍巾的中年男子，一手拿著手杖、一手拿著白手帕，機警地環顧四周後，在巡視的員警面前，伸手招了一輛黃包車，低頭敏捷而上。一位報童朝他飛奔而來，接著又轉身而去，留下了他注視的目光。安在天眯著眼睛微笑地看著。畫面隨著黃包車的車輪、報童的奔跑和安在天之間自由的轉換。時間不過十幾秒鐘，卻在時空上濃縮了深厚的歷史事件和人物情感。首先，它使人強烈地感受到了錢之江幾十年間的隱秘經歷，就是在這種不知名的化妝和驚險中度過的。其次，它從空間環境上又將錢之江昔日的諜報生涯和今天的和平生活重疊在一起，記憶揮之不去，往事歷歷在目。值得注意的是，它並不是將時間的變化和空間的重疊分開來交代，而是將時空的變化莫測融合在一個影視基地的一場戲中來表現。這就顯得分外精煉、集中、意味深長。像這樣運用和發揮時空變化的特長，不僅在舞臺劇上是不易辦到的，即便是小說描寫也是比較困難的。可見，視象化的時空變化，正是電視劇的基本特徵和所長。

三、《暗算》改編的得失

從小說改編而來的電視劇，並不僅僅只是簡單的重複，而是借助電視劇的特殊樣式對小說重新建構。電視劇《暗算》正是在小說主要內容的基礎上，對小說的敘事方式、敘事策略和敘事空間加以適當的改變以適應電視劇的表達。電視劇視聽語言的運用更是增添了小說的形象感與真實感。

當然，電視劇《暗算》也不是十全十美的。它的不足之處主要有三點：一是對天才人物無常命運的揭示不如原著深刻。小說中天才人物的死亡，無一例外都顯得卑微，甚至微不足道。阿炳是在知道了她老婆給他生的兒子是別人的種後自殺的；黃依依是被一個潑婦無意中害死的；陳二湖是在破譯了徹底廢棄的炎密後因興奮導致心臟病而離開人世的；韋夫是患病而死的；鴿子是在生孩子時無意識的夢囈中暴露了自己而亡的。而電視劇對生命的脆弱和世俗的強大減輕了，使之在主題的深度上有所削弱。二是增添的情節篇幅過大，電視小說的篇幅超過小說原著的五分之三，一些情節的展開和人物的增加，意義不大。如阿炳被國民黨潛藏特務老哈劫持這場戲，就與特別單位701的隱秘相游離。第三，「捕風」中錢之江與代主任鬥智鬥勇的篇幅太長，劇中人物旁白和安德羅的名言警句，又過於氾濫，有人為地拉長劇情和考驗觀眾智力之嫌。此外、電視劇有些過於明顯的「硬傷」，如劇情交代特別單位701駐紮在南方山區一個繳獲的地主莊園裡。「看風」中，安在天帶黃依依來到701時，又經過了漫天飛舞的沙漠地區，這不合情理。當然，電視劇儘管有這些不足，但同它在再創作中所取得的成績相比，畢竟還是極其次要的。

後記

從小就愛看電影，電影業已成為童年記憶的快樂時光。隨著年齡的增長，對文學的喜愛由狂熱逐漸變成理性，特別是把愛好的事業變成現實的職業後，興致所至的娛樂欣賞就讓位給目標明確的審美探究。由此，由語言文字的小說到鏡像畫面的影視，或先或後，都會不由自主地產生比較的衝動。小說改編成影視，忠實還是戲說（演義），縈繫於心，便產生了本書的創作契機。

然而，要追根溯源地考察一部小說被改編成影視的原因，改編的情形怎樣？改編的效果如何？小說與影視互動的利弊，殊非易事。誠然，一部根據小說改編的影視作品問世後，不同人會站在不同的角度從口頭或文字上品評這種改編的「似」與「不似」，甚至有些人還借用一些改編理論進行為我所用的論述與批評，都在所難免。然而，蜻蜓點水的印象式批評，抑或形而上的務虛言說，居多；腳踏實地的理論詮釋，抑或形而下的文本分析，甚少。基於此，我不揣冒昧，開始了兩種（小說與影視）文本的仔細對比與細緻解讀。

從小說文本的一般性閱讀、細讀、解讀到影視文本的好玩似觀看、賞析、鑒賞，再到二者內容、主題、情節、人物、敘事和得失的比較，既是枯燥而繁重的細活，又是特有的審美享受過程。日積月累，思考所得，在《當代文壇》等刊物上面世後，受到了同好者的贊許，增強了與人分享小說改編之美、影視內涵之魅的動力。

為此，我在全校開設了一門《當代小說的影視改編》的通識課，受到了愛好文學、癡迷影視的大學生們的追捧。教學相長，精益求精，終成體系。

誠然，拙著的問世，對物欲橫流時代慰藉我們心靈的文學與影視藝術，心存感念。畢竟青山不老，綠水長流，即使功利甚囂塵上，也難掩飾人類對審美的追求。我始終堅信，惟有靈魂的安寧與快樂，才會使人類的生活變得充實而豐潤。

在此，我要感謝拙者論及的小說和影視的作者與編導，正是因為他們的藝術創造，才使我的比較與解讀得以成行。同樣，我也要感謝小說的讀者、影視的扮演者和評論者，正是他們的付出與智慧，才使我們得以享受藝術的多樣化與理性之美。

著書立說，本是教書育人的應盡之義。然而，現實的境況，迫使大多數人的寫作都是為了稻粱謀。所幸，我的一些拙著能免於生存出書的魔咒與讀者見面，最應感謝是知音讀者的厚愛和認同編輯的青睞。

人生苦短，相識是緣，凡是在我生命中與之有交接與關聯的每一個人，我都銘記在心，誠摯致謝。在此，祈盼上蒼給予你們好運！禱告你們的生活如夏花之絢爛、碩果之甘甜！！

由於本人的能力有限，雖想完美卻力所不逮，書中的錯謬一定不少，還敬請專家、學者和知音讀者批評指正。

王鳴劍

2013年12月23日

新美學30　PH0142

新銳文創
INDEPENDENT & UNIQUE

從文學到視聽
——中國當代小說的影視改編與傳播

作　　者　王嗚劍
責任編輯　蔡曉雯
圖文排版　陳彥廷
封面設計　陳怡捷

出版策劃　新銳文創
發 行 人　宋政坤
法律顧問　毛國樑　律師
製作發行　秀威資訊科技股份有限公司
114 台北市內湖區瑞光路76巷65號1樓
電話：+886-2-2796-3638　傳真：+886-2-2796-1377
服務信箱：service@showwe.com.tw
http://www.showwe.com.tw
郵政劃撥　19563868　戶名：秀威資訊科技股份有限公司
展售門市　國家書店【松江門市】
104 台北市中山區松江路209號1樓
電話：+886-2-2518-0207　傳真：+886-2-2518-0778
網路訂購　秀威網路書店：http://www.bodbooks.com.tw
國家網路書店：http://www.govbooks.com.tw

出版日期　2014年7月　BOD一版
定　　價　430元

Printed in Taiwan

國家圖書館出版品預行編目

從文學到視聽：中國當代小說的影視改編與傳播 / 王鳴劍著. -- 一版. -- 臺北市：新銳文創, 2014.07
面； 公分. -- (新美學；PH0142)
BOD版
ISBN 978-986-5716-16-5 (平裝)

1. 文學與藝術 2. 視覺傳播

810.76 103010548

讀者回函卡

感謝您購買本書，為提升服務品質，請填妥以下資料，將讀者回函卡直接寄回或傳真本公司，收到您的寶貴意見後，我們會收藏記錄及檢討，謝謝！

如您需要了解本公司最新出版書目、購書優惠或企劃活動，歡迎您上網查詢或下載相關資料：http:// www.showwe.com.tw

您購買的書名：________________________________

出生日期：________年________月________日

學歷：□高中（含）以下　□大專　□研究所（含）以上

職業：□製造業　□金融業　□資訊業　□軍警　□傳播業　□自由業

□服務業　□公務員　□教職　□學生　□家管　□其它_____

購書地點：□網路書店　□實體書店　□書展　□郵購　□贈閱　□其他

您從何得知本書的消息？

□網路書店　□實體書店　□網路搜尋　□電子報　□書訊　□雜誌

□傳播媒體　□親友推薦　□網站推薦　□部落格　□其他__________

您對本書的評價：（請填代號　1.非常滿意　2.滿意　3.尚可　4.再改進）

封面設計____　版面編排____　內容____　文／譯筆____　價格____

讀完書後您覺得：

□很有收穫　□有收穫　□收穫不多　□沒收穫

對我們的建議：________________________________

____

____

____

請貼
郵票

11466
台北市內湖區瑞光路 76 巷 65 號 1 樓
秀威資訊科技股份有限公司 收
BOD 數位出版事業部

（請沿線對折寄回，謝謝！）

姓　　名：＿＿＿＿＿＿＿＿　年齡：＿＿＿＿　性別：□女　□男

郵遞區號：□□□□□

地　　址：＿＿＿＿＿＿＿＿＿＿＿＿＿＿＿＿

聯絡電話：(日)＿＿＿＿＿＿＿＿(夜)＿＿＿＿＿＿＿＿

E-mail：＿＿＿＿＿＿＿＿＿＿＿＿＿＿＿＿